陈福康 著

鲁研存渖

本书获福州外语外贸学院学术著作出版基金资助

上海交通大学出版社
SHANGHAI JIAO TONG UNIVERSITY PRESS

本书由上海文化发展基金会图书出版专项基金资助出版

内容提要

　　本书是作者长期研究鲁迅的学术成果的结晶。书名叫《鲁研存渖》，"鲁研"即为"鲁迅研究"；同时，"研"即是"砚"。"渖"即墨汁，"存渖"是作者自己留存的辛苦文字。这也寓含了作者对自己精心挑选出的鲁迅研究成果的珍视。

　　全书大体按专论、杂考、商榷、批驳分为四卷，这正体现了作者的治学风格和特点。全书很大部分文章是考证辨伪，有些内容虽然不宏大，有些文字虽然较短，但学界同仁关注，读者朋友爱看，觉得是鲁迅研究园囿不可多得的一茎竹篁。虽然鲁迅研究中有人爱写煌煌大论，甚至有的人对考证极为鄙夷，视为雕虫小技，但作者坚持认为理论文章也少不了考证，而且惟考证乃真学问，它能解决很多疑惑，说明很多事实。书中有不少文章就属于这类实证考据，博古通今，视野宽阔，纵横驰骋，益人心智。

图书在版编目(CIP)数据

鲁研存渖 / 陈福康著. —上海：上海交通大学出版社，2015
ISBN 978 - 7 - 313 - 12673 - 3

Ⅰ. ①鲁…　Ⅱ. ①陈…　Ⅲ. ①鲁迅研究　Ⅳ. ①I210

中国版本图书馆 CIP 数据核字 (2015) 第 220722 号

鲁研存渖

著　　者：陈福康
出版发行：上海交通大学出版社　　　　　　地　　址：上海市番禺路 951 号
邮政编码：200030　　　　　　　　　　　　电　　话：021 - 64071208
出 版 人：韩建民
印　　制：苏州市越洋印刷有限公司　　　　经　　销：全国新华书店
开　　本：880 mm×1230 mm　1 / 32　　　　印　　张：11.875
字　　数：327 千字
版　　次：2016 年 7 月第 1 版　　　　　　印　　次：2016 年 7 月第 1 次印刷
书　　号：ISBN 978 - 7 - 313 - 12673 - 3 / I
定　　价：58.00 元

前　言

在鲁迅研究界老前辈的关怀提携下，我很早就参加了中国鲁迅研究会。研究会成立时的第一批成员名单中就有我，那时我还是复旦大学的一名学生。后来我到北京师范大学读博士，导师李何林先生正是著名的鲁迅研究专家(尽管我后来的博士论文不是写鲁迅)。自成为鲁研界的新兵以来，我也陆续写过一点文章，但惭愧和遗憾的是，至今还没有出过一本有关鲁迅研究的专书(尽管我已经出过十来部拙著了，每种拙书多多少少都与鲁迅研究有点关系)。最近，一直关心我的鲁研界前辈(也是何林先生的大弟子)陈漱渝先生主编一套鲁迅研究丛书，热情邀请我编选有关文章加入其中。这就逼着我这个又忙(在学校里上课多，研究任务多)、又懒(常常感到超负荷的疲劳)的家伙，翻箱倒柜寻找以前发表过的文章，又是复印，又是修订，辛辛苦苦总算编成了这样一本书。

想了个自以为高雅的书名《鲁研存渖》。鲁研当然就是鲁迅研究，但在古文中，研又通砚；渖就是墨汁，马叙伦先生就有一部书就叫《石屋余渖》。起先，漱渝先生帮我取的书名是《鲁迅史实考辨》。但拙书中固然很多文章属于史实考辨，但也不全是。而且他的这个书名似曾相识，他老先生自己就好像取过类似的书名。又有朋友说，书名要通俗，吸引人，于是又绞尽脑汁想了一些书名，但自己都不满意。还是这个不通俗的《鲁研存渖》吧，我自己蛮喜欢的。

几十年来，我写的与鲁研有关的文章，当然不止这些。但是，漱渝先生主编的这套丛书，每册字数有大致的规定，不能太多；二是拙文也难以找全,找到的也不是每篇都值得收入。现在,我挑选了这样一些自己觉得还可留存的余渖,大体按照专论、杂考、商榷、批驳几大块,编排了一下。文字基本都没作什么改动(尤其是观点方面),只是将原文中的"今年""近时"之类改成具体的年月,及修改个别错别字和标点。如果我对原文所述现在有了新的想法或新的材料,就写"附记"附在文后(偶有"附记"写得比原文还长的,就索性添写为正文了)。这也是为了说明问题而不得已也,要请见谅。

我平时还喜欢写些小小考据文章,在鲁研领域也是。虽然有的人对此极为鄙夷,但我愿以同样的鄙夷对之。其实理论文章也少不了考证,而且惟考证乃真学问,何况还有更多的朋友爱看此类文章。这次,我也就已找到的(小文章随写随丢,不易寻找)挑了一些收在书中。

希望读者喜欢本书,并给予指正。

2012 年 5 月作者于上海

【追记】

自甲午年起,福州外语外贸学院任我为特聘教授,无以为报,本书即作为科研成果奉上。

目　录

卷三

卷四

卷 一

永铭在心的一段人生经历

——2005年版《鲁迅全集》修订工作参与纪事

人民文学出版社编辑部早在2005年12月5日,就向参与新版《鲁迅全集》修订工作的同志发出了约稿信,提出《全集》修订的过程中,凝聚着很多人的心血,看上去只是几个字的修改,一两句话的增删或若干条目的增补,"而在这些修改增补的背后,包含着许多严肃的思考,细致的资料查核和鉴别,也包含着许多经验和感受。我们希望大家都把这些写成文章,作为《全集》修订的副产品,汇集成书,昭示于世,为关心《鲁迅全集》修订的读者和后人留下一份有益的资料,也为完成一项重大的文化工程留下一份纪念。"并要求在2006年2月底前交稿。我觉得这封约稿信的设想非常好,我也很愿意写一篇文章;但是几度动笔,几度搁置,竟写不下去。一个主要原因,是在收到这封信时,与我相依为命的老母亲突然因脑出血而昏迷不醒。在我奔走、陪伴、护理了一个多月后,慈母终于永辞不孝子而去。这对我是一个极其沉重的打击!为此,我一度失去执管写作的兴趣,后来竟一握笔构文就感到头晕,再加上单位本职工作繁忙,就一直拖延下来。望着整整齐齐摆放在书架上的新版《鲁迅全集》,回想起从2001年6月至2005年12月整整四年半我亲身参与其中的《全集》修订出版的历程,不禁心潮澎湃。这四年半时间正是我人生中一段极为重要的历程啊!因此,下决心再次提笔勉力为文,写下自己想说的一些话。

我主要想写写在这一工作中,自己独自提出的一些修订意见,和虽然不只是我一人提出,却是我强烈主张的一些修订意见。这些意见很多已被认同和吸收了，我在这里要说说自己提出的理由；也有的意见最后未被采纳，那就更得说说我的想法和理由，以供研究者参考，并"立此存照"。

我最初被安排的工作，是负责1981年版(以下称旧版)《全集》第五卷《伪自由书》、《准风月谈》、《花边文学》三书的原文校勘和对原有注释的修订。后来，在工作会议上，我和一些同志提出旧版《全集》未收入的鲁迅答增田涉提问的日文文献应该收入全集，获得大家一致同意，领导便又将这部分文献的重译、重编和重加注释的工作交给了我。我在会议上又提出，旧版《全集》书信卷中致日本友人信的中译文有不少问题，于是，我又被追加了对这些日文信的译文重作修订的工作。以上两项工作，在编委会的原先的计划中是没有的。另外，我还参加了2005年版《鲁迅全集》第六、七、八、九、十、十一、十二、十三、十四、十五、十六、十七卷的讨论审定会议。算下来，包括具体负责的约一卷半在内，我大致参与了新版《鲁迅全集》约三分之二的修订、讨论。这是我深感荣幸的事！虽然自知学浅识薄，人微言轻，但出于对鲁迅和鲁迅著作的热爱和对修订工作的负责，我一直勇于建议，每次开会都积极发言，可能是说得最多的一个。当然，我知道言多必失，也很容易"得罪"人。好在大家基本上都是出于公心，很多师长、同志也宽宏大度，我也就更无所顾忌。在这里，由于篇幅有限，加上记性不好，我只能略举几个例子而已。

一

先谈谈新版《全集》第五卷中所吸收的我作的修订。

(一) 对旧版注释的修订(举例)。

创造社　旧版第6页注释说"1920年至1921年间成立"，新版第6页改为"1921年6月成立于日本东京"。显然比原注准确得多。这是根据包括笔者在内的研究者的考证结果作出的重要修订。

扶桑　旧版55页注释仅引《南史·东夷传》，并称"旧时我国常以'扶桑'指称日本"。新版 66 页注释添上："本为中国古代传说中的神木,在太阳所出之处;后转为东方大海中远方国名",这样明确了这一名词的来源;又写明:"从唐时起,我国诗文中常以'扶桑'指称日本。"这就比原有注释准确得多,并纠正了王元化《扶桑略考》中认为迟至清末我国才以"扶桑"指称日本的误说。

庚款　旧版 65 页注释写:"规定付给各国'偿款'海关银四亿五千万两,分三十九年还清,年息四厘。"新版 71 页在此后添上了"本息总额为九亿八千万两"。加上这一笔,也就把当年帝国主义强加在中国人民头上的灾难的严重性和残暴性更强烈、明确地写了出来。

礼拜五派　旧版 107 页注释写:"是当时进步文艺界对一些更为低级庸俗的作家、作品的讽刺说法。"新版 113 页补充写上:"1933 年 3 月 9 日,鲁迅、茅盾、郁达夫、洪深等人聚会,茅盾提到'一批所谓文人,有礼拜六派的无耻,文章却还没有礼拜六派的好,无以名其派,暂名为礼拜五',大家大笑一致通过。(见 1933 年 3 月 11 日《艺术新闻》周刊)。"这就更明确了这一"文坛掌故"的由来。而且,鲁迅的文章发表于这年 4 月,可知他是及时地用了这一新的"文坛掌故"。

曲辫子　旧版 207 页注释仅云:"即乡愚。"新版 217 页则改为:"汪仲贤《上海俗语图说》:'上海人目初到上海者为"曲辫子"。'骂人话,意为猪,因猪尾巴短如辫,常卷曲。"这就比原注易懂了。

《钦定图书集成》　旧版 268 页注释写"清康熙、雍正时命陈梦雷、蒋廷锡等先后编纂,于雍正三年(1725)完成。"新版 285 页将这句话改为:"清康熙四十五年(1706)陈梦雷编成,初名《图书汇编》。雍正初年,复命蒋廷锡略加编校,抹去陈梦雷之名,加上'钦定'二字,于雍正三年(1725)完成。"显然比原注准确得多,表明主要编纂者是陈梦雷,且他并不是受康熙之"命"编的,而雍正的"钦定"不过是巧取豪夺而已。

哥仑布　旧版 347 页注释:"美洲大陆的发现者。"新版 365 页注释在上句话前加上"被称为"三字。显然更为准确。(因有不少学者如朱谦之等,还主张美洲大陆是中国人发现的呢。)

徐福　旧版 567 页注释:"据《史记·秦始皇本纪》记载,秦始皇听信徐福的话,派他带童男童女数千人入海求仙,数年不得。大概从汉代起,有徐福航海到日本即留日未返的传说。"但《秦始皇本纪》中并没说徐福"留日未返"。新版 596 页注释添了一句:"《史记·淮南衡山列传》又载,徐福渡海,'得平原广泽,止王不来'。"这样就比原注更好。

(二) 旧版没有而新加的注释(举例)。

童子军　《逃的辩护》一文中提到"童子军",现在的读者未必了解是何种组织。新版 13 页作了较详尽的注释,不仅说明其来历,而且特别指明"中国童子军"总部隶属于国民党中央执行委员会,这对理解鲁迅这篇文章有用。

新大陆　《战略关系》一文中提到"新大陆"、"旧大陆",一般读者也未必懂。这原是欧洲人的说法,新版 35 页加了注。

香港总督　《颂萧》一文中出现"香港总督",这本来也可以不必加注。新版 41 页加注:"旧时英国在香港殖民统治的总代表",并特地点明"由英王任命",为的是与下面原有的"工部局"一条注释相呼应,以便更深刻地体现《颂萧》一文对帝国主义殖民统治的批判。

《清史》　《文章与题目》一文中出现《清史》,旧版未加注,读者未必知道是哪一部书。新版 130 页加注:"民国成立后,于 1914 年开始编纂《清史》,由赵尔巽主编,至 1927 年大体完成。编纂者多为前清旧人,在论述中常与民国立场不合,编纂体例及某些史实记载也时有不妥,当时只少量印本。因未正式定稿,改称《清史稿》。"

文稿吞进肚子去　《智识过剩》一文中写到德国法西斯"叫作家把自己的文稿吞进肚子去",旧版未加注释。新版 238 页加注:"宋庆龄在 1933 年 5 月 13 日发表的《抗议希特勒暴行》中提到:'小说家汉斯·鲍尔被迫吞下他自己的原稿。'"鲁迅此文写于同年 7 月 12 日,加上这条注释是很有必要的。

《物种由来》的两种日译 《为翻译辩护》一文提到:"达尔文的《物种由来》,日本有两种翻译本,先出的一种颇多错误,后出的一本是好的。中国只有一种马君武博士的翻译,而他所根据的却是日本的坏译本,实有另译的必要。"日本的翻译是哪两种?旧版未能注出,甚至连1981年后日本学者集体翻译并添改注释的日译本《鲁迅全集》也未能注出来。新版276页根据笔者的研究查考,加了如下注释:"先出的一种为明治三十八年(1905)八月东京开成馆出版,开成馆翻译,丘浅次郎校订;后出的一种为大正三年(1914)四月东京新潮社出版,大杉荣翻译。"显然,这条注很有必要,不仅能表明鲁迅对达尔文著作日译本的熟悉程度,而且还提供了进化论在日本、中国流传的重要史料。

料治朝鸣 《奇怪(三)》一文写到"《战争版画集》里的料治朝鸣的木刻",旧版对此未能作注,新版608页加注:"日本版画家,1932年4月创办《版艺术》杂志。鲁迅曾订购收藏。《战争版画集》为《版艺术》杂志的特集,1933年7月出版。"这是笔者根据自己翻译过的日本鲁迅研究者写的文章中的资料撰写的。不足之处是尚未注出料治的生卒年,如果有时间的话是可以请日本有关学者去查一查的。

脏躁症 《略论梅兰芳及其他(下)》一文中鲁迅讽刺施蛰存说:"倘不预先知道性别,是会令人疑心生了脏躁症的。"旧版对此未加注,一般读者未必知道"脏躁症"是什么病,与"性别"又有什么关系。新版613页加注:"中医妇科病术语。《金匮要略》:'妇人脏躁,悲伤欲哭,数欠伸,甘麦大枣汤主之。'"

此外,我还对一些成语典故、谚语如:"蝼蚁尚知贪生"、"书厨"、"莫作乱离人,宁为太平犬"、"人怕出名猪怕壮"等新加了注,这里就不一一再说了。

(三)对旧版原文、标点所作的校勘(举例)。

新版《全集》第五卷所收文章的原稿及校样留存至今的极少,只有寥寥几篇。因此,校勘工作主要依据的是在报刊上最初发表的文本、初收集子时的文本、再版时作过修订的文本等。本以为《全集》已出过三个版本，曾有很多人作过校勘，这方面不会有很多的问题。没想到经过再次校勘，还是发现了一些问题。这方面的具体校勘内容如在这里一一写出来，难免缺乏"可读性"，因此就仅举一个"豫"字。

旧版《全集》第五卷中有一篇文章的题目，原先就印作《诗和豫言》，然而我校对了该文在《申报·自由谈》上发表时和收入《准风月谈》时，这个题目中及这篇文章中的"豫"字都作"预"。同样，第五卷中还有《文人无文》、《推背图》、《再谈保留》、《华德焚书异同论》、《踢》、《爬和撞》、《莎士比亚》等文中的"豫"字，也都是这种情况。奇怪，为什么通用的"预"字都会被改作并不通用的"豫"呢？据分析，可能是1938年版的校对者误以为鲁迅只用或习用"豫"字，于是凡遇"预"字都硬改为"豫"。这当属所谓的"过度校勘"。估计其他卷中也有这种情况。现在当然都应改回"预"字。

我在校勘中还校出一个"猵"字，此事更为复杂，我放到后面再讲。

二

谈谈我提出而未被新版《全集》第五卷采纳的修正补订意见（举例）：

（一）对一些笔名的加注被否定。

第五卷中的《准风月谈》、《花边文学》两本集子，有一个在《鲁迅全集》中特殊的情况，那就是鲁迅说的由于有几个"专靠嗅觉的'文学家'""看见一个新的作家的名字，就疑心是我的化名，对我呜呜不已，有时简直连读者都被他们闹得莫名其妙了"，因此，鲁迅在编这两个集子时"就将当时所用的笔名，仍旧留在每篇之下，算是负着应负的责任。"（《准风月谈·前记》）在所有鲁迅的集子中，也只有这两本书的文章，鲁迅在题目下特地附缀着笔名。因而，我认为书中这些笔名也就同这些文章融为一体，就像国画、书法上的印章一样，成为整幅作品的组成部分了。而且，这些笔名大多与文章的性质、内容有着相应的关系。鲁迅的笔名大多有深刻的含义，有的还非常巧妙,像字谜一样。也有个别笔名至今未详其寓意。我恰好对此有过一点研究。我认为,对这些已经成为文章内容组成部分的笔名,凡是有把握的,应该加上注释。这显然对读者更好地理解鲁迅文章是有用的。这样,我就对游光、丰之余、苇索、旅隼、孺牛、越客、桃椎、洛文、符灵、罗抚、敬一尊、张承禄、倪朔尔、栾廷石、邓当世、宓子章、翁隼、孟弧、黄棘、公汗、莫朕、越侨、张沛、仲度、及锋等二十多个笔名加了注释。可谁想到,我的这些劳动最后都成了白费工夫,全被删去! 我感到不可理解,也感到遗憾。实际上,第五卷中原来就有对鲁迅笔名"康伯度"作的注释(旧版 524 页,新版 552 页),为什么对其他应该注释的笔名却不予注释呢?

(二) 对一些上海方言词语的加注被否定。

对上海方言词语,旧版就有过一些注释(如上面提到的"曲辫子"),这次我又对"骂山门"、"一向"、"跳浜"、"戳穿西洋镜"、"顾不转"、"精穷"等加了注,结果都被否认了。其实,我也同意注释不能太繁,凡是读者能看得懂的(甚至猜得懂的)就可以不注。但对有些方言词语不加注,我是至今不以为然的。例如"该着"一词,在第五卷中至少出现了两次,一处是《出卖灵魂的秘诀》:"胡适博士曾经……说:这世界上并无所谓帝国主义之类在侵略中国,倒是中国自己该着'贫穷','愚昧'……等五个鬼,闹得大家不安宁。"另一处是《诗和预言》:"那时候,何尝只有九十九把钢刀?还是洋枪大炮来得厉害:该着洋枪大炮的后来毕竟占了上风,而只有钢刀却吃了大亏。"这两处"该着"均是上海方言(意思是"有","拥有")。当我在修订讨论会上提出对"该着"应该加注时,几位北方出生的年轻同志却笑着说,他们完全都懂这个词,而且现在在北方口语中也还都用着这个词,不用加注。当时我很感到意外,在自认浅薄之余,当然也就不再坚持加注了。但过不久,我看到某处转来的鲁迅研究界一位老先生的信,说"该着"在《北京土语词典》等辞书中有,意思是"碰巧遭逢而获得"、"命中注定"、"活该"的意思,并认为辞书中对"该着"一词均无"拥有"之说。这才使我恍然大悟:讨论会上北方同志说的他们都懂得的这个词,原来是字面相同、意思完全不同的另一个地方的方言词。如果说，上引《全集》中的两句话，前一句中的"该着"勉勉强强还可硬用"活该"来解释的话(按，实际也是不可以的，"活该"并不是动词，怎么与下文"五个鬼"作为动宾结构连在一起呢)；那么，后一句话中的"该着"是无论如何也没有"活该"的意思的。那些同志自以为懂《全集》中的这句话，事实证明恰恰是没有弄懂，因此，对这个"该着"正是更应该加注才是！而且，《出卖灵魂的秘诀》一文，是瞿秋白起草的，瞿秋白也正是吴方言区人。他在同一时期发表的《谈谈〈三人行〉》中就有一句"云的家庭是该着五十亩田的农民"，《汉语大辞典》中就引了这句话，注释"该着"为"有，拥有"，怎么能说辞书中对"该着"一词均无"拥有"之说呢？鲁迅这两篇文章又都是发表在《申报·自由谈》上的，当时的主要读者是上海人，鲁迅怎么可能用"北京土语"中的"该着"的意思呢？但是，当我在《全集》修订稿中仍然写上注释，并专门写信说明上述理由后，却仍未被采纳。我觉得简直有点不可理喻！

那位鲁研界老先生还认为，鲁迅为文，除非引文或小说人物的话语，一般不用外地人不能懂的某一地的方言土语。说得煞有介事，但是否准确，只能用事实来检验。实际上"该着"一词，非吴方言区的读者就是不懂的。上面我提到的"跳浜"、"上落电车"之类，恐怕外地人也看不懂。还有《安贫乐道法》一文中鲁迅写到"上海工厂里做工至少每天十点的工人，到晚快边就一定筋疲力倦"，这"晚快边"我想也应该加注(意思为"傍晚")。而且这一上海方言中的"晚"不读"晚"而读作"夜"，就像上海人对《新民晚报》实际读作《新民夜报》一样。对这些不加注，未必妥当。

(三) 对"猺"字的处理被否定。

旧版"猺"字都改为"瑶"，这一处理方法我认为不妥。第五卷中有两篇文章，《王化》和《电影的教训》，都涉及批判国民党当局的少数民族政策，文中出现了"猺"字。我们知道，在封建时代和国民政府时代，对一些少数民族用了带有污辱性的反犬偏旁的字，如"狪""獐""猺"等等。新中国成立后，"狪"改为"侗"；"獐"改为"僮"，因为容易读成"书僮"的"僮"，所以又改为"壮"字;"猺"改为"傜"意思也不大好(徭役),所以改为"瑶"。因此,"瑶族"的写法是二十世纪后半叶才出现的,鲁迅当年根本没有这种写法。"猺"与"瑶",既非异体字,也非繁体字和简体字的关系。当然,我们今天不用"猺"字,但让二十世纪三十年代的人提前写出"瑶族"这样的字,总是一件非常奇怪的事。尤其是鲁迅文中加引号引用的"开化猺民"之类话语,本是国民党中央党部"嘉奖函"中语,《猺山艳史》则是当时电影的片名,我们怎么可以代他们改呢?岂不成了替国民党粉饰共民族政策?因此,我提议对这个问题应该通过加注来解决,而对引号、书名号中的"猺"字则不能改。遗憾的是我这个意见也未被听取。

最后,还有依照体例、根据需要都必须加注而我也加了注的地方,最后却不知何故也有被删了的。例如,新版《全集》427页第3行出现的人名"陈代"、429页第1行出现的人名"戚施",这都是在鲁迅的正文中出现的,而不是在摘录他人的文字中出现的,为什么不注呢?(再说,规定对摘录引文中出现的人名、物名等一律不注的做法,也是值得商榷的。日本人的《鲁迅全集》日译本主要就是在这方面添加了不少注。)而且,陈代是谁,是鲁迅研究专家又是当事人唐弢说明的;戚施是谁,是我花工夫查考并得到其本人确认的。这两条注的删去,我认为是没有道理的。

三

接着来谈谈日文书信和答增田涉问的校译、重译等工作。

本来,这应该分成两大节来谈,也可以写得较详细一点。但因顾虑文章篇幅太长,又因我的校译、重译基本上都被采纳了,所以就合在一起写得简略一点。先谈旧版《全集》中收入的致日本友人的日文书信。日文书信的中译文的错误比起答增田涉问的中译文来要少得多,那是因为旧版《全集》的这些翻译,是经过很多专家反复斟酌定稿的。但我还是发现了一些错误,又在注释方面也发现了一些问题,今举例论述。

　　首先是个别地方日文原文就有错。这可能是旧版的排印错误；也可能有的信未见原件手迹，是从日本 1930 年代出版的《大鲁迅全集》中转收的，而日本原版排印就有错；甚至还发现有鲁迅笔误而旧版未校出者。还有的则是后来出版社将日文片假名改排平假名时造成的差错。其中最严重的一例是旧版《全集》第十三卷（下同）544 页，日文为："御車女となるべきものだと思つて貢した袁宝児。実は臣下の謙遜の言で、あそばれるはづで云はしたもの。"这里，原信中的"貢"字竟然被误排为"云は"（因为原信是竖写而被误看作"云ハ"），文理因而不通，而翻译者却硬着头皮将这句话的后半译成"明知是供玩乐，而作如此说法"云云。其实根本不是这个意思。好在手迹影印件不难辨认。如果不是仔细校勘、发现并纠正，读者就不会觉察，就将一直这样沿误下去。

　　中译文明显有误的，还有如"承提醒我注意的事，甚感"（558 页），实际应该是"谢谢您的关注"（御注意下さる事を感謝します）；"关于日本的浮世绘师，我年轻时喜欢北斋，现在则是广重，其次是歌麿的人物"（558 页），这里"的人物"三字必须删去，否则就变成鲁迅说的是只喜欢歌麿的人物画；如非得要三个字的话，也应该译为"这个人"（日本の浮世絵師については私は若かつた時には北斎をすきであつたけれども今では広重、其次には歌麿の人物です）；"我自己觉得，好像确有什么事即将临头"（573 页），应该译为"而自己，确实在向什么地方靠近"（そうして自分は本当に何かの近くに歩いて居ます）；"这些先生们常常这么干"（607 页），应该译为"先生们有时这么干"（先生達は時にそんな事をやります）；"然而也有人说棠棣花就是棣棠花"（612 页），应该译为"然而也有人说棠棣花就是山吹"（併し棠棣花は山吹であると云ふ人もあります），然后再加注："山吹，日本花名。"否则，鲁迅只是把花名颠倒一下？再有，如 656 页"却还胡说正义和真理随时都附在他田君身上"一句，这个"胡"字在鲁迅原文中是根本没有的（只だ正義も真理も何時も彼れ田君のからだにくついてまわつて居ると云ふのだ），译文硬是增添强化了鲁迅的感情色彩，是不可

以的。最奇怪的是,甚至连"他"和"她"也会译错:671页"我代景宋奉复,她已十多年不接触'书录'",其实"她"应该是"他",即鲁迅(景宋に代つて答え致します。彼はもう十年以上、「書録」と關係しない)。日语的"手纸"就是中文的"信",有时前面加上"御"字表示客气,《全集》大多译为"惠函",正确;但在第567、570、583、597、601、618、621、630、631、650、669等页却都译为"手书",极不妥。因为鲁迅的这些信都是写给比他小二十多岁的日本学生增田涉的,而在中文习惯中,称对方的信为"手书"都用在小辈对长辈、下级对上级,或者对特别尊敬的人。别人怎么能代鲁迅那么"谦恭"呢?

在注释方面,旧版对某些日本特有的名物,缺少应有的注。例如,鲁迅给增田涉的信末,很多写了"增田兄几下",但1935年初有两封信却风趣地用了"增田兄炬燵下",旧版《全集》译为"增田兄炉下",令人莫名其妙。其实,"炬燵"是日本人在冬天使用的底下放置炭炉或电炉(鲁迅的年代似乎还没有电炉)、四周蒙有棉被的"几",人坐在边上把双脚伸在里面取暖。以前,林林先生的中译文译为"炉边",虽有所不妥,至少中国读者还能看懂;旧版《全集》译为"炉下",谁能看懂? 我想还不如创译为"被炉几下",然后加注说明。

再如,鲁迅原信中写到的日语词"花见",旧版中译文都译为"赏花",其实日本人这个词一般只用于观赏樱花,这在日本诗文中,尤其是汉诗文中,屡见不鲜。如译成广义的"赏花",似不妥。507页"想来你正可用来写诗歌"(歌を書くに丁度よいと思ひました),其实日本的"歌"只指和歌,是不能译为广义的"诗歌"的。还可一提的是,鲁迅致山本初枝信中,两次感谢她寄赠"有平糖"给海婴,这个"有平糖"是连现在的日本人也大多不知道的(我问过好几个日本人),即使知道也不明其来历。据查考,"有平"两字是用日语训读来音译葡萄牙词语 Alfeloa,这种糖是十六世纪从西方传到日本的。还有624页上有"六十弗"一语,中译文为"六十元",也不够准确,应译为"六十美元",因为这是日本人用中文的"弗"字来代替"＄"。

鲁迅答增田涉问的中译,未收于旧版《全集》,见 1989 年华东师范大学出版社出版的《鲁迅·增田涉师弟答问集》。这本书的误译可实在太多了。这里我只略举些例子。译本第 14 页,增田涉抄了《水浒传》中写林冲断配沧州看守草场时"花枪挑了酒葫芦"一段话,问这"花枪"是不是草料场用的农具,还说"枪"这种农具(割草用)在《管子》中能见到(槍と云ふ農具(草刈)のあることが管子に見えますが)。这本书竟把这句话译成:"也许是管状割草农具吧?"不仅把陈述句译成提问句,更将《管子》(增田原文虽未加书名号,但日语中绝对没有"管子"一词)译成"管状"。其实,增田当是查了中文词典,见到"枪"字的义项之一引有《管子·小匡》"枪刈耨镈,以旦暮从事于田野",才将武器的"枪"误会为农具的。至于所谓"管状割草农具"之译,想象力更超过了增田。

译本第 49 页,增田原件用示意图表的形式,问"'娘舅'是母亲的兄弟呢? 还是外祖父的兄弟? 或其他的关系?"(娘舅とは一の如きものか、又は二の如きものか、又は他の関係か)不料中译文却是:"'娘舅'是一人还是两人? 与他人关系如何?"令人忍俊不禁。

译本将鲁迅的话译错,就更不好。如第 29 页,鲁迅说民国十二年修订《中国小说史略》上半部;译本却将"上半部"译成民国十二年的"上半年"。

36 页,增田问:"'侍女花'是什么花? 日本翻刻的《燕山外史》中注释为'兰花',您以为如何?"鲁迅答:"'侍女花'大概是从'女子来种就更香'的传说(陈按:我国古代确有此说,元代伊世珍《琅嬛记》引《采花杂志》即曰:"兰待女子同种则香,故名'待女'。")而来的花名。"并风趣地说:"看来,兰花也是颇不正经的花。"(して見れば蘭も頗る不届な花だ)后一句话,译本却译成"与兰花颇不相同",不仅没有把鲁迅的幽默语气译出来,而且完全译错了。

46 页中,有译文曰:"王衍先生让众人上了当,一定在暗中偷笑吧?"而鲁迅的原意却是"王衍先生也许上了当,才赞许吧?"(王衍先生が一杯く

はされて感心したのでしやう）意思又全译错了。

63页，鲁迅回答中用了最常用的日文词"当前"，译本竟也会译错，望文生义，译成"当时"，其实应译为"应当"。这类例子还可举出不少，至于译文大体不错但还可斟酌得更贴切的地方就更多了。

<h1 style="text-align:center">四</h1>

新版《全集》在日文书信校译方面也有最后未采纳我的修订的地方，说实话，我认为都是非常不妥的，这里就略举数例谈谈。

新版《全集》十四卷188页译文第45条"这简直是造反，你他妈害得我晚上没有觉睡"，是旧版的译法，这里除了标点不合日文信原样外，"他妈"二字在日文原文中是根本没有的。我本已删去"他妈"二字，现在却偏偏还要保留，是何道理？即使《阿Q正传》中文原文中有"他妈"二字，但这里则是根据鲁迅的日文书信翻译的啊，原信中没有的东西怎么可以任意加上呢？

212页第1行"中国是以为可笑的"，也是照旧版一样的译法，这里"中国"成了主语，这句话倒也变得真是可笑。其实，在这句话前被删了（或漏了）我添加的"在"字。

279页译文第2行"我一直想去日本"，我原本校译为"我一直想去想去日本"，被删了一个"想去"，想必是编辑认为重复了。但鲁迅日文原文就是重复的啊。鲁迅以此表示非常想去日本的心情，应该照日文原文重复才是。

307页译文第7行"上海的景象和漫谈，两者都较萧条"，我原本校译为"上海的景气和漫谈，两者都不景气"，那是照鲁迅日文信原文直译的。"景气"和"不景气"，原都是日文词汇（包括"漫谈"也是），后来成了我们汉语中的外来词。鲁迅特意用了"景气"、"不景气"二词，原本带有他的幽默感。在日语中，"景气"是名词，"不景气"是形容动词。"景气"决不可译为

"景象"，这是翻翻任何一本日语词典就可以知道的。

另外，347、376、396页上，又都出现了"手书"，当属漏改。均应改译为"信"或"来函"。

新版《全集》在"答增田涉问"的部分，也有少许未采纳我的校译、重译的地方。本来，对鲁迅回答增田涉提问的这些便笺之类的翻译，是一项局外人很难了解其高难度的工作。其中还包括将一些记号、示意图表之类"翻译"（广义的翻译）成文字的特殊翻译。因此，尽管华东师范大学出版社出版的那本《鲁迅·增田涉师弟答问集》中误译很多，但毕竟是中文首译，我仍对该译者的工作抱着同情和重视。现在，这部分内容由我重译，但最后的编定及前面所加的"说明"则不是我做的。我现在感到有两个问题必须提出来。

一是现在的题目叫《答增田涉问信件集录》，我认为"信件"二字不能用。第一，这些文书一般不能称作"信件"，因为作为信必须写有收信人和写信人的名字以及写信时间之类，而这些在问答条上都没有；第二，极易引起读者误会，以为是编译者将鲁迅回答增田涉的原信打乱了重编（出版社原先还曾拟题为"信件汇编"），而读者一定会问：谁有权把鲁迅的"信件"作这样的处理呢？我一直建议这部分取题为《答增田涉问》即可，简单明了，但有同志认为这个题目容易被误会为接受增田涉采访的记录。那么，我想加上"集录"或"汇编"也可以，但不要用"信件"。但最后我的意见未被采纳。果然不幸而言中，新版《全集》出版后，就有韩某出来说："不是已经收入了鲁迅给增田涉的信了吗，怎么现在还要弄个'集录'出来？""既已发现了鲁迅的原信，将原信替换经过删剪的信不就得了，有什么必要在《全集》书信卷里别辟洞天，再来个'集录'呢？"新版《全集》中这个题目之不妥，易于引起误会，则应该说也是事实。

另一个问题是，新版《全集》这部分的"说明"中说："在本卷'致外国人士部分'已收入的有关答问信及附件，仍保留原样不变，本件中不再重出

（见 321219、330625、331007、331113、341210 信）"。我则认为这样的处理极为不妥，出书前曾一再详细提出书面意见，最后却仍未被采纳。我的理由现公开如下：

1. 首先要强调指出，旧版《全集》中上述五封信不能全部称为"答问信"，这一看内容就知，不必多辩。而加上所谓"附件"的做法，不符合收信人增田涉的本意。华东师大版的《鲁迅·增田涉师弟答问集》第 149 页，引有增田涉写给日本鲁迅研究者丸山昇的信，其中写到 1975 年 1 月中国文物出版社出版的《鲁迅致增田涉书信选》中收录了几段鲁迅的答问，说："那是因为译成中文的林林氏说：'明明是解答的书信却没有解答（焚草之变）'，于是将复印件寄去，不料竟收入出版物中。"我们从"不料竟"诸语中，不难看出这样作为书信"附件"的做法，是增田感到很意外的。而旧版和新版《全集》坚持要这样做的一个理由据说是：此乃增田涉亲自将那批信的照片连同这些"附件"送给中国有关部门的，因此必须"仍保留原样不变"，以示对已故增田涉的尊重云云。但这种说法并不符合史实，明明是增田后来因译者林林的要求才补寄了那几条"答问"，而根本不是原先就作为"附件"一起送来的。

2. 林林当时在鲁迅信的后面附上这些"答问"，是为了让读者了解鲁迅怎样解答"焚草之变"等，这种想法无可非议，而且林林并没有将鲁迅的回答直接算作这些信件的内容或组成部分。在文物出版社出版的《鲁迅致增田涉书信选》一书中，附录的这五段答问的前面都印有"附答问"这样三个字。这就至少可以表明这些并不是原信的内容或"附件"。旧版《全集》竟然把共计五处的这样三个字都删去了，以至变成所附的这些文字都是写在同一封信内的内容。这是一个十分荒唐错误的做法！现在，我已发现和指出了这一错误，为什么仍不能纠正呢？

3. 我还注意到，林林书中一信（331113），还只是附了有关"焚草之变"的一段答问文字，而旧版《全集》13 卷 545 页却又增加了两段。但这样做也仍然没有将鲁迅那一次的答问的内容收全。日本也有学者早就看到了这一点,华东师大版《鲁迅·增田涉师弟答问集》第 127 页就已指出:"只取了原件的右半部分,另一半被删除了。"现在,新版《全集》书信卷(14 卷 268 页)"仍保留原样不变",但又在"信件集录"中收入了"被删除了"的左半部分,这样一来,就将鲁迅的一次回答拆成了两处,破坏了鲁迅原件的完整性。我认为这是非常不妥当、不严肃的!

4. 鲁迅致增田 321219 一信,旧版《全集》附录了鲁迅有关"亲是交门"等三句话的解答。其实,鲁迅那次回答增田的提问是很多的,也很复杂。鲁迅把一些较简单的问题直接批答在提问单上,另外再添写了一页纸(即上述旧版《全集》附录的对"亲是交门"等三句话的解释)。现在新版《全集》要"仍保留原样不变",又一次分割了鲁迅一次回答的完整性,变成似乎鲁迅回答了两次。而且,在"集录"中删去了上述那一页答问,又只得在无奈中再删去鲁迅这次回答增田提问中的"应该如何句读?""是形容伊父母吗?""伊父母是'你们的父母',还是'父母老爷'的略称?"等三四个问题的解答。这样的做法,更是不能允许的。谁有权删去鲁迅的回答呢? 我认为,新版《全集》对这一次"答问"的处理最是乱了套!

5. 新旧版《全集》书信卷中所收的这五个"附件",大多不能确认是与被所附的信件同时所写的,或同封附寄的。相反,有的"附件"还可确定绝对不是该信的附件。例如,331113 一信中明明写道:"今天才将答复寄出,谅可与此信同时到达。"可知这一"答复"与"此信"是分开写,分开寄的。现在居然把这一"答复"作为"此信"的"附件"印出,岂不荒唐! 我曾多次指出这样明显的疏误,但就是未被听取并纠正。又如 330625 一信中,丝毫未提及附有答问,但现在居然还有了两个"附件"。而且,这两个"附件"显然并不写于同一天,否则不会都是从头开始编序,而且还一以中文一二三,二以英文 ABC。

《全集》中所有这些"附件"所附的地方,都是照了林林的译本,但如本文前面所说,林林译本的这种编排显然没有得到增田的同意和审定,更经不起我们研究者的推敲,是不足为据的。然而由于《鲁迅全集》的影响,后来却甚至连许多日本研究者也上了当,以为上述五份"附件"都是与原信"同封"寄出的。因此,我曾强烈提议将旧版《全集》这五份"附件"全部删除,都恢复放在"答问集录"中去。这样,一可以纠正旧版的错误,二可以保持鲁迅答问件的完整性。我现在仍然坚持这一点,因此很严肃地再次说明了上述理由。

这里还要说明一点,由于我坚持要将书信中的这五个"附件"删去,所以我对全部鲁迅答问作了重译,也对日文书信作了校译,但并没有对旧版《全集》书信卷中这五个"附件"进行校译。现在,我重译的这部分内容已被删去,而"附件"又"仍保留原样不变",其中是否有误译而未被纠正,我不能负责。

<h2 style="text-align:center">五</h2>

谈谈《全集》修订工作中非我负责的部分我所提出的一些较重大的意见。

这也包括被采纳的和未被采纳的两类。先说被采纳的。

(一) 重新分卷。

1981 年版分为 16 卷,其中有几卷特别厚,全书各卷看起来厚薄不协调。日本人翻译时就又重新分卷(20 卷),看起来就舒服得多。我提议新版《全集》分为 18 卷,使得各卷相对厚薄匀称,又便于与以前的 20 卷本(1938 年)、10 卷本(1956 年)、16 卷本(1981 年)《全集》相区别。出版社采纳了这一建议,新版《全集》外观的视觉效果已经证明很不错。可没料到的是,"酷评家"韩石山竟连看也没看一下,就"推算"说:"一册按 30 万字算,两册就多出 60 万字啊。"因此便闭着眼睛认为必是新版《全集》胡收乱收。此人这种轻薄文风,简直令人啼笑皆非。

(二) 收入《两地书》中鲁迅原信。

朱正等先生都主张这一点,指出《两地书》是当年公开发表的"作品",

是鲁迅与许广平合著的,我们应尊重原作者,照原书收入《全集》;而鲁迅的原信(与《两地书》中的信相比,时有文字不同)则作为信件,应按时间顺序编入《全集》的书信卷中。此事在讨论中争议甚大,我参与反驳了种种不赞成的理由,统计了一下,竟有如下数种:(一)"隐私说"。认为鲁迅原信中删去的内容属于隐私,新版《全集》再收入就是侵犯了鲁迅的隐私权。我发言说:① 许广平明确讲过她逝世后可以将原信发表,② 这些原信也早已公开发表,甚至还影印出版过,因此已根本谈不上"隐私"。(二)"弃稿说"。认为鲁迅改定为《两地书》后,原信就是他的弃稿,没必要再收。我发言说:原信绝不是"弃稿",相反是鲁迅珍藏起来了,而且鲁迅还特意重抄过复本保存起来呢。(三)"重复说"。认为同一《全集》中重收原信就重复了。我们指出,原信与《两地书》所收的文本差别还是很多的。于是,又有人提出"可作校勘说"。我发言说:鲁迅增删改动(包括标点符号)多的信,如一一出校勘记的话,将非常繁琐,实不可行。最后,还有同志担心《两地书》版权持有人会不会因此再提出什么要求等,也被我们排除了。我在这里将这些记上一笔,也是为了让局外的读者了解:在《全集》修订中,有时这样一个小小的改进也是得经过种种周折的。

(三) 没有删去《惜花四律》。

从周作人日记中可知,《惜花四律》是他先写的,后由鲁迅作了修改。因此,在最早一次《全集》修订会上就有同志提出应该删除,而且那次会上也没有人表示不同意(当时我尚未研究过周作人这一日记,而且那次会议讨论也比较匆忙),这一"决定"后来还曾多次见诸报端。但那次会议后,我越想越觉得这一"删除"的决定是错的。首先,既然是鲁迅改定的,那么鲁迅也就有一定的著作权,要删去就要慎重考虑。其次,这四首诗最早是周作人主动提供给搜集鲁迅佚作的研究者的,他在一些文章中也多次说是鲁迅写的,他既然已把《惜花四律》的著作权归诸鲁迅,也得考虑和尊重他的意见。更重要的,是要搞清楚鲁迅在这四首诗中究竟付出了怎样的劳动。我认真研究了周作人这段日记的影印本后,发现此前的研究者连周作人的有关眉批是批在哪首诗上的都没看懂。现在可以确认的是：
① 从周作人日记对《惜花四律》的署名"汉真将军后裔"来看，可知道他最初确认这是他们兄弟二人的合作。② 从周作人的批语看，可知全部三十二句诗中，现今只有八句是周作人的"原本"（而且这八句中还有四个字为鲁迅所改），其余均为鲁迅的"改本"。亦即四分之三以上是鲁迅重写的。③ 周作人后来撰文特地指出其中"颇有些佳句"，所举佳句均为鲁迅所作。因此，鲁迅实是《惜花四律》的第一作者，新版《全集》绝不应删去此篇。所幸以上意见发表后被采纳了，不然就闹一个绝大的笑话了。

（四）重拟一些诗文题目。

鲁迅有些诗文，在他生前未曾发表，他本人也未写题目，而是由后人代拟的。其中有的代拟得不好，我提出意见，有被采纳的。如《鲁迅著作手稿全集》和《鲁迅佚文全集》等书中都已收入的《手绘土偶图题识》，新版《全集》亦拟收入，但这个题目是后人代拟的，我认为有两点不妥：一是"手绘"一词，只能他人用于鲁迅，表示对鲁迅的尊敬，今作为鲁迅本人文章的题目，岂非笑话？二是"土偶"一词也不确，因为鲁迅绘图中除了人物动物外，还有非生物的"碓"，岂也可称为"偶"？三是鲁迅自己在日记中的用词很准确，叫"明器"。因此，我建议拟题为《自绘明器图题识》（今新版《全集》在"图"字前缀一"略"字）。又，旧版《全集》中后人为鲁迅旧体诗拟题为《无题》的很多，我提出，今因获见鲁迅诗幅或手稿，可据以拟题。新版改拟的这类诗题有《酉年秋偶成》，《戌年初夏偶作》等。又有根据现今所见鲁迅诗幅或手稿而将原先他人所拟题更改的，如《报载患脑炎戏作》改为《闻谣戏作》，《秋夜有感》改为《秋夜偶成》等。某位专家曾撰文表示反对（其实以前他自己就认为《秋夜有感》当为《秋夜偶成》），说什么这样一改"题就是跋，跋就是题"，变成"模式"了。但是，① 当年许广平等人就是这样代拟诗题的，对有的诗拟为《无题》只因无奈没有看到鲁迅诗幅或手稿；② 我们据以拟题的并不是诗跋，而是鲁迅书写赠人诗的题款，《全集》中的鲁迅诗是不印上题款的。

（五）附录收入《鲁迅、茅盾致红军贺信》。

关于此信之入集，争议就更大了；甚至新版《鲁迅全集》出版后，还有一些表示异议的文章。我是坚决主张以"附录"的形式收入此信的一人。这里，我再说说自己主张的一些理由。先想指出，新版《全集》所拟这一题目中的"贺"字不妥，应当去掉。这个"贺"字显然是从以前有关人士（冯雪峰、茅盾、许广平）的回忆文章或讲话中的"贺电"、"贺信"之说而来的（其中又有"贺红军长征"和"贺红军东征"二说）。现在此信的发表稿被发现了，信文中并没有一处出现"祝贺"的字样和内容，反复说的乃是"拥护"。这证明以前的有关回忆稍有差错。我们现在既然已看到了信的内容，标题就不应该再错了。当然，前人回忆中出现这样一点小差错，是根本不足为奇的；现在至少证明了鲁迅、茅盾致红军信是实有其事，从而也就证明了以前老前辈的回忆文章或讲话是可信的。

我认为必须收入此信的理由，首先，它是一封信。这简直好像是一句多余的废话，但强调这一点是因为确实有人想否定它是信。有些人为了想要排除它，蓄意将它扯到鲁迅签署过的"宣言"、"声明"、"文件"上去。然而这是毫无道理的。虽然，信应该在抬头写收信人，而此信的抬头却可能在当初发表时被略去了；但在《斗争》上发表时，在《红色中华》上摘登时，在中共领导人提到它时，都明确说它是"信"。现在发现的文献形式，也是信。其次，它是以鲁迅、茅盾两人名义写的。虽然此信原件现在还没有发现，是否鲁迅、茅盾亲笔署名，现在还不知道（我不同意在没有见到原件之前就一口咬定不是亲笔署名），当初发表时，又只以"××××"代替署名；但这"××××"肯定就是"鲁迅、茅盾"。这是已由中共领导人的电报、文章及《红色中华》在鲁迅逝世后写明"鲁迅来信"等一系列"证据链"所确证无疑的。无论如何，此信是由鲁迅等两人联署的，有人蓄意扯到有很多人联署的函件甚至宣言之类上去，是毫无道理的。再次，它在鲁迅生前就发表过。虽然鲁迅自己可能没有看到中共中央的机关刊《斗争》，虽然当时油印的《斗争》是那样的粗陋（那是因为中国革命正处于最艰苦的阶段啊),但任何人都不能否认这是一种正式的发表,而且是在鲁迅生前。如果不同意以上说的是事实,请明明白白地指出并说明理由;如果说不出理由,就必须尊重以上的事实和历史!

为了强调这一点,我在这里再将有关"证据链"简述一遍。因为我发现,很多自以为有资格发表高见反对此信收入(甚至以"附录"收入)《鲁迅全集》的人,其实根本不知道以下一系列互相关联的史实;有的人大概是知道的,但不愿意向一般不了解情况的读者展示这一"证据链"。因此,在这里再将有关"证据链"简述一遍实有必有。

——1936 年 4 月 17 日,此信发表于中共中央机关刊《斗争》第95 期;

——4 月 20 日,博古(秦邦宪)写的文章中即有引用(刊《斗争》第 96期);

——4 月 20 日,冯雪峰由党中央派往上海,因为党中央收到了鲁迅、茅盾的来信,才要求冯雪峰到上海首先去找鲁迅、茅盾;

——5 月 8 日,毛泽东在政治局会议报告中提到鲁迅、茅盾坚决拥护共产党(会议记录者杨尚昆);

——5 月 20 日,党中央和红一方面军领导人毛泽东、周恩来、张闻天等 12 人,联名发电报给长征途中红二、四方面军领导人朱德、刘伯承等人,电报中又一次提到鲁迅、茅盾来信拥护党的主张;

——7 月 6 日,张闻天、周恩来致冯雪峰信,再次提到"你的老师(按,指鲁迅)与沈兄(按,指茅盾)",高度肯定"他们为抗日救国的努力";

——7 月 24 日,杨尚昆写的文章中又引用此信(刊河北省委刊物《火线》);

——10 月 28 日中华苏维埃中央政府机关报《红色中华》为哀悼鲁迅逝世,在报头部位标明"摘鲁迅来信",刊登了此信的第三段。

请看,以上一系列事实,在时间上又是如此紧密相衔,带有递进性、因果性、互证性、逻辑性,有什么可以怀疑的? 我还相信,此信原件可能总有一天会重现于世的。到那时候,更可检验各人的判断。而在此之前,考虑到还不能排除它在刻印发表时会不会有刊误或刊落,为严谨起见,将它作为"附录"收入《鲁迅全集》书信卷,是慎重的,正确的。据我所知,新版《鲁迅全集》编委会是郑重请示了党中央有关部门后,才作了附录收入《鲁迅全集》书信卷的处理的。

但还是有人对此说三道四,揪住报刊文章中的一句话"专家认为,此信没有原件依据,其文字风格与鲁迅手笔完全不同,而且也不能证明此信经过鲁迅审阅,但这封信具有很重要的文献意义,应该在《全集》中得到完整的反映",就不懂装懂,胡搅蛮缠。其实,这句"专家"的话确实也说得不够专业,我就不完全同意。"没有原件依据"? 不过就是手迹原件至今尚未发现罢了。而《鲁迅全集》中因种种原因没有见到手稿原件而根据已发表的文本(当然专家作过必要的考辨)收入的书信就太多了,如鲁迅致山本初枝的几十封信,原件就都已丢失了。难道这些都要从《鲁迅全集》中删去? "文字风格与鲁迅手笔完全不同"? 我就只认为此信有些地方似乎与鲁迅的文字风格有些不同,但决不同意"完全"二字。而且,鲁迅的文字风格也不是一成不变的,特殊文体更可能有特殊的文字风格。例如,记得鲁迅有一篇反对国民党反动统治的文章,就用了一个连冯雪峰也认为生硬(生造)的词"战叫",难道仅仅因为这一点就否认那篇文章是鲁迅写的? 有人还特别抓住信末四句口号,似乎还想"规定"鲁迅不能写口号,尤令人发噱。"不能证明此信经过鲁迅审阅"? 这也是一句无谓的话,因为你同样也不能证明此信未经过鲁迅审阅啊! 而按照情理来说,一个尊重鲁迅的人(如史沫特莱),在发出这样重要的信之前,居然不经鲁迅过目,是不可思议的。此信之应该收入《全集》的理由,最根本的也不在于它的"文献意义",而是上面说的:既然它是一封署了鲁迅名字的、而且只有两人署名的、而且曾经发表过的信,就没有理由不出现在《鲁迅全集》的书信卷中!而且,《鲁迅全集》编委会已经充分考虑到此信尚未见到原件等因素,因此只是将它作为"附录"（而且现在还只是"附录"之"三"）收入，还有何不妥呢？

有些"专家"事后在《文汇报》上发表《此信不应编入新版〈鲁迅全集〉》，说什么"《鲁迅全集》的收文原有一条铁的原则：必须查证确是出自鲁迅手笔的文字"。真不知他说的这条"铁的原则"是谁定的？又有几分道理？什么时候提出来的？什么时候照办过？事实是，旧版《鲁迅全集》中一直就收入了不少出于他人（如茅盾、瞿秋白、曹靖华、许广平等等）手笔的文字，作为专门研究鲁迅的人，似乎连这点常识都不知道，还臆造出"一条铁的原则"，我们还有什么话可说！又说什么"决不能有人喊几声'重要！重要！'就可以把不是鲁迅执笔的东西收进去"。然而，据我所知，主张收入此信的同志几乎从未将其"重要！重要！"作为收入的必要理由或重要理由。当然，我也不否认它确实是"重要"的，而且此前"专家"自己也正是多次强调此信的"重要！重要！"而且喊得要比别人响得多，但我现在却不好意思再在这里引用他的那些高论了。"专家"以如此耸动视听的题目《此信不应编入新版〈鲁迅全集〉》来发表异议，为什么在文中从不提到新版《鲁迅全集》究竟是怎样"编入"的呢？

后来，我又读到《鲁迅的社会活动》一书中的《重议庆贺红军胜利的信》和在《档案春秋》杂志（2006年第7期）上发表的《破解鲁迅、茅盾"电贺"红军之谜》，更是感到大吃一惊！因为书上除了重复说一些我上面已经辩驳过的话以外，又提出了一个只有作者自己才想得出来的匪夷所思的所谓"破解"——他在书中说，他"以为鲁、茅联名信的代笔者不是在上海的"；他在杂志上发表的文章更明确地说，代笔者"会不会就在瓦窑堡，就在红军中"。他说他这样一想，便"豁然开朗"，"种种疑问都迎刃而解了"。然而，实际上"种种疑问"却是更多地扑面而来了！

"就在瓦窑堡，就在红军中"的这位"代笔者"，怎么会知道远在千万里之外的鲁迅、茅盾当时正商量要给红军写信呢？而且，他怎么能"在鲁迅、茅盾都不知情的情况下"（《鲁迅的社会活动》），却那么清楚地知道鲁迅和茅盾没有写(这是《鲁迅的社会活动》的观点),因而就"代笔"起来了呢?

当时在《斗争》上同时发表的来信有好几封,都能确认是从同一个地方(上海)来的(至少该书作者到现在还没有说其他几封信是"就在瓦窑堡,就在红军中"的人"代笔"的),为什么独独此信却是从瓦窑堡本地发出而混在这些信中?中共中央机关刊编辑部的同志难道连这样一点识别力和警觉性都没有吗?难道是中共中央机关刊编辑部的同志与"代笔者"达成了默契吗?

"代笔者"和中共中央机关刊明知是"代笔"却发表,又出于什么目的?如果说是为了借助于鲁迅、茅盾的声誉和威望,那么为什么不写出他们的名字而仅仅以"××××"代之,这样岂非达不到"借重"的目的了吗?

"'代写'者究竟是何方神圣"(该书小标题语)?如果是党和红军中的中低层干部,此人竟"在鲁迅、茅盾都不知情的情况下"冒充鲁迅、茅盾给党中央写信,那不是在欺骗党中央吗?谁有这样的胆量?如果是党和红军中的高级干部,那就更加不可思议了,岂不正成了敌对势力常常攻击的"共产党造谣","共产党欺骗人民"吗?(该书作者说博古的文章末有口号,似乎暗示此信的"代笔者"就是博古那样的中共领导人。)

该书作者还说他怀疑连毛泽东、张闻天也没有见过原信,也只是在《斗争》上读到的。这可能吗?谁有权将这样一封重要的信不给毛泽东、张闻天看,却直接拿到《斗争》上去发表?毛泽东、张闻天即使真的"只是在《斗争》上读到",毛泽东那么重视鲁迅,当时党中央所在地又只有那么大一块地方,他们怎么可能不马上调阅这样一封来信呢?我们按照最简单的逻辑推理,只能认为该书作者在这里暗示了某种更令人难以想象的他也不便明说的"破解"了——那就是毛泽东、张闻天也知道那是假的,"虚构的"!甚至该书作者的心里是不是以为这封信就是由毛泽东、张闻天授意"虚构的"呢?

该书作者的小标题已经公然判定此信是"一则虚构的革命文献",又居然还说这则"虚构的革命文献"的"代笔者"的"为鲁、茅'代笔'的行动是革命的"。难道"革命"居然可以吗？

我曾经在文章中说，此信有可能是萧军代笔。我提出了一些理由（主要是：在《斗争》上发表的信件中有一封可基本确认是萧军写的，当时萧军与鲁迅来往十分密切，而且萧军后来对如何创作鲁迅致红军信的画发表过意味深长的意见），但我说明我的想法还只是一种推测。该书作者挖苦我是"'拉郎配'似地到处找人"。但现在，他的这种说法却是连"拉郎配"也谈不上的，完全是一种想像！现在他提出的新"破解"说不出任何的根据。

其实，一切正直的、没有偏见的人，都不会这样否认这封信的，就在新版《鲁迅全集》出版之前，鲁迅博物馆鲁迅研究室集体修订重版的《鲁迅年谱》、中共中央文献研究室集体撰著出版的《张闻天年谱》中，都已经收入了此信。在新版《鲁迅全集》出版后，人民文学出版社出版的由茅盾全集编委会和茅盾家属新编的《茅盾全集》的补遗卷中，更正式收入了此信，并且还将"××××"直接改成"鲁迅茅盾"。因此，那些因为此信仅仅被"附录三"收入《鲁迅全集》就气急败坏的人，其实眼睛也不必光盯着《鲁迅全集》编委会了。

还可以提到的是，1981年版《鲁迅全集》书信卷附录收入了《致北方俄罗斯民族合唱团》一信，二十多年来，某些研究者和评论者对该信从未提出过任何异议，但是这次修订时我们认为不可靠而删去了，也可见《鲁迅全集》编委会的态度是非常严谨的。我一直奇怪，为什么有人对像《致北方俄罗斯民族合唱团》这样的信从来不提出任何异议，独独对附录收入致红军一信会这么强烈地反对呢？后来我越来越看明白了，这主要并非出于学术原因。我看出，其中有的人（不是全部）实际上是极不乐意看到有关鲁迅和共产党有亲密关系的史料。当然，他也不好明说，于是就只好东扯扯西扯扯。

六

最后，谈谈《全集》修订工作中我对非自己负责的部分所提的意见中未被采纳的自认为较重要的意见。

（一）《汉文学史纲要》书名不通。

旧版《全集》有说明："本书系鲁迅1926年在厦门大学担任中国文学史课程时编写的讲义，题为《中国文学史略》，次年在广州中山大学讲授同一课程时又曾使用，改题《古代汉文学史纲要》。在作者生前未正式出版，1938年编入《鲁迅全集》时改用此名。"新版《全集》说明改为："本书系鲁迅1926年在厦门大学担任中国文学史课程时编写的讲义，分篇陆续刻印，书名刻于每页中缝，前三篇为'中国文学史略'（或简称'文学史'），第四至第十篇为'汉文学史纲要'。1938年编入《鲁迅全集》首次正式出版时，取用后者为书名，此后各版均同。本版仍沿用。"必须提出，新版的说明比旧版还不好，因为它完全抹杀了鲁迅自己定下的《古代汉文学史纲要》的书名。"书名刻于每页中缝"的说法，是非常可疑的。我认为那可能只是刻字人员所作的记号，所以有随意性，先后竟有三种刻法，没理由认为都是作者自取的书名。作者的书名应该是写在或刻在首页或封面上的。我们现在只看到保存下来的作者手稿首页，鲁迅自题为《中国文学史略》。因为此书后来鲁迅没有写完，所以他后来不用这个书名了。厦门大学油印本首页未见鲁迅自题书名；中山大学油印本可惜至今未见，但许广平在《鲁迅著译书目续编》中明确记载："《古代汉文学史纲要》，为广州中山大学讲义，在厦门时原名《中国文学史略》。"可见，鲁迅是到广州后即改定书名为《古代汉文学史纲要》。许广平的这一准确记述是必须重视的，她绝对不可能自己臆想出"古代"二字来。问题的复杂性当然在于收入此书的1938年版《全集》也正是许广平亲自参与主编的，为什么又删去了"古代"二字呢？我不得不遗憾地认为，那是因为许广平等人没能理解书名中这"古代"二字正是缺少不得的。"汉文学"一词,对我们中国人来说,只有两种意思,即"汉代文学"和"汉族文学"。鲁迅此书明明从上古开始写起,因此如认为所谓"汉文学史纲要"是讲"汉代文学",肯定是不通的;那么,就只能理解为是讲"汉族文学"了,但这又是讲得通的吗?1938年版《全集》的主要编辑者之一郑振铎(而且《全集》中的文史专著也正是由他主要负责编辑的),后来就正是这样理解的。他在1958年发表的《中国文学史的分期问题》一文中说:"鲁迅先生编的《汉文学史》虽然只写了古代到西汉的一部分,却是杰出的。首先,他是第一个人在文学史上关怀到国内少数民族文学的发展的。他没有像所有以前写中国文学史的人那样,把汉语文学的发展史称为'中国文学史'。在'汉文学史'这个名称上,就知道这是一个'划时代'的著作。"我长年专门研究郑振铎,对郑先生非常尊敬;但他的这一说法我却认为实在有类于"郢书燕说",是被"汉文学史纲要"这一错误书名诱导出来的。这道理非常简单:鲁迅从来没有表述过如同郑振铎说的这样一种思想,他在给许广平、曹聚仁等人的信中谈到自己要写的文学史,明明说的都是"中国文学史"。他的《中国小说史略》,直到1935年还亲自作了修订,还指导增田涉译成了日文,也没有改为"汉小说史略"啊!鲁迅还一直表示想写一部《中国文字变迁史》,而这更明明有着更准确、更现存的名词"汉字"可用,鲁迅也没有叫它"汉字变迁史"。可见"汉族文学史"的提法即使再正确,再前卫,也不能强加在鲁迅头上。遗憾的是,直至最近我还在一些著名学者(如张炯先生)的文章中看到他们这样来阐释《汉文学史纲要》书名的"深刻含义"。因此,我要再次强调提出:《汉文学史纲要》是一个不符合鲁迅本意,也不符合书的内容的不通的书名,应该恢复鲁迅自取的《古代汉文学史纲要》。"古代汉"就是"从古代到汉代"的意思,也就是郑振铎上述文章中说的"只写了古代到西汉的一部分"的文学史纲要。这才是合适的书名。

(二)一些诗文代拟题目不妥。

旧版《全集》中,鲁迅旧诗题目中有两个代拟的《别诸弟》,第二个不仅重复了，而且显然不通。因为那第二个所谓《别诸弟》，并不是鲁迅在告别诸弟时写的。某人说这样取题是"周作人的首创"，未知何据？（我认为当是唐弢代拟的。）又在他的一本书中"妄自"（作者原话）改题为《和仲弟〈送蔑剑生往白〉元韵》，我认为极不妥。因为这"元（原）韵"本是鲁迅自己的诗，且这个题目也太累赘。新版《全集》则改为《和仲弟送别元韵》，但我认为仍是不对的。鲁迅诗跋中明言："仲弟次予去春留别元韵三章，即以送别，并索和。"因此，是"仲弟"次鲁迅的"元韵"，而不是鲁迅和"仲弟"的"元韵"。"仲弟"的这几首诗是没资格称"元韵"的，"元韵"只能指鲁迅的诗。旧时文人唱和，多至数十上百的也不少见，但"原韵"却只指首唱的人；首唱者本人如再作叠韵，是绝对不写"和"某某人"原韵"的。这是常识，现在竟在《鲁迅全集》中闹了笑话！某人还曾撰文与我"商榷"，长篇大论地教诲我"和"是什么意思，单用一个"和"字与"和原韵"是如何如何的不同，说单用一个"和"就能是用异韵，甚至还代我预想"辩护词"而批驳之："毛泽东写有《七律·和柳亚子先生》《七律·和郭沫若同志》，都不采用原韵"，都是"用异韵，只是在内容上有联系。因此，陈先生如果要援引毛泽东两首诗为例为自己辩护，也是不能成立的。"我读了这一大段话后实在为某人感到脸红了，因为，即使仍以毛泽东诗词为例，就有两首《浣溪沙·和柳亚子先生》，并没有写"和原韵"，请大家看看是不是就用了"异韵"？本来，我是实在不想同这样的外行话多辩的，但看来新版《全集》修订者中就有人相信了这样的外行话，我也就不得不多讲一点常识话了。

另外，我还认为代拟的《一二八战后作》的题目也不妥，但要改动，难度太大，我已撰文讲过我的理由，这里就不再多说了。还有如《关于废止〈教育纲要〉的签注》的题目，根本就不是"代拟"的文章题目，而只是他人对该文的指称。（请大家想想，现在的《毛选》《邓选》中有没有这样的"关于……的批示"一类的文章拟题？）又如《集外集拾遗补编》的代拟书名，床上叠床，屋上架屋，也十分不雅；但既成事实，要改也难，我也就不多说了。（我曾提议用鲁迅曾经想到过的书名《集外集外集》，至今我还认为这是一个极妙的主意。)

(三)俄文信的原文未附上。

我曾指出,旧版《全集》中,凡鲁迅用日文写的书信文章,及他人代鲁迅写的英文信等,都附录了外文原文。这很好。那么,他人代鲁迅写的俄文信的原文也应一视同仁地附上。这样也便于懂俄文的读者对照阅读,可以检查译文是不是准确。这个合理意见未见采用。如果还被人怀疑《全集》有歧视俄文之嫌,那就更不好了。

(四)《中国矿产志》、《人生象敩》未收入。

今存鲁迅的著述中,仅有早期的《中国矿产志》和《人生象敩》两种未收入《全集》,不管有什么理由,总令人感到是一种缺憾。这次修订中有不少同志提议还是收入为好,我更建议放在《全集》第九卷(收有《中国小说史略》、《(古代)汉文学史纲要》二书)内,一方面性质上同是学术书,另一方面这一卷本来就比较薄。这一意见未被采纳,也颇感遗憾。

此外,我还提出新版《全集》各卷首的照片、手迹等,应由专家重新认真挑选,特别应注意挑选近二十年来新发现的一些重要的照片和手迹(我自己心中就有具体的选材)。可惜此事未被从容讨论。后来新版《全集》所印的照片中还出现了不应该出现的差错,遭人诟诋。但这与参加修订工作的专家无关。还有,最后一卷的索引中的问题也不少,特别是有关书籍文体的分类,不当之处甚多。这些似乎都没有从容修订。

记得郑板桥有一副对联:"隔靴搔痒赞何益? 入木三分骂亦精!"据说鲁迅对此联也很喜欢。新版《全集》问世后,得到不少赞扬,那也是应该的;但出版社和修订者都应该欢迎读者、研究者来挑"毛病"。当然,我看有的挑"毛病"的人的动机是不那么纯的,那也不要紧,我们还是可以做到从学术上与他们讨论争辩。可惜的是,在我看来大多所挑的"毛病"都未能搔到痒处,更未能击中要害。那么,我来揭出一点问题,也是可以的吧?

最后,请允许我再回到本文的题目上来说几句纯属私人心底的话。孟夫子曰:"予岂好辩哉? 予不得已也!"以上我滔滔不绝地讲了很多,似乎气势甚雄,但其实我心中却是十分戚戚。参加修订《鲁迅全集》的这四年半时间,真的是与我人生中一段极为重要的经历连在一起的。就在此期间,我经历了恋爱,结婚,生女(我是"晚婚晚育"的超级"模范")等几件人生大事。在此期间,我多次离沪赴北京等地参加会议,最放心不下的就是八旬老母不能照顾。我还曾同王锡荣兄商讨过,我能不能把妈妈也带上,反正我们开会的条件很好,大多是一人一间房。但每一次我出差,妈妈都微笑着要我放心地去。每一次我出差回家后,看到白发苍苍的老妈顽健如旧,微笑着依闾迎接,就会深深地松一口气,并感到幸福。最后一次喜滋滋从北京捧回新版《鲁迅全集》时,也是这样。但没料到,喜极而悲,只过了五天,妈妈就病倒了! 树欲静而风不止,子欲养而亲不在。痛何如之! 我妈在旧社会,没有享受到受教育的权利,她不识几个字;但她也早就知道鲁迅先生,更知道她的儿子是最喜欢研读鲁迅的,知道儿子从事研究鲁迅是一件重要的工作,并引以为豪。现在,我把医院先后开给我的两份妈妈的《病危通知单》就夹在新版《鲁迅全集》中,留作永远的纪念和激励! 我在写这篇文章时,就时时在眼前浮现起老母亲亲切的微笑……

郑振铎的小说与鲁迅的影响

郑振铎一生发表过三十六篇小说(其中有四篇可合称一部中篇,有一篇为长篇未完成稿),[1] 共约三十七万字。郑振铎的小说自有其鲜明的特色和不可抹煞的成就,但这不是本文要论述的,这里要谈的是他的小说创作与鲁迅的关系。

郑振铎在 1920 年秋开始发表小说,最初的几篇,因艺术上、思想上都显得不够成熟,没有引起什么反响。他随即中辍了小说写作,后来也从未将这几篇作品收集,于是便为人们所忘却。两年半后,1923 年 4 月,他在自己主编的《小说月报》上发表了署名"西谛"的一篇《淡漠》,反映"五四"落潮期青年的爱情与思想问题,比较引起人们的注意。这是他在小说创作道路上的重新起步。又过两年半后,他连续发表了《猫》等描写小资产阶级家庭生活的小说,显露出他的小说创作个性的初步成熟。

他一生中比较集中地进行小说创作,有两个时期。一是 1927 年 8 月初至 9 月初,在法国巴黎,短短个把月内共写了十来篇,主要是另一类反映宗法封建家庭生活的小说。后连同上述《淡漠》、《猫》等,编为《家庭的故事》一书。二是 1933 年 8 月至翌年 9 月,一年内共创作了希腊神话题材和中国宋末、明末、清末历史题材小说共七篇。其中希腊神话题材的四篇,作者自己认为可视作一个长篇(当时还没有"中篇"的概念),后以《取

1　郑振铎生前自编文集第一卷时,除自己删去一篇外,还漏收了好几篇;后虽经出版社编辑补辑,仍有漏失。以前的统计都不正确,如《论郑振铎的小说》(载 1984 年《新文学论丛》第 1 期)说"他一共写了二十五个短篇和一部长篇《取火者的逮捕》",就漏算太多了。

火者的逮捕》为书名出版;描写中国历史题材的三篇,后以《桂公塘》为书名出版。这后两本书,是郑振铎小说的代表作。

《淡漠》是郑振铎第一篇值得重视的小说,描写的是一对男女大学生之间的爱情从热烈到淡漠,以至完全失败的变化过程。它不是当时一般的呼吁反抗封建势力、提倡个性解放的作品,也不是一般地谴责爱情生活中的薄情者。它的思想起点要高得多,指出了没有远大的理想,爱情就将无所附丽的人生哲理。借用茅盾的话来说,是"穿了恋爱的外衣而表示了作者的宇宙观和人生观"。[1] 不仅如此,更因为小说的男女主角原非一般的青年,而是学生运动的领袖人物,连这样的人物也终因经济的社会的原因而毁灭了美好的爱情,那么,它的悲剧意义也就更为深刻,更令人深思了。因此,当时就有读者指出,这篇小说是"描写很能动人而可以算得是成功的作品"[2],"这几年来描写爱情变迁的作品,也算不少,但求一篇能像《淡漠》这样的真切,动人的,却是绝无仅有!"[3] 当然,对于更深一层的触及社会政治经济制度的思想意义,作者当时似乎也还没有明确意识到,因此缺乏更深入的开掘。而一般读者,当然也只能看到小说反映的人生哲理,但仅此一点,在当时也已是相当新鲜和深刻了。如同当时一位读者说的:"我们读了西谛先生这篇小说,至少可以把这淡漠的悲惨,留下一个深的印象在心里","须记着西谛先生思想这句话,时时留心,互相保持",使恋爱"两方的思想常处于同一世界上!"[4] 而小说未能明确表达的更深一层的思想,即个性解放、爱情幸福决不能脱离社会解放、经济解放而获得的思想,在两年多后才由鲁迅的小说《伤逝》鲜明地体现出来。

后来的读者把《淡漠》和《伤逝》作比较和联系起来思考,是非常自然的。因为,谁都可以看到两者在主题思想上比较相近,或者说,有着思想

---

1 茅盾《中国新文学大系·小说一集·导言》。
2 《小说月报》第 14 卷第 9 期所载史子芬来信。
3 《小说月报》第 14 卷第 8 期所载子苇来信。
4 志点《西谛君的〈淡漠〉》,1923 年 7 月《小说月报》第 14 卷第 7 期。

上的某种联系。而这,也就是值得我们充分肯定《淡漠》的地方。当然,无论从思想的深刻性与艺术的完美性来说,《淡漠》都是比不上《伤逝》的。郑振铎在《淡漠》中表达的人生哲理,当然也是受到鲁迅思想启蒙的;但由于《淡漠》发表在《伤逝》之前,前者不可能受到后者的影响。

1925年11月7日,郑振铎写了小说《猫》。这是一篇构思精巧、情感真挚的短篇。小说写了家里养过三次猫。前两次都是要来的,长得十分可爱:一次猫病死了,一次猫被人偷走,都使"我"十分伤心。第三次的猫却是佣人拾来的,长得很难看,而且"好像是具着天生的忧郁性似的",不讨人喜欢。一天,家里买来一对芙蓉鸟,被咬死了一只,"我"便认定是猫所为,暴怒地打了它,后来才明白是冤枉了它。"我心里十分的难过,真的,我的良心受伤了,我没有判断明白,便妄下断语,冤苦了一只不能说话辩诉的动物。想到它的无抵抗的逃避,致使我感到我的暴怒,我的虐待,都是针,刺我良心的针!"而不久,这只猫在外面死了,"我永无改正我的过失的机会了!"小说在艺术上已相当圆熟,写前两次养猫是作为第三次的陪衬与对照,详略得当,首尾圆合,照应周密,采用了预留伏笔、先抑后扬等手法,在小说结构上也有了很大的进步。而对三只猫的描写也各具神态,栩栩如生。因此,在1935年,便被茅盾选入《中国新文学大系·小说一集》;1939年,土井彦一郎将它译成日文,收于《西湖之夜——白话文学二十篇》中;1949年后,又被选入中学语文课本中。

《猫》的流传较广,但关于它的主题思想,从1920年代的孙席珍开始,大多认为是表现作者"对于人类以外的小小的生物,也贯注着无限的慈爱和同情"[1]。然而,我认为作品的主题并不在此。与其说它是为了表现人道主义的博爱思想,不如说是为了表达作者对于自己的过失而深深的内疚与忏悔。我还认为《猫》是受鲁迅作品《风筝》的影响的。鲁迅的《风筝》发表于同年2月,主旨并不是有的研究者说的是为了表达兄弟友情,而是

1　孙席珍《郑振铎的〈家庭的故事〉》,1929年2月《文学周报》第358期。

对于自己童年过错的自我谴责。由于《猫》与《风筝》在这方面十分相似，又在同一年发表，所以我认为《猫》就是直接受到《风筝》的启发的。两者的题材都很小，但都令人回味，令人感动。郑振铎紧接着又写了风格、类型相近的小说《失去的兔》，又很令人想起此前鲁迅发表的《兔与猫》及郭沫若的《三诗人之死》等同样写养兔的小说。虽然各自表现的角度不同，手法有异，却相映成趣。

郑振铎1927年8月6日写的小说《三年》，是一篇难得的优秀作品。《三年》写主人公十七嫂出嫁后短短三年间的不幸遭遇。小说先扬后抑，对比强烈。主人公在二十岁那年结了婚，随即"喜事"接踵而来：一个月后公公升官，三个月后她便怀孕，不久丈夫又在上海找到工作。这时，她在夫家甚受优待，婆婆常说："她的脸是很有福相的。怪不得一娶进门，周家便一天天的兴旺。"但是，好景不长，"如一块红红的刚从炉中取出的热铁浸在冷水中一样。黄金时代的光与热，一时都熄灭了"。公公忽患大病而死，而有人却把她童年曾经被算命先生判定是"命硬"、要"克父""克子"的话传到了婆家，于是公公之死也就被认定是她所"克"。她受到了恶毒的讥骂与冷待。还好，她接着生下一个儿子，境遇似乎有所"改善"，但这"改善"却赤裸裸地是为了孩子而并非为她。不幸的是儿子又夭亡了。这样，她就更被认为犯下了弥天大罪，"人人冷面冷眼的望着她，仿佛她便是一个刽子手，一个谋杀者，既杀了父亲，又杀了公公，又杀了自己的孩子，连邻居，连老妈子们也都这样的断定。"谁都可以打击她，虐待他，甚至连她绝食也无人理会。后来，她得悉丈夫在上海又娶了一个女人。她最后的命运是不言而喻的。小说这样悲愤地控诉：

> 这短短的三年，使她由少女而变为妇人，而无忧无虑的心，乃变而为麻木笨重，活溜溜的眼珠，乃变而板涩失神，微笑的桃红色的脸乃变而枯黄，憔悴，惨闷。这短短的三年，使她经历了一生。她的一生，便是这样的停滞了，不再前展了，如一池死水似的，灰蓝而秽浊的停储着……

而她才二十三岁！她的肉体虽然还活着,但她的精神生命已经被活活扼杀了!

小说对封建、迷信的婆婆,八嫂,丈夫,以及算命先生等人物作了揭露;但其首先抨击的则是封建宗法家庭内部的黑暗,和弥漫于整个社会的愚昧、残忍、不把女人当人的封建思想。读这篇作品,人们很自然地会联想起早于此三年前鲁迅发表的名作《祝福》。《三年》显然也是深受《祝福》的影响的。当然,《祝福》的思想深刻性与艺术震撼力是《三年》所不及的,但后者无疑也属于同一个严肃的主题,而在取材和表现角度等方面则均有所不同。《祝福》写的祥林嫂是社会底层的劳动妇女,而十七嫂却还是一位"少奶";前者写了祥林嫂一步一步被万恶的封建社会吞噬的"半生事迹",而后者写十七嫂从天真活泼的少女到被摧残为一个"活死人"却只有短短的三年! 可见郑振铎抓住的也正是非常典型的封建社会迫害妇女的又一个惊心动魄的实例,更反映了这个黑暗社会不仅"吃"被统治阶级,而且连统治阶级中的妇女也不放过。《祝福》揭露了封建礼教、迷信杀人,而偏重于对礼教的批判:《三年》则偏重于对迷信的抨击,但通过对封建迷信杀人的揭露,激起的仍然是人们对于整个封建宗法制度的痛恨,和对于被践踏、被遗弃的妇女的同情。

《三年》在描写方面也是颇具特色的。一开头第一段就像一首优美的抒情诗,并运用了古典文学中的排比、对仗手法,[1] 形象地描写了不同环境下的各种音响,对人产生的各种不同的感受,从而引出算命先生的铮铮当当的三弦声对于呆滞失神的十七嫂的刺激;再描写乘弟弟结婚而回到娘家的十七嫂眼中所见的天井里的景色,接着很自然地回述她这三年的遭遇;最后,又描写了娘家天井中的美丽景色,以及隐隐约约随风飘至的三弦声。首尾遥相呼应,令人回味无穷。这一点也是与《祝福》很相似的。

1　郑振铎在《欧行日记》中记载,他在创作《三年》时,重读了唐人的《长恨歌》、《琵琶行》、《连昌宫词》等作品。

而作者以斑斓的色彩描绘天井中盛开的各种鲜花,显然正是为了与十七嫂苍白悲惨的命运作强烈的反衬;作者描写随风飘来的一声半声的算命先生的三弦声,无疑更为整篇小说增添了一种悲凉而苍茫的气氛。这种绘声绘色的描写是十分成功的。

当然,我们说过《三年》不及《祝福》。这不仅因为在艺术上鲁迅更为高超,而且在思想性上也能见出高低。鲁迅的解剖刀深入祥林嫂的灵魂深处,同时发掘了祥林嫂灵魂中的高尚和闪光的东西,写出了这样美好的心灵之被摧毁,自然更富于悲剧意义。而十七嫂受制于原先的阶级地位,本来逊于祥林嫂那种劳动人民的美德,但作者对她的心灵的解剖则仍是不够的。鲁迅写到祥林嫂临死前怀疑灵魂与地狱之有无,冯雪峰认为这是她的"一个伟大的疑惑",同时也是鲁迅小说的"一个伟大的发现",即体现了人民的反抗力量。[1] 而《三年》则缺乏这样深刻的意境。其第一段虽然如前所述在描写手法上是很不错的,但也容易给读者带来一种不可知的、神秘的、渺茫的感觉,虽然整篇小说则正是反对迷信的运命论的。可见,鲁迅的《祝福》确实难以逾越;然而,我们仍得肯定郑振铎的这篇《三年》是一篇难得的优秀作品。我认为,它还是《家庭的故事》一书中水平最高的一篇。

在写完《三年》的第二天,作者写了《五老爹》。作者怀着诚挚的情愫,追念在"我"童年时代的回忆中留下很多美好和难忘的印象的长辈五老爹。作品叙写的事都是很平常的,如喜欢抱"我",在灯光下作手势扮演动物、讲"长毛"的故事、[2] 讲《聊斋》《三国》故事、镊出"我"误吞的鱼骨,等等。唯其平常,更感亲切,令人不禁想起鲁迅描写的"长妈妈"。

1931 年秋至 1935 年春,郑振铎在北平工作了三年半。这短短三年半,是他一生学术论著与文学创作的丰收时期。从 1933 年 8 月开始,他在

---

1 冯雪峰《单四嫂子与祥林嫂》。
2 1958 年郑振铎编文集时,将"长毛"改成"海盗"。

一年内创作了《取火者的逮捕》和《桂公塘》两本小说集。"发表后，以其作风粗劲豪迈，大得佳评。遂在创作界立下相当地位。"（徐沉泗等《〈郑振铎选集〉题记》）这两本小说集不仅是郑振铎一生创作中的高峰，也是民国时期文学史上难得的优秀作品。

《取火者的逮捕》包括四个连续性的短篇，"题材只是一个，那就是：描写'神'的统治的横暴和歌颂'人'的最后胜利。"因而作者说："其实却可以说是一个长篇"。[1] 小说主要取材于普罗米修斯（Prometheus）窃火给人类，受到大神宙斯的残酷折磨而坚忍不悔的故事。这在西方是妇孺皆知的，在中国也至迟在 1920 年代前期就由郑振铎在《文学大纲》中介绍过。然而，从古希腊以来这个故事就有种种不同的说法和解释，第一个赋予它以崭新的意义的是马克思，他在《博士论文》中说："普罗米修斯是哲学日历中最高尚的圣者和殉道者。"在中国，最强调这一点的是鲁迅。鲁迅在 1930 年代初多次提及："人往往以神话中的 Prometheus 比革命者，以为窃火给人，虽遭天帝之虐而不悔，其博大坚忍正相同。"[2] 1933 年 7 月，在郑振铎倡议下和鲁迅支持下创刊的《文学》月刊（郑振铎的这几篇小说即大多载于此刊），从第一期起便在卷首印上了德国某名画家关于普罗米修斯取火的油画。而在该刊创刊号上，郑振铎发表了所翻译的描写沙皇镇压革命青年的俄国小说《严加管束》，并在译者附言中说，他的译作"献给为光明而争斗的青年勇士们"，他们是"扫荡不尽的"，残酷的镇压"不过造成无数像 Prometheus 般的伟大人物而已"。可知，郑振铎用这个外国故事作小说题材，决不是偶然的，也是与鲁迅有关的。

书中第一篇小说，即名《取火者的逮捕》，作于 1933 年 8 月 3 日，载 9 月 1 日《文学》月刊第 3 期。这是郑振铎在 1930 年代发表的第一篇小说。（从此他发表小说都署名"郭源新"。）因此，这篇小说是郑振铎创作中的一

1　见郑振铎为此书写的《新序》。按，此书连序文在一起约 8 万字，从内容及字数上看，相当于现在一般所称的"中篇"。

2　见《"硬译"与"文学的阶级性"》，又见《〈文艺政策〉后记》等文。

个新起点。小说的后三节是全篇的高潮,主要描写普罗米修斯在宙斯面前英勇无畏地慷慨陈词。普罗米修斯这样斥责宙斯:

> 为了正义与自由,我帮助了你们兄弟,推翻了旧王朝。但自从你们兄弟们建立了新朝以后,你们的凶暴却更甚于前。……你们这群乳虎,所做的却是什么事!去了一个吃人的,却换了无数的吃人的;去了一位专制者,却换来了无数的最凶暴的专制者。你,宙斯,尤为暴中之暴,专制者中的专制者!你制伏了帮助你的大地母亲,你残害了与你无仇的巨人种族,你喜怒无常的肆虐于神们,你无辜的残破了天真的童子海泛斯托士;你蹂躏了多少的女神们,仙女们!你以你的力量自恣!倚傍着权威与势力以残横加入而自喜!以他人的痛苦来满足你的心上的残忍的欲望!你这残民以逞的暴主!你这无恶不作的神阀!你说我离开了你,不和你为友;是的,你已不配成为我的友;是的,我是离开了你!我为了正义和自由而号呼,不得不离开你,正和我当初为了正义和自由帮助了你一样!

真如小说中说的,这是"未之前闻的慷慨的责骂"!这里,如果联系鲁迅和郑振铎在当时的两次谈话,将有助于理解小说的战斗意义。鲁迅当时对日本友人增田涉说,国民党最初称共产党是火车头,是国民党的恩人;而现在却把被捕的共产党人和无辜青年统统杀掉。这种手段简直是欺骗,而其杀人的方法则比军阀更狠毒。[1] 郑振铎在当时的公开讲演中也提到,大革命"蓬蓬勃勃,促成国共合作,广东出师北伐,使中国革命为猛烈的抬头。后国共分家,共产党在前面组织各种民众团体,继来的是蒋介石的军队,实施武力压迫。蒋先清共,后武汉亦清共。"[2] 小说中普罗米修斯的这段慷慨陈词,正是表达了作者对背叛革命的反动派的痛恨,而宙斯则正是作者在一年前讲演中公然点名的蒋介石的化身。进步作家聂绀

1　增田涉《鲁迅传》,载 1932 年 4 月,日本《改造》杂志。又见圆谷弘《中国社会的测量·与鲁迅谈话》。
2　郑振铎《新文坛的昨日今日与明日》,1932 年 3 月 19 日在北大演讲。

弩,在八年后写了《第一把火》,以取火者来比喻与纪念鲁迅,并承认是"受了作为这篇作品的蓝本的《取火者的逮捕》(郑振铎)的影响。"(《〈天亮了〉再版序》)而我认为郑振铎则是受了鲁迅的影响。

《桂公塘》一书中的第一篇,是作于1934年2月28日,刊于4月1日《文学》第2卷第4期"创作专号"上的中篇小说《桂公塘》。这里必须提到,这年1月下旬因国民党当局突然加紧对《文学》的压迫,郑振铎在茅盾紧急通知下,从北平到上海与鲁迅等人研究对策,确定了连出几期"专号"的对付办法。而这篇《桂公塘》即是为"创作专号"赶写出来的,且作为该期特大号的首篇。这又是多么紧张而特殊的反"文化围剿"的战斗啊!关于这篇小说在艺术上的成就失得,现在的研究者常喜引用鲁迅在当年5月16日写给郑振铎信中的一句话:"以为太为《指南录》所拘束,未能活泼耳。"确实,作品的故事情节基本照《指南录》中所述,甚至很多细节均有所本。但正如郑振铎所说,也有略为改动了原作的地方。如原作写到北兵未入桂公塘牛栏搜查,是因为"时大风忽起,黑云暴兴,数点微雨下,山色昏冥,若有神功来救助也";而小说则舍弃这一情节,改成北兵因牛屎臭气而未入。这就避免了可能使读者感到过于巧合。原作在他们一行未到桂公塘前,余元庆等四人即卷金叛逃;但小说却写他们一直是十二个人,并将余元庆塑造成一个很有谋略的正面人物。这样写,看来是为了减少枝蔓。[1]

对于鲁迅信中的这句话,我认为不能片面理解,以为鲁迅否定了《桂公塘》的艺术性;更不能就此得出郑振铎的历史小说是与历史上的传统演义小说属于同一写法的结论(关于这一点,下文还将详论)。鲁迅也并不反对依据文献、言必有据的历史小说,相反却认为"其实是很难组织之作"

---

[1] 但这一改写是否妥当,我认为值得研究。尽管余元庆是个次要人物,但将一个变节者作为正面人物来写,对于了解历史本事的读者说来,总觉不妥。再说,出现动摇叛逃者,正说明斗争之艰苦曲折,这一节如照原作来写,亦未尝不好。但这一改写证明至少《桂公塘》没有全为《指南录》所拘束。

(《故事新编·序言》)。我认为,《桂公塘》在情节描写上较少虚构与发挥想象,其主要原因是这一段故事本身即十分曲折、惊险、凄惨,作者实在不须虚构什么,便已惊心动魄了。鲁迅与郑振铎是老朋友,他信上如此说,既是随心而论,又是出于高标准。以鲁迅之博学强记,对《指南录》自是十分熟悉,故读了小说后易有"曾似相识"的感觉;而一般读者则未必如此。例如,当时有很多读者激动地说:"我相信不少读者,也因阅而心酸罢。作者却能运用他自由的笔,在峰回山转疑无路之中,突然柳暗花明又一村。情节一幕紧张一幕,读者的心,完全被作者摄住了。"[1] "其结构的完整,与创作态度的谨严,在现代的中国作者中,实所罕见。"[2] "《桂公塘》,这是比较来上一篇《文天祥评传》要有价值得多。……这样地把这故事底发展写出来,自然地给予了读者以深刻的印象,而会被感动得和作者一般地流下同情之泪了。"[3] "无疑的,《桂公塘》是一篇成功的叫人满意的佳作。"[4]

在一片叫好声中,也有说不好的,甚至还引起争论。比较有代表性的是《新垒》月刊与《春光》月刊(及《中华日报·动向》)二者的尖锐对立。《新垒》的政治背景及其倾向都不好,[5]但它发表了主编李焰生(化名"马儿")的《郭源新的〈桂公塘〉》。其人对郑振铎主编的《文学》本来态度是对立的,[6]说什么看《文学》不过是"催眠之用";但读了《桂公塘》后,却惊叹:"真是满腔热血千行泪写成的作品",是"一棵壮丽的花树","实是新文坛上没有见过的一篇东西"。激动得觉也不睡,通宵写了这篇文章予以推奖。他又发了一通攻击左翼文坛的议论:"普罗文艺的英雄们,他们的民

1　俞遥《〈文学〉的"创作专号"》,1932年4月23日《中华日报·动向》。
2　束萌《〈文学〉创作专号》。
3　苏萤《读〈文学〉创作专号》。
4　汪家瑜《读〈文学〉创作专号后》。
5　《新垒》受汪精卫改组派部分政客支持。
6　《新垒》上评《桂公塘》的诸作者,当时都不知道"郭源新"即郑振铎;而《春光》上的有关评论者,则知道他是"老作家"。

族国家观念,给共产党反民族国家的纲领取消了。此种没有灵魂的傀儡文艺,除了一些描写共产党人的浪漫故事之外,就是千篇一律的工人于罢工之后去参加共产党。"而同时,他又责问国民党右翼文坛:"提倡民族文艺的英雄们,你们看看《桂公塘》罢。你们看看你们的《陇海线上》,看看你们《国门之战》,有多少相同没有?"作者站在所谓反对"党派文学",也反对"假冒民族招牌的文学"的立场上,认为《桂公塘》才是当前中国需要的"真正民族国家的文学"。

而由左翼进步青年主编的《中华日报·动向》上发表的耶夫的《郭源新的〈桂公塘〉》,却认为它毫不动人,"而且感到烦厌","只能算得一个文天祥的纪事,对于当时的社会实况以及文天祥以外的人,是丝毫没有触到的。这种历史小说的创作方法,不客气的说,是要不得的。"甚至认为"连题材也没有加以仔细的取舍和组织"。《动向》又发表艾淦(宋之的)的《新作家与老作家》,认为"这篇作品是可以当起'老'而无愧的。题材老,见解老,笔法老,不但老,而且有点滥。其所以然者,因为郭君根本就没有以新的历史眼光去认识和处理他所选取的题材的缘故。"左翼进步青年主编的《春光》杂志上,又发表艾淦写的《〈桂公塘〉和〈天下太平〉》,认为老作家"一天一天的逼向着坟墓了。其所以不甘没落,而必需卖卖名字者,也不过略示自己的挣扎之意而已。"还说应该"清除那本质上已经死去而仍靠着招牌吃饭的人"。他认为采用《指南录》这样的材料,"不但不会有什么精华开采出来,甚至还会开出毒蛇来的",并再次认定"作者根本就没有描写历史题材的能力"。

这样,便出现一个很奇特的现象:个别政治背景不好的刊物谬托知己,击节赞赏;而个别进步青年的杂志、副刊却将其贬得一无是处。对此,郑振铎未免感到遗憾、气愤、哭笑不得,于是他于5月12日致信鲁迅,反映了这一情况。鲁迅于16日复信,分析说:"《文学》中文,往往得酷评,盖有些人以为此是'老作家'集团所办,故必加以打击。至于谓'民族作家'者,大约是《新垒》中语,其意在一面中伤《文学》,侪之民族主义文学,一面又在讥刺所谓民族主义作家,笑其无好作品。此即所谓'左打左派,右打右派',《铁报》以来之老拳法,而实可见其无'垒'也。《新光》(按,当为《春光》之误)中作者皆少年,往往粗心浮气,傲然陵人,势所难免,如童子初着皮鞋,必故意放重脚步,令其橐橐作声而后快,然亦无大恶意,可以一笑置之。"鲁迅认为那些贬斥《桂公塘》的文章是"酷评",也就是肯定了小说的成就。鲁迅形象地批评了当时一些青年易犯的"左派幼稚病",认为可以宽恕。至于《新垒》,鲁迅揭露了它的"老拳法",但也未将它都划入反革命营垒中去。这样的分析,对于郑振铎是大有帮助的。

鲁迅写信前一天出版的《新垒》上,又发表天狼的长文《评〈桂公塘〉》,除了继续"左打左派,右打右派"外,主要从艺术上较详尽地分析了《桂公塘》的成就,并驳斥了艾淦等人的贬评。应该说,此文的艺术分析还是颇为中肯的,甚至还看出了小说正是当时现实的"绝妙的写照"。其后,该刊还发表潇潇的《〈桂公塘〉的"毒蛇"问题》等文,继续驳斥艾淦的观点,但又继续玩弄"老拳法"。以后,《动向》上则有虹子的《论向历史上找创作题材》,指责郑振铎的小说"是畸形的,非正态的。而且,是建设新的写实文学当中所不可忽视的阻碍"。此文完全否认历史小说的价值和作用,认为"现实底形色,五花八门,简直美不胜收,但此辈作家,偏偏舍本逐末,拼命的去挖化石在七拼八凑;我觉得是把心血葬送了"。作者甚至在看出一点郑振铎历史小说的现实寓意后,还要挖苦说:"作者自然是有苦衷的:比如自想要说几句如今的话,但如今的话偏又不好说'如今',只得抓个躯壳来,可以占一些小便宜。"另外,徐懋庸也在《大晚报》上认为《桂公塘》"是失败得无可救药的"(《三卷一号〈文学〉杂评》)。当然,也有著名左翼文学批评家王任叔、张香山的正确评价(这留待他时写专文再说)。

对于以上各种"酷评",郑振铎根据鲁迅信中"大可置之不理"的指示,一篇答辩文章也没有写。但我们今天在回顾这场围绕着《桂公塘》的风波时,却不能不作出公正的评定。我认为,《新垒》中文章对左翼文艺的攻击当然是错误的,但他们看出《桂公塘》是当时中国文坛(包括左翼与右翼)

少见的优秀作品,并对其艺术技巧作了一点分析,反对过分的贬评,这却是有可取之处的;《春光》及《动向》中的"酷评"文章,则没有什么道理,或出于对"老作家"的盲目对立情绪,或出于对当时新的历史小说产生的意义的不理解,用语又轻薄,过"左",甚至通也不通(如"开出毒蛇来"云云),而且对《新垒》上攻击左翼文艺的谬论又毫无痛击。不管怎样,出现了那么多的评论文章,就证明这篇作品是很有影响的。《桂公塘》的思想价值与艺术价值本是客观存在的,经过半个多世纪,我们看得更清楚了。

然而,在当今一些研究者中,有一种人云亦云的说法,即认为"郑振铎历史小说的缺点,在于艺术虚构不够,过于拘泥历史事实,忠于历史,未能跳出历史"。因而认为他与鲁迅、郁达夫等人不同,属于所谓"拘牵史实,袭用陈言"的"传统写法",是写《二十四史通俗演义》的蔡东藩的"后继者",或者说他"正是遵循了《三国演义》这种传统的写法"。有的甚至还把他的作品与中华书局在1930年代出的历史故事小丛书相提并论。我是完全不同意这类看法的!

首先,这种说法的研究者都把鲁迅信中说《桂公塘》拘于《指南录》一句话作为根据,对此,上文已有分析;而且,我更不能同意将鲁迅对一篇作品说的话,扩大而成为对郑振铎所有历史小说的评价。其实,郑振铎自己就说《取火者的逮捕》一书中有不少地方是"全无故实"的,《神的灭亡》一篇尤其"最架空无据";《桂公塘》一书中的《黄公俊之最后》,据我考证,全然是作者虚构的。这以后,郑振铎写的《王秀才的使命》《风涛》等历史小说,都并不拘泥于史实;只有《汨罗江》一篇,因是新中国成立后,为国际屈原纪念年而作,不是比附现实或寄托自我之作,但也并非一般的"屈原的故事"。可见,上述那种对郑振铎历史小说的总体评价是不正确的。

其次,鲁迅开创的新的历史小说的写法,与传统历史演义的根本区别,并不在于是否忠于史实,或者是否充分虚构,关键在于鲁迅在1921年就指出的:"取古代的事实,注进新的生命去,便与现代人生出干系来"(《〈罗生门〉译者附记》)。郁达夫说过,新的历史小说有两种写法,一是

"以古人的生活,来制造出他(按,指作者)的现代的生活体验",二是"把我们现代人的生活内容,灌注到古代人身上去"(《历史小说论》)。郑振铎的这些小说正是这样。当年,就有读者正确地指出它们"注进去以现代式的精神",是"近代化了的"[1],是"以新的意识,方法,给历史以一新的评价"[2]。因此,如果要说"后继者"的话,郑振铎只能说是鲁迅的后继者。而且,我认为他写《桂公塘》等作品,就是直接受鲁迅启示的。鲁迅当时给他的信中常提到:"昔读宋明末野史,尝时时掷书愤叹,而不料竟亲身遇之也,呜呼!"[3]而郑振铎的历史小说多取材于宋、明、清之末,这就是受了鲁迅的影响。

1　束萌《〈文学〉创作专号》。
2　张香山《论以历史的题材为题材的文学作品》。
3　见鲁迅 1934 年 8 月 5 日致郑振铎信。

《鲁迅全集》几条成语的注释

参加2005年版《鲁迅全集》的注释修订工作,已经注定成了我一生中最重要的工作之一。想当年,到处奔波,查找书刊报纸,绞尽脑汁,反复斟酌,又常常与同仁们争吵得脸红脖粗……,现在回想起来,还是觉得很有意思的。这对我来说,确实是一次难得的学习、研究的机会。我至今非常感谢那些信任我、邀请我参加这一工作的领导和朋友。但遗憾的事情也是有的,那就是有些问题还没有好好解决,遗留了下来。我略举几条与成语典故有关的注释,以与大家继续探讨。

汉求明珠,吴征大象

2005年版《鲁迅全集》第5卷第460页,《〈如此广州〉读后感》一文中有这样一段话:

> 广东人的迷信似乎确也很不小,走过上海五方杂处的衖堂,只要看毕毕剥剥在那里放鞭炮的,大门外的地上点着香烛的,十之九总是广东人,这很可以使新党叹气。然而广东人的迷信却迷信得认真,有魄力,即如那玄坛和李逵大像,恐怕就非百来块钱不办。汉求明珠,吴征大象,中原人历来总到广东去刮宝贝,好像到现在也还没有被刮穷,为了对付假老虎,也能出这许多力。要不然,那就是拼命,这却又可见那迷信之认真。

这段话,历版《鲁迅全集》均没有注释。当时,我很想把"汉求明珠,吴征大象"给注一下。我想,这应该是有出处的,而且,这又好像是两个成语。但是,我翻遍了各种成语典故词典,没有。又翻了前后《汉书》、东西汉《会要》、《三国志·吴书》及记录或研究历代朝贡的书,等等,找到的材料是不少的,但适用的却一条也没有。你想,作为这一条注释,一是时代必须符合(汉、吴),二是地方必须符合(广东),三是性质必须符合(征、求),四是物品必须符合(珠、象),有一条不符合就不行。

例如,对"汉求明珠",我首先想到了"合浦珠还"这一成语,因为合浦即在广东(现为广西)。该成语出自南朝宋范晔《后汉书》卷七十六《循吏列传》第六十六《孟尝传》:孟尝"迁合浦太守。郡不产谷实,而海出珠宝,与交阯比境,常通商贩,贸籴粮食。先时宰守并多贪秽,诡人探求,不知纪极,珠遂渐徙于交阯郡界。于是行旅不至,人物无资,贫者饿死于道。尝到官,革易前敝,求民病利,曾未逾岁,去珠复还,百姓皆反其业,商货流通。"不过,这里毕竟只说宝珠去了"交阯"(而交阯仍属"粤分"即广东地带,见下文所引证),没说是去"中原"啊,所以引为《鲁迅全集》的注释还是不妥。对"吴征大象",我首先想到了人人知道的"曹冲称象"的故事。这在陈寿《三国志》、萧常《续后汉书》、郝经《续后汉书》、章陶《季汉书》等书里都是有记载的,明确说是吴国"孙权致巨象",但这些书里都没有说这巨象是从广东征来的啊,那么,我也就不好用在《鲁迅全集》的注释里。

于是,新版《鲁迅全集》只好仍旧对此不加注释。

但是,我不死心,全集出版后还继续寻找。因为我坚信,鲁迅不可能凭空写下这八个字的。现在,我终于可以谈谈我的看法了。

首先,我认为"汉求明珠,吴征大象"不是现存的已有的成语,而是鲁迅博览群书,概括历史事实而自行创造的"成语"。

再说"汉求明珠"。后来,我在汉班固《汉书》卷二十八下《地理志》第八下,总算找到了合适可用的文字:"粤地,牵牛、婺女之分壄也。今之苍梧、郁林、合浦、交阯、九真、南海、日南,皆粤分也……处近海,多犀、象、毒冒、珠玑、银、铜、果、布之凑,中国往商贾者,多取富焉……有黄支国,民俗略与珠厓相类,其州广大,户口多,多异物,自武帝以来皆献见。有译长,属黄门,与应募者俱入海,市明珠、璧流离、奇石异物,赍黄金杂缯而往……又苦逢风波溺死,不者数年来还。大珠至围二寸以下……"另,宋李昉《太平广记》卷四百二《宝》三也有"汉高后时下书求三寸珠"的记载。

再说"吴征大象"。我在唐欧阳询《艺文类聚》卷九十五《兽部》下《象》,找到了这样的记载:"《吴志》曰:贺齐为新都郡守,孙权出祖道,作乐,舞象。权谓齐曰:'今定天下,都中国使殊俗贡珍,百兽率舞,非君而谁?'"在宋李昉《太平御览》卷第八百九十《兽部》二《象》亦见:"《吴志》曰:《外国传》曰,扶南王盘况,少而雄杰,闻山林有大象,辄生捕取之,教习乘骑,诸国闻而伏之。又曰:贺齐为新都太守,孙权出祖道,作乐,儛象。《吴书》曰:权谓齐曰:'今定天下,都中国使殊俗贡珍,狡兽率儛,非君而谁也?'"

可见,鲁迅确实是言而有据的。

年 方 花 信

2005年新版《鲁迅全集》第5卷第358页,《冲》一文中有这样一段话:

十龄上下的孩子会造反,本来也难免觉得滑稽的。但我们中国是常出神童的地方,一岁能画,两岁能诗,七龄童做戏,十龄童从军,十几龄童做委员,原是常有的事实;连七八岁的女孩也会被凌辱,从别人看来,是等于"年方花信"的了。

对"年方花信"一语,旧版全集的注释云:"指女子正当成年时期。花信,花开的消息。"这样的注释显然不确。"花信"本为开花的信息之意,古有"二十四番花信"之说,见南朝梁宗懔《荆楚岁时记》、宋程大昌《演繁露》、宋王逵《蠡海集》等。"二十四番花信"指二十四种花的开花期。旧时因借"花信"指女性二十四岁。

我最初即按上面的想法修改了原有的注释。

这一想法绝不是我个人的"首创",好像多年前在《鲁迅研究月刊》上也有人提出过的。不料在北京开编委会讨论时,朱正先生认为"年方花信"指女性二十四岁没有根据,并当场翻了《辞海》,指出《辞海》中没有这一解释。我无法起鲁迅于泉下而求助,只好回上海再查书。

其实,此前我也是翻过《辞海》《辞源》的,确实都没有"花信"指女孩二十四岁的释文。特别是《汉语大词典》的释文则更搞笑了,完全照抄旧版《鲁迅全集》的注释,而其"书证"亦即鲁迅《冲》的那段话。也就是说,它要鲁迅为这一不正确的注释负责。

我好容易才在周一平、沈茶英编写的专门的《岁时纪时辞典》(1991年5月海南出版社出版)中查到"花信",见其义项有二:"① 旧时指女子二十四岁。② 指花期。一年有二十四番花信……"

其第一义项就是"旧时指女子二十四岁",有力地支持了我;但要命的是,它也未能举出"证据"来。我打听到周先生是华东师范大学的教授,便直接与他联系,请教他有没有什么"书证"。周先生说没有,又说这是常见的用法,谁都知道的啊。是啊,我在北京讨论时也是这样说的,可是人家就偏要你"举出证据"来,那怎么办呢?

我还在网上的"谷歌""百度"里查,有关"年龄的代称"、"年龄的雅称"等多的是,都说"花信"指女子二十四岁,可见这真是"常识"。但它们也都没有提供"证据"。记得我好容易在一部清代小说(《玉梨魂》)中找到了"证据",不过没有现成可引的明文,还须根据小说中女子的年龄推算出二十四岁。我赶紧把这一"证据"记下来寄到北京,但还是担心他们不会"采信"。果然,新版《鲁迅全集》出来后,关于"年方花信"的注释是这样写的:"'花信'本为花开的信息之意,古有'二十四番花信'之说,见南朝梁宗懔《荆楚岁时记》、宋程大昌《演繁露》、宋王逵《蠡海集》等。'二十四番花信'指二十四种花的开花期,旧时借'花信'指女性正当青春成熟期。"

这样的注释我觉得还不如原来的好。我写上"二十四番花信"之说,本来就只是为了说明"二十四"的来处;如果"年方花信"不是指二十四岁,如果"花信"只是如同"花季"一样的意思,那又有什么必要提到"二十四番"呢? 又有什么必要提到《荆楚岁时记》等这些书呢? 难道只是为了显示注释者的"博学"吗?

我认为,就像"年方及笄"指女孩十五岁,"年方志学"指男孩十五岁,"年方而立"指男人三十岁诸类一样,"年方花信"不能笼统地指什么"女子正当成年时期"或"女性正当青春成熟期"。就像"不惑之年"就是指四十岁,不能笼统地说成是什么"思想上不易迷惑的年龄"。《辞海》是人编的。《辞海》上面没有,不等于没有根据。我为根据"常识"而修订的注释被生硬地否定而不服,于是在平时看书时便留意寻找"书证"。现即举一条:

清人丁绍仪《国朝词综补》卷五十一收有戴赓保《百字令》(即《念奴娇》)一首,题为《题沈竹斋室阮媚川夫人诗词遗集,夫人为文达公元女孙,有横琴坐月图》,词曰:

> 琼箫声咽,判相逢、再世秦台恩眷。一种闲愁无着处,落叶半庭吹满。月冷蟾光,琴寒凤轸,好梦如烟软。玲珑阁小,石边帘影初卷。　　谁念冰雪聪明,华年廿四,花信风吹断。纵有零缣遗墨在,难补芝芙梦短。泪渍啼鹃,魂悲化鹤,同抱青山怨。选楼何许,恨他天远人远。

这首词是纪念阮元的孙女,词人、画家阮恩滦(1831—1854)的。阮媚川只活了二十四岁,所以戴词中说她"华年廿四,花信风吹断"。可见"花信华年"即指女子廿四岁无疑。

顺便提到,有趣的是"年方花信"有时还被用在男子二十四岁上,可能带有开玩笑的意思。如清末署"编辑者云间天赘生,校字者湖上寄耕氏"的小说《商界现形记》(据考,作者当是陆士谔),在第三回《老挡手苦口谏东家　小东家发标换挡手》中,有评点云:"陈大今年二十四岁了,却是年方花信。"

又如,抗战时期徐一士的《一士类稿》中有《谈陈夔龙》一文,写到1933年(按,鲁迅写《冲》也正是1933年)有陈夔龙的"同年"(光绪乙亥举人)缪润绂的诗,首句便云:"乡闱回首捷三场,花信番风过眼忙。"此句后自注云:"时年二十四。"

因此,"年方花信"指二十四岁女性,是有"根据"的。新版《鲁迅全集》的注释是不妥的,应该修订。新版《辞海》的"花信"条仍无这一义项,应该增补;《辞源》也应该增补义项;《汉语大词典》的荒谬注释则更应该推倒重写。

齐 天 太 圣

2005 年新版《鲁迅全集》第 13 卷第 307 页,《致杨霁云》一信中有这样一段话:

> 来信于我的诗,奖誉太过。其实我于旧诗素未研究,胡说八道而已。我以为一切好诗,到唐已被做完,此后倘非能翻出如来掌心之"齐天太圣",大可不必动手,然而言行不能一致,有时也诌几句,自省殊亦可笑。

1981 年版《鲁迅全集》对"齐天太圣"的注释是:"原作'齐天大圣',即孙悟空。孙悟空翻如来掌心的故事,见《西游记》第七回。"2005 年版一如其旧。这条注释有没有讨论过,我不知道。事后看到,觉得这样注释实在不妥。什么叫"原作'齐天大圣'"?查看鲁迅此信手迹,清清楚楚原来写的就是"齐天太圣"啊!注释者这样写,意思只能是孙悟空原称作"齐天大圣"。言下之意,这是鲁迅写错了一个字。但是,孙悟空叫"齐天大圣",这是连小孩子都知道的啊,难道鲁迅却反而记错了?

注释者也不想想,鲁迅为什么要特意加上一个引号呢?这不正是表明他是有意这样写的吗?连小孩子都知道,"齐天大圣"孙悟空是翻不出如来佛掌心的;而鲁迅说的"齐天太圣",则是"能翻出如来掌心"的啊。因为"太"比"大"还要大,"齐天太圣"就是比"齐天大圣"还要厉害的意思。鲁迅这是一种幽默的表达,却没料到被这条搞笑的注释搞得更可笑了!

　　近日,偶然翻阅上海师范大学老教授、训诂学家许威汉的一篇文章《〈训诂学读本〉导论》,欣喜地看到他也谈到这条注释的错误,并从训诂学理论上作了深刻的阐述:"……注释者所谓'原作'的说法,并无根据,大概是因为注释者只知道《西游记》里边说的是'齐天大圣',便主观断定'齐天太圣'就是'齐天大圣'了,而没有体会鲁迅笔下这一'太'字的真正含义。'太'与'大'所表示的程度是不一样的;'大'只表示一般大小的大,'太'则表示'大之极'、'尊于大'。鲁迅称说的'齐天太圣',意思是表示本事比'齐天大圣'还要大,大到真的'能翻出如来掌心'的程度。这是鲁迅根据'齐天大圣'作进一步的表述,用戏称以达其意。如果不能准确理解鲁迅原意,就不免以为是鲁迅的笔误,而强为之说了。"许教授还由此论述到训诂学上的同源词问题、"因声求义"问题,等等,因为比较专门,文字又长,就不在此引摘了,有兴趣的读者自己去找来看看吧。

一段鲜活的文学历史

——鲁迅与巴金的第一次见面

　　我在 2008 年 5 月号《博览群书》杂志上读到杨建民先生的《巴金与鲁迅著作的注释》一文，巴金先生对鲁迅著作注释的严格认真态度令我感动。不过，杨文确认的巴金与鲁迅首次见面的日期，我认为是不对的。巴金一生崇敬鲁迅，但与鲁迅见面的次数并不多，因此巴金第一次会见鲁迅的日子就更必须正确考定。

　　杨文写道：

　　　　1976 年 3 月，有人准备向巴金了解他与鲁迅的交往情况，王仰晨便作书介绍。不久，巴金给王仰晨复函："上次带书的两位同志同我谈话时，问我什么时候同鲁迅先生第一次见面……"当时，巴金按自己的记忆，认为是 1933 年秋天。后来他翻检了鲁迅日记，才确知当时见面是在 4 月 6 日。不仅如此，巴金还花了很大工夫，将自己与鲁迅同席的四次见面另外用一张纸写出，时间、地点、主人、客人都准确标注出来。可就在第二天，巴金在进一步核实后，致王仰晨一函，证明自己与鲁迅第一次见面，时间是 1934 年 8 月 5 日，同时又查到 1936 年 2 月的另一次见面，也一并录出。可见他态度的认真严谨。

　　然而，"态度的认真严谨"有时与历史的真实并不一定是画等号的。当事人的回忆、核实也并不一定都确实可靠。上述"巴金在进一步核实后"认定的 1934 年 8 月 5 日，其实并不是巴金第一次见鲁迅的日子。而且,关于那个日子,巴金先后还有过多次不同的说法。

例如,为纪念鲁迅逝世二十周年,1956年7月13日,巴金写了《鲁迅先生就是这样一个人》一文,是这样说的:

> 我第一次看见鲁迅先生是在文学社的宴会上,那天到的客人不多,除鲁迅先生外,还有茅盾先生和叶圣陶先生几位。茅盾先生我以前也不曾见过。我记得那天我正在跟茅盾先生谈话,忽然饭馆小房间的门帘一动。鲁迅先生进来了,瘦小的身材,浓黑的唇髭和眉毛……这天他谈话最多,而且谈得很亲切,很自然,一点也不啰嗦,而且句子短,又很风趣……这个晚上我不知看见多少次他的笑容。

同年9月25日,巴金在苏联《文学报》上又发表《鲁迅》一文,说:"我错过了几次同他相见的机会,到了1933年才在文学社举办的宴会上第一次见到他。""那天晚上在座的有十几个人,都是作家。"巴金再次特别提到那天晚上"鲁迅比谁都说得多,笑得多"。

以上同一年写的两篇文章,前者未说初次见面的年份月日,后者说是1933年;前者说"到的客人不多",后者则说"有十几个人",那么客人就不能算少了。

过了二十年,1976年,上述巴金致王仰晨的信中先是说1933年4月6日,后来"在进一步核实后",又说是1934年8月5日。然而仅过三年,巴金在1979年3月10日致日本友人岛田恭子的信中,却又说:"我和鲁迅先生见面是在1933年。"可见,巴老实在是记不大清了。

再来看看,巴金研究者们又是怎么说的呢? 我只翻了翻自己手头现有的书。在贾植芳任顾问、唐金海等人主编的比较权威的《巴金年谱》中,我查到1933年4月6日有这样的记载:

> 应邀到上海"会宾楼"出席宴会。这是上海生活书店为《文学》月刊创刊,宴请《文学》主要撰稿人,宴会由《文学》主编郑振铎主持。同席有鲁迅、茅盾、周建人等十五人。第一次结识中国现代著名作

家鲁迅。"这位'有笔如刀'的大作家竟然是一个多么善良、多么平易、多么容易接近的瘦小老人。我觉得我贴近地挨到他那颗善良的心了。"席间又听鲁迅说,"林语堂写那种《论语》式的文章实在可惜,以他的英语水平,如从事翻译点美国古典文学作品对社会的贡献更大。"(马蹄疾《鲁迅和巴金》,载1985年7月春风文艺出版社《鲁迅和他的同时代的人》下卷)。

我进一步查了《巴金年谱》所引用的马蹄疾《鲁迅和他的同时代的人》下卷中的《鲁迅和巴金》一文。马蹄疾文章引了上述巴金《鲁迅先生就是这样一个人》,说:"查考《鲁迅日记》,自文学社成立以来,至巴金去日本前,有过两次宴会,一次是1934年10月6日为巴金去日本饯行宴会,另一次是半年前的4月20日那一次,巴金所回忆的第一次和鲁迅见面的文学社的宴会,大概就是这一次。"也就是说,马蹄疾明明认为那一天"大概就是"1934年4月20日,不知《巴金年谱》怎么注明根据马蹄疾此文却定在1933年4月6日?

我又翻了一些《巴金传》,发现不少《巴金传》的作者都避免提到这个问题。徐开垒的《巴金传》则说是"1933年8月初"。这大概是他根据《文学》月刊创刊的时间和巴金在沪的时间而推测的。但"8月初"实际上是根本不可能的(参见下引陈思和的辨析)。

陈思和的《人格的发展·巴金传》则这样说巴金初见鲁迅的日子:

> 在学术界有两种说法,一种说法是1933年4月6日,另一种说法是1933年8月初。这两个日期都很值得怀疑,关于4月6日之说的依据是鲁迅日记所载:"被邀至会宾楼晚饭,同席十五人"。可是据茅盾回忆,这次宴席为商议筹办《文学》之事,出席对象是内定的十个《文学》编委会(成员):鲁迅、茅盾、郑振铎、叶圣陶、郁达夫、陈望道、胡愈之、洪深、傅东华、徐调孚,另外还有周建人和黄源。人数比鲁迅日记记载的少三个,会不会这三个中就有巴金?笔者觉得可疑,因为这是个内定编委会聚会,刊物还没有正式创办,巴金既不是

编委,也不属于上述圈内的人物,参加这样一个会议不很适合。而且《文学》是由生活书店出版,这次宴会有东道主参加,这缺名的三个可能是生活书店方面的人,与文艺界无涉,茅盾才没有把他们名字写出。第二个值得怀疑之处就是具体情况与巴金记叙的不符,巴金回忆中说出席人不多,但这一席有十五个人,不能算多;巴金在回忆中只提到茅盾与叶圣陶之名,其实这二人他都不熟,在席中与巴金交往时间最长的应该是胡愈之,巴金却没有提到他,也于情理上不通。巴金回忆中说鲁迅那天谈话中说到了《文学》的内容,而当时《文学》还在筹办,怎么会有"内容"……在这些疑问没有充分说服力的解答以前,4月6日说是无法使人信服。但是,关于"8月初"的说法似乎更不可能,因为7月29日鲁迅就伍实(傅东华)在《文学》第二期上写的《休士在中国》一文中诬蔑鲁迅的话提出抗议,随即就终止了与《文学》的关系约半年之久,怎么可能在8月初出席《文学》社举办的宴席,还说了那么多幽默、隽永的话?而且鲁迅日记上也没有在8月初记载过赴宴的事情。若以巴金的叙述细节为真,那么,这种情谊融融的场面是应该发生在7月1日《文学》创刊之后,7月29日鲁迅写《给文学社的信》之前,而巴金在这个月中又偏偏是外出旅行,人不在上海。

陈思和最后的结论是:"他们初次会见的日期几乎是无法推算。"

除了上述马蹄疾以外,还有一些鲁迅研究者则断定巴金是"1934年8月开始同鲁迅交往"的。如鲁迅博物馆鲁迅研究室编的《鲁迅回忆录》,孙郁、黄乔生编的《回望鲁迅》等书,都这样说。

可见,这实在是一笔当事人、研究者连年份、月份都各说各的糊涂账。

这里,暂且把这个问题搁一搁,再来研究一下1933年4月6日《鲁迅日记》的记载:"三弟偕西谛来,即被邀至会宾楼晚饭,同席十五人。"对这十五个人,除了鲁迅日记中明确记载的鲁迅自己、郑振铎(西谛)、周建人("三弟")三人外,黄源在1981年6月23日写的《鲁迅先生二三事》一文中写到的还有茅盾、叶圣陶、陈望道、郁达夫、洪深、谢六逸、夏丏尊、徐调孚、傅东华、胡愈之。黄源一共写出了十三个人，还有二人未明。黄源在同年5月1日写的《鲁迅与〈文学〉》一文中，也写了这样十三人的名单，而且还特别写了一句："巴金当时不在上海，没有被邀。"黄源没有说自己参加了这次宴会。

而茅盾在1982年8月发表的《活跃而多事的年月》中，则提出了十二个人的名单，即比黄源所说的少了谢六逸、夏丏尊二人，却加上了黄源。

看来，关于这十五个人的名单，后人也是无法仅仅用简单的推算来认定的。由于《文学》月刊创刊一事在中国近代文学史上是一件非常重要的事情，因此这个名单也是非常值得搞清楚的。看来，只有寄希望于发现凿实可信的文献记载，才能解开这个谜了。

有道是"踏破铁鞋无觅处，得来全不费工夫"。我的朋友商金林教授近年辛辛苦苦地修订他的《叶圣陶年谱》时，查看了叶圣陶、郑振铎的老朋友王伯祥先生的日记。而我从他那里，看到了1933年4月6日王伯祥的日记。日记是这样写的："散班后赴会宾楼振铎、东华、愈之之宴，到十五人，挤一大圆桌，亦殊有趣也。计主人之外，有乔峰、鲁迅、仲云、达夫、蛰存、巴金、六逸、调孚、雁冰、望道、圣陶及予十二客。纵谈办《文学杂志》事，兼涉谐谑，至十时三刻乃散。"所谓"散班后"就是在开明书店编译所下班后。这天聚宴的主人是郑振铎、胡愈之、傅东华，要谈的是《文学》月刊创刊之事（按，《文学》原先拟名为《文学杂志》，后来郑振铎得知北平左联要办一个《文学杂志》，遂改名《文学》）。王伯祥日记里说的"兼涉谐谑"，也就是巴金文章中说的"鲁迅比谁都说得多，笑得多"。

于是，我们终于确切无疑地知道了：

（一）巴金第一次见鲁迅，是在1933年4月6日。

（二）那天到会的十五个人是：鲁迅、巴金、郑振铎、茅盾、叶圣陶、陈望道、郁达夫、谢六逸、徐调孚、傅东华、胡愈之、王伯祥、周建人、施蛰存、樊仲云。

可见,人的记忆有时候确实是靠不住的,茅盾、巴金、黄源的回忆中居然都有说错了的地方!因此,王伯祥先生的这则日记,有了多么重要、多么珍贵的史料价值!

从这十五个人的名单,还可以看到郑振铎先生的胸襟是何等的博大宽阔(创刊《文学》是郑先生提出来的)!他不仅邀请了"既不是编委,也不属于上述圈内的"似乎"不很适合"(陈思和语)的巴金参加了这次重要的聚会;而且居然还请了当时另一较大型的文学月刊《现代》的主编施蛰存,一点儿也没有什么"同行"间常见的相互保密、妒忌、提防、排挤等习气,这是多么难得!令我感到有点遗憾甚至疑惑的是,施蛰存后来从未提起过此事,这是为什么呢?另外,我感到"于情理上不通"(陈思和语)的还有,巴金为什么没提到郑振铎呢?郑振铎是最初提携他的文坛前辈啊!

由巴金的回忆和王伯祥的日记可知,这次聚会是非常愉快甚至"谐谑"的,特别是鲁迅先生的心情十分舒畅。然而非常遗憾的是,仅仅过了三个多月,"7月29日鲁迅就伍实(傅东华)在《文学》第二期上写的《休士在中国》一文中诬蔑鲁迅的话提出抗议,随即就终止了与《文学》的关系约半年之久";离这次聚会仅仅只有半年,鲁迅和施蛰存之间又发生了所谓"《庄子》与《文选》的论争",鲁迅骂施蛰存为"洋场恶少",施蛰存也一点不客气。我以前一直想,鲁迅为什么对傅东华、对施蛰存发这么大的火,看到了这份名单,我有所揣测。

那次宴会,鲁迅和傅东华、施蛰存等人把酒欢谈,何等融洽。后来,傅东华竟毫无道理地冒犯鲁迅,鲁迅当然生气(傅东华后来向鲁迅道了歉)。鲁迅不过是在一篇化名写的杂文中批评了他认为不妥的文坛现象,并没有点施蛰存的名字,也未必是专门针对施蛰存,然而施蛰存年轻气盛,反唇相讥,居然在文章中指名道姓地调侃鲁迅。鲁迅或许想到了几个月前的见面欢聚,因而更加生气。可惜郑振铎先生热心营造的团结和谐的气氛,就这样失去了!

王伯祥先生的这段日记,让我看到了一段活的文学史。

崇敬鲁迅的几位左联作家

2010 年是中国左翼作家联盟成立八十周年,中国鲁迅研究会和湖南师大文学院联合举办"鲁迅与'左联'"学术研讨会,向我发信征求有关论文,我自己也觉得应该好好写一篇。可惜时间紧张,诸事繁忙,一时写不出文章。为此我内疚不已,也焦急不已。忽想到,2009 年我参加上海作家协会主编的大型丛书《海上文学百家文库》的编选工作,自己负责编选的作家中有好几位是鲁迅指导的"左联"作家。我曾在这一工作中写过好几篇编后记,今挑选其中三本书的编后记,或可权充纪念"左联"成立八十周年的文章。

其中如关于彭家煌的论述等,自以为还是有点新材料或新意的。而且彭家煌、叶紫、张天翼、蒋牧良等人还正是湖南作家。另外,这三本书中收入的陈毅同志是老一辈无产阶级革命家,但没有参加"左联";蒋牧良同志好像也没有参加"左联"的组织。但他们都为中国的无产阶级革命文学作出过卓越的贡献,又都是与上海的左翼文学界有关系。因此,我觉得保留我的编后记的原样,也是可以的。

彭家煌、叶紫卷编选后记

彭家煌(1898—1933),湖南湘阴人。字蕴生,别字韫松,又名介黄,笔名韦公等。他母亲是杨开慧嫡亲姑妈,二嫂又是杨开慧堂妹。他 1919 年毕业于湖南省立第一师范,即经三舅杨昌济介绍,去北京女子师范大学附属补习学校任职,并拟赴法国勤工俭学。但杨昌济不久病逝,他便失去了出国学习的机会。曾在北京大学旁听。1923年,他考入中华书局出资创办的上海国语专修学校学习,从此在上海生活。1924年,进上海中华书局工作。1925年初结婚后,因妻子在商务印书馆就职,也转入商务印书馆编译所工作,先后助编《教育杂志》《儿童世界》等。这时他开始文学创作,主要写童话和儿童故事,发表在《小朋友》和《儿童世界》上,先后有四十多篇,可惜未结集出版。1926年2月发表第一篇小说《Dismeryer先生》,引起郑振铎的注意,吸收他加入文学研究会。此后他便更努力地创作短篇小说,发表在《文学周报》《小说月报》等刊物上。他还写过一些精彩的杂文,发表在《申报·自由谈》等报刊上。他的小说充满真诚和温馨,富有喜剧色彩,含蓄蕴藉,诙谐隽妙,同时显露出两副笔墨:既能写具有浓重乡土气息的农村生活,也能用细腻而带嘲讽的笔法写市民和知识分子。茅盾指出:"彭家煌的独特的作风在《怂恿》里就已经很圆熟……这一篇小说成为那时期最好的农民小说之一"(见《中国新文学大系·小说一集·导言》)。有评论者认为:"彭君有那特出的手腕的创制,较之欧洲各小国有名的风土作家并无逊色……如果家煌生在犹太、保加利亚、新希腊等国,他一定是个被国民重视的作家。"(黎锦明《纪念彭家煌君》)

约在1930年冬或1931年初,他由潘汉年介绍,加入了中国左翼作家联盟。他曾秘密担任共产党的《红旗日报》的助编和通讯员(见上海市人民政府民政局《病故革命工作人员证明书》)。他还曾在朋友中为红军募捐,说是"去援助那些前线上为我们奋斗的同志"(见贺玉波《悼彭家煌》)。1931年7月,被国民党当局以"共党嫌疑"突然逮捕,当时上海各报都有报道。他在龙华淞沪警备司令部受到残酷的刑讯,与关向应、叶紫等人同狱。两个半月后,经各方营救出狱,但身体已严重受损,从此疾病缠身。1932年"一·二八"日寇轰炸上海,他的家被炸毁,商务印书馆又解聘了他们夫妇,走投无路后,全家去宁波,曾进当地的《民国日报》编副刊。不久,又因编了两期《大众文艺专号》而被报社开除。年底,因胃病严重和渴望斗争生活,重返上海,恢复与"左联"的联系,积极创作,并支持叶紫、陈企霞等人的"无名文艺社"。还与鲁迅、胡愈之、茅盾、巴金等 105 人联名发表《中国著作家欢迎巴比塞代表团启事》,控诉日本帝国主义侵占我国东北,拥护 9 月初将在上海召开的世界反战会议。他还曾抱病去码头参加欢迎世界反战会议的代表团的活动。然而,就在 1933 年 9 月 4 日,他因胃穿孔,病殁于上海红十字会医院一天仅五角钱的三等病房,年仅三十五岁。

彭家煌是非常有才华的一位作家,也是一位革命者。他的一生受苦受难,未能充分展现其才华,非常令人痛惜。他有没有加入共产党,现在没有看到可证明的材料(他加入过"左联",也只是因为叶紫在一篇化名文章中提到,才为研究者所知;这篇化名文章的作者,是由我考定的)。但他的死,显然与反动当局的残酷迫害有关。解放初,其家属曾要求政府调查和追认他为革命烈士。上海市民政局在当时的条件下,以其毕竟不是直接牺牲于对敌斗争和不了解他出狱后是否继续参加革命活动为由,未予认可;但在 1952 年,由上海市市长陈毅签署,向其家属颁发了《病故革命工作人员证明书》。然而,笔者后来在上海市档案馆查阅到中共上海市委组织部的档案,却已经把彭家煌列为革命烈士了,虽然他的夫人、儿子从来没有享受过烈士家属的待遇(我访问过他的夫人、儿子,现已逝世)。

彭家煌短暂的一生,创作有《怂恿》、《茶杯里的风波》、《皮克的情书》、《平淡的故事》、《在潮神庙》、《喜讯》、《出路》等小说集,都是解放前在上海出版的。(另外,不少书上还说《管他呢》、《苦酒集》、《厄运》、《寒夜》、《落花曲》也是他的小说集,那都是误传,那是另一位名叫彭芳草的作家写的。)

叶紫(1910—1939),原名余昭明、余鹤林、余繁,湖南益阳人。出身贫寒,靠父串乡卖布为生。1925 年入湖南华中美术学校学习。1926 年,益阳农民运动兴起,他一家人几乎都投身革命。其父任县农民协会秘书长,二叔任乡农民协会会长,满叔任县总工会会长、县农民协会会长、县工农自卫军司令,大姐任区女子联合会会长,二姐任县女子联合会会长、共青团负责人,二姐夫任区团委书记、少共先锋队队长。北伐军攻占武汉后,叶紫投笔从戎,离开华中美术学校,进中央军事政治学校武汉分校学习。"马日事变"后,父亲与二姐被杀,母亲精神失常,大姐与二叔全家出走外乡,满叔满婶率工农自卫军转战湘西、洪湖各地,后为革命壮烈牺牲,外祖母、二婶及三叔前妻和五个子女,先后病死、饿死、淹死。叶紫靠岳父掩护,改名化装出走,不久潜回,住大姐婆家靠打斗笠为生。是年冬再出走,流浪于长江中下游各城镇,当兵,做工,要饭,饱尝艰辛。约在1929年底,颠沛流浪到上海,加入中国共产党。1930年春,随卜息园回湖南开展革命活动。卜不幸被捕牺牲于长沙,他幸运逃脱,再至上海。后奉命去温州,组织红军师未成。1931年,以"共党嫌疑犯"在上海被捕,关囚在龙华警备司令部监狱,八个月后被党组织营救出狱。此时,他的母亲与未婚妻先后抵达上海。他生活担子加重,为了生存,先后当过警察、教员、书店职员、函校雇员,有时写些文章发表。1933年,他与陈企霞创办《无名文艺》,以叶紫为笔名发表小说《丰收》,引起文坛注目,遂加入左翼作家联盟,走上文学道路。其后,以一般人少有的身世经历为题材,创作了一系列小说和散文,反映革命运动和农民生活,用叶子、阿紫、紫、阿芷、杨镜清、陈芳、杨樱、柳七、黄德、辛卓家等笔名发表。

　　1934年,叶紫在《中华日报》任助理编辑。1935年,在鲁迅的支持下,与萧军、萧红组成"奴隶社",自费出版《奴隶丛书》之一、短篇小说集《丰收》,鲁迅亲自为之作序。叶紫的小说饱含强烈的阶级爱憎,大胆反映现实阶级斗争,真如鲁迅热烈称赞的,"作者已经尽了当前的任务,也是对于压迫者的答复:文学是战斗的!"1936年,他的中篇小说《星》出版。1937年,小说集《山村一夜》出版。他又将曾发表过的散文、评论、杂感等文章,编为《女子书信指导》,以其妻名义出版。长篇小说《离叛》,散文集《古渡头》、《叶紫散文集》和短篇小说集《奇闻集》等,已完稿或编就,未能付梓。叶紫长期生活穷困潦倒,健康严重受损。1936年,因肺病和肋膜炎住院医治,中篇小说《菱》也未能完稿。上海"八一三"抗战爆发后,因生活无法维持,乃携妻小返回益阳养病。病情日益恶化,构思已久的反映湖南农民运动的长篇小说《太阳从西边出来》终未能完稿。1939年10月5日,病逝于兰溪小河口渡夫屋中,年仅二十九岁。

彭家煌和叶紫是湖南老乡,又是同牢难友,亲如兄弟。他们同受旧社会的迫害,都是英年早逝,令人痛惜不已!他们都是在上海登上文学舞台的,都是中国左翼作家联盟的盟员。他们的作品是我国革命文学的优秀代表。我为自己能给这样两位崇敬的老作家编选这样一本书而感到光荣!

本书大多选自作家在民国时期出版的集子,也有个别是集外佚作,基本上是按写作、发表的先后排列。所收的都是小说,只收了一篇散文,即叶紫的《关于彭家煌之死》。那是发表在鲁迅保存下来的世上唯一的一份"左联"秘书处的内部油印刊物《文学生活》上的,极其珍贵。原文署名是"Y",最早由我考定为叶紫所作,并已得到研究者公认。此文生动反映彭家煌的革命事迹和彭家煌、叶紫之间的战斗情谊,我特意收入此书,并认为是非常合适的。

张天翼、蒋牧良、端木蕻良卷编选后记

张天翼(1906—1985),湖南湘乡(涟源)人,生于江苏南京。1922年在杭州,与同学戴望舒、杜衡、施蛰存合办小型文艺刊物,并在上海的《星期六》《星期》等刊物发表作品。1924年秋,考入上海美专学习一年;次年夏,考入北京大学预科。1927年,加入中国共产党。为体验下层社会生活,这年夏天毅然退学,在沪、宁等地充当职员,做家庭教师、会计、记者、机关办事员、文书等,备尝艰苦。1929年,与鲁迅通信。短篇小说《三天半的梦》在鲁迅的关怀下发表于上海的《奔流》杂志,他自认是自己的第一篇新小说。1931年,在上海出版第一个短篇小说《从空虚到充实》。同年在上海参加中国左翼作家联盟,协助编辑"左联"刊物《十字街头》等。期间

他经常来往于沪、宁,积极从事革命文艺创作和其他革命活动。抗日战争开始后,参加发起上海市文艺界救亡协会,任《救亡日报》编委。后来,主要在湖南、四川工作,1948年一度在上海养病。解放后,则一直在北京工作,曾任中央文学研究所副主任、中国作家协会理事、《人民文学》主编、中国作家协会党组成员等。张天翼在解放前写的二十多本作品集,基本都是在上海出版的。1930年代,张天翼是著名的左翼作家,主要写小说。后来,他又把主要精力都投入到儿童文学的创作中,是我国最优秀的儿童文学作家。

蒋牧良(1901—1973),也是湖南湘乡人。他四岁丧父,从小家境贫寒,早年在湖南乡间做过"游学先生",以后当过兵,任过下级职员。1930年到南京工作,结识同乡张天翼,在张的鼓励帮助下开始了文学生涯。1932年,他的处女作《高定祥》在上海《现代》杂志上发表,获得好评,有人认为是继茅盾《春蚕》后的又一篇反映农村生活的力作,也受到鲁迅的关注。从此,他积极投入写作,仅一年多时间,就写了二十多篇短篇小说和一部中篇小说,同时还写了一批散文。1936年,他在上海出版第一本短篇小说集《锑砂》和中篇小说《旱》。他擅长描写农村、旧军队和城市公务员的生活,题材、风格都与张天翼接近。鲁迅逝世时,他执撑着"鲁迅先生殡仪"的特大横额参加殡仪。抗日战争爆发后,与张天翼一起从上海回到湖南,投身湖南文化界抗日救亡活动。1938年4月,由谭丕模介绍加入中国共产党。此后,他又曾在国民党西北军中做统战工作。1947年春,一度来上海。解放战争期间,任新华社特派随军记者,写了不少有影响的战地通讯。解放后,历任中央军委总政文化部创作员、《解放军文艺丛书》编辑部副主任,作协湖南分会主席等。

端木蕻良(1912—1996),辽宁昌图人。1932年加入北平"左联",主编北平"左联"机关刊物《科学新闻》,发表小说处女作《母亲》。1933年秋,北平"左联"遭破坏,他去天津写长篇小说《科尔沁旗草原》,并与鲁迅、郑振铎通信。1935年,回北平参加"一二·九"运动,不久来上海,写长篇小说

《大地的海》。1936 年 8 月,在郑振铎帮助下,在上海《文学》月刊发表短篇小说《鸳鹭湖的忧郁》。这是他在文学刊物上发表的第一篇作品,也是第一次署用这个笔名。鲁迅鼓励他多写短篇,他在上海一年内写了十来篇,即于 1937 年在上海出版第一个短篇小说集《憎恨》,其中有的篇章受到鲁迅的称赞。1938 年,他在上海出版长篇小说《大地的海》。1939 年,他在上海出版长篇小说《科尔沁旗草原》和短篇小说集《风陵渡》。但 1937 年后他离开上海,在林汾、武汉、重庆、香港、桂林、长沙等地漂泊。解放后主要在北京工作,任市文联副秘书长等,于 1952 年加入中国共产党。

以上三位都是左翼作家,都得到过鲁迅的关注和帮助,都参加了为鲁迅送葬的活动,都在上海发表出版过很多的作品(特别是张天翼),虽然他们在上海固定生活的时间都不算太长,但却都是他们各自文学生涯中特别重要的时期。因此,我们这部文库当然不应漏了他们。

陈毅、夏征农、陈沂卷编选后记

本书所选的三位作家,都不是普通的作家。他们都是高级领导干部。建国前,他们都是出生入死的革命家,但同时,他们又都是毫无愧色的小说家、诗人和文艺评论家。而且,他们又都和上海文学有着非常深厚的关系。

陈毅(1901—1972),四川乐至人。他的生平不用我在这里多作介绍了。因为谁都知道,他是久经考验的无产阶级革命家、军事家、外交家,中国人民解放军的创建者和领导者之一,中华人民共和国开国元帅,党和国家的卓越领导人。1949 年,他参与指挥中国人民解放军解放了大上海,随后便担任新上海的第一任市长,是我们上海人民永远不会忘记的老首长。但也许很多人还不知道,能文能武的陈毅早在 1920 年代就参加过新文学社团"文学研究会",发表过一些文学创作和评论,还曾在上海的《小说月报》上发表过小说呢。至于他还是一位高水平的诗人,那更是闻名于世的。

夏征农(1904—2008)，江西新建人。1927 年参加中国共产党，1928 年在上海复旦大学读书，并任该校青年团支部书记，开始写作。1929 年被捕，在狱中写的散文《一篇别有风味的游记》等，发表于上海的左翼文学刊物上。1930 年刑满出狱。1933 年在上海加入中国左翼作家联盟，同欧阳山等编辑《春光》杂志。1935 年，担任陈望道主编的《太白》半月刊编辑，又编辑《读书生活》等。他在 1930 年代写过不少小说、杂文、评论等。抗战爆发后参加新四军，任政治部统战部副部长等。全国解放后，曾任华东局宣传部长。"文革"后，任上海复旦大学党委书记、上海社会科学联合会主席、上海市文联主席、中共上海市委书记、中共中央顾问委员会委员等。他还担任《中国大百科全书》总编、《辞海》主编等。晚年他概括自己的一生说："半是战士半书生，一行政治一行诗。"夏老作风朴实，毫无架子，我当年在复旦大学读书时，就曾在学生食堂里和夏老一起吃饭和谈过话。

陈沂(1912—2002)，贵州遵义人。原亦名陈毅，后来毛泽东建议他改名为陈沂。1929 年，他就读于上海吴淞中国公学预科，结识黄克诚，参加革命活动。1930 年，列席中国左翼作家联盟的成立大会。1931 年到北平，找到党组织。2 月，北平"左联"成立，他被选为候补执委。1933 年 5 月被捕，解往南京中央陆军军人监狱。1936 年下半年出狱，1937 年初到上海，曾在上海出版《怎样动员农民大众》一书。抗日战争时参加八路军。解放战争时在四野工作。建国后任中央军委总政治部文化部部长，被授予少将军衔，获二级独立自由勋章、一级解放勋章，被誉为"文化将军"。1954 年为电影《渡江侦察记》，曾专门到上海同陈毅等人研究剧本写作和拍摄工作。"反右"时，被错误地打成右派并开除党籍和军籍。1979 年彻底平反，4 月，被任命为中共上海市委副书记，兼任市委宣传部长。从此他一直在上海领导文化工作。我在北京纪念茅盾诞辰百年学术会议上，与陈沂同志交谈过，他也十分平易近人。

在讨论编选本文库时，我想到像陈毅、夏征农、陈沂这样的"特殊"的老作家，也不应该忘了，就提了出来，得到编委会领导和大家的一致赞同，并把这一编选任务交给了我。我既感到光荣，又感到责任重大。经过反复考虑，征求和请教了不少同志的意见，又根据他们三位不同的具体创作情况和本书的篇幅，才决定了篇目。

我首先想到陈毅的小说《归来的儿子》，那是发表在上海郑振铎主编的《小说月报》上的，思想性、艺术性都很高。陈毅自己对这篇小说也较重视，甚至在1940年代军旅倥偬中，还向来自上海的记者提起它。因此，我当然要收入了。陈毅的诗词，是连毛主席、周总理都夸奖的，尽管大多不是创作、发表于上海，我想也应该不拘一格选入。考虑到《陈毅诗词选集》是陈毅夫人张茜在生命的最后时期扶病编定的，渗透了她的心血，又早已是一个完整的艺术珍品，所以本书就不宜割取，全部收入了，包括张茜的序言、题诗，及附录的陈毅的一封信。

夏征农的作品，近年已经有出版社出版了经过整理的《夏征农文集》。本书即从中选收了他在1930年代左翼文学运动中写的小说和散文名作，和他一生中的重要文学评论，主要是有关鲁迅和"左联"的论文。他的诗歌等作品就没法多收了。

陈沂的集子出过不少，但集外作品仍有很多。本书限于篇幅无法选入他的长篇小说和诗歌作品，选了他在1930年代左翼文学运动中的代表作，更主要是选了他晚年在上海领导文化工作时的一些文章。在编选时，我请教了对陈沂深有研究的欧家斤兄，得到他的热情帮助；而欧家斤兄，就是陈沂晚年在上海工作时无微不至地关怀、提携过的文学青年。

我能为这样三位老革命和文坛前辈编这本书，感到莫大的荣幸！

龙华千载仰高风

1931年2月7日,在上海龙华,有二十四位年轻的共产党员慷慨就义。烈士们的鲜血,染红了龙华美丽的桃花。今天,我们这些聚集在这里的人,其中不少也是共产党员,大多在那时还未出生,而又大多比烈士献出生命时的年龄要大。我们今天在这里开会,抚今思昔,纪念和研究那些烈士们,心情真是激荡澎湃,难以形容!

由上海左联会址纪念馆、龙华烈士纪念馆和上海鲁迅纪念馆联合召开这样一个会,真是非常合适,也非常必要。会议的主题也非常好。首先就好在今天的会是总的纪念龙华二十四烈士,而将"左联五烈士"汇入龙华二十四烈士之中。

几十年来,每到这一天,我们也曾经有过一些纪念会,或出版过一些纪念和研究的文字。但几乎都只是纪念"左联五烈士"。在平时的史料发掘和研究中,也主要把目光只放在"左联五烈士"上。当然,文学作家的材料相对比较容易寻找一些,而现在的研究者中又是以文学研究者为多。如果只是研究左联文学,这样做无可厚非。但是,如果作为纪念活动,作为宣传,我认为这样的做法显然是不妥的。鲁迅就多次说过,作家并不比别人高人一等。同是革命烈士,在同一天为革命壮烈牺牲,后人不应该对他们有这样的差别对待,尽管我们在主观上并没有这样的意思。我想,"左联五烈士"如泉下有知,也肯定不会同意这种客观上已是厚此薄彼的做法的。因此,从这个角度来说,我认为我们今天的这个会是一个重要的转变。

对于龙华二十四烈士和"左联五烈士"的提法,我还有一点想法,提出来供大家参考。我认为,我们在向群众特别是青少年宣传时,千万不能忘了要说明这只是1931年2月7日这一天在龙华牺牲的烈士,而不能让他们误会为在龙华一共只牺牲了二十四位烈士。对那些不熟悉中国革命斗争的残酷性的人来说,说明这一点极为必要。我就遇到一些年轻人,还有一些外国留学生,他们便以为"左联五烈士"就是左联在历史上一共只牺牲了五位革命作家,或者以为左联一共只有五位烈士。这实际上就大大削弱了中国革命史和中国革命文学史的悲壮色彩,客观上大大减轻了反动派的罪行。

而且,即使在龙华二十四烈士中,是否就只有五位左联作家,我也略有一点疑问。当年,五位作家的提法,是左联的刊物和鲁迅先生的文章中说的。但左联的组织,并不像共产党组织那样严密,也未必有严格的登记手续之类。我们无法排除在五位同志以外还有也是参加左联活动的同志。例如,王青士烈士,他早就参加过鲁迅领导的未名社的活动,继续参加左翼革命文学运动也应是顺理成章的事。而我认为最有可能也是左联成员的是恽雨棠烈士。

对恽雨棠,我们研究得很少。最早而且还是唯一一提到他对无产阶级革命文学的贡献的,是郑振铎先生。郑先生在1931年年底写了《纪念几位今年逝去的友人》,纪念了在龙华壮烈牺牲的胡也频烈士、恽雨棠烈士,还有因反动派迫害而病故的杨贤江(他的骨灰现也埋葬在龙华烈士陵园),以及飞机失事的徐志摩先生。郑先生回忆了他曾在他主编的《小说月报》1930年第一、二期上连载发表过恽雨棠以洛生笔名翻译的《苏俄文艺概论》。他说:"我读了那册原稿,觉得叙述很有条理,在那几万个字里,已将我们所想知道的俄国大革命后的文坛的历史与现状,说得十分的明白,一点也不含糊。"他们还多次见过面,郑先生描绘说:"他是一位身材高大的人,脸部表现久历风霜的颜色。从他那坚定有威的容颜上,便知道他定是一位意志异常的坚定的。在我的许多友人们里似没有比他更为严肃的,坚定的。""后来,他不时的来……我们渐渐的熟悉了。从他的评判和论断上看来,足以见出他是一位很左倾的意志坚定的人。""我不便问他的事。但我很担心他的行动。"

特别是有一次,恽雨棠特地找郑先生"谈当时正在流行着的'新兴文艺'的问题"。他问郑先生对这一问题的态度,以及《小说月报》在革命文学问题上的态度。郑先生写道:"虽然我和他不是很生疏,但这一次那末正式的严重性的访问,颇使我觉得窘。"我想,如果恽雨棠没有参加左联,或者没有参加左翼革命文学运动,是不会在百忙中,在白色恐怖下,这样正式地严肃地找郑先生讨论这些问题的。而据郑先生回忆,当时他将自己以及《小说月报》杂志在进步文坛上的地位和作用作了详细的说明后,恽雨棠也就"没有再追问下去"。由此也可见恽雨棠是一个比较成熟的有水平的同志。

郑先生文中还说恽雨棠很早就曾在《小说月报》上发表过一篇小说,写的"是一篇富于家庭的趣味的故事"。但是,我在《小说月报》上未能找到署恽雨棠或笔名洛生的小说。(不知他还有没有其他的笔名?)在《小说月报》上,除了上述他翻译的《苏俄文艺概论》外,还曾在1929年12月号上经郑先生之手发表了他翻译的《柴霍甫(按,今译为契诃夫)的革命性——柴霍甫逝世二十五周年纪念》。在发表《苏俄文学概论》时,郑先生还发表了恽雨棠写的译者后记,说:"这本小册子之异于其他介绍苏俄文艺作品的著作是在于他不是简单地介绍苏俄文艺;而是介绍苏俄的革命文艺——苏维埃文艺,无产阶级文艺。""无产阶级之应有其自己阶级的文学,在目下的中国文坛上,大约已没有人敢于否认或反对了吧。则这一本小册子译成中文,介绍到中国来并非没有意义的。"恽雨棠烈士的革命文学家的色彩是非常鲜明的。

此外,我还在1930年3月出版的《新文艺》杂志上,看到过恽雨棠翻译的苏联文艺理论家茀理契的《艺术之社会的意义》,4月号该刊上又有他翻译茀理契的《艺术风格之社会学的实际》。至于他早期的作品,我仅在

1924 年商务印书馆的《小说世界》上见到他写的《在北固山》《归途》《少年的悲哀》三篇。

总之,恽雨棠烈士确确实实可算作一位文学家,是一位左翼革命文学战士。他完全可能也是左联的成员。而"左联五烈士"中列名第一的李伟森烈士,实际上也几乎没有文艺创作,只有很少的译作(我这样说,丝毫没有贬低李伟森烈士的意思。李伟森的文学作品少,完全是因革命工作的需要,把主要精力放到政治理论、宣传上去了)。因此,我们如果研究左联作家烈士而不提恽雨棠,我想是不对的。

我认为恽雨棠有可能被遗漏于左联作家名单,还可举出另一位也曾于 1931 年被关因在龙华监狱的左联作家彭家煌,来作一番联想。

解放后,我们看到的所有左联老作家的回忆文章中,没有一个人提到过彭家煌也是左联盟员。在 1980 年代以前,也从未有文章提到过彭家煌是左联盟员。彭家煌于 1931 年 7 月 16 日被国民党当局以"共产党非常委员会中央委员"嫌疑的罪名逮捕,即被关押在龙华淞沪警备司令部监狱。经过四个多月的审讯和折磨,出狱时奄奄一息,于 1933 年 9 月 4 日病逝。彭病逝后,反动刊物《矛盾》发表文章说:"自从中国文坛被一群江湖好汉们羼入以后,一个作家的生存死亡,似乎也有了侥幸与不幸的命运了,譬如胡也频与李伟森等的枪杀事件,曾被人借此向某种国际去领津贴","至于无党派,无帮口若家煌,生前因政治嫌疑被捕而无人援救,死后又没有人来追悼纪念,这之中,在明眼人看来,当然可以了解其'所以然'了。"这段话当然是恶意造谣诽谤;但可以看出,这些反动的人们也不知道彭家煌其实是与胡也频、李伟森一样的左联作家。

那么,我们今天怎么能确认彭家煌是左联成员呢?这要感谢鲁迅先生。在鲁迅的遗物中,有一份八开大小的左联秘书处的油印刊物《文学生活》第一期。(现今存世唯此一份,为鲁迅博物馆一级革命文物!)这一期上,有署名 Y(据我考证,作者即左联作家叶紫)写的《关于彭家煌之死》。而这篇文章的第一句话就是"彭家煌君是中国左翼作家联盟员之一"。文中还说:"一九三〇年他经潘汉年君的介绍,加入了中国左翼作家联盟。"试想一想,如果不是叶紫写了这篇文章,又如果不是鲁迅保存了这一期内刊,彭家煌参加左联的史实不就被湮埋了吗?我到上海档案馆去查到过解放后潘汉年为有关部门调查彭家煌的信函写的批语,其中也没有写到他介绍彭加入左联的事。

我因纪念龙华烈士而写到这些,不只是为了说明恽雨棠有可能是左联成员,应该加强对他的研究;而更是为了说明,我们在研究中必须打破一些框框,善于思考,并要在发掘史料上更下一些功夫。

【附记】

鲁迅在《黑暗中国的文艺界的现状》、《为了忘却的记念》等文中,也称牺牲了"五个左翼作家"、"五个青年作家";但他在最早的 1931 年 2 月 24 日致曹靖华的信中则明确说"本月七日,枪决了一批青年,其中四个(三男一女)是左联里面的",即左联烈士为四人。

冯雪峰后来的回忆也明确地说:"李伟森即李求实,他并不是'左联'的成员,但也参加过左翼文化运动。烈士们牺牲后,我们出版《前哨》纪念战死者,为了多纪念一位烈士,所以也把他算进去了。"(转引自黄中海《鲁迅与方志敏》,中华书局 2001 年版第 198 页)

鲁迅手书夏穗卿一联

帝杀黑龙才士隐

书飞赤鸟太平迟

此夏穗卿先生诗也故用僻典

令人难解可恶之至　　鲁迅

　　上海鲁迅纪念馆编辑、文物出版社出版的《鲁迅诗稿》一书,在"附录"中收录了鲁迅手书的一些古典诗文的字幅。最后一幅,就是上面的这联夏穗卿的诗及鲁迅的题跋。

　　瞻读这幅手迹,人们总想了解这是何年何月鲁迅书录给谁的? 夏穗卿是个什么人? 他和鲁迅是什么关系? 这联诗是什么意思? "故用"了什么"僻典"? 等等。

　　关于书赠对象及时间的问题,我曾问过许多同志。北京鲁迅研究室陈漱渝同志回信告诉我,他问了鲁迅博物馆的同志,据说该手迹今藏鲁迅博物馆,是鲁迅 1935 年 12 月 5 日书赠杨霁云的,1956 年由许广平同志交来。他并告诉我,香港张向天先生在《鲁迅诗文生活杂谈》一书中,也说是 1935 年 12 月 5 日书赠杨霁云。张先生该书我当时无由读到,但我对这种说法有怀疑。查《鲁迅日记》,这一天"为杨霁云书一直幅、一联"。据我所知,"一直幅"的内容是明朝项圣谟的一首题画诗,"一联"的内容是集《离骚》的两句诗。但《鲁迅日记》12 月 3 日又载:"寄杨霁云信并字三幅。"会不会包括这幅夏穗卿诗句呢? 直接去信询问了杨霁云同志。杨老热情解答说:"字三幅"是三张纸的意思,因为那副对联是两张纸。由此证明了夏穗卿诗句并不是书赠杨霁云的。杨老又说:"书夏穗卿的一联诗,是随笔写在一张纸上,并不是送给任何人的。"但根据字幅的大小(长79.5厘米,宽32.9厘米)以及鲁迅特意用篆章来看,我揣想当是鲁迅用来(或准备用来)赠人的,而不像是"随笔"写写。根据笔迹及印章,可以鉴定这是鲁迅晚年所书。这一问题虽然还没能完全搞清楚,但因在国内及海外已有了误传,为引起研究者的注意,并希望知情者继续提供线索,所以特地介绍如上。

关于夏穗卿的生平,人们一直了解得不多,在他死后的第六天,梁启超就在《亡友夏穗卿先生》一文(收入《饮冰室合集·文集》第十五册)中说了:"穗卿虽然现在才死,然而关于他的资料已不易搜集,尤其是晚年。"究其原因,大概因为他在青壮年时只是昙花一现,老年又"贫病交攻"(梁启超语)的缘故吧。然而他是一个同鲁迅研究有关的人物。今据笔者见过的各种零星材料——主要是鲁迅有关的文章和日记、梁启超的回忆文字、夏元瑮的《夏曾佑传略》、叶景葵的《志盦诗稿》题跋、杨荫深的《中国学术家列传》,等等,经过对照分析,作一个综合的大略的介绍。

他的生年以前有几种说法,经考证,应是生于1863年。卒年是1924年。他名曾佑,穗卿是他的字,又曾字穗生,号碎佛,笔名别士等。浙江杭县人。清光绪庚寅年(1890)中进士,入翰林院庶常馆,后改礼部主事。"迨甲午(1894)以降,喜读章实斋(学诚)、刘申受(师培)、魏默深(源)、龚定庵(自珍)之书,又与康南海(有为)、黄嘉应(遵宪)、谭浏阳(嗣同)、文萍乡(廷式)诸君游,浸淫于西汉今文家言,究心微言大义,尝学为新派诗"(叶景葵语)。他积极参加了"变法维新"运动。1896年底离京赴天津候选知县,并帮助同邑孙玉琦兴办"育才馆",任教席三年。同时与严复、王修植等创办《国闻报》及《国闻汇编》,为当时国内鼓吹维新最有力的刊物之一。他在这期间学习了天演进化等西方资产阶级学说,严复翻译《天演论》《原富》等书,乃是与他"反复商榷而后成篇"(夏元瑮语)。但戊戌变法失败后,他趋于消极。1899年秋回北京,接着就任安徽祁门知县,三年后迁直隶州知州。旋因母丧,寓居上海,开始写作《中国古代史》。服阕(1905年),随载泽等赴日考察宪政,并手定《宪法大纲》十则。在日本曾遇梁启超,但似与当时在日本的鲁迅没有接触。归国后,任知府,并充两江总督文案,曾北上会议官制。在这前后,他用"别士"笔名在《新民丛报》、《东方杂志》等刊物上发表一些关于中国历史、变法以及中日关系之类的文章,在政治态度上仍是倾向于改良派。

辛亥革命后,他于1912年1月由都督委任,为浙江教育司司长;5月起,任教育部社会教育司(掌管社会文化教育)司长。至1915年8月由高步瀛代,调任京师图书馆(即今北京图书馆前身)馆长。曾主编出版了四卷《京师图书馆善本简明书目》。

鲁迅在辛亥革命后,任社会教育司第二科(不久改为第一科,负责文化、科学、美术等方面工作)科长。因此,夏穗卿不仅是鲁迅的"前辈先生",还曾是他的"顶头上司"。鲁迅在1912至1916年的日记中,多次记有同夏穗卿的公私往来。1924年5月1日,鲁迅得悉他的讣讯,即赠赙仪,8日并亲赴吊丧。

夏穗卿在工作上曾相当倚重于鲁迅。例如,辛亥革命后京师图书馆即由教育部接管,1912年5月派江瀚任馆长,然而第二年江即被调走,由夏穗卿兼管。但实际上夏只是挂了个名,工作都担在鲁迅等人的肩上。从找屋、赁屋,到运书、开馆,从改组、分馆,到制定预算,鲁迅曾经为之操劳得"头脑岑岑然"(鲁迅日记中语)。再如,1914年4月,教育部曾举办过一届全国儿童艺术展览会。这以前,教育部的"通令"中明确指定:"所有本会一切事宜,著派司长夏曾佑、秘书陈任中会同妥为管理,以专其成。"(见《教育杂志》1914年2卷6号)然而,实际上从头到尾主要又都是鲁迅在奔走部署。为此鲁迅甚至忙得连星期天都不休息,这在他的日记中也可看出来。教育部同事乔大壮(曾劬)在1916年末写的一首诗中曾说"服政辛勤感夏高"(见《波外楼诗》卷二,夏即指夏穗卿),可是,真正"辛勤"并甘为无名的,还是鲁迅。因为这些工作对大众还是有好处的,所以鲁迅任劳任怨。

　　卖国贼袁世凯窃取辛亥革命成果后,夏穗卿对现实十分不满,他又一次陷于郁抑消沉,甚至流于颓废。上面提到的他对教育部工作的敷衍态度,也是与此有关的。他在任图书馆长时,"束书不观,只字不写","最后喜究内典(按:指佛经),尝谓无书可读,无事可谈"(叶景葵语)。梁启超说:"他对于佛学有精深的研究——近世认识'唯识学'价值的人,要算他头一个。"鲁迅在《谈所谓"大内档案"》一文中,也谈到夏穗卿当时抱着"中国的一切事万不可'办'的"消极态度。他除了沉浸在佛教中以外,还企图以沉醉来摆脱愁闷,拼命酗酒。当有人劝他节制时,他总是白着眼用杭州话答道:"我爱喝,夹(怎样)呢?"(见周遐寿《鲁迅小说里的人物》)甚至鲁迅有几次到他家去,也被他拖住陪饮。这在《鲁迅日记》中也有记载:1913年2月18日"下午陪沈商耆往夏司长寓,方饮酒,遂同饮少许";5月11日"上午得戴芦舲简招往夏司长寓,至则饮酒,直至下午未已,因逃归"。据叶景葵说,他最后也竟"卒以酒死"。周遐寿认为鲁迅小说《头发的故事》中描写的"脾气有点乖张,时常生些无谓的气,说些不通世故的话"的"我的一位前辈先生 N",有些地方很像是夏穗卿。

　　鲁迅对夏穗卿的评价,实事求是,一分为二。例如,夏穗卿的主要著作《中国古代史》(原名《最新中学中国历史教科书》,1933 年重版改名),内容从上古写到隋代,是中国近代尝试用西方进化论观点指导总结中国古代史的第一部著作。它企图以历史事实论证维新变法的必然性,紧密配合了当时梁启超的《中国史叙论》、《新史学》等文,代表了中国近代资产阶级史学的诞生。书中对于中国历史的分期以及它的编撰体制等,均颇有特色。因此多次得到鲁迅的称许。1927 年鲁迅写《谈所编"大内档案"》就提到:"我们不必看他另外的论文,只要看他所编的两本《中国历史教科书》,就知道他看中国人有怎地清楚。"1934 年 2 月 11 日鲁迅致姚克的信中,也推荐说:"关于秦代的典章文物,我也茫无所知,耳目所及,也未知有专门的学者,倘查书,则夏曾佑之《中国古代史》(商务印书馆出版,价三元)最简明。"1935 年 4 月 19 日致唐弢的信中,鲁迅又认为在清朝的史书中夏穗卿的这部书算是好的,他年轻时看过。但对夏穗卿的一些错误和落后方面,鲁迅则毫不含糊地给予否定和批评。例如,夏穗卿在 1913 年参与发起"孔教公会",这年 9 月 28 日《鲁迅日记》写道:"又云是孔子生日也。昨汪总长令部员往国子监,且须跪拜,众已哗然。晨七时往视之,则至者仅三四十人,或跪或立,或旁立而笑,钱念敏又从旁大声而骂,顷刻间便草率了事,真一笑话。闻此举由夏穗卿主动,阴鸷可畏也。"这不满百字的记述,像一篇绝妙的讽刺小品,将人们反对尊孔的愤懑神情描写得如在目前,而最末一句则对夏穗卿的错误举动作了严肃的斥责。

现在说说夏穗卿的诗。夏穗卿也许不能算是一个文学家,但他在中国近代文学史上,却是一个有名的人物。他曾与谭嗣同、黄遵宪、梁启超等人提倡过所谓"诗界革命",梁启超甚至推举他与黄遵宪、蒋观云为"近世诗界三杰"。但他的诗流传极少,现据笔者所知提供一些线索。梁启超《饮冰室诗话》云"穗卿近作殊罕见",又云"穗卿诗从不留稿",《饮冰室诗话》仅录存夏诗八九首。叶景葵曾记载《志盦诗稿》中的《甲午出都》四首诗为夏穗卿所作,并在书跋中录存夏诗八九首(其中有一首与梁启超所录者同),也说:"穗卿不多作,余所记忆亦仅此矣。"清末孙雄编撰的油印本《道咸同光四朝诗史一斑录》初编和十编,共收有夏诗六首。梁启超在《亡友夏穗卿先生》一文中记录了夏穗卿赠他的两首诗及一些残句。据 1963 年人民文学出版社出版的《近代诗抄》,夏穗卿还有《碎佛诗杂诗》一百余首,极少流传,未见。此外,在《晚晴簃诗汇》和当时的报刊如《清议报》上,大概也可能搜得几首。这样,笔者写此文时(1982 年)所看到的他的诗一共不过三十首左右。

关于鲁迅手书的夏穗卿那联诗,"故用僻典",确实是"令人难解"的。连梁启超当年也说是"皆无从臆解之语",周作人直到解放后还说"不很好懂","'帝杀黑龙'一联至今还不能解释清楚。"但现在我已找到了答案。"帝杀黑龙"出于《墨子·贵义》:"子墨子北之齐,遇日者(占卜的人)。日者曰:'帝以今日杀黑龙于北方,而先生之色黑,不可以北。'子墨子不听,遂北,至淄水不遂,而反焉。日者曰:'我谓先生不可以北。'子墨子曰:'南之人不得北,北之人不得南,其色有黑者,有白色,何故皆不遂也!且帝以甲乙杀青龙于东方,以丙丁杀赤龙于南方,以庚辛杀白龙于西方,以壬癸杀黑龙于北方,若用子之言,则是禁天下之行者也!是围(违)人心而虚天下也!子之言不可用也!'""书飞赤鸟"则出于《春秋公羊传·哀公十四年》何休注:"(孔子)得麟以后,天下血书鲁端门曰:'趋作法,孔圣没。周姬亡,彗东出。秦政起,胡破术。书记散,孔不绝。'子夏明日往视之,血书飞为赤鸟,化为白书,署曰《演孔图》,中有作图制法之状。孔子仰推天命,俯察时变,却观未来,豫解无穷,知汉当继大乱之后,故作拨乱之法以授之。"

这两个典故都可以当作滑稽故事来看,但前者充满激愤,后者却实在有点荒唐,而这两点恰好反映了夏穗卿当时思想的特点。从他引公羊典故,可以略见其对孔子奉若神明的态度,这跟他当年追随康有为,提倡所谓"今文经说"、"公羊三世说"等有密切的关系。据《饮冰室诗话》,这首诗是夏穗卿写赠梁启超,作诗年代是"丙申、丁酉年间",也就是著名的戊戌变法前一两年——1896年至1897年。梁启超引录如下:

滔滔孟夏逝如斯,亹亹文王鉴在兹。

帝杀黑龙才士隐,书飞赤鸟太平迟。

我颇怀疑这四句还不是全诗,因为从内容上看,这是不完全的,好像只是一首七律的首、颔联;再说这里除用了些中国的旧典故外,并没有什么"新名词"和"洋典故",而梁启超举它来却正是为了说明"当时所谓新诗者,颇喜挦撦新名词以自表异","其时夏穗卿尤好为此"的。因此,梁启超在这四句诗后,紧接着又引的"有人雄起琉璃海,兽魄蛙魂龙所徙",我认为可能也属于该诗(虽然在押韵上有平上声的区别,但所谓"诗界革命"派是不拘于此的吧)。按照旧体诗粘对格律,这后两句恰巧可作颈联,那么尾联则阙如。今姑且将此六句诗联起来简略分析一下。

　　"滔滔孟夏"是《离骚》原句，《怀沙》："滔滔孟夏兮，草木莽莽。"刘勰《文心雕龙·物色》认为这句诗写出了屈原自杀前"郁陶之心凝"的心情。"逝如斯"出于《论语·子罕》："子在川上曰，逝者如斯夫，不舍昼夜。""亹亹文王"是《诗经》句子，《大雅·文王》："亹亹文王，令闻不已。"该诗颂扬文王时是"济济多士"，"不显亦世"的盛世，最后强调"宜鉴于殷，骏命不易"，也就是夏穗卿"鉴在兹"的出处了。"才士"出于《庄子·天下》："墨子真天下之好也，将求之不得也，虽枯槁不舍也，才士也夫！"据梁启超《亡友夏穗卿先生》中说，夏穗卿曾戏笑他的"墨子狂"，并用这《庄子》上称赞墨子为"才士"的话来称呼他。"琉璃海"未知何意，揣想大概指北京琉璃厂一带，其地本名海王村，清乾隆后成为文人群集的文化区。康有为乙未（1895）年春到北京应试，当也住在或常来此地。这年他领导在京各省举人反对中日马关条约，齐集达智桥松筠庵开会，发动了有名的"公车上书"。"有人雄起"云云，殆指此。"蛙"和"龙"，据《饮冰室诗话》："盖时共读约翰《默示录》，《录》中语荒诞曼衍，吾辈附会之，谓其言龙者指孔子，言蛙者指孔子教徒，故以此徽号互相期许。""兽"既然与"蛙"并称，当亦同类，都是夏穗卿等人的自许了；而"龙"既是指经他们改造过的"教主"孔丘，也是指当年俨然以"圣人"自居的康有为。

　　这首诗或故用僻典，或将了不相涉的古诗扯在一起，或自作"洋典"、刻削成语，实在是令人蹙额的，连梁启超后来也承认："此类之诗，当时沾沾自熹，然必非诗之佳者，无俟言也。"但是，它的大概意思我们还能看懂——"面对陶陶太阳、浩浩流水，令人想起屈原的悲愤、孔子的感叹。只指望当今光绪皇上能像勤勉不息的文王一样，支持我们的改良维新。可恨如今世道，像你这样的才识之士依然隐没不闻。要实现'公羊三世'的'太平世'，更是渺茫久远得很！但是在松筠庵里，南海先生已经奋袂掷笔而起。我们这些虾兵蟹将心往神驰，唯其龙首是瞻！"这首诗看上去似乎比清代王闿运的假古董诗还难懂，但这正是当时特殊时代在特殊人物中产生的特殊作品。它散发着浓郁的时代气息，以隐晦屈佶的字句表达了作者对黑暗社会的不满和改良主义的要求。在当时有一定的进步性，当然也有相当的局限性。

鲁迅晚年书录夏穗卿的这两句诗，无疑是包含着对故人的怀念；同时我认为鲁迅还借用这两句"金刚怒目式"的诗句，表达了对国民党反动派统治下"椒焚桂折"、"太平成象"的强烈忿懑。鲁迅书跋中说的"可恶之至"，当然是一句戏言，然而这里也的确包含着鲁迅对诗歌创作中"故用僻典，令人难解"的现象的指摘和否定。这些，都是值得我们好好体味的。

【附记】

后据友人见告，北京图书馆藏有抄本《夏别士先生诗稿》，收有夏穗卿诗百余首云。我更查到 1901 年 12 月梁启超主编《清议报》100 期所载夏氏《赠任公二首》，方知拙文说的"有人雄起"一联可能与"滔滔孟夏"二联为同一首诗的推测不对（这也与梁启超写错一字有关）。这两首赠梁氏诗分别为："滔滔孟夏逝如斯，叠叠文王鉴在兹。帝杀黑龙才士隐，书飞赤鸟太平迟。民皇备矣三重信，人鬼同谋百姓知。天且不违何况物，望先万物出于机。""有人雄起琉璃海，兽魄蛙魂龙所徒。天发杀机当起陆，轨非乾战且悬车。□□□□□□，东岱大微不可舒。公自为繁我为简，白云归去帝之居。"都很难理解。又，夏氏之诗，后来有赵慎修、夏丽莲、杨琥等人分别作过整理。

鲁迅书写《锦钱余笑》

《鲁迅日记》1935年3月22日记载:"为今村铁研、增田涉、冯剑作字各一幅,徐讦二幅,皆录《锦钱余笑》。"鲁迅一次从同一作品中录写了好几幅字,这是很引人注意的。人们一定想知道,《锦钱余笑》是什么人写的?是一本什么样的书?鲁迅录写了什么内容?为什么要录写它?书赠对象又是怎样的人?等等。笔者探讨了这些问题,觉得很有意思。

《锦钱余笑》的作者叫郑思肖,字所南,又字忆翁,号三外野人,福建连江人,是宋朝末年一位著名的富有民族气节的知识分子。他生于宋淳祐元年(1241),卒于元延祐五年(1318),享年七十八岁。

当元兵南下灭宋时,他作为一个普通的博学弘词科的太学生,却敢于叩阙向太皇太后、幼主上书,"疏辞切直,忤当路,不报。"(卢熊《苏州府志·郑所南小传》)自此他的上疏却广泛流传开了,直至宋亡后,元时"国初诸父老犹能记诵之"。由于敢于触犯统治阶级,世人"以是争目公",很受人注意,他只得变名隐居。(王逢《题宋太学郑上舍墨兰序》,收于《四部丛刊续编》的《清隽集》附录。以下很多材料都见于此附录,不再一一注明。)1279年南宋最后灭亡后,他就一直住在吴下(苏州)。

这样看来,他原来的名字人们已不知道了,现知的名、字、号都是他在宋亡后改取的,而且都有寓意。如"思肖"即"思赵","思肖"和"忆翁",都表示他时刻思念、回忆着灭亡了的赵宋王朝。他怀着亡国的悲痛,坐卧必南向;逢年过节,还要跑到野地去朝南伏拜恸哭一番;甚至平时听到北地方言,也必掩耳而避。因此又字"所南"。他晚年写过一篇《三教记序》,谈到自己"自幼岁,世其儒;近中年,闿于仙;入晚境,游于禅。今老而死至,悉委之。"儒道释三教他都信奉过,又都委弃了,因此而自号"三外野人"。

他把自己的房间题为"本穴世界",把"本"字下面的"十"移至"穴"中就成了"大宋"二字。他还写了一本《大无工十空经》,"空"字"无工"(去掉"工")而加上"十"即"宋"也,意为《大宋经》。造语奇特如廋词,用这种隐晦的方法寄托自己的哀思。

郑思肖的"念念不忘君"的爱国主义,当然明显地带有他的时代和阶级的局限;但他的这种民族气节无疑是值得肯定的。这对于历代统治阶级中的民族投降派,是一个鲜明的对比和严厉的批判。当时人们就都把他比作屈原。王行《题郑所南行录后》说得好:"盖先生亡国一太学生耳,非有官守言责而享禄位之崇也。顾其不屈也若是,则夫受国恩、承顾托,乃俯首帖耳,若无所与,而诿曰'运数有归'者,独何心哉!"鲁迅书录他的诗,无疑也是对这位历史人物的肯定。

郑思肖是一个有造诣的画家,他画兰很有名。但自从宋亡后,他画的兰花多花叶萧疏,不著土根,无所凭借。人问其故,他就悲愤地反问道:"土地已为番人夺去,你难道还不知道吗!?"当时的一位著名画家赵子昂曾慕名去拜访他,但郑思肖对赵子昂身为宋朝宗室而又受元朝之聘十分不满,拒绝会见,使他吃了好几次闭门羹而终不得见。他的墨兰是不轻易送人的。王逢的《题宋太学郑上舍墨兰序》中提到这样一件事:有位邑宰老爷久闻他的墨兰之名,但却讨不到手,于是竟无耻地借交纳赋役为名来诱骗威逼他送画。但郑思肖威武不屈,坚定地回答:"头可得,兰不可得!"邑宰没法,只得放了他。另外,他还兼工墨竹,多写苍烟半抹、斜日数竿之景。

郑思肖更是一个独具风格的诗人。《锦钱余笑》就是他的一卷诗集——更准确地说,是一组组诗——的题目。

《锦钱余笑》附于元大德初年仇山村(远仁)所编《郑菊山先生清隽集》后,因而不甚为一般读者所知。《清隽集》及附录郑思肖诗文,清鲍氏《知不足斋丛书》曾梓印过,收于该丛书第一六七、一六八册。1934 年 10 月,上海商务印书馆据涵芬楼所藏清初福建藏书家林佶(吉人)的抄本影印,张元济先生还对照鲍氏本作了校勘和后记,收入《四部丛刊续编》中。我认为,鲁迅当时就是据后者书录的,这在《鲁迅日记》中可以找到一些线索。

1934 年 2 月 3 日的日记载:"晚蕴如及三弟来,并为豫约得重雕《芥子园画谱》三集一部,二十四元。《四部丛刊续编》一部,百三十五元。"周建人当时在商务印书馆工作,《四部丛刊续编》就是通过他预购的。以后,每出几本书便给鲁迅送去几本,到 11 月 24 日,周建人把《清隽集》等给鲁迅送去。这天日记上记着:"夜三弟来并为取得《清隽集》一本。"后面"书帐"上也记有:"《郑菊山清隽集》一本,豫约,十一月二十四日。"另外,鲁迅在1935 年 1 月 25 日回复日本友人增田涉求他写字幅的信中,也向他谈到了《四部丛刊续编》的出版情况。

该书的主要内容是郑思肖的诗文,那么又为何题曰《郑菊山清隽集》呢?原来,郑菊山(1199—1262)是郑思肖的父亲,名震,字叔起。他在郑思肖二十二岁时死去,葬于吴中甑山。据本书柴志道的序文说,郑菊山"颇多杂著文章,有诗曰《倦游稿》。今山村仇君摭四十首曰《清隽集》,遂冠于所南翁《一百二十图诗》之首,庶几知有所本。桥梓辉映,抑亦俱有光焉。"这四十首诗清新畅爽,平白易懂,似乎倒也当得起"清隽"两字;而郑思肖的诗在这方面,也确乎受到他父亲的诗的影响。在《清隽集》四十首诗后,就都是郑思肖的诗文了,分为三部分。一是《一百二十图诗》,自序云:"今或遇图而作,或遇事而作。"是一组写历史人物或传说人物的诗,七绝体,一百二十首,风格十分明白晓畅。二是《锦钱余笑》。三是《郑所南先生文集》,收有他的散文、书信等八九篇。

《锦钱余笑》一共二十四首,都为五言八句古风体。诗中大量运用口语,寓庄于谑,诙谐生风;不少诗更嬉笑怒骂,痛斥了作者嫉恨的小人,具有战斗性,是尖锐的政治讽刺诗。从内容看,可以肯定是作者晚年所作。《锦钱余笑》是什么意思呢?作者在组诗前有一小序,对"锦钱"作了解释:

"或问'锦钱'者何义？曰：以锦为钱者，虽美观实无用也。"（"余"是多余、白费的意思。）从这个颇带自嘲的题目中，我们也可以看出作者激愤的心情。

鲁迅选录了其中几首呢？从开头引的《鲁迅日记》来看，似乎一共书录了五首。但迄今我们能知道的，却只有三首，为二十四首中的第19、20、22首，分别写给增田涉、徐诩、今村铁研。至于冯剑丞其人，《鲁迅日记》上只此一见，生平不详，或说是许广平的姑母的儿子。鲁迅书赠他的原件及内容，人们至今都还不知道。（但我们相信此件珍贵的墨宝当尚存人间，希望有关人士能早日公之于世，或提供线索介绍内容。）而鲁迅写给徐诩的二幅，其中另一幅内容实际上并不是郑思肖的诗（详见下文考证），也许鲁迅为了记事方便，就径写作"皆录《锦钱余笑》"吧。

增田涉是人们熟悉的日本友人，1977年过世。他1931年3月到上海，经内山完造介绍而师事鲁迅。鲁迅曾亲自为他讲解自己的作品，并指导他翻译《中国小说史略》和研究中国文学。同年12月，增田涉回国，鲁迅有诗送之。这以后，鲁迅同增田涉一直保持着通信联系。而那位铁研先生，又叫今村九一，是当时一位年已古稀的日本老医生，增田涉的亲戚。他因仰慕鲁迅先生，就央增田涉写信向鲁迅求字。这件事在增田涉的名著《鲁迅的印象》中曾经写到："在他（鲁迅）逝世的前年，我的一位上了年纪的亲戚，委托我请鲁迅为他题辞。我转达了这个请求之后，也请他顺便给我题一幅，于是，他就挥毫为我在横〔直〕幅写题了郑所南作的《锦笺〔钱〕余笑》中的一段。"读鲁迅致增田涉的有关书简，并参照《鲁迅日记》，我们可以更详尽地了解这件事的经过。这可算得是中日两国人民友谊史上的一段珍贵的佳话。

1935年1月25日，鲁迅得到增田涉的信，当夜即写了回信，第二天上午寄出。信中提到："写字事，倘不嫌拙劣，并不费事，请将那位八十岁老先生的雅号及纸张大小（宽、长；横写还是直写）见告，自当写奉。"我们知道，鲁迅平时是不大愿意将自己的字赠人的，尤其是对不相识的人。他常谦虚地说:"如此拙字,写到宣纸上,真也自觉可笑"(1935 年 5 月 24 日致杨霁云信)。而这次却如此爽快地应允,足见鲁迅先生对日本人民的友好。

2 月 6 日,鲁迅得到增田涉信,又当夜写了回信,说:"中国美人画已经去找了,我的字写好后一并寄上。"(画是增田涉的小女孩木实所要的。)

2 月 27 日,鲁迅又得增田涉信,即复,并不无歉意地提到:"近来为编选别人的小说,忙极。给铁研翁的字,还未写,以后寄到东京去罢。"("编选别人的小说",指为良友图书公司编选《中国新文学大系·小说二集》。)

3 月 22 日,鲁迅在"忙极"中为铁研和增田涉写好了字幅。第二天,"寄增田涉信并字二幅",在信中,鲁迅还抱歉地说:"今天已将我写的字两件托内山老板寄上,铁研翁的一幅,因先写,反而拙劣。"

那位铁研老先生收到鲁迅的墨迹后,很高兴,特意考究地裱装了一番;后来,还托增田涉寄给鲁迅五日元"润笔"。对这位日本老先生的好意,鲁迅只好哂纳了。4 月 30 日,鲁迅在给增田涉的信中风趣地说:"我的字居然值价五元,真太滑稽。其实我对那字的持有者,花了一笔裱装费,也不胜抱歉。但已经拿到铁研先生的了,就算告一段落,并且作为永久借用了事。"

鲁迅给铁研的字幅内容如下:

> 顽绝绝顽绝,以笑为生业。
>
> 刚道黑如炭,谁如白似雪。
>
> 笑煞婆娑儿,尽逐光影灭。
>
> 若无八角眼,岂识四方月。
>
> **铁研先生教正　　鲁迅**

诗的大意是说,我反对元朝统治者和宋朝投降派,态度又顽强又决绝;但既无效用,也不为人理解,只得在苦笑中度日。(这就是"余笑"的意思吧。)人家也许说我蠢黑如炭,谁知我的内心是洁白似雪的呵! 可笑那般没有骨气、如蝇附膻的无耻小人,就像薤上露一样地瞬息逝灭。可惜生来就没有一对八角眼,叫我怎能颠倒是非硬将圆月说成是方的呢! "婆娑

儿"原诗作"娑婆儿"。"娑婆"为梵语,能够忍耐的意思;"娑婆世界"众儿
能忍受种种烦恼苦毒,这里当借指那些甘受辱屈的民族投降派。鲁迅改
抄成"婆娑儿",意亦可通。三国魏王昶曾云,"不为此公婆娑之事"(《晋
书·王述传》)"婆娑"指汲汲钻营、唯恐丢官的丑态。鲁迅选写这首诗,不
仅是肯定了郑思肖的民族气节;同时也借他的这首诗,表示出了自己"横
眉冷对千夫指"的斗争精神。

赠增田涉的一幅如下:

生来好苦吟,与天争意气。

自谓李杜生,当趋下风避。

而今吾老矣,无力收鼻涕。

非惟不成文,抑且错写字。

所南翁锦钱余笑之一录应

增田同学仁兄雅属　　鲁迅

相传李白赠杜甫诗有云:"借问别来太瘦生,总为从前作诗苦";杜甫
自云:"为人性僻耽佳句,语不惊人死不休"。但郑思肖却豪迈地说,如果
李杜再生的话,见到他当年"与天争气"的诗兴,也会甘拜下风的。然而如
今垂垂老矣,连鼻涕也收摄不住了。不仅写不了文章,而且还常常写错
字。这首诗用了先扬后抑的手法,生动地反映了一个虽已老迈,但仍然不
忘当年气概的风趣而愤激的老诗人的心境。郑思肖在《辞吴泮请儒师书》
中,有这样一段话:"数十年来,欲弓不箕,欲冶不裘,颠嗒固滞,唤钟作瓮,
十字九错,百事千谬,丛万拙于一身。"恰能与此诗的后半部相印证。增田
涉的《鲁迅的印象》中对鲁迅书录这首诗的理解和分析,也可以供我们参
考。他说:"不妨认为,这虽不是鲁迅自己的作品,但他当时的一部分心情
也是托付其中的。这段诗读起来幽默,但也可以嗅到辛酸味。从中我们
也可以感到鲁迅的一部分心情。……同时我们也必须明白,他并不仅仅
将这股酸味赋成玩味无穷、妙不可言的抒情诗,而在那里低首徘徊。换句
话说,他并不为之在个人的小圈子里,或者就像普通的人那样,时而多愁

善感,时而徘徊惘怅,而是立即将其扩展乃至融溶在社会问题里,以此表示他的反抗。对他来说,这实际上是一种精神的刺激。"

鲁迅写给徐𬀩的《锦钱余笑》诗字幅如下:

> 昔者所读书,皆已束高阁。
>
> 只有自是经,今亦俱忘却。
>
> 时乎歌一拍,不知是谁作。
>
> 慎勿错听之,也且用不着。
>
> **所南翁锦钱余笑之一录应**
>
> **伯𬀩先生雅属　　鲁迅**

徐𬀩原名徐伯𬀩,生于 1909 年,浙江慈溪人,当时一个青年文人。他在北大毕业后,到上海和林语堂、陶亢德等人合编《人间世》等所谓"小品文"杂志。他们身在激烈的斗争中,却"必欲作飘逸闲放语",因此鲁迅对他们的编辑方针一贯持批评和否定的态度。就在鲁迅写字幅前不久,他就曾尖锐地说:"专读《论语》或《人间世》一两年,而欲不变为废料,亦殊不可得也。"(1935 年 1 月 8 日致郑振铎信)在《人间世》未出世前,鲁迅还特意给他们写过信,劝他们"放弃这玩意儿"(1934 年 8 月 13 日致曹聚仁信)。但他们并不听从,还拼命拉鲁迅为他们写稿。这自然多次遭到鲁迅的婉拒。如 1934 年 5 月 25 日,鲁迅收到陶亢德和徐𬀩俩的联名来信,信中不仅要求鲁迅写稿,还要鲁迅写"作家小传",并提出要到鲁迅书房来摄照和给鲁迅全家摄照,以登在他们的刊物上。鲁迅当即回信予以拒绝,不无嘲讽地说:"雅命三种,皆不敢承。倘先生他日另作'伪作家小传'时,当罗列图书,摆起架子,扫门欢迎也。"

对于徐𬀩其人,鲁迅是看不大起的。他曾说:"至于陶徐(按即陶亢德、徐𬀩),那是林门(按即林语堂)的颜曾,不及夫子远甚远甚,但也更无法可想了。"(1934 年 8 月 13 日致曹聚仁信)。可是,徐𬀩却很尊重鲁迅,也十分会"纠缠"。从《鲁迅日记》中我们看到,先是在 1934 年 12 月 17 日,徐𬀩就寄给鲁迅两张纸了。可能是在他的多次求索下(鲁迅 1 月 23 日、3

月21日即写字前一天等都收到他的信），鲁迅才为他写了二幅字。据《鲁迅诗稿》，鲁迅另外还给徐讦写过一横幅，内容是李贺《绿章封事》中的两句诗："金家香弄千轮鸣，扬雄秋室无俗声。"后面且注明时间为"亥年三月"。"亥年"即1935年，鲁迅不可能在一个月内给他写三纸字幅，因此可以确知鲁迅这次写给他的两幅字，其中之一书写的是李贺的诗句。

　　鲁迅给徐讦的字幅，似乎俱有深意寓于其中。鲁迅书录李贺的诗，不仅具有控诉、批判当时黑暗社会的意义，似还含有拒绝有些人的无聊的捧场的意思——鲁迅的"且介亭"里，是不许"俗声"来骚扰的；他们所谓的"作家"，还是请往"金家香弄"找去。而鲁迅手书的那首《锦钱余笑》，同样的意思则更明显。这首诗是极明白易懂的，只是"自是经"却不知何指，从未听说过有这样一部经，这可能是一种戏称吧？（"自是"殆"自以为是"的意思）。读这首诗，令人想起上面已提及的鲁迅致徐讦们信中说的："作家之名颇美，昔不自量，曾以为不妨滥竽其列，近年稍稍醒悟，已羞言之。况脑里并无思想，寓中亦无书斋……倘先生他日另作'伪作家小传'时，当罗列图书，摆起架子，扫门欢迎也。"借自嘲以嘲骂敌人或讽喻朋友，本是鲁迅经常运用的斗争艺术。这首诗的最后一句"慎勿错听之，也且用不着"，不直似鲁迅自己写的对林语堂、徐讦们的回答吗！

　　徐讦大概也看懂了鲁迅书幅中讽喻他的意思，因此尽管他在编着自命为"幽默"的杂志，却不见他发表这首鲁迅抄给他的真正称得上幽默的诗作。解放后，徐讦去香港曾重操旧业，又办起了《幽默》的半月刊，然而没有销路，被迫停办。鲁迅给徐讦的这两幅字后来都被上海鲁迅纪念馆收藏。

　　郑思肖是一位值得我们尊敬的历史人物。他的生平颇与爱国诗人屈原相似，后人这样咏他的诗很多："却似三闾楚大夫"（王冕），"心蕴灵均九畹春"（胡熙）。他画兰不画土的故事，是人们常称誉的；但关于他在诗歌创作上的地位和成绩，人们却很少提到。鲁迅抄录了他几首诗，这是很值得我们重视的。郑思肖曾有题兰诗云"招得香从笔砚来"，他的墨兰固然芳誉远扬，而伟大的鲁迅亲自录写他的诗，则更能流芳百世。

风号大树中天立

读《鲁迅诗稿》(上海鲁迅纪念馆编辑、文物出版社出版,以下简称《诗稿》),在其附录部分载有鲁迅的一幅手迹:

风号大树中天立　日薄沧溟四海孤

杖策且随时旦暮　不堪回首望菰蒲

此题画诗忘其为何人作亥年之冬录

鲁迅

这幅字是书赠给谁的呢?《诗稿》未作说明。这个鲁迅忘了名字的诗作者又是谁呢?看《诗稿》目录,说是"项圣谟题画诗",那么,项圣谟是什么人?是其自画自题,还是题别人的画?原诗出处又何在?这些,《诗稿》也没作说明。

又读《鲁迅日记》,在1934年4月10日记有:"南宁博物馆借三弟索书,上午书一幅寄之。"鲁迅写的是什么内容,人们以前一直不知道。1935年12月5日的日记又记有:"午后……为杨霁云书一直幅",这写的又是什么内容,人们一般也是不知道的。

以上这些令人纳闷又十分引人兴趣的问题,曾经多年萦绕在我头脑中;经过探索和向一些老同志请教,终于基本上搞清了它们的"谜底"。

首先要说的,是《诗稿》上的那首题画诗,就是1935年12月5日鲁迅书赠杨霁云的那"一直幅";但可惜的是,《诗稿》所载的已经不是手迹的原貌了。《诗稿》主要过有两种版本,即1961年版和1976年版。(陈按:本文发表于1980年。那以后《鲁迅诗稿》有过新的版本。)前一版,编辑者将鲁迅的很多字幅都径自作了改动,如将原是横幅的改排成直幅等;并且还大量删去原迹上的题款和书赠对象的名字。1976 年重版时,我们看到大部分墨迹已恢复了原样,编辑者在后记中还特地说明:"现照原样影印,题款一仍其旧,以保持墨迹的完整。"可是书中仍有一些字幅,例如这幅题画诗,却依然没有恢复本来面貌。这是不严肃的。(附带提一下,重版《诗稿》还删去了郭老专为此书书写的那篇言简意赅、脍炙人口、笔畅墨凝的序言手迹,这也是令人不解的。)

何以知道这不是墨迹的原样呢?因为,鲁迅这幅手迹在他逝世后不久,就曾在一些刊物上影印揭载过的。例如,1936 年 12 月 5 日出版的《逸经》文史半月刊第十九期上,登着杨霁云的一篇悼念文章《琐忆鲁迅》,在这篇文章的正文中,就插印了这首题画诗及另一首鲁迅自己的诗(《题三义塔》)的墨迹。再者,1939 年 3 月 15 日出版的《鲁迅风》周刊第九期上,也曾以《鲁迅先生遗墨》为题,影载了这一手迹。对照这些影印墨迹,我们可以知道原件是一长条幅,而《诗稿》却把墨字作了移植,截拼成一方块;而且,原件在"亥年之冬录"后面,还有"应霁云先生教"六个字,但《诗稿》却将这些一笔抹去了。

杨霁云当年因辑集《集外集》,与鲁迅非常熟识了。他于 1935 年 5 月 16 日寄给鲁迅一卷纸,请鲁迅题字。鲁迅在 18 日的日记和 24 日给杨霁云的回信中,都曾提及此事。在回信中,鲁迅谦虚地说:"如此拙字,写到宣纸上,真也自觉可笑,但先生既要我写,我是可以写的,但须拖延时日耳,因为须等一相宜的时候也。"这里透露出鲁迅当年的工作和战斗是多么的紧张。鲁迅这一直幅于 12 月 5 日写好,12 日寄出,他同时又在信中说:"前嘱作书,顷始写就,拙劣如故,视之汗颜,但亦只能姑且寄奉,所谓塞责焉耳。埋之箱底,以施蟫鱼,是所愿也。"这些记载,为我们今天了解这幅珍贵的墨迹提供了重要的佐证。

鲁迅不仅给杨霁云书录了这首题画诗,而且在这以前应南宁博物馆所请书写的那幅字,内容也是这首诗。后者,是上海复旦大学《鲁迅日记》

注释组的同志在1978年春天到广西查访时见到的。先是在1977年底，有一位在北京的陈此生老先生在回答注释组信访的复函中，提到他想起的有关鲁迅的一件事：1932年或1933年，广西博物馆的负责人廖君要征求当代名人墨迹，想通过他介绍去见鲁迅。他教廖君买两张上好的宣纸，用博物馆名义写一请求函件，送到内山书店转鲁迅，不必要求见面，并嘱廖君莫限内容和形式，随便鲁迅写什么都好。大约一周之后，廖君到书店探问，竟然喜出望外地取得了一副对联。当时陈此生先生曾匆匆抄下来，现在抄的纸固已失踪，联语也忘记得干干净净了，但他记得落款只有"鲁迅"两字，款后不是盖印，而是按了个指模，觉得很有意思。陈此生先生解放后还曾托广西同志访查过这件墨宝，但没有下落，使他一直深引为憾事。1978年，该注释组和上海鲁迅纪念馆的同志在南宁博物馆查到了这件至今未公之于世的墨迹，立即拍了照，由上海鲁迅纪念馆寄给陈此生先生鉴认。他很快就回信说，这正是他当年所看到的，真使他惊喜若狂：盖抗日战争期间，日寇曾两度侵入南宁，反动政权下的官员，能爱护鲁迅手迹者几乎没有，实不料此宝物尚存世也。

当然，陈此生先生年纪很大了，回忆难免有点差误。例如，将1934年记成了1932或1933年，七绝诗句误作"对联"（不过字幅是分两行直书的，倒有点像对联），款后鲁迅盖的是印章，误记是"按了个指模"（鲁迅曾在给内山完造的字幅上按指模，可能因此记错），等等。然而他的信给我们了解鲁迅书写这幅字的过程，提供了一些人们未知的情况。《鲁迅日记》中说"借三弟索书"，可能是这位廖君不仅托了内山书店，还去找了周建人；日记说"寄之"，可能不是内山书店寄出，而是鲁迅亲自寄的。值得注意的是，鲁迅写给南宁博物馆的字幅，诗句同前面所引的一年多以后写给杨霁云的那幅一字不差，而题跋也很相似："偶忆此诗而忘其作者　鲁迅"。

鲁迅一再说他忘记了作者的名字，但在《诗稿》目录上，却注明是"项圣谟题画诗"，这是怎么知道的呢？原来，最早考证该诗作者的人，就是杨霁云。在上面我提到过的那期《鲁迅风》周刊所载的该墨迹照片的旁边，

就刊有杨霁云的一篇"跋尾",文词精炼,感情真挚,是鲁迅研究的极好资料,兹特引录于下:

> 此余倩周先生手书屏幅,跋云:"此题画诗,忘其为何人作"。余考此乃明项孔彰其自绘大树诗。孔彰名圣谟,为元汴文孙,家贫志洁,鬻画自给。画兼宋元气韵,诗亦孤高芳洁。惟原诗"杖策"作"短策",盖书时笔误也。迩时本拟告豫才先生,因循未果,转瞬而书者墓草苍苍矣。今日重展,曷胜黄垆腹痛之感。

> 廿六年春日　霁云跋尾

文末的"黄垆"典出《世说新语·伤逝》,用晋人王戎悼念嵇康等人的故事,"腹痛"典出《后汉书·乔玄传》,用三国时曹操悼念乔玄的故事。

项圣谟生于明万历二十五(1597)年,卒于清顺治十五(1658)年,字孔彰,号易庵,又号胥山樵。秀水(今浙江嘉兴)人。他的祖父项元汴(子京)是明代著名书画收藏家。据清人张庚《画征录》等书记载,项圣谟学画最初从文征明(衡山),后更取法宋元各大家,尤得力于其家藏唐人卢鸿(颢然)的《草堂十志图》。他经过勤学苦练,终于获得成就,笔致凝重,自著风格。当时书画最享盛名的董其昌(文敏)也称赞他的画"众美毕臻,树石屋宇花卉人物皆与宋人血战,而山水又兼元人气韵",可谓推奖备至。他画的松树尤为妙品,时人称为"项松"。同时他又能诗文,曾著《朗云堂集》,惜今不得见。

鲁迅接连两次回忆和录写了同一首题画诗,说明他对这首诗是非常欣赏的。要透彻地理解这首诗,当然必须结合原画。我曾为此请教过不少同志,但一直未得这首诗及画的出处。于是,我只得直接求教于杨霁云同志。他在1978年6月17日来函告诉我:"所问的诗,是明末画家项圣谟题在他自己画的《大树风号图》上的。此画现收藏在故宫博物院。清末出版的《神州国光集》中曾用珂罗版复制收入过。"杨老热情的来信给我指出了探索的途径。我曾在这年暑假到处寻找《神州国光集》,最后,在上海博物馆资料室同志的热情帮助下,终于查到了该画和原诗。

杨老的记忆是相当准确的。画载于"民国元年十二月二日用玻璃版印竣发行"的《神州大观》第一号(又称作《神州国光集》第二十二集)上,画集目录上的题目是"明项孔彰独树图轴"。杨老给我的信中还指出,"鲁迅或可能即在此集中见到的",我认为十分正确。我们从《鲁迅日记》及其《书帐》中可以看到,鲁迅先后收藏的国画集,除了这《神州大观》外,还有上海有正书局出版的《中国名画》和日本人编印的《唐宋元明名画大观》等数种,而在后两种画集中,都没见收有项圣谟的这幅画。据了解,在当年其他的一些中国画集,以及一些画论集中,也不大会收进或论及此画。这样,就可以让我们初步考定鲁迅见到原画和诗的年代了。

1913年2月12日,鲁迅买到《神州大观》画集,在这天日记中写道:"午后……赴厂甸阅所陈书画。买……《神州大观》第一集一册,一元六角半,此即《神州国光集》所改,而楮墨较佳,册子亦较大。拟自此册起,联续买之。"《神州国光集》创刊于光绪戊申(1908)年,专影印我国古代精美的书画帖拓等,每两个月出一期,由上海神州国光社发行,编者为有名的南社成员邓秋枚。自第二十二集起,改名为《神州大观》,又出了十六集。原先每集所印书画,因条件所限,有的用铜版印,有的用玻璃版印;自这改名的二十二集起,全部用玻璃版印,更为清晰逼真,故鲁迅称其"楮墨较佳"。至于又称"册子亦较大"者,是因为开本也比原先增大了一倍。售价每期一元五角,鲁迅因在北京购买,多付邮费一角五分。鲁迅从此确是"联续买之",日记从这天起至1920年6月25日,历历记载着他从第一集到第十五集的购买情况。除了最后一次是他弟弟替他买来的以外,其他各次都是他亲自跑到琉璃厂的神州国光社分社去买的,足见他对祖国文化和美术遗产的重视和热爱。

《神州大观》第一集上印载的项圣谟的这幅独树图,确是一幅独具气韵,令人一见就留下深刻印象的画。画面上除了几处小荆草外,只见平坡上矗立着一株周长几围的参天老树。主干粗直,上部分出丛枝数十,枝上的叶子全给大风刮掉了。然而大多数树枝仍然铁似的直刺灰色的天空;

间有少许屈枝回柯,则更显得遒劲有力。树的右下方,一个手策笻枝的长者侧身而立,宽袖长袍被大风翻卷着。他昂首向天,仰视树巅,神态怡然,似在行吟低唱。整个画面暮色苍茫,妙具急风之势,如闻啸呼之声,更使人强烈地感觉到大树的坚强拔韧。人和树相映衬,犹显出古树的高大挺然,也显出人物的孤洁昂然。因此,诗中的"四海孤"既是指大树的孤高无伴,也是指人物的特立独行。

著名文学家和美术史家郑振铎先生,也极为欣赏这幅画。在 1953 年 11 月 1 日《人民日报》上他发表的《中国绘画的优秀传统》中说:项圣谟的《大树风号图》,夕阳在山,苍茫独立的人,和大树一同在晚风中屹立着,有不屈服的气概。画的右上方就题着这首诗,直书四行,诗后署"项圣谟诗画",后钤二方章,一为名章"项氏孔彰",一为闲章,文字似为"未丧斯文",皆朱文。对照原诗,鲁迅两幅手迹中除了杨霁云已指出的将"短策"写成"杖策"以外,还将"日薄西山"写成"日薄沧溟"(另外,"且莫"写成"且暮",但"莫"是"暮"的本字,不能算错记)。"聊借画图怡倦眼"(鲁迅诗句),鲁迅云烟过眼,偶览此画和诗,居然在二十余年后还能如此清晰地记住,这除了表明他有着惊人的记忆力以外,不正可见他对这首诗是非常欣赏的么?

对照原画,诗是更加易懂的了。除了第二句作者也许用了李密《陈情表》中"日薄西山"、"茕茕独立,形影相吊"等句意外,全诗没用什么典故。只是最后"菰蒲"二字,需作一点解释。菰蒲都是野生浅水植物。菰,其茎芽就是茭白,结实为菰米,均可食用;蒲,即蒲草,可编席子。菰蒲本是最起码的生活资料,转指十分清贫的生活环境,如鲍照《野鹅赋》:"立菰蒲之寒渚,托只影而为双"。也有人用来比喻水乡隐居之处,如陆游《乙丑夏秋之交,小舟早夜往来湖中,戏成绝句》十二首之四:"老夫解醒不用酒,自有千顷菰蒲声。"鲁迅诗中曾两次用过这个词,都是指晚年穷困的生活归宿,如《无题》:"无处觅菰蒲",《亥年残秋偶作》:"老归大泽菰蒲尽"。以前,国内鲁迅诗歌的注家们对此一般都引诸葛亮见到殷德嗣时的一句话:"东吴菰芦中乃有奇伟如此人"(语见《太平御览》百卉部所引《通语》,亦见《建康实录》),来作为"菰蒲"的注。这当然也可通,但毕竟"菰芦"与"菰蒲"字面不尽相同。也许是因古典诗文中用"菰蒲"者不多见,只得引此为注吧。我的看法是,鲁迅诗中"菰蒲"一词的直接出处,正是这首题画诗,或至少可以认为在意境上与这首诗有关系。鲁迅是在写《亥年残秋偶作》的同一天,书写这首题画诗,这很能说明这一点。过去一些鲁迅诗歌的研究者都没有注意及此,因此在这里特为赘笔提出。

最后,回到原诗上来。它的意思大致可以译述如下:看呵,尽管狂风怒号,大树却依然挺立参天,多么令人神往;虽然,太阳渐下西山,又使人感到飘零四海的孤独惆怅! 还是手持短杖,行吟于风沙浩荡之际,随他昼夜光阴流逝;对于往昔菰米蒲席的艰难生涯,实在是不堪过多地回想! ——这首诗的风格苍劲有力,洋溢着不平之气,读了令人难忘。特别是它一开始就突出地歌颂了那棵不畏狂风傲然屹立的大树,精神是昂扬的;整首诗的情调也是基本向上的。鲁迅欣赏它,大概也是着眼于此吧。"砥柱触天立中流",鲁迅在他后期那样险恶的环境中,那样艰苦紧张的战斗中,一连两次回忆书录这首诗,其中一定寄托了他向旧世界和反动派坚韧斗争的革命情怀。毛泽东同志在陕北公学鲁迅逝世周年纪念大会上,曾经这样热烈地赞扬鲁迅:他在黑暗与暴力的进袭中,是一株独立支持的大树。我觉得,正是应该从这样的意义上去理解,才能领会到鲁迅深深喜爱这首题画诗的旨意。

周氏兄弟的译论

鲁迅和周作人都是跨越晚清文坛和民国文坛的文豪。但一个不断进步,最后成为中国新文化运动的主将;一个历经曲折,一度丧失民族气节沦落到最可耻的深渊。不过,在清末民初和新文学运动初期,他俩是被人称为"周氏兄弟"而同享盛誉的。在那时,他们互相亲密配合,携手从事翻译活动,两人的翻译见解也基本一致。本文主要谈清末时期他们的译学见解,附带延谈至新文学运动初期。而此后,两人逐渐分道扬镳。到1930年代,鲁迅对翻译问题又发表了很多非常重要的论述;而周作人则在新中国成立初期对翻译研究发表过不少有益的见解。关于1930年代鲁迅的译学贡献,本人将另行撰文论述。

周氏兄弟是清末介绍和翻译欧洲新文艺的先驱者。鲁迅于1902年3月去日本留学,在1903年开始翻译活动,最初是从日文转译雨果的随笔《哀尘》、儒勒·凡尔纳的科学小说《月界旅行》等;周作人于1906年夏秋之间随鲁迅赴日留学,在1904年便开始从英文翻译《侠女奴》等小说。他们合作从事翻译活动,是在日本开始的,时在1907年。第一本问世的译作,是周作人译的《红星佚史》,其十六节诗是鲁迅译的。同年又合作翻译了阿·托尔斯泰的历史小说《劲草》,后因故未获出版。1909年,他俩合作选译出版了两册《域外小说集》,为我国近代翻译史上必须大书一笔的盛事。直到1921年,周氏兄弟(另添上周建人)还合作选译出版了《现代小说译丛》;1922年,他俩又合作选译出版了《现代日本小说集》。周氏兄弟当时不仅积极从事翻译外国文学作品的工作,而且还提出了一些重要的译学见解。其中最主要的,约有两个方面。

第一个方面是,他们深受梁启超等人有关翻译主张的影响,强调翻译工作对于"改良思想,补助文明",引导国人进步的重大意义;同时,他们又注目于"异域文术新宗"的艺术性,强调翻译文学作品的移情和涵养神思的作用。

鲁迅在 1903 年写的《斯巴达之魂》的译序中便指出,他所以译述这篇历史小说,就是因为感受到"斯巴达之魂"的"懔懔有生气",想通过这篇译述作品来激励中国的爱国志士"掷笔而起"。同年,鲁迅翻译科学小说《月界旅行》,在书前《辨言》中也明确说明是为了让读者"获一斑之知识,破遗传之迷信,改良思想,补助文明"。当时,国内译界虽然十分热闹,译作不少,也偶有佳品;但泥沙杂混,出现了不少低级无聊的侦探、言情小说。鲁迅看出了译界的弊端,他在这篇《辨言》中特地指出,当时尤其是"科学小说,乃如麟角。知识荒隘,此实一端。故苟欲弥今日译界之缺点,导中国人群以进行,必自科学小说始。"鲁迅当时还翻译了《地底旅行》、《造人术》等科学小说。清末周桂笙也非常重视翻译介绍科学小说,然而鲁迅比他更早便阐述了翻译科学小说的重要意义。

鲁迅在当时为他与周作人合译的《域外小说集》写的《序言》,更是中国近代译论史上的珍贵文献:

> 《域外小说集》为书,词致朴讷,不足方近世名人译本。特收录至审慎,迻译亦期弗失文情。异域文术新宗,自此始入华土。使有士卓特,不为常俗所囿,必当犁然有当于心,按邦国时期,籀读其心声,以相度神思所在。则此虽大涛之微沤与,而性解思惟,实寓于此。中国译界,亦由是无迟莫之感矣。

这里,鲁迅又一次涉及当时译界的缺点,认为有迟暮之感。那是因为,从当时整个译界看,正确地选择的优秀原作未占主导地位;从当时整个文坛来看,亦远未更新面貌。因此,鲁迅强调他们"特收录至审慎",又强调他们采撷的是异域文苑中富有新思想的佳作,使之移植华土,以期生根开花。他相信，只要有敢于突破"常俗"（即封建文学传统）的有识之士，就必然会"犁然有当于心"，来"籀读其心声，以相度神思之所在"。这也就是鲁迅当时在《摩罗诗力说》等文中反复强调的"别求新声于异邦"，通过翻译作品，令中国读者感受到世界上"自觉之声发，每响必中于人心，清晰昭明，不同凡响"。因此，鲁迅自豪地认为，这本《域外小说集》虽然只像是大海之微波，却含有重大的思想意义。

周作人当时追随鲁迅从事文学及翻译活动，他虽然在翻译意义方面的论述不多，也不及鲁迅深刻，但也是赞同其兄的观点的。他在最初翻译的《侠女奴》的说明中就写道："沉沉奴隶海，乃有此奇物，亟从欧文移译之，以告世之奴骨天成者。"表明他翻译此作的目的，是想激起国人的反抗精神。"行踪隐约似神龙，红线而今已绝踪。多少神州冠带客，负恩愧此女英雄。"（周作人《题〈侠女奴〉原本》）一是歌颂女性，二是赞美斗争精神，都反映了他当时进步的翻译观。1908年底，他翻译了波兰作家显克微支的历史小说《炭画》，在其译序中说："古人有言，庶民所以安其田里，而亡叹息愁恨之心者，政平讼理也。观于'羊头村'之事，其亦可以鉴矣。"可见他认为翻译国外优秀作品，可以起到"借鉴"的作用。后来，他在1926年写的《关于〈炭画〉》中更明确地回忆说："1908年在东京找到了寇丁译的两本显克微支短篇集，选译了几篇，把《炭画》也译出了。过了些时，才写这首小引，那时是宣统元年，清廷大有假立宪之意，设立些不三不四的自治团体，文中那些迂曲的话即是反对这个而说的，因为我相信中国的村自治必定是一个羊头村无疑。"

周氏兄弟当时注重于翻译波兰等东欧诸弱小民族的文学作品，都是植根于一种崇高的使命感，出于被压迫民族之间的伟大同情。周作人更将这作为他提倡人道主义的一种工作。但是，周氏兄弟不像梁启超鼓吹的那样，简单地以翻译直接作为改良社会的武器或论政的工具。他们在强调翻译的社会功利目的之外，同时不忘记文学本身作为艺术的特点和功能。这在周作人1907年写的《红星佚史》的译序中，表述得很鲜明：

中国近方以说部教道德为桀，举世靡然，斯书之缮，似无益于今日之群道。顾说部曼衍自诗，泰西诗多私制，主美，故能出自由之意，舒其文心。而中国则以典章视诗，演至说部，亦立劝惩为枭极，文章与教训，漫无畛畦，画最隘之界，使勿驰其神智，否者或群逼拶之。所意不同，成果斯异。然世之现为文辞者，实不外学与文二事，学以益智，文以移情。能移人情，文责以尽，他有所益，客而已。而说部者，文之属也。读泰西之书，当并函泰西之意，以古目观新制，适自蔽耳。

周作人强调"主美"、"移情"的"文心"，这与鲁迅当时的见解也是一致的。(笔者认为，这篇周作人署名的译序与当时两人合作的其他的书的序文一样，鲁迅至少是看过的。)鲁迅在《摩罗诗力说》中，就是这样说的："由纯文学上言之，则以一切美术之本质，皆在使观听之人，为之兴感怡悦。文章为美术之一，质当亦然。"鲁迅这里说的"美术"就是"艺术"。他还说："文章之于人生，其为用决不次于衣食，宫室，宗教，道德。盖缘人在两间，必有时自觉以勤劬，有时丧我而惝恍，时必致力于善生，时必忘其善生之事而入于醇乐，时或活动于现实之区，时或神驰于理想之域；苟致力于其偏，是谓之不具足。严冬永留，春气不至，生其躯壳，死其精魄，其人虽生，而人生之道失。文章不用之用，其在斯乎？约翰穆黎曰，近世文明，无不以科学之术，合理为神，功利为鹄。大势如是，而文章之用益神。所以者何？以能涵养吾人之神思耳。涵养人之神思，即文章之职与用也。"鲁迅关于文学的"不用之用"的精彩论述，是我国近代文论史上的一个全新的见解；同样，周氏兄弟将这一文学思想运用于翻译理论上，就正确地纠正了梁启超有关译论的偏颇。这是值得人们充分注意的。

周氏兄弟在译学理论方面的第二个较大的贡献，是比较明确地提出了有关"直译"的观点，在中国近代译学史上高张一帜。

前引鲁迅《域外小说集·序言》的第一句话说："《域外小说集》为书，词致朴讷，不足方近世名人译本。"这不只是一句自谦的话，也不止是说明译笔质朴，而且还表达了他们当时对于以林纾为代表的翻译文风的看法。在鲁迅为《域外小说集》写的《略例》中也说："任情删易，即为不诚。故宁拂戾时人，迻徙具足耳。"鲁迅后来在1932年1月16日致增田涉的信中便说："《域外小说集》发行于1907年或1908年，我与周作人还在日本东京。当时中国流行林琴南用古文翻译的外国小说，文章确实很好，但误译很多。我们对此感到不满，想加以纠正，才干起来的。"因此，此书序中所说的"迻译亦期弗失文情"，主要即表达了他们的"直译"观点。鲁迅在为周作人译的《劲草》写的序中，也提到翻译应该"使益近于信达"，使原作者"撰述之真，得以表著；而译者求诚之志，或亦稍遂矣。"鲁迅后来在1913年为所译《艺术玩赏之教育》写的附记中，又说自己用的是"循字迻译，庶不甚损原意"。当然，鲁迅并不是提倡按字死译。（关于这一点，鲁迅和周作人后来都有详尽辨析，详见下述。）他们强调直译，首先是针对当时盛行的任意删削、颠倒、附益的翻译方法，为了扫荡翻译界的混乱观念。他们更以自己的《域外小说集》等译作，实践和体现了自己提出的这一原则。当时与周氏兄弟住在一起的许寿裳，后来回忆说："我曾将德文译本对照读过，觉得字字忠实，丝毫不苟，无任意增删之弊，实为译界开辟一个新时代的纪念碑，使我非常兴奋。"（《亡友鲁迅印象记》）

不过，"直译"一词，在当时周氏兄弟的译论中却尚未见到。他们最初用的，可能是"对译"一词。1913年商务印书馆的《小说月报》社给周作人所译《炭画》的退稿信中说："虽未见原本，以意度之，确系对译，能不失真相，因西人面目俱在也。但行文生涩，读之如对古书，颇不通俗，殊为憾事。"细审其意，当是周作人在投稿去信时说明自己用的是"对译"。而"不失真相"、"面目俱在"，则正是周氏兄弟所提倡的直译。（至于"行文生涩"、"如对古书"，确实也是周氏兄弟当初因受章太炎影响而用文言翻译的缺点，后来他们也都是承认的；由于这不涉及他们的译学主张，这里不多说。）

周作人在1917年发表他的第一篇口语体的译文《古诗今译》时，写

有一段经过鲁迅修改的译者题记,这可看作周氏兄弟有关直译理论的纲领:

> 什法师说,译书如嚼饭哺人,原是不错。真要译得好,只有不译。若译它时,总有两件缺点,但我说,这却正是翻译的要素:一、不及原本,因为已经译成中国语,如果还同原文一样好,除非请谛阿克列多思学了中国文自己来做。二、不像汉文——有声调好读的文章——,因为原是外国著作。如果用汉文一般样式,那就是我随意乱改的胡涂文,算不了真翻译。

可见他们认为直译的所谓缺点,同时也正是翻译的要素。这是很具有辩证意味的见解。1918 年 11 月 8 日,周作人在答复张寿朋的《文学改良与孔教》时,又说明了他们的直译方法,并指出这是最为正当的方法:

> 至于"融化"之说,大约是将它改作中国事情的意思,但改作以后便不是译本;如非改作,则风气习惯,如何"重新铸过"? 我以为此后译本,……要使中国文中有容得别国文的度量,……又当竭力保存原作的"风气习惯,语言条理。"最好是逐字译,不得已也应逐句译,宁可"中不像中,西不像西",不必改头换面。譬如六朝至唐所译释教经论文体,都与非释教经论不同:便是因为翻译的缘故。但我毫无才力,所以成绩不良,至于方法,却是最为正当。

1921 年 12 月 24 日,周作人在所译《日本俗歌六十首》的译序中,又一次强调:"我的翻译,重在忠实的传达原文的意思,……但一方面在形式上也并不忽略,仍然期望保存本来的若干的风格。"他又说:

> 欧洲人译《旧约》里的《雅歌》只用散文,中国译印度的偈别创无韵诗体,都是我们所应当取法的。我们翻译介绍外国作品的原意,一半是用作精神的粮食,一半也在推广我们的心目界,知道我们以外有这样的人,这样的思想与文词;如果不先容纳这个意见,想在翻译中去求与中国的思想文词完全合一的诗文,当然是不免失望,但

这责任却不是我们的。

在1924年7月2日发表的《余音的回响》中,周作人再一次指出:

> 翻译的外国作品,正因为"习惯和思想上我们中国人与外国人有点不大同的地方",所以才有看的价值;倘若因这点不同而看不惯,那么最好不看以免头痛,——最好是看自己的作品。

周作人从直译论述到应该保存原作的与中国不尽一致的思想文词,这个观点是很深刻的,鲁迅和他也是一致的。鲁迅后来在1930年代又作了更深刻的阐述。

大概到1920年代初,周氏兄弟便鲜明地使用"直译"这个术语来概括他们的译学主张。1920年4月17日,周作人在他的译文集《点滴》的序中说,他的这几篇译作有"两件特别的地方",其中第一件便是"直译的文体"。鲁迅在1924年11月22日为所译《苦闷的象征》写的《引言》中也说:"文句大概是直译的,也极愿意一并保存原文的口吻。"鲁迅在1925年12月3日为所译《出了象牙之塔》写的《后记》中又强调:"文句仍然是直译,和我历来所取的方法一样:也竭力想保存原书的口吻,大抵连语句的前后次序也不甚颠倒。"

1925年6月12日,周作人为其译文集《陀螺》写的序文中,十分精辟地阐述和总结了有关"直译"的理论,并指明了"直译"与"死译"、"胡译"等的界限:

> 我的翻译向来用直译法,……我现在还是相信直译法,因为我觉得没有更好的方法。但是直译也有条件,便是必须达意,尽汉语的能力所能及的范围内,保存原文的风格,表现原语的意义,换一句话就是信与达。近来似乎不免有人误会了直译的意思,以为只要一字一字地将原文换成汉语,就是直译,譬如英文的 Lying on his back 一句,不译作"仰卧着"而译为"卧着在他的背上",那便是欲求信而反不词了。据我的意见,"仰卧着"是直译,也可以说即意译;将它略去不译,或译作"坦腹高卧"以至"卧北窗下自以为羲皇上人",是"胡

译";"卧着在他的背上"这一派乃是死译了。

周作人的这一论述(鲁迅是同意的),又经茅盾等人反复加以阐述,为大多数译者所接受,影响很大。他一生坚持这个观点,直到晚年,在1958年写的《〈日本民间故事〉译者前言》中仍然这样说:"我的翻译是向来主张直译式的。"鲁迅也是一生坚持直译的。他在1930年代,还就这一译学理论作了更深刻的阐述,我将另撰专文论述。

鲁迅对译学的重大贡献

1927 年以后,鲁迅在思想上成为一个彻底的历史唯物主义者,并被公认为左翼文坛的盟主。在他一生的最后十年里,又对翻译问题作了一系列非常精湛的论述,在当时整个翻译界影响极大,并在中国译学史上建立了丰碑。他的一系列论述涉及的内容十分丰富,其中最主要的和突出的,大致是下述几个问题。

第一,关于翻译的目的与宗旨。

鲁迅后期这方面的论述更为明确,也更全面了。他当时翻译的书籍或文章,可分为两大类,一类是科学的文艺理论和革命的文学作品,另一类是除这些以外的一般的文章与作品。对于前一类理论书籍的翻译,他曾多次对人说,那好比是为起义的奴隶搬运军火,是直接为革命服务的。在他的文章中,也常以希腊神话中的英雄普罗米修斯窃火给人类的故事,来比喻这种翻译的意义。他在 1930 年 3 月发表的《"硬译"与"文学的阶级性"》(载《萌芽月刊》第一卷第三期)一文的最后,谈到"为什么而译"的问题,说:

> 我的回答,是:为了我自己,和几个以无产文学批评家自居的人,和一部分不图"爽快",不怕艰难,多少要明白一些这理论的读者。

也就是说,一是为了提高自己和解剖自己,二是为了帮助同一阵营里的文学工作者,其中也包括那些对革命理论所知无多却"以无产文学批评家自居的人"。他又说:

> 我于是想,可供参考的这样的理论,是太少了,所以大家有些胡

涂。对于敌人，解剖，咬嚼，现在是在所不免的，不过有一本解剖学，有一本烹饪法，依法办理，则构造味道，总还可以较为清楚，有味。人往往以神话中的 Prometheus 比革命者，以为窃火给人，虽遭天帝之虐待不悔，其博大坚忍正相同。但我从别国里窃得火来，本意却在煮自己的肉的，以为倘能味道较好，庶几在咬嚼者那一面也得到较多的好处，我也不枉费了身躯……然而，我也愿意于社会上有些用处，看客所见的结果仍是火和光。

这里的"窃火"与"煮肉"两个比喻，是非常深刻的。"窃火"不仅是为了让人们看到"火和光"，同时还为了"煮自己的肉"，这是比普罗米修斯更加"博大坚忍"了！他在 1932 年 4 月 24 日写的《三闲集·序言》中也说："我有一件事要感谢创造社的，是他们'挤'我看了几种科学底文艺论，明白了先前的文学史家们说了一大堆，还是纠缠不清的疑问。并且因此译了一本蒲力汗诺夫的《艺术论》，以纠正我——还因我而及于别人——的只信进化论的偏颇。"至于鲁迅翻译《毁灭》等苏联革命作品，乃是为了介绍"铁的人物和血的战斗"，以鼓励中国人民的斗争，同时为中国革命作家作为创作上的参考。这也是极为明显的。

关于翻译其他的书籍、文章，鲁迅也有关于其目的的论述。1928 年 3 月 31 日，鲁迅为所译日本鹤见祐辅杂文集《思想·山水·人物》写的《题记》中就说：

> 我的译述和绍介，原不过想一部分读者知道或古或今有这样的事或这样的人，思想，言论；并非要大家拿来作言动的南针。世上还没有尽如人意的文章，所以我只要自己觉得其中有些有用，或有些有益，……便会开手来移译……

鲁迅指出这一类书不是供大家作"言动的南针"，亦可见他翻译的前一类书正是为了大家作"言动的南针"的。对后一类书，他主要是供大家参考，但着眼点仍是"有用"和"有益"。同时他还指出："倘要完全的书，天下可读的书怕要绝无，倘要完全的人，天下配活的人也就有限"，选择的标准也不能过严。

鲁迅是赞成翻译各种作品以供中国读者参考的。他希望大家翻译无产阶级文学作品,也希望"此外更译几种虽然往往被称为无产者文学,然而还不免含有小资产阶级的偏见(如巴比塞)和基督教社会主义的偏见(如辛克莱尔)的代表作,加上了分析和严正的批评,好在那里,坏在那里,以备比较参考之用,那么,不但读者的见解,可以一天一天的分明起来,就是新的创作家,也得了正确的师范了。"(《关于翻译的通信》)他甚至说:"我是主张青年也可以看看'帝国主义者'的作品的,这就是古语的所谓'知己知彼'。"(《关于翻译(上)》)关于翻译各类文学理论,他也认为"使大家看看各种议论,可以与中国的新的批评家的批评和主张相比较。与翻刻王羲之真迹,给人们可以和自称王派的草书来比一比,免得胡里胡涂的意思,是相仿佛的"(《〈奔流〉编校后记·九》)。

1933 年 8 月 29 日,他写了《由聋而哑》一文,认为如果读者长期不能获知外国的精神生活方面的事,就会变成精神上的"聋",最后就会招致"哑"。这种现象,除了归罪于压迫者的压迫以外,五四时代的翻译界"急于事功,竟没有译出什么有价值的书籍来",和有的人"故意迁怒,至骂翻译者为媒婆,有些青年更推波助澜,有一时期,还至于连人、地名下注一原文,以便读者参考时,也就诋之曰'炫学'"的做法,也是"应该分负责任的"。他悲愤地指出:"绍介国外思潮,翻译世界名作,凡是运输精神的粮食的航路,现在几乎都被聋哑的制造者们堵塞了,连洋人走狗,富户赘郎,也会来哼哼的冷笑一下。他们要掩住青年的耳朵,使之由聋而哑,枯涸渺小,成为'末人',非弄到大家只能看富家儿和小瘪三所卖的春宫,不肯罢手。"因此,他庄重地号召:

> 甘为泥土的作者和译者的奋斗,是已经到了万不可缓的时候了,这就是竭力运输些切实的精神的粮食,放在青年们的周围,一面将那些聋哑的制造者送回黑洞和朱门里去。

第二,关于"直译"与"硬译"。

　　我的前一篇文章已写到鲁迅与周作人兄弟在清末民初,就已比较明确地提出"直译"的观点,并作出示范,在近代译坛高树一帜。而到鲁迅晚年,他不仅坚持这一观点和方法,而且作了更透彻的论述和争辩。

　　本来,鲁迅提倡的"直译"正是针对"歪译"而说的。正如茅盾在1930年代就已辨明、姜椿芳等人后来又着重指出的,鲁迅的"直译"实际就是"正译",它的对立面是"歪译",而不仅仅是相对于"意译"而言的。换而言之,从浅处说,"直译"是与"意译"相对的一种译法;从深处说,"直译"是包括正确的"意译"在内的"正译"。因此,鲁迅对"直译"与"意译"这一对矛盾,也持一种非常辩证的看法。他对一味强调"直译"容易产生的偏差,以及对自己的译文的不足之处,都有清醒的认识。例如,1927年5月30日他为所译《小约翰》一书写的《引言》中就说:"务欲直译,文句也反成蹇涩;欧文清晰,我的力量实不足以达之。"他承认自己有的句子译得"拙劣","冗长而且费解",然而他说:"但我别无更好的译法,因为倘一解散,精神和力量就很不同。"另外,他还说:"和文字的务欲近于直译相反,人物名却意译,因为它是象征。"他在1929年4月22日为所译《艺术论》(卢氏)写的《小序》中,就说得更明白了。他指出原书涉及"学问的范围殊为广大",非常难译,他参考了许多日译本,"仍苦不能通贯,费时颇大,而仍只成一本诘屈枯涩的书"。因此,"倘有潜心研究者,解散原来句法,并将术语改浅,意译为近于解释,才好。"同年9月15日,鲁迅在《〈小彼得〉译本序》中又说,初学外语者一开始就翻译,是不大适宜的,"因为每容易拘泥原文,不敢意译,令读者看得费力"。《小彼得》原先是初学日语的许广平译的,而鲁迅"当校改之际,就大加改译一通,比较地近于流畅了"。

　　非常遗憾的是,当年以至现在的所有不赞成乃至讽嘲鲁迅的直译主张的论者,好像都没有见过鲁迅的上述论述。其实,鲁迅的意思非常明白:他是主张直译的,但并不赞成蹇涩和拘泥;而对经过"潜心研究"的意译,他是求之不得的。他的某些译文也许生硬了一点,那是因为他考虑到保存原文的"精神和力量",同时也是因为他尚未找到别的更好的译法;如果有"潜心研究者",解散原来句法改译一通,他也是欢迎的。试问,这样一种实事求是的态度,又有什么"偏激"可指责呢?

1929年1月20日,鲁迅在《〈托尔斯泰之死与少年欧罗巴〉译后附记》中写了这样一段话:

> 从译本看来,卢那卡尔斯基的论说就已经很够明白,痛快了。但因为译者的能力不够和中国文本来的缺点,译完一看,晦涩,甚而至于难解之处也真多;倘将仂句拆下来呢,又失了原来的精悍的语气。在我,是除了还是这样的硬译之外,只有"束手"这一条路——就是所谓"没有出路"——了,所余的惟一希望,只在读者还肯硬着头皮看下去而已。

这段话的意思,与上面所引几句话并无什么不同;只是所译的是理论书籍,与文学作品、童话之类不一样,因此更强调了直译而已。不料,一场争论随之而来。梁实秋在9月10日《新月》杂志第2卷第6、7期合刊上(实际于翌年1月出版),发表《论鲁迅先生的"硬译"》,引了鲁迅上面这段话,特地在"硬译"两字旁边加上套圈,认为"硬译"就是"死译",并说:

> 曲译诚然要不得,因为对于原文太不忠实,把精华译成了糟粕,但是一部书断断不会从头至尾的完全曲译,一页上就是发现几处曲译的地方,究竟还有没有曲译的地方;并且部分的曲译即使是错误,究竟也还给你一个错误,这个错误也许真是害人无穷的,而你读的时候究竟还落个爽快。死译就不同了:死译一定是从头至尾的死译,读了等于不读,枉费时间精力。况且犯曲译的毛病的同时决不会犯死译的毛病,而死译者却有时正不妨同时是曲译。

鲁迅随之写了名文《"硬译"与"文学的阶级性"》(载1930年3月《萌芽月刊》第一卷第三期),予以驳斥与争辩。鲁迅首先指出,梁氏这篇论翻译的文章,与新月社的政治倾向有关,正是同一作者刊于同一刊物的《文学是有阶级性的吗?》一文的"余波"。因此,鲁迅此文除了谈"硬译"外,更主要的是论"文学的阶级性"。这并不是鲁迅把翻译学术问题扩大到政治理论问题，而正是因为梁氏从政治扯到"学术"。因此，首先应该指出：鲁迅的敌忾源于梁氏的猖狂与无知，鲁迅的尖刻针对梁氏的嘲讽与浅薄。鲁迅此文，已成为世界马克思主义文艺理论武库中的重器，其意义当然不止是普通的译论；但是，他仍然从学术角度阐述了他对"硬译"的看法，大致有这样几层意思：

一、"硬译"与"死译"有区别，并不是故意的"曲译"。

二、"硬译"（主要指翻译科学的文艺论及其他革命理论著作）自有需要它的读者对象，它在他们之间生存。

三、"我的译作，本不在博读者的'爽快'，却往往给以不舒服"，因为思想对立的人觉得"气闷，憎恶，愤恨"，是当然的，至于那些对理论知之不多的"批评家"，本是应该有"不贪'爽快'，耐苦来研究这些理论的义务的"。

四、"硬译"不仅为了"不失原来的精悍的语气"，同时也可以"逐渐添加了新句法"，经过一段时间，可能"同化"而"成为己有"。（关于这一点，鲁迅后来与瞿秋白的讨论中有更详细的论述，见下述。）

五、"自然，世间总会有较好的翻译者，能够译成既不曲，也不'硬，或'死'的文章的，那时我的译本当然就被淘汰，我就只要来填这从'无有'，到'较好'的空间罢了。"

由此可见，鲁迅一开始本不是有意要提出"硬译"这个口号，也不是像有的同志说的那样是针对"软译"而提出来的；他不过是实事求是地说明，自己在翻译理论书籍中尚未探索到更好的译法时，便只得"硬译"。不料这句话竟被梁实秋抓住并横加攻击与歪曲。对方并不是指出误译，或是帮助分析和斟酌（像后来瞿秋白那样），而是还怀有政治意图。既然这样，鲁迅也就决不收回"硬译"这两个并不好听的字了，[1] 而是驳斥对方的错

---

1   鲁迅在该文中说："现在又来了'外国文'，许多句子，即也须新造，——说得坏点，就是硬造。""硬造"既是"说得坏点"，那么"硬译"当然也不是好听的。鲁迅在 1933 年 8 月 2 日写的《关于翻译》中说："我要求中国有许多好的翻译家，倘不能，就支持着'硬译'。"亦可见鲁迅并没有将"硬译"算在"好的翻译"之中。

误和歪曲,并进一步阐述自己的见解。这就是鲁迅的风格,这是何等坦白、直率、正大光明啊!

当时还有人提出"顺译"的观点,代表人物是赵景深。赵氏在 1931 年3 月《读书月刊》第一卷第六期上发表《论翻译》一文说:

> 我以为译书应为读者打算;换一句话说,首先我们应该注重于读者方面。译得错不错是第二个问题,最要紧的是译得顺不顺。倘若译得一点也不错,而文字格里格达,吉里吉八,拖拖拉拉一长串,要折断人家的嗓子,其害处当甚于误译。……所以严复的"信"、"达"、"雅"三个条件,我以为其次序应该是"达"、"信"、"雅"。

另外还有如杨晋豪,在当时亦鼓吹:"第一要件是要'达'!"(见《从"翻译论战"说开去》)

针对这种与梁氏的论点有些相似的错误看法,鲁迅一连写了三篇文章:《几条"顺"的翻译》(载 1931 年 12 月 20 日《北斗》第一卷第四期)、《风马牛》(载同上)、《再来一条"顺"的翻译》(载 1932 年 1 月 20 日《北斗》第二卷第一期)。除了最后一篇更主要是揭露"造谣的和帮助造谣的"反动派的以外,前两篇都是点名批评赵景深的。鲁迅将赵氏的观点归纳为"与其信而不顺,不如顺而不信"。(后来,瞿秋白则归纳为"宁错而务顺,毋拗而仅信。"相比之下,鲁迅的归纳更准确一点。)鲁迅的第一篇批评是举几条自然科学译文的"顺"的误译,让大家看看这种"顺译"论的荒谬性。最后指出:

> 但即此几个例子,我们就已经可以决定,译得"信而不顺"的至多不过看不懂,想一想也许能懂,译得"顺而不信"的却令人迷误,怎样想也不会懂,如果好像已经懂得,那么你正是入了迷途了。

鲁迅的第二篇批评则是举赵氏自己的"顺译",其中还提到赵氏将Milky Way(银河)误译为"牛奶路"这一民国时期翻译史上的有名"掌故",指出"直译"或"硬译"与误译的区别。鲁迅最后一篇批评则是举反动派报纸上的"顺译",这篇虽然不是针对赵氏的,但对赵氏和读者的启发也许更大,因为这实际指出了所谓"顺译"甚至可能在政治上犯错误。[1]

总之,鲁迅对所谓"顺译"的批评,也就是进一步阐述了他的"直译"理论。鲁迅在 1933 年 8 月 14 日写的《为翻译辩护》(载 8 月 20 日《申报·自由谈》)中再次指出:

> 现在最普通的对于翻译的不满,是说看了几十行也还是不能懂。但这是应该加以区别的。倘是康德的《纯粹理性批判》那样的书,则即使德国人来看原文,他如果并非一个专家,也还是一时不能看懂。自然,"翻开第一行就译"的译者,是太不负责任了,然而漫无区别,要无论什么译本都翻开第一行就懂的读者,却也未免太不负责任了。

可见,鲁迅始终是坚持一种分析、区别的态度。他要求区别译著的内容(一般书还是理论书)和读者的身份(一般读者还是专家)。他强调的"硬译",主要是针对理论书和研究者的。[2]

第三,关于翻译的言语、句法问题。

这个问题,鲁迅在 1930 年初与梁实秋论争中便已涉及。他在《"硬译"与"文学的阶级性"》一文中指出,日本翻译欧美的书时,便是"逐渐添加了新句法",使比古文更宜于翻译而不失原文语气;开始不很习惯,但逐渐同化,成为己有了。他并指出,中文文法本身,从古以来也是有些变迁的,尤其是"唐译佛经"、"元译上谕",当时很有些"文法句法词法"是"生造的",一经习用,就懂得了。他认为中文文法本身是"有缺点"的,通过翻译

---

[1] 应该提及,赵景深后来诚恳接受了鲁迅的批评;直到晚年,当有些人想为他这一译论"翻案"时。他仍表示鲁迅的批评虽然尖锐,却是正确的。近年来,有些人以奚落、贬低鲁迅而自鸣得意,不时见有为赵氏"抱不平"者,这些人实在是很可悯的,因为他们不仅没有好好读鲁迅的文章,也没有好好读赵先生的文章。

[2] 1931 年 7 月 20 日《文艺新闻》周刊上发表的《翻译论战之一零二碎》中,提及:"又闻当赵景深的翻译论发表时,有人征求意见于鲁迅,鲁即座答之以二语云:'世未有以童话作品的文字和康德或赫格尔的哲学著作的文字,相提并论者。梁实秋以所译《彼得潘》的尺度,赵景深以所译《安徒生童话集》的尺度,来论蒲力汗诺夫的艺术理论的译文和马克思的经济学或列宁的辩证法的译文,自然昏话百出了!'"这里所述鲁迅的话,我认为是可信的。理论著作与文艺作品的翻译尺度,确实不完全相同。

而有所"新造",是很自然的。就拿梁氏来说,他认为鲁迅有些译著还是看得懂的;而鲁迅指出,这除了原文原是易懂的以外,还在于梁氏已是新文学家,对翻译中的新的句法比较看惯了的缘故。若在三家村的冬烘先生看来,还不仍是比"天书"还难吗?

1931 年 12 月 28 日,鲁迅在与瞿秋白讨论翻译问题时,更就此发表了详尽的论述。他认为,在供给知识分子看的译著中,应主张"宁信而不顺"的译法。当然,这所谓"不顺"并非将"跪下"译作"跪在膝之上"、"天河"译作"牛奶路"之类,"乃是说,不妨不像吃茶淘饭一样几口可以咽完,却必须费牙来嚼一嚼。"为什么要这样呢? 鲁迅的回答是:

> 这也是译本。这样的译本,不但在输入新的内容,也在输入新的表现法。中国的文或话,法子实在太不精密了,作文的秘诀,是在避去熟字,删掉虚字,讲话的时候,也时时要辞不达意,这就是话不够用,……要医这病,我以为只好陆续吃一点苦,装进异样的句法去,古的,外省外府的,外国的,后来便可以据为己有。

他还认为,即使是对普通读者,"也应该时常加些新的字眼,新的语法在里面,但自然不宜太多,以偶尔遇见,而想一想,或问一问就能懂得为度。必须这样,群众的言语才能够丰富起来。"他还指出:

> 一面尽量的输入,一面尽量的消化,吸收,可用的传下去了,渣滓就听他剩落在过去里。……但这情形也当然不是永远的,其中的一部分,将以"不顺"而成为"顺",有一部分,则因为到底"不顺"而被淘汰,被踢开。这最要紧的是我们自己的批判。

由此可见,鲁迅主张在翻译中容忍"不顺",并非一种消极的办法,而是一种积极的主张,为的是"输入新的表现法"和改进中文的文法、句法。因此,他不同意瞿秋白说的这是一种"防守",而指出:"其实也还是一种的'进攻'"。值得注意的是,鲁迅并不赞成瞿秋白在翻译语言中绝对排除文言和书面语而提倡所谓"绝对的白话"的说法。前面引用过的鲁迅论述翻译应"装进异样的句法"时,便提到可以装进"古的"句法,在提到为一般读者看的译作时,他也指出:"就大体看来,现在也还不能和口语——各处各种的土话——合一,只能成为一种特别的白话";同时,他不赞成太限于一处的方言,因为别的地方的读者看不懂,而这样一种"特别的白话"势必"文言的分子也多起来"。他指出:

> 没有法子,现在只好采说书而去其油滑,听闲谈而去其散漫,博取民众的口语而存其比较的大家能懂的字句,成为四不像的白话。这白话得是活的,活的缘故,就因为有些是从活的民众的口头取来,有些是要从此注入活的民众里面去。

鲁迅的这些论述,是对瞿秋白的偏颇的修正,意义非常深刻。令人不解的是,现在有的论者却反而把鲁迅的这些论述贬为"语言的汉民族虚无主义者"的偏激看法,而赞成"绝对的白话本位"的原则。可是,从瞿秋白到这些论者,试问谁做到了所谓的"绝对的白话"?

鲁迅还多次论述了"欧化"的问题。在 1934 年 7 月 18 日写的《玩笑只当它玩笑》(载 7 月 25 日《申报·自由谈》)中,他针对刘半农反对"欧化"的言论,再次指出:"欧化文法的侵入中国白话中的大原因,并非因为好奇,乃是为了必要。……固有的白话不够用,便只得采些外国的句法。比较的难懂,不像茶淘饭似的可以一口吞下去是真的,但补这缺点的是精密。"8 月 5 日,为反驳有人对他的这篇文章的问难,鲁迅再次说明:"我主张中国语法有加些欧化的必要。这主张,是由事实而来的。"并指出,连"欧化"这两个字本身便也是欧化词。

关于在翻译中既必须力求易解,又必须保存原姿,在语言上不必完全"归化"的主张,鲁迅在 1935 年 6 月 10 日写的《"题未定"草·二》(载 7 月 1 日《文学》月刊第五卷第一期)中,还作有精彩的论述:

> 还是翻译《死魂灵》的事情。……动笔之前,就先得解决一个问题:竭力使它归化,还是尽量保存洋气呢?日本文的译者上田进君,是主张用前一法的。……所以他的译文,有时就化一句为数句,很近于解释。我的意见却两样的。只求易懂,不如创作,或者改作,将

事改为中国事,人也化为中国人。如果还是翻译,那么,首先的目的,就在博览外国的作品,不但移情,也要益智,至少是知道何地何时,有这等事,和旅行外国,是很相像的:它必须有异国情调,就是所谓洋气。其实世界上也不会有完全归化的译文,倘有,就是貌合神离,从严辨别起来,它算不得翻译。凡是翻译,必须兼顾着两面,一面当然力求其易解,一面保存着原作的丰姿,但这保存,却又常常和易懂相矛盾:看不惯了。不过它原是洋鬼子,当然谁也看不惯,为比较的顺眼起见,只能改换他的衣裳,却不该削低他的鼻子,剜掉他的眼睛。我是不主张削鼻剜眼的,所以有的地方,仍然宁可译得不顺口。只是文句的组织,无须科学理论似的精密了,就随随便便……

鲁迅关于翻译的"欧化"、"洋气"问题的主张,看来有两方面的考虑。一是为了"益智",与旅行外国相似,必须有"异国情调";二是为了"输入新的表现法",以改进中文的文法。这后一方面,是从属于他的整个改造中国语言的博大思想的;换言之,鲁迅正是站在中国语言改革的高度,来论述他的"直译"、"硬译"主张的。而我们也必须联系他的这一博大的总体思想,才能更准确地理解他的有关译论的正确性。

第四,关于重译(转译)和复译问题。

这两个问题都不是鲁迅最早论述的,例如关于重译,至少郑振铎早在1920年代初便已作过论述了。但关于这两个问题的不正确看法,在1930年代仍不时冒出。鲁迅对此又作了不少辨析,并且都写了专文。以鲁迅身份、地位之重,和思想、分析之深,在当时和后来的译界的影响是很大的。

关于重译(转译)问题,鲁迅一贯的看法是,理想的翻译,应该由精通原文的译者从原著直接译出;但由于各种客观条件的限制,重译有其存在的必要;他最反对不加分析地鄙薄重译的做法。1929年4月22日,鲁迅在翻译《艺术论》(卢氏)时写的《小序》中,就说如果有译者"从原文翻译,那就更好了"。在同年6月25日写给读者张逢汉的信(载7月20日《奔流》月刊第二卷第三期)中,他又说:

我们因为想介绍些名家所不屑道的东欧和北欧文学,而又少懂得原文的人,所以暂时只能用重译本,尤其是巴尔干诸小国的作品。原来的意思,实在不过是聊胜于无,且给读书界知道一点所谓文学家,世界上并不止几个受奖的泰戈尔和漂亮的曼殊斐儿之类。但倘有能从原文直接译出的稿子见寄,或加以指正,我们自然是十分愿意领受的。

1930年春,鲁迅在名文《"硬译"与"文学的阶级性"》中,就批评了梁实秋及蒋光慈鄙薄、挖苦重译的言论,指出当时有不少外国著作"暂时之间,恐怕还只好任人笑骂,仍从日文来重译,或者取一本原文,比照了日译本来直译罢"。他还说:"我还想这样做,并且希望更多有这样做的人,来填一填彻底的高谈中的空虚,因为我们不能像蒋先生那样的'好笑起来',也不该如梁先生的'等着,等着,等着'了。"在1935年8月8日写的《〈俄罗斯的童话〉小引》中,他又说:"我很不满于自己这回的重译,只因别无译本,所以姑且在空地里称雄。倘有人从原文译起来,一定会好得远远,那时我就欣然消灭。""这并非客气话,是真心希望着的。"

可见,鲁迅是不赞成"彻底的高谈"的,他真心希望有更多的直接译本,同时也希望有更多的人用重译来填补暂时的空白。鲁迅的这种态度和观点,是实事求是的。1934年六七月间,鲁迅针对穆木天的有关议论,更撰写了《论重译》、《再论重译》两篇专论。

穆氏在这年6月19日《申报·自由谈》上发表《各尽所能》一文,其中提到:"有人英文很好,不译英美文学,而去投机取巧地去间接译法国的文学,这是不好的。因为间接翻译,是一种滑头办法。如果不得已时,是可以许可的。但是,避难就易,是不可以的。"鲁迅认为这些说法与穆氏自己提倡广泛介绍外国文学的主张相矛盾,也容易使人误解,所以便在6月24日写了《论重译》(载6月27日《申报·自由谈》)。鲁迅说,重译的确比直接译容易,一是原文精彩而难译的地方,已由原译者消去若干了;二是原文难解之处,忠实的译者往往会有注释。但因此,也常有直接译错误,而重译却不错的时候。他指出：

> 懂某一国文，最好是译某一国文字，这主张是断无错误的，但是，假使如此，中国也就难有上起希罗，下至现代的文学名作的译本了。中国人所懂的外国文，恐怕是英文最多，日文次之，倘不重译，我们将只能看见许多英美和日本的文学作品，不但没有伊卜生，没有伊本涅支，连极通行的安徒生的童话，西万提司的《吉诃德先生》，也无从看见了。这是何等可怜的眼界。自然，中国未必没有精通丹麦，挪威，西班牙文字的人们，然而他们至今没有译，我们现在的所有，都是从英文重译的。连苏联的作品，也大抵是从英法文重译的。

> 所以我想，对于翻译，现在似乎暂不必有严峻的堡垒。最要紧的是要看译文的佳良与否，直接译或间接译，是不必置重的；是否投机，也不必推问的。深通原译文的趋时者的重译本，有时会比不甚懂原文的忠实者的直接译本好，……不过也还要附一条件，并不很懂原译文的趋时者的速成译本，可实在是不可恕的。

鲁迅将间接译（重译）与直接译的各种不同的情况和优劣，作了令人信服的分析，不仅再次论述了重译的必要性，而且提出"最要紧"的是看译文的质量。他还说："待到将来各种名作有了直接译本，则重译本便是应该淘汰的时候，然而必须那译本比旧译本好，不能但以'直接翻译'当作护身的挡牌。"

7月3日，鲁迅针对穆氏《论重译及其它》，又写了《再论重译》（载7月7日《申报·自由谈》），再次强调翻译首要看本身的质量，而不管是直接或间接，以及译者的动机是否"趋时"等。穆氏认为直接译是"一劳永逸"的，不然还是不动手的好。鲁迅指出："这就是说，与其来种荆棘，不如留下一片白地，让别的好园丁来种可以永久观赏的佳花。但是，'一劳永逸'的话，有是有的，而'一劳永逸'的事却极少，……况且白地也决不能永久的保留，既有空地，便会生长荆棘或雀麦。最要紧的是有人来处理，或者培植，或者删除。使翻译界略免于芜杂。这就是批评。"鲁迅又从重译问题论述到翻译批评,关于这,本文下面再作详论。

关于复译,鲁迅也是一贯不赞成不加分析地予以反对的态度。例如,1932 年 7 月 10 日的《文学月报》上,刊有周扬翻译的苏联小说《焦炭,人们和火砖》,而鲁迅在 1933 年 3 月出版的《一天的工作》一书里,又发表了自己的另一译文《枯煤,人们和耐火砖》。周扬是从英文重译的,较长;鲁迅则是从日文重译的,较短。鲁迅在《〈一天的工作〉后记》中说:"有心的读者或作者倘加以比较,研究,一定很有所省悟,我想,给中国有两种不同的译本,决不会是一种多事的徒劳。"鲁迅在 1933 年 8 月 14 日写的《为翻译辩护》(载 8 月 20 日《申报·自由谈》)中,指出了当时的书店和读者都"没有容纳同一原本的两种译本的雅量和物力",但是他认为有不少书"实有另译的必要"。

1935 年 3 月 16 日,鲁迅就这个问题更写了专论《非有复译不可》(载 4 月 1 日《文学》第四卷第四期),不仅论述了复译的意义,而且提出了"非有不可"的必要性:一是"击退乱译"的唯一好方法,二是提高整个新文学水平的需要。他说:

> 前几年,翻译的失了一般读者的信用,学者和大师们的曲说固然是原因之一,但在翻译本身也有一个原因,就是常有胡乱动笔的译本。不过要击退那些乱译,诬赖,开心,唠叨,都没有用处,唯一的好方法是又来一回复译,还不行,就再来一回。譬如赛跑,至少总得有两个人,如果不许有第二人入场,则先在的一个永远是第一名,无论他怎样蹩脚。所以讥笑复译的,虽然表面上好像关心翻译界,其实是在毒害翻译界,比诬赖,开心的更有害,因为他更阴柔。

> 而且复译还不止是击退乱译而已,即使已有好译本,复译也还是必要的。曾有文言译本的,现在当改译白话,不必说了。即使先出的白话译本已很可观,但倘使后来的译者自己觉得可以译得更好,就不妨再来译一遍,无须客气,更不必管那些无聊的唠叨。取旧译的长处,再加上自己的新心得,这才会成功一种近于完全的定本。

但因言语跟着时代的变化,将来还可以有新的复译本的,七八次何足为奇,何况中国其实也并没有译过七八次的作品,如果已经有,中国的新文艺倒也许不至于现在似的沉滞了。

自从鲁迅这篇有力的文章发表以后,有关反对复译的唠叨便顿然屏息,而有关名著的复译工作得以顺利地进行。

第五,关于翻译批评问题。

鲁迅即使不是最早提倡翻译批评的人,[1] 也是中国现代最重视翻译批评建设的人。鲁迅自己,首先正确对待别人对他的译作的批评。这方面的例子不少。1928 年 4 月,上海《一般》月刊上发表了端先(夏衍)的《说翻译之难》,文章列举了当时一些误译的例子,其中有鲁迅从日文译的《所谓怀疑主义者》一文,因读音相近而疏忽,将一个"外来语"单词当作另一个单词而误译了。端先指出,这两个单词"确是非常相像","不论谁也容易看错"。文末又说:"译书确是一个冒险,在现在的中国译书,更是一种困难而容易闹笑话的危险!"鲁迅读到了这篇文章,在 7 月 17 日致钱君匋的信中说,该文对他的译误"指摘得很对的","完全系我看错译错";同时又指出:"但那结论以翻译为冒险,我却以为不然。翻译似乎不能因为有人粗心或浅学,有了误译,便成冒险事业,于是反过来给误译的人辩护。"鲁迅的这种态度是非常实事求是的。

1930 年代,他在翻译批评方面更作了最深刻的论述。例如,鲁迅在 1933 年 8 月 14 日写的《为翻译辩护》中,便指出:

> 翻译的不行,大半的责任固然该在翻译家,但读书界和出版界,尤其是批评家,也应该分负若干的责任。要救治这颓运,必须有正确的批评,指出坏的,奖励好的,倘没有,则较好的也可以。

---

[1] 最早提倡翻译批评的人,可能是周作人。1920 年 11 月 21 日他发表《翻译与批评》一文,指出:"近来翻译界可以说是很热闹了,但是没有批评,所以不免芜杂。我想现在从事于文学的人们,应该积极进行,互相批评,大家都有批评别人的勇气,与容受别人批评的度量。"他并提出"第一要件,是批评只限于文字上的错误,切不可涉及被批评者的人格"。因为,"文句的误解与忽略,是翻译上常有的事"。

他同时还指出在当时开展翻译批评是很艰难的工作,有时还得冒政治上的风险,"倘若触犯了别有来历的人,他就会给你带上一顶红帽子,简直要你的性命"。

由于鲁迅这篇《为翻译辩护》,引出了穆木天的《从〈为翻译辩护〉谈到楼译〈二十世纪之欧洲文学〉》(载 9 月 9 日《申报·自由谈》),从而又引起鲁迅于 9 月 11 日一连写了两篇《关于翻译》,所谈主要都是提倡翻译批评的。在《关于翻译(上)》中,他认为青年也可以看看帝国主义者的作品的。"青年为了要看虎狼,赤手空拳的跑到深山里去固然是呆子,但因为虎狼可怕,连用铁栅围起来了的动物园里也不敢去,却也不能不说是一位可笑的愚人。有害的文学的铁栅是什么呢? 批评家就是。"他这里说的"批评",主要是对翻译内容的批评;而在《关于翻译(下)》中,他更着重论述对翻译工作本身的批评的重要性。在上引《为翻译辩护》中,鲁迅指出翻译批评包括三点: ① 指出坏的;② 奖励好的;③ 倘没有,则较好的也可以。而在《关于翻译(下)》中又补充说:"倘连较好的也没有,则指出坏的译本之后,并且指明其中的那些地方还可以于读者有益处的。"他非常形象地提出一种他称作"吃烂苹果"的批评方法:

> 我们先前的批评法是说,这苹果有烂疤了,要不得,一下子抛掉。然而买者的金钱有限,岂不是大冤枉,而况此后还要穷下去。所以,此后似乎最好还是添几句,倘不是穿心烂,就说:这苹果有着烂疤了,然而这几处还没有烂,还可以吃得。这么一办,译品的好坏是明白了,而读者的损失也可以小一点。

他说:"希望刻苦的批评家来做剜烂苹果的工作,这正如'拾荒'一样,是很辛苦的,但也必要,而且大家有益的。"

鲁迅在 1934 年 7 月 3 日写的《再论重译》中,又从重译问题谈到翻译批评问题,他认为担负着"或者培植,或者删除,使翻译界略免于芜杂"的责任的,就是翻译批评。他更指出:"但在工作上,批评翻译却比批评创作难,不但看原文须有译者以上的工力,对作品也须有译者以上的理解。"而且,如果遇到参酌各种译本而成的译本及重译本,"批评就更为难了",因为他"至少也得能看各种原译本"。因此,他提出"翻译的路要放宽",不管直接译或重译,都可以;而同时,"批评的工作要着重"。只有这样,翻译事业才能兴盛。

鲁迅关于加强翻译批评的论述,至今具有指导意义。而他自己在当时写的不少杂文,本身也正是翻译批评,给翻译工作者作了示范。

除了上述五个主要方面外,鲁迅在与瞿秋白讨论翻译问题时,还有两点理论贡献值得一述。一是关于翻译工作服务对象的分类。鲁迅认为:"我们的译书,……首先要决定译给大众中的怎样的读者。将这些大众,粗粗的分起来:甲,有很受了教育的;乙,有略能识字的;丙,有识字无几的。"鲁迅指出:"其中的丙,则在'读者'的范围之外,启发他们是图画,演讲,戏剧,电影的任务,在这里可以不论。"而对甲、乙两类读者,翻译的内容、方法、文字、句法等,都应该有所不同。鲁迅提出的这个问题,为一般翻译者所忽视,是值得我们深思的。二是指出严复的翻译与古代翻译佛经方法的关系。鲁迅认为严复为要译书,"曾经查过汉晋六朝翻译佛经的方法","他所用的工夫",从书中可以"查考"。鲁迅并认为严复的翻译,"实在是汉唐译经历史的缩图":"中国之译佛经,汉末质直,他没有取法。六朝真是'达'而'雅'了,他的《天演论》的模范就在此。唐则以'信'为主,粗粗一看,简直是不能懂的,这就仿佛他后来的译书。"鲁迅的这些论述,亦发人所未发;而且,他能以如此精练的语言概括了从汉末至唐的译经历史,这说明了他自己正是认真"查过汉晋六朝翻译佛经的方法"的。

综上所述,鲁迅在 1930 年代的有关译论,几乎涉及了翻译问题的各个重要方面,并且都是非常深刻的。这是中国近代译学史上最可宝贵的财富,对今天的翻译学建设也仍然具有重大的指导意义,值得我们认真研究,发扬光大。

《人之历史》的再认识

　　《人之历史》是鲁迅早期留学日本时撰写的，署以笔名"令飞"，发表于1907年12月在东京出版的《河南》杂志创刊号上。原题为《人间之历史》，副题为《德国黑格尔氏人类起源及系统即种族发生学之一元挐究诠解》。1926年鲁迅将它收入文集《坟》，并在文字上略加改动，纠正了最初发表时的个别误植，同时将题目改为《人之历史》（"人间"本是从日语来的，意即"人"或"人类"），并将副题中"人类起源及系统即"数言删去，"挐究"改为"研究"（"挐"当是挈字之误植）。

　　1970年代以来，国内研究者对鲁迅早期在日本写的几篇文言文章，特别是《人之历史》，十分重视。日本一些研究者也对此作着深入的研究，并取得了引人瞩目的成绩。1973年，北冈正子先生和中岛长文先生在日本著名的中国文学研究杂志《野草》和《飓风》上，分别开始发表关于《摩罗诗力说》一文原材料来源考证的文章。这些论文传入我国学术界后，引起我们很大的兴趣和注意。尽管他们提出的某些观点，在我看来也不甚正确，尽管他们的某些研究方法，在某些人看来也不值得提倡；但他们对《摩罗诗力说》的研究结果，对我们研究其他鲁迅早期的一些带有译述性质的文章，如《人之历史》、《说钼》、《斯巴达之魂》等是具有启发性的。而对《人之历史》，中岛长文先生后来也基本上完成了原材料来源的考证工作。他的研究成果发表在1978年12月和翌年12月的日本大津市滋贺大学国语国文学研究室的学术刊物《滋贺大国文》第十六和第十七号上，题为《蓝本〈人之历史〉》。中岛先生的文章很有发见，但该刊不甚为我国学术界所知,笔者认为很值得加以介绍。

中岛长文先生,1938 年生,获有文学硕士学位,为日本国立滋贺大学副教授、东方学会会员。1972 年,他与夫人中岛碧先生等发起组织"飚风会",并创办《飚风》杂志,以研究鲁迅及中国近代文学为宗旨。1978 年,他曾获三岛海云奖励金,从事"鲁迅所见书目"的研究。《蓝本〈人之历史〉》也就是他在这方面研究的一个成果。

根据中岛先生的文章,我们知道了鲁迅写作《人之历史》是有"蓝本"的。那就是以海克尔《宇宙之谜》的第五章《我们的种系发生》为主,并综合参考了全书和其他资料而写成的。中岛认为鲁迅根据的主要是《宇宙之谜》的日译本而不是德文原本,经笔者将鲁迅文章与《宇宙之谜》的日译文及中译本相对照,认为确是如此。例如,日译文中有几处误植或改译的地方,《人之历史》中也照样如此。中岛还认为,鲁迅其次根据的是日本人写的《进化新论》和《进化论讲话》二书,经笔者对照原文,也是确实的。例如,《人之历史》说到林耐的"二名法",举了猫、虎、狮的例子,这是从《进化新论》上直译来的;说到拉马克的理论,举了锻人之腕、荷夫之胫、鸟之盲肠、兽之耳筋四例,是从《进化论讲话》中译述而来。

日译本《宇宙之谜》是冈上梁、高桥正熊二人合译的,有加藤弘之等人的四篇序,并附录《生物学说沿革历史》、《海克尔小传》等文,于明治三十九年(1906)3 月 6 日由东京本乡有朋馆发行。《进化新论》是石川千代松的著作,明治二十五年(1892)10 月 6 日由东京敬业社初版、明治三十年(1897)2 月 15 日订正增补再版,后收入 1936 年 8 月东京兴文社版《石川千代松全集》第三卷。《进化论讲话》为丘浅次郎所著,明治三十七年(1904)1 月 5 日东京开成馆出版,后于 1969 年 3 月由东京有精堂作为《丘浅次郎著作集》第五卷改版发行。鲁迅 1902 至 1904 年在日本东京弘文学院读书时,曾听过理学博士丘浅次郎讲授《进化论大略》(见周启明《鲁迅的青年时代》),笔者认为《进化论讲话》一书很可能就是根据讲稿整理而成的。

当然,鲁迅当时参考的资料肯定不止这三本书。例如,《人之历史》中提到的法国有人"转非官品为植物"的传说,就尚不知其出处。再如,文中提到德国哲学家保罗生说"读黑格尔书者多,吾德之羞也"一语,中岛不明其出处,而我已查到这出自保罗生《战斗的哲学:反对教权主义和自然主义》一书第五章第九节。(中译文为:"我读了这本书〔指《宇宙之谜》〕感到极大的羞耻,对我们民族的一般教育和哲学教育的状况感到羞耻。")而从文中引海克尔的"世界史之大斯冈者"一语后注有德文(而日译本中则无)来看,鲁迅还是参考过德文原著的。此外,文中还有一些得之于严复译述的《天演论》,得之鲁迅自己所学的医学知识,以及鲁迅本人的一些见解等。但是,全文十之八九不离上述三本书,主要是将这三本书中的有关论述加以综合、浓缩、发挥、改写而成的。中岛指出,《人之历史》近九成的地方的来源已搞清楚了,其中从《宇宙之谜》第五章译引的部分占全文的四成弱,而从《宇宙之谜》全书中译引的部分占全文的四成强。

笔者认为,在科学研究中发现了新的材料,就应该有新的研究。而中岛先生所提供的材料是足以促使我们对以前关于《人之历史》的评价重新作一番检查与补充的了。笔者不揣鄙陋,愿谈谈自己的一些看法。

首先,要充分地正确地评价《人之历史》在我国近代思想启蒙运动史上的作用与意义,必须先看到海克尔的进化论学说在进化论发展史上以及在西方哲学史上的地位与意义。人类关于生命起源的自发的朴素唯物主义理论,最初可以上溯到奴隶社会。例如,如同我国春秋时就有人提出"水者何也?万物之本原也,诸生之宗室也"(见《管子·水也》)的思想一样,古希腊的泰勒斯也认为水是万物之本原。而至1809年,法国生物学家拉马克在他的《动物哲学》一书中,发表了第一个唯物主义的生物进化学说,为科学地解决物种起源问题初步开拓了道路。1859年,英国生物学家达尔文《物种起源》一书出版,从根本上改变了整个生物科学的面貌,总结了物种进化的规律,发展了进化论思想,为生物进化论学说奠定了巩固的科学基础。其后,英国的赫胥黎等人为宣传这一学说与当时的反动势力进行了激烈的斗争。而德国的"自然科学的唯物主义者"(列宁语)海克尔于1899年发表《宇宙之谜》,系统地提出了生物发生律(重演律)这一生物进化的根本规律。这是对达尔文进化学说的重要发展。《宇宙之谜》一书是海克尔为捍卫和发展达尔文进化论而奋斗了近四十年的一个总结,不仅在自然科学理论上具有重大的意义,而且在哲学思想史上亦具有重大的意义。

列宁曾经高度评价了这本书:"海克尔的《宇宙之谜》这本书在一切文明国家中掀起了一场大风波,这点一方面异常突出地说明了现代社会中的哲学是有党性的,另一方面也说明了唯物主义同唯心主义及不可知论的斗争是有真正的社会意义的。""这本通俗的小册子成了阶级斗争的武器。""看一看那些干枯在僵死的经院哲学上的木乃伊怎样被海克尔的几记耳光打得两眼冒火,双颊发红(也许是生平第一次),这倒是一件大快人心的事情。"(《唯物主义和经验批判主义》)从列宁的论断中,我们不难看出《宇宙之谜》的出版使唯心主义的反动神学家受到的猛烈的鞭挞。

鲁迅的《人之历史》,是他生平第一次介绍西方生物进化论学说的文章,也是迄今所知我国最早介绍海克尔《宇宙之谜》的文章。在这以前,自严复在天津《国闻报》发表他译述的赫胥黎《天演论》以来的十年间,中国思想界找不到第二篇认真地系统地译介进化论的文章;在这以后九年,1916年10月至1917年1月的《新青年》杂志第二卷第二期至第五期上,才发表了马君武的《赫克尔之一元哲学》。马君武在序中说:"吾国至今尚鲜知赫克尔名者,诚吾学界至大之耻也。……予今摘译此书(陈按:即《宇宙之谜》),以绍介赫克尔之学说于中国。"显然,马君武并不知道鲁迅早在九年前即已摘译介绍了此书的主要观点了。至1920年,马君武的译文由中华书局作为《新文化丛书》之一出版;同时,北京的《新中国》月刊第一、二、三、六、八期上,又发表了刘文典翻译的《宇宙之谜》。这些译介文字对于当时宣传进化论都起到了进步作用;但这些都是在鲁迅发表《人之历史》十二年以后的事了。因此,鲁迅的《人之历史》实在是我国近代宣传进化论的第二篇重要文献,可惜的是《河南》杂志当时发行量不大,因而鲁迅《人之历史》的影响没有《天演论》来得大。

前面提到过,日译《宇宙之谜》是1906年3月6日在东京本乡发行的。非常巧合的是,恰好是这一天,清政府驻日监学根据鲁迅的要求,向仙台医专提出鲁迅的退学申请。不久鲁迅便回到东京,即住在本乡区的汤岛二丁目伏见馆。因此,我们可以想象到,鲁迅几乎是在此书一出版就买来读的。而《进化论讲话》等书也是当时出版不久的新书。我们知道,当镭元素被发现后仅五年,被提炼成功仅一年,鲁迅就写了《说钼》一文把它介绍到中国。而海克尔的《宇宙之谜》发表后仅八年,被翻译到日本仅一年,鲁迅同样立即就写了《人之历史》把它介绍到中国。这是多么及时啊! 鲁迅对于新生事物的反应是多么敏感多么迅速啊! 由此可见瞿秋白指出的鲁迅"早就研究过自然科学和当时科学上的最高发展阶段"(《〈鲁迅杂感选集〉序言》),决非过誉之语。

海克尔的《宇宙之谜》出版后,受到许多国家的反动统治者及神学家们的疯狂攻击。列宁曾提到:"世界各国的哲学教授和神学教授们千方百计地诽谤和诋毁海克尔。著名的英国物理学家洛治为了保卫上帝,立刻起来反对海克尔。俄国物理学家赫沃尔桑先生特地赶到德国去,以便在那里出版一本卑鄙的黑帮的小册子来反对海克尔","御用的哲学教授们用尽一切恶毒的字眼来辱骂海克尔","海克尔收到许多封用'狗'、'渎神者'、'猴子'等称呼来骂他的匿名信"。有人在上议院辩论中提出要动用国家的力量来打击他,又有人在贵族院里要求以邦的名义明令禁止这本《宇宙之谜》。就在《人之历史》发表后不久,1908年的春天,甚至"有一个道地的德国人曾把一块很大的石头扔进海克尔在耶拿的工作室""企图谋杀海克尔"(见列宁《唯物主义和经验批判主义》)。就在反动势力这样猖獗的反扑中,海克尔的进步学说却在遥远的亚洲东方,得到一位年仅二十七岁的中国青年的热烈赞同,并迅速介绍进"风雨如磐"的祖国。这是多么难得、多么需要勇气与眼力的事啊!

　　鲁迅确实不单单是介绍了海克尔的学说,而且是它的一位热烈的赞同者和坚定的信奉者。这表现在:一,鲁迅当时系统地钻研了生物进化理论,对海克尔学说在整个进化论发展史中的地位有了很明确的认识。《人之历史》中说:"究进化论历史,当首德黎〔今译泰勒斯〕,继乃局脊于神造之论;比至兰麻克〔今译拉马克〕而一进: 得达尔文而大成;迨黑格尔〔今译海克尔〕出,复总会前此之结果,建官品之种族发生学,于是人类演进之事,昭然无疑影矣。"对这段提纲挈领的话,中岛先生未能指出其"蓝本",我认为这可能是鲁迅博览诸书后自己整理出来的一条进化论发展的线索。这一归纳,即在今天来看,仍然是比较正确的。二,鲁迅坚信海克尔关于生物起源于非生物,人类是从最简单的原始生物发展而来的学说。日译《宇宙之谜》一书附录的《海克尔小传》中说:"(海克尔)氏之生物进化系图,追动植物进化之迹,分类记述,其间所缺者补之以化石,以及假定中之生物,如此,始自单细胞以至人类,成统一之系图。此固不足以称万世不易之真理,尚应存疑。"《人之历史》则写道:"德之黑格尔……作生物进化系图,远追动植之绳迹,明其曼衍之由,间有不足,则补以化石,区分记述,蔚为鸿裁,上自单么,近迄人类,会成一统,征信历然。"不难看出,后者正是出自前者的;但鲁迅改掉了最末一句,而成"征信历然"。这充分说明了他比日译者(中岛认为该小传是日译者写的)更坚信海克尔的学说。

　　鲁迅不单单接受了海克尔等人的进化论学说,而且他是结合了中国的情况来进行分析和思考的。他说:"中国迩日,进化之语,几成常言,喜新者凭以丽其辞,而笃故者则病侪人类于猕猴,辄沮遏以全力。"这是对国内顽固反动势力的一种批判。他还在文中指出了关于世界起源的"中国古说"的愚妄,肯定了屈原的怀疑精神等等,这些可以看作是他将西方进步理论与中国国内情况初步作了结合。而最值得我们注意的是,鲁迅根据维新救国的需要,根据自己的理解而解释进化论的地方。例如,《人之历史》强调达尔文学说"举其要旨,首为人择",这句话中岛先生未能指明出处,达尔文自己似乎也并没有这样说过。吴汝伦为严复《天演论》作序,认为达尔文"其说以天择物竞二义,综万汇之本原,考动植之蕃耗,……而大归以任天为治"(即其要旨首为"天择"),而至"赫胥黎氏起而变尽故说,以为天不可独任,要贵以人持天"。因此,笔者认为"首为人择"当是鲁迅自己的着眼点。鲁迅对达尔文学说不强调"天择"(即生存竞争、自然淘汰),而强调"人择",这不是强调人在促进生物进化中的能动作用吗?如果以此来观察社会问题,同样不也必须突出人在改造社会中的积极作用吗?再如,中岛先生文中指出,《进化论讲话》在谈到生物以几何级数增殖时,接下去便向所谓"自然界的均衡"的方面展开论述;而鲁迅则不然,而是运用了严复《天演论》中的有关论点,另向"优胜劣败"的方面展开论述。我认为这也是鲁迅高过《进化论讲话》作者的地方,是带有当时中国的觉悟分子为了强国保种而介绍进化论的现实性与战斗性的特点的。这是非常值得注意的闪光之处。

此外,还有一些对"蓝本"作了改动或发挥的地方,也值得注意。例如上文提到的将日译者认为海克尔进化系图"尚应存疑"改为"征信历然"。再如,日译《宇宙之谜》附录《生物学说沿革略史》称:"赫胥黎、海克尔两氏,如此成了达尔文主义之讴歌者,其间异说亦不甚多",而鲁迅则写作:"德之黑格尔者,犹赫胥黎然,亦近世达尔文说之讴歌者也,顾亦不笃于旧,多所更张。"这些地方都是鲁迅独立思考的结果。《人之历史》中提到胎儿在最初阶段从"阿弥巴"状态到"状如鱼鳃"一段,是对《宇宙之谜》相应部分(参见中译本第92页)的诠解,但是日译本在这里大概因为看不懂原文而作了简略,特别是海克尔原文以胎儿在最初阶段曾出现"鳃孔",来说明人类的祖先是鱼类,而日译本则只是含含糊糊地用了"鳃"这样一个词来表达;《人之历史》中的说法比日译本具体详细得多,这些说法为《进化新论》《进化论讲话》所无,而且与海克尔原文也不尽相同,中岛先生认为这是鲁迅根据自己学到的医学知识作了发挥。

综上所述,我们认为《人之历史》是最早介绍海克尔学说的文章;还可以说是我国自1897年严复译述发表赫胥黎的《天演论》以后,第二篇有份量的介绍进化论学说的文章。从这篇文章中,我们可以看出鲁迅当时对进化论学说的历史了如指掌,可以看到鲁迅的介绍是最新、最及时的,他对进化论的信奉是最坚决的,并且将进化论宣传与中国社会改造事业作了最初的结合,等等。毛泽东在《论人民民主专政》一文中曾生动地叙述了十九世纪四十年代到二十世纪初先进的中国人历经千辛万苦向西方国家寻找真理的情形,指出最早介绍进化论到中国的严复便是其中的一位代表。鲁迅也曾称赞严复"是十九世纪末年中国感觉锐敏的人"(《热风·随感录二十五》)。那么,我们也完全可以称鲁迅为二十世纪初期"中国感觉锐敏的人",是当时西方科学思想的一位介绍者、传播者和启蒙者。然而,笔者认为除此以外,我们却不宜对《人之历史》以及根据这篇文章对青年鲁迅的思想作更"高"的评价了。

鲁迅自称《人之历史》是对海克尔关于种族发生一元论学说的"诠解",在《河南》杂志上发表时也没有列入"论著"专栏而是列于"译述"专栏。根据中岛先生提供的"蓝本",我们更确切地知道了此文基本上属于鲁迅说过的"编译"类文字。它主要是复述介绍了海克尔等人的观点,很多地方还是"直译"而来的。因此,文中大多数观点都不能径算作是鲁迅的"评价"、"分析"、"阐述"之类。实事求是地说,除了上文指出的个别地方外,鲁迅在此文中基本上没有提出什么新的理论、学术观点。例如,与其说是鲁迅对居维叶的批判符合恩格斯的观点,不如说是《进化论讲话》作者对居维叶的批判符合恩格斯的观点。这是只要对照中岛先生的"蓝本",即可一目了然的。因此,严格地说,称《人之历史》为鲁迅的"论文",是不甚确切的。这里因篇幅所限,我们只能就经常为论者所引用或给予很高评价的几处来指出其"蓝本"。

《人之历史》第一段称海克尔、赫胥黎为"达尔文说之讴歌者",又称海克尔学说"为近日生物学之峰极"等评价,出自日译《宇宙之谜》附录《生物学说沿革历史》。论述"人类进化之说,实未尝渎灵长也,自卑而高,日进无既,斯益见人类之能"诸语,是《进化新论》有关段落的译述。第三段批判林耐"仍袭摩西创世之说"诸语,为《宇宙之谜》(中译本第 69 页)、《进化新论》有关段落的直译。第四段评居维叶"于学术有伟绩",但批判居维叶的激变论"其说逞肊,无实司征",以及关于化石的一段论述等,均译自《进化论讲话》。第五段评歌德"从自然哲学深入官品构造及变成之因"为拉马克、达尔文之"先驱"等,是《宇宙之谜》(中译本 71 页)的直译。第六段论述"凡此有生,皆自古代联绵继续而来,起于无官,结构至简,继随地球之转变,以渐即于高等,如今日也"诸语,为《进化新论》一段话的直译。论"进化论之成,自破造神说始",出自《宇宙之谜》(中译本 72 页)。最后一段论述爪哇猿人化石发现的意义,也是从《宇宙之谜》(中译本 81—82 页)中直译来的。(按: 以上所举《宇宙之谜》中译本的页码是供参考用的,鲁迅所据的日译本在译法上与中译本颇有不同。若将《人之历史》有关段落与《宇宙之谜》日译本对照看,就更清楚。)

鲁迅在将《人之历史》等文收入《坟》时,曾在《题记》中提到这"几篇将近二十年前所做的所谓文章",他说,"这是我做的么? 我想。看下去,似乎也确是我做的。"他在《集外集》的《序言》中提到另外几篇早年在日本写的文章,"看去好像抄译","再也记不起它们的老家"。鲁迅的自述是值是我们仔细体味的。笔者认为,日本学者下功夫找到它们的"老家",这是很有意义的工作,而且这也许是只有日本朋友才能做好的工作。因此,中岛长文先生对《人之历史》研究作出的最大贡献,即在于此吧。然而,对中岛先生文中的某些论述,笔者也尚有一些不同意见和补充意见。

中岛先生文章的前言中,有称鲁迅"公然地盗窃"的字样(原文:"大丈夫は実に堂堂と盗むのであろ"),这如果不是一句戏言,则期期以为不然。鲁迅从没有将"译述"称为自己的"论文",那是我国研究者在没有见到"蓝本"的情况下说的。鲁迅写这篇文章的目的,正如毛泽东说的,是为了维新救国,把西方科学介绍给中国人民,这与为利为名的"文抄公"是绝对不可同日而语的。上文已多次论述过鲁迅在写作时所作的综合、提炼、发挥、改写等功夫,鲁迅是付出了辛勤的劳动的。此外,鲁迅为了使读过

《天演论》的中国知识分子对海克尔的学说易于看懂和便于联想,还特地使用了很多严复创译的或常用的词汇,例如,日语原文"单细胞体"鲁迅译作"单么","无机物"、"有机物"译作"官品"、"非官品","归纳法"译作"内籀",等等。这些细微地方均可看出鲁迅的苦心孤诣。笔者曾将这一竟见函告中岛先生,蒙中岛先生热情回信,表示同意笔者的这一意见,并说明他理解的"盗"一词与"剽窃"不同,是堂堂的公然的,并无贬意,就像称普罗米修士为"盗火者"一样,在现代谁都认为是道德的。他还说,鲁迅为了中国而"盗",这对被"盗"的日本人来说是光荣的事;但为了不致引起误会,应在"盗"字上加个引号。笔者认为中岛先生的这一解释是很诚挚的,故特为引述。

中岛先生指出,《人之历史》最后提到"近者法有学人,能以质力之变,转非官品为植物",这是一种谣传。他认为,"对此完全相信。是鲁迅的粗漏。这是整篇文章中最大的一个错误。"笔者认为,指出这一点是必要的。我们知道,直到 1965 年,才由我国科学家在世界上首次用化学方法人工合成了具有生物活力的蛋白质——结晶牛胰岛素。因此,在二十世纪初以化学物理方法转非生物为植物,这是绝对不可能的。但我们国内研究《人之历史》的文章至今没有一篇指出这一错误;相反地,却引这一段话来说明鲁迅"以十九世纪科学的实验来证明有生物与无生物是物质世界的统一体"(见李永寿《鲁迅思想的发展》一书,此外曾庆瑞的《鲁迅评传》等书中也有相同说法),这是不科学的。不过,中岛先生没能指出鲁迅文中这一"最大的""粗漏"掩盖下的最光辉的哲学思想的闪光。鲁迅当时相信了谣传,这一点现在看来固然是天真的;但他坚信"无生物之转有生,是成不易之真理",却是具有严肃的科学性的。他在写《人之历史》的前两年,就曾翻译了美国路易斯·托伦的科学幻想小说《造人术》,即表达了这一信念。恩格斯在 1876 年曾经科学地预言:"生命的起源必然是通过化学的途径实现的"(《反杜林论》)。鲁迅很早就坚信这一点,这值得我们注意。

　　中岛先生还认为,《人之历史》中说的"当十三世纪时,力大伟于欧土,科学隐耀,妄信横行,罗马法王,又竭全力以塞学者之口,天下为之智昏"一段话,是根据了日译本《宇宙之谜》中的:"而罗马教实从四世纪至十六世纪一千二百年间统治且荼毒了全欧思想界,即扼杀人们精神之自由活动,使真的科学倒退,纯朴的风气堕落,等等,给中世纪带来的灾害简直无法计算"。如果这样,那么鲁迅是将"一千二百年间"误读成"一千二百年"(即十三世纪)了。笔者认为,鲁迅当不至于如此误读。据三联书店1979年版杨真《基督教史纲》第二编,中世纪教会的全盛时期为十一世纪初至十三世纪末,在英诺森三世时期(1198—1216)教皇权力达到高峰。因此,鲁迅的说法也许是另有所本。

鲁迅与田中庆太郎

　　如果要谈到近代中日文化交流作出重大贡献的日本人士,我认为有两位先生是相互辉映、不可不提的。一位是田中庆太郎(1880—1951),一位是内山完造(1885—1959)。二位都是书店老板,前者主持"文求堂",后者则是人所周知的"内山书店"。前者主要是在日本销售(及印行)中国书籍,后者主要是在中国销售日本书籍。郭沫若曾将"文求"二字合写,亲热地叫前者为"救堂主人";鲁迅则将"内"字按日语音读,风趣地称后者为"邬其山仁兄"。郭老与田中、鲁翁与内山,他们各自间的深厚友谊是人皆熟知的;然而,很少有人知道郭老与内山亦有交往,更极少有人知道鲁迅与田中也是故友。以往研究中日文化交流史的人,很少注意到书店老板,大概认为他们非"学者"、"教授"之流罢。"鲁迅与田中庆太郎",也是中日鲁迅研究界长期被忽视的一个论题。然而这是一个值得一写的题目。

一

　　文求堂是田中的先人于日本文久元年(1861)创办于京都的,因而取年号的谐音为"文求"。明治三十四年(1901)从京都迁至东京。翌年,鲁迅到东京留学。鲁迅留日期间,田中庆太郎尚未主持店务,但想来也经常在店里帮忙,就像后来他的儿子田中壮吉小时候那样,为客人端茶倒水,或坐在账房听父亲与客人谈话。鲁迅喜欢逛书店,对同在东京本乡区的文求堂是绝会不去的。许寿裳回忆鲁迅在弘文书院读书时,就曾买过

"一本线装的日本印行的《离骚》",我想很可能就是文求堂的出品。总之,鲁迅与田中极可能在此时便相认识,可惜现在没有确切材料可以证实。

田中庆太郎主持店务以后,文求堂达到其黄金时代。那时鲁迅已回国了。一位日本文化界人士、琳琅阁书店老板斋藤兼藏曾说:"文求堂在中国的信用大到使人吃惊的程度!"(《回忆田中先生》,1951 年 10 月 15 日《日本古书通信》第五十九期)另一位弘文庄老板反町茂雄也回忆说:1920年代初,"'文求堂'一家主要是往返于北京和东京之间,积极地输入中国的古书,后来也输入中国的字画。夸张一点来说,真是天下驰名! 遭遇了大正时代的地震火灾后,为了与社会的变化以及学界的进步相适应,那时'文求堂'输入的重点就转移到了上海发行的实用书、新刊本上。从大正末年到昭和四年(1926—1929),田中先生曾亲口说过他那时的经营成绩非常好。"(《"文求堂"和它的主人》,同上)在田中到北京、上海采购图书时,也很可能与鲁迅接触的。

《鲁迅日记》1926 年 10 月 21 日有"收日本文求堂所赠抽印《古本三国志演义》十二叶,淑卿转寄"的记载。当时鲁迅已去厦门;淑卿即许羡苏,当时在北京与鲁迅母亲同住并帮助料理一些事情。《古本三国志演义》,是明万历辛卯年(1591)周曰校氏刊本,田中抽印其中十二页,想系作为他影印该书的宣传样本之用。

鲁迅对日本保存的中国古代文学作品一贯极为关注。他这次收到田中寄来的这一抽印件,我想一定还与一位日本青年辛岛骁(1903—1967)有关。辛岛当时是东京帝国大学的学生,专攻中国文学。1926 年暑假到北京旅游,由其岳父、中国文学研究家盐谷温介绍拜见鲁迅。不久鲁迅南下厦门,辛岛也回国了,他们保持通信联系。10 月 5 日鲁迅日记有"寄辛岛骁信",估计信中当有向辛岛了解文求堂影印《古本三国志演义》一书的内容。田中知道后,便按鲁迅在北京的地址(这也可证他们原先是认识的)寄赠了一本样本。而后不久,11 月 3 日,鲁迅日记又载:"收辛岛骁君所寄抽印《古本三国志演义》十二叶,十月二十六日付邮。"12 月 31 日,鲁迅致辛岛信中，也提到此事。这两份文求堂的同一出版物，在鲁迅的"书账"中也都有记载。这是 1920 年代鲁迅与田中交往中今天确切可考的唯一的一件事了。

二

　　1932 年 4 月，田中还为鲁迅出版了一本小说选集。这在中日文化交流史上该是值得写上一笔的。遗憾的是，在很多权威学者撰写的《鲁迅与中日文化交流》《鲁迅的著作在日本》之类专文专著中，都丝毫没有提及。而且，由于鲁迅日记中记载有差，以致人们连这本书的书名、出版者，以及是不是日译本等等，都搞不清楚。

　　鲁迅在 1932 年 5 月 14 日致许寿裳信中说："此数月来，日本忽颇译我之小说，友人至有函邀至彼卖文为活者，然此究非长策，故已辞之矣……"1981 年版《鲁迅全集》对"日本忽颇译我之小说"作的注释云："指一九三二年日本京华堂出版的《鲁迅创作选集》，文求堂出版的《鲁迅小说选集》等。"（按，2005 年版《鲁迅全集》的注释仍然有误。）根据什么呢？想必是从鲁迅日记中看来的。5 月 12 日日记云："得京华堂所寄《鲁迅创作选集》五本。"5 月 21 日又记："收文求堂印《鲁迅小说选集》版税日金五十。"

　　京华堂老板名小原荣次郎，鲁迅是认识的。1931 年 2 月 12 日鲁迅日记云："日本京华堂主人小原荣次郎君买兰将东归，为赋一绝句，书以赠之，诗云：'椒焚桂折佳人老，独托幽岩展素心。岂惜芳馨遗远者，故乡如醉有荆榛。'"此诗后以《送 O·E 君携兰归国》为题，收入《集外集》。据郭沫若后来作的《O·E 索隐》，小原开的京华堂主要是销售中国的兰花以及中国的杂货、古董，不是书店，最多不过印售一些有关兰花的典籍和杂志。关于它的这一性质，1981 年版《鲁迅全集》也注释得很清楚。那么，它怎么会出版起鲁迅的创作选集来了呢？

　　日本鲁迅研究者中岛长文先生花费很大心血撰著的《鲁迅目睹书

目·日本书之部),收入了《鲁迅创作选集》(而无《鲁迅小说选集》),并注明"鲁迅著,田中庆太郎编译"。由此可知,上引鲁迅日记中第二次记载的书名,实际是写错了两个字;而第一次记载提到的"京华堂"可能是"文求堂"之误,也可能是京华堂代寄的。那么,田中曾翻译过鲁迅的小说吗?他选的是哪几卷呢?直到我在北京鲁迅博物馆的大力支持下,十分激动地查阅到鲁迅生前藏书中的这一珍本时,一切问题才都搞清楚了。据我所知,这本书在海内,除了鲁博外,只有北图(今国家图书馆)还藏有一本而已!

原来,书名正是叫《鲁迅创作选集》,32 开,127 页,文求堂用中文排印,而并非翻译。共收鲁迅小说四篇:《孔乙己》、《药》、《阿 Q 正传》、《故乡》。据版权页:昭和七年(1932)4 月 21 日印刷,同月 25 日发行,售价五十钱。编辑兼发行者田中庆太郎,印刷者中村修二。前面提到,此书可能是京华堂代寄的,这并非毫无根据的猜测。因为,在此书中《孔乙己》一文的末尾,作为补白,正印着鲁迅送给小原的那首诗(但诗后注作于 1932 年,则有误)。可见,田中与小原很熟,而他对鲁迅这首诗也是十分欣赏的。

据上引鲁迅日记,当时他一共只得到五本样书。随后他就将不多的余书分赠好友。现在我们只知许寿裳得到了一本(前提到 5 月 14 日鲁迅给许寿裳写信,就在这一天,鲁迅还寄赠此书一本)。6 月 18 日,鲁迅又致许寿裳信,云:"文求堂所印《选集》,颇多讹脱,前曾为之作勘正表一纸,顷已印成寄来,特奉一枚,希察收。"(按,1981 年和 2005 年版《鲁迅全集》在此处作的注释,又将书名写错了。)可见在此书出版前后,鲁迅与田中当有不少书信来往,可惜如今均不得见了,在鲁迅日记中也未有详细记载,仅见 6 月 2 日记:"得文求堂田中庆太郎信。"此信大概是因鲁迅指出书中有误植而为之致歉,并答应另印勘正表的吧。

从上引鲁迅信中可知,这份《勘正表》正是鲁迅亲自所作。按照《鲁迅全集》的规矩,这该算作鲁迅佚文。因此,我在翻阅此书时,特别注意寻找它。令人高兴的是,在这本鲁迅藏书中真的完好地夹着一份!原件题为《鲁迅创作选集正误表》,共四十条。这份正误表正体现着鲁迅和田中的认真负责的精神。

三

鲁迅与田中有一个共同的爱好,就是都十分热爱、欣赏中国古代的木刻画。

1934 年,鲁迅与西谛合作选印出版了《北平笺谱》,为中国版画艺术史上"刻的丰碑"。我想,文求堂肯定也会通过内山书店从中国贩过去几部吧? 不久,鲁迅、西谛二先生又合作复刻《十竹斋笺谱》,而这部在中国也很难找到的奇书(原刻),文求堂竟然早已收有。1934 年 6 月 2 日,鲁迅在致西谛的信中曾风趣地提到:"去年底,先生不是说过,《十竹斋笺谱》文求堂云已售出了么? 前日有内山书店店员从东京来,他说他见过,是在的,但文求老头子惜而不卖,他以为还可以得重价。又见文求今年书目,则书名不列在内,他盖藏起来,当作宝贝了。我们的翻刻一出,可使此宝落价。"

在文求堂的黄金时代,每年 2 月必编印一本《文求堂书目》,以供读者选购。在这本书目的卷首,每期总是特地印上好几页中国古籍的书影,大多带有赏心悦目的木刻画,因而大受读者欢迎。例如,1934 年的书目上,便印有几页《白岳凝烟》。这年 5 月 11 日,鲁迅日记载:"得增田君信,即复。"增田涉(1903—1977)曾向鲁迅学习过《中国小说史略》等,这次信上他告诉鲁迅,文求堂影印出版了《白岳凝烟》一书。鲁迅复信说:《白岳凝烟》尚未见过,但请勿寄,我想内山书店一定会贩来的。"但不久,田中就给鲁迅寄来了。5 月 23 日,鲁迅日记:"得文求堂书目及景印《白岳凝烟》各一本。"鲁迅在"书帐"中又记:"石印白岳凝烟一本,文求堂寄来。"鲁迅未记书款,显然这是田中赠送的。新版《鲁迅全集》注释说是"山水画集",其实不甚恰当。它本是清代的一部"墨谱",共四十幅,乃是四十锭墨的型范图谱。所谓"凝烟",就是"墨"的别称。易凹版的墨范为凸版的图谱,这是我国古代木刻家的一大创造。一方面作为墨型的样本,另一方面它本身也就成了极妙的木刻画谱。这部《白岳烟凝》,据西谛先生的评价,是"取景至佳,镌工绝精,尤为其中的白眉"。田中将此寄赠鲁迅,是饱含着友好之情的。

四

田中不仅很好地照应了当时流亡在日本的郭沫若,而且对处于困难的政治环境下的鲁迅也深为关心。

上文引用过 1932 年 5 月 14 日鲁迅致许寿裳信,其中提到"友人至有函邀至彼卖文为活者",新版《鲁迅全集》注释说:"友人,指内山完造、增田涉、佐藤春夫等"。我认为,这"友人"中很可能也包含着田中。因为鲁迅是在说到日本近来十分重视他的小说之后,紧接着说这句话的,而当时他刚刚收到田中为他出版的小说选集;不仅如此,有材料证明田中后来确实曾派人去敦请鲁迅到日本避居的。而这一件鲁迅生平中的重要事情,迄今鲜为鲁迅研究者所知。

昭和四十一年(1966)5 月 22 日,日本最大的报纸《朝日新闻》第十二版刊载一篇文章,题为《怀念文求堂主人》,报道当时荷兰驻日大使高罗佩打算乘田中逝世十七周年纪念之际,编辑出版一本追忆文集。文中提到:田中一贯热心助人,当年流亡在日的郭沫若就承蒙他相当的照顾,"昭和九年(1934)末,田中先生派金泽大学当教授的女婿增井径夫到北京去邀请文豪鲁迅到日本叶山自己的别墅来流亡。"这里有几处是记者记错的:一、增井径夫(1907—1995)当时还不是金泽大学的教授;二、鲁迅当时住在上海;三、增井来华的时间也不确。但我认为所记田中让女婿来请鲁迅赴日一事,是可信的。

增井确实于 1935 年末到上海找过鲁迅,见面大概是在内山书店。12 月 14 日,鲁迅日记记有:"为增井君作字一幅。"这幅字一直由增井珍藏着,内容是唐人刘长卿的五绝《听弹琴》:"泠泠七弦上,静听松风寒。古调虽自爱,今人多不弹。"这里面大概包含着鲁迅对田中古道热肠的感谢之情吧。(陈按,这幅珍贵的墨迹,后来由田中先生的女儿捐献给上海鲁迅纪念馆保藏。)1936 年 1 月 5 日,鲁迅日记载:"增川君赠果合一具。"这个增川,看来即增井之误。同年 3 月 15 日,增井回到日本,鲁迅日记还记有"增井君寄赠虎门羊羹一包"。

不知增井先生写过有关回忆文章否?至于鲁迅,当时肯定是谢绝了田中的这一好意的,具体的理由和想法,可以参见当年鲁迅回答内山完造、山本初枝等也曾动员他赴日的日本朋友的信。

五

鲁迅一直到晚年,都十分重视文求堂出版的书。今存鲁迅藏书中,有不少文求堂出版的书,如内田泉之助、长泽规矩也合编的《支那文学史纲要》等。尤其是文求堂所出的郭沫若的学术专著,鲁迅是每见必买的,一本也没缺过。他大多是从内山书店里挑来的,或是托内山专门到日本邮购。1936 年 3 月 20 日,鲁迅给内山的信条中便写道:"老板:《社会日报》载'文求堂出版的《聊斋志异列传》已到内山书店'。确否?倘确,请买一册。"这是鲁迅一见当天报纸所载消息,便给内山写信询问的,足见其急切的心情。当天,鲁迅便收到内山派人送去的这本《聊斋志异外书磨难曲》,并记于当日日记及书帐。

就是这样,文求堂不仅卖书,而且还印书。田中先生不仅是精明的书店老板,而且还是第一流的汉学家和版本鉴定家。经他鉴定收购的中国珍本古籍,不少已被日本政府定为"日本国宝"。他不仅印过鲁迅、郭沫若的书,印过不少珍罕的中国古籍,还曾印过梁启超、王国维、钱玄同等中国著名学者的著作。至于日本学者研究中国文化的专著,印得就更多了。田中本人的著作,也专印过《羽陵余蟫》、《中国语动词用法》、《汉语字典》等。

　　田中不赞成当时日本政府的侵华政策,同情于中国人民。即使在战争年代,他也坚信两国必将重新和好,坚持将专售中国书的文求堂办下去。战后,他为世界局势的巨变而感到高兴,正想重新大干一番事业时,却不幸被癌症夺去了生命。田中先生于 1951 年 9 月 15 日病逝后,由其长子田中乾郎继承店业,但不幸乾郎又于 1953 年病逝。次子田中壮吉当时年刚而立,要经营这样世界闻名的汉学书店,深感缺乏父亲那样的专门知识。于是,经过家属、亲朋商议,忍痛于 1954 年将文求堂关闭了。

　　文求堂的闭店,引起当时日本文化界一片惋惜声。所幸田中庆太郎先生的令名功绩,在日本文化界是不会被忘记的。

圆谷弘的鲁迅访问记

圆谷弘其人,现在的鲁迅研究者都不很了解。他的名字,只在鲁迅的书中出现过一次。那就是 1935 年 10 月 27 日的鲁迅日记:

> 上午……晤圆谷弘教授,见赠《集团社会学原理》一本,赠以日译《中国小说史略》一本。

1981 年版《鲁迅全集》对他作了最简单而不甚完备的注释:

> 圆谷弘(1888—?)日本人。大学教授,研究社会学。当时在上海考察中国社会。

由于日本的鲁迅研究者长堀祐造的研究发掘,我们更详细、准确地了解了这位与鲁迅有过一段因缘的日本人士的生平。圆谷于 1888 年 1 月 17 日出生于日本秋田县仙北郡,中学毕业后入日本大学法学系,未久退学,担任小学教师工作。1915 年,入京都帝国大学史学系,后又转入该校哲学系(社会学专业),经过苦学,于 1919 年毕业。随即为文部省实业学务局任调查员。1920 年,成为日本大学法文学部教授(兼任学监)。1922 年后,曾留学德国、欧美三年余。1930 年代前期,曾多次访华。1934 年,他以专著《集团社会学原理》获得博士学位,为日本的社会学领域的第五个、也是私立大学的第一个文学博士学位获得者。1940 年代,担任日本大学的财理理事及理事长。日本战败后,因校内人事倾轧,被开除职务,沦落为某证券公司职员。1949 年 11 月 1 日,在借酒浇愁中脑溢血死亡。一生著作除上述赠送鲁迅的那本《集团社会学原理》(1934)外,还有:《我国资产阶级的发展与资本主义的精神》(1920)、《现代社会政策》(1926)、《现代文化诸现象》(1928)、《中国社会的测量》(1936)、《集团社会政策学》(1938),等等。

令人高兴的是,长堀在日本找到了鲁迅当时题字赠送给圆谷的那本《中国小说史略》日译本;而且,另外他还发现了《鲁迅日记》失记的同一天鲁迅赠送给另一位日本朋友的书,和同一天鲁迅与圆谷等人的合影照片。此外,长堀还发掘出一篇圆谷回国后写的记述他与鲁迅会见的文章《与鲁迅谈话》。这是一篇意义非常重要而从未被鲁迅研究者提及的文献,值得我们认真地研究。

这篇文章是1936年9月东京有斐阁出版的圆谷弘著《中国社会的测量》的第二编《南船北马》第三章《中国像阿拉伯沙漠》(按:这是鲁迅的话)的第一节。这本书,是圆谷1935年秋作为日本的工业教育的代表来华参加"东洋工业会议",访问上海、南京、天津、北平、郑州、洛阳、汉口等地后,回国写的一部带有纪实报告性质的著作。其中的这篇鲁迅访问记,便是回忆1935年10月27日上午的那次会见的。

他是应日本在沪某社的支局长的邀请而去内山完造先生家里看鲁迅的。联想到仅仅六天前(21日),鲁迅曾由日本《朝日新闻》社上海支局长木下及内山的介绍,会见过野口米次郎;那么,这次会见圆谷,大概也是木下与内山介绍的吧? 前一次会见,野口在报上写了会见记;又在那以前不久,5月19日,长与善郎也曾访问过鲁迅,并也写了访问记。鲁迅看了这两篇访问记,都不很满意。他在1936年2月3日致增田涉的信中说:"野口先生的文章,没有将我所讲的写全;所写部分,也怕是为了发表而没有照原样写。长与先生的文章,则更加那个了。我觉得日本作者与中国作者之间的意见,暂时尚难沟通,首先是处境与生活都不相同。"圆谷的这篇文章,看来鲁迅生前没有读到过。那么,圆谷的意见能与鲁迅相通吗? 这篇文章是否将鲁迅讲的全部写进去了? 看来这也是不大可能的。不过,我觉得文中记述的鲁迅的一些议论,基本上还是可信的,是大体符合鲁迅的原意的。当然,文中有些说法有错误(如说鲁迅当过京师图书馆馆长),

有的说法不准确(如说鲁迅生活靠日本朋友等),我们在读的时候都是可以进行辨析的。

我认为这篇文章的珍贵之处在于,通过它所记的鲁迅的话(尽管可能记得不完全准确),我们可以再次清楚地看到鲁迅晚年确实是一位成熟而清醒的马克思主义者,一位坚定而无畏的共产主义战士。关于这一点,本来有鲁迅的大量文章、书信可以为证,冯雪峰等人的回忆文章曾记录了他不少精彩言论,日本友人增田涉、长尾景和等人的文章也记录了一些精彩言论。这次发现的圆谷的文章,可以更增添一些新的材料。

例如,鲁迅论述了马克思主义与中国社会、中国革命的关系。文章记述鲁迅说:"在中国,马克思主义啦,革命的辩证法理论啦,是没有的。包围着中国人的社会生活本身,便教给他们与马克思主义相同形态的东西。不是想不想革命的问题,而是革命乃中国唯一的现实生活。"这段话,看来在"是没有的"之前漏记了"本来"二字,但意思仍然是看得清楚的。这段话的意蕴颇深,似乎包括这样几层:(一)马克思主义在中国不是自发产生的;(二)中国社会对于马克思主义有着自然的需要,革命是中国社会的唯一选择;(三)与马克思主义相似的东西不等于马克思主义。

鲁迅还明确而尖锐地批判了背叛革命的国民党,文章记载了他的话:"开始,他们说共产党是火车头,国民党是车厢,革命要靠共产党携带国民党才会成功;说鲍罗廷是革命的恩人,要学生们一起向他致以最高敬礼。因此,学生们谁都感动了,当了共产党。但现在,却突然因为是共产党的缘故,把他们一个一个地杀死!旧军阀从开始就不容共产党,并一直坚守这个主义;而国民党的做法,则完全是骗子手的行径!"令人惊奇的是,这段话,竟与增田涉在1932年发表的《鲁迅传》中的一段话几乎一样。这可能是圆谷写文章时参考了增田的《鲁迅传》,但鲁迅与圆谷谈话时也必然是说过相同的话的。这段话深刻地体现了鲁迅的革命立场。由于有两位日本人士的文章记载,我们可以更放心地引用了(本来,增田涉的《鲁迅传》便得到过鲁迅的审阅)。鲁迅还揭露了国民党的文化围剿的残酷性,揭露了"国民党内无作家"等,都是爱憎极为分明的。

令人注意的是,文章还记述了鲁迅的话:"中国共产党是从实际出发的。扩大苏区,发展党员,都由于他们的现实生活的需要,并不是出自书本和小册子上的理想。正因为这样,苏区民众的忍耐力是强大的,对国民政府的反抗也是强大的。"鲁迅还说:"国民党不管投入多少军费,共产主义运动必将仍然发展壮大,讨伐实质以失败告终。"鲁迅赞扬了中国共产党从实际出发、反对本本主义的思想路线,并认为这正是革命力量强大的根源。这一论述虽然记载得十分简短,但却是非常难得的,至今可以给我们以深刻的启示!鲁迅在当时那种"大夜弥天"的日子里,坚信共产主义运动必胜,谈话中对通缉令之后的暗杀之类表示了莫大的轻蔑。此外,鲁迅在谈话中对国民党当局的尊孔、"新生活运动"的实质的揭露,对于中日关系及所谓"亚细亚主义"的分析等,都是极为深刻的。

鲁迅这些论述,在他当时的文章中,在与其他人的讲话中,都可找到相似的、相通的话。但像这样集中地、明确地论述到共产主义运动、马克思主义、中国共产党的谈话,毕竟还是比较难得的。

圆谷的文章最后说,鲁迅以被迫害者的悲伤神态凝视着中国;可是,我们从鲁迅的上述讲话,从当天拍摄的照片上的鲁迅的形象来看,毋宁说鲁迅是以一个清醒的马克思主义者的充满信心的、无畏的、微笑着的神态注视着我们!

《鲁迅比较研究》编译者序

一

　　1987年底,鲁迅博物馆的陈漱渝先生问我愿不愿意为浙江某出版社的《国外鲁迅研究资料丛书》编译一本藤井省三先生的书,我即明白他为何首先热情地想到我。因为藤井先生在成为日本(以及我国)很知名的鲁迅研究专家之前,在1979、1980年间曾作为东京大学的博士研究生到上海复旦大学进修过,而当时我也正在该校当研究生,与藤井君一见如故,从此建立了友谊。甚至藤井君与漱渝先生以及其他不少中国鲁迅研究专家相识,也还是由我牵线介绍的呢。当年与藤井君时常促膝交流、相互切磋的情景,作为温馨的回忆,至今时时浮上脑际;同时又不免感到怅惘,因为那以后我就罕有机会遇上那样可以较长时间当面进行较深层次的学术交流的外国友人了。因此,对于漱渝先生推荐译书的好意,我是很感谢的,尽管当时正是自己攻读博士学位的最后紧张时刻,也毫不犹豫地领受了任务。

　　当时我十分乐意完成这一工作,还有一层原因,是非常赞同这套丛书的编辑旨趣。读书人大概不会忘记,1980年代后期在某股思潮的影响下,充斥于各种书摊及书店架子上的常见的是些什么书(尽管有些也披着"学术"的外衣);至于有关鲁迅研究的书,似乎更已交了"华盖运"。而那家出版社愿意克服困难出版这样一套丛书,很令我钦佩。还应指出,丛书的主持者(漱渝先生是编委之一)很了解藤井君当时虽在彼邦学界已相当有名,但他毕竟是个"新秀"(比我还年轻),而在日本多年从事鲁迅研究的著名老专家(包括已故的)就有很多。更何况这套丛书收的还不止日本一国。丛书的主持者能对国外的研究者也不"论资排辈",而注意其学术性与创造性,实在令人钦佩他们的眼力。因此,尽管自知水平低浅,我也窃不自揣地接下了任务。

然而,好事多磨,我放在最后再说。

二

藤井君从 1970 年代末开始专门从事鲁迅研究。后来,他参加了 1980 年代日文版《鲁迅全集》的《译文序跋集》的翻译工作,同时又写了不少单篇论文、札记、书评等,而成系统、影响大的有两部专著。一是 1985 年 4 月问世的《俄罗斯之影——夏目漱石与鲁迅》,二是第二年 10 月问世的《鲁迅——〈故乡〉的风景》。两书均由东京的平凡社出版,分别为《平凡社选书》的第 87 种和第 100 种。1989 年 4 月,又出版了他的第三部专著《爱罗先珂的都市故事——1920 年代的东京、上海、北京》,内容也与鲁迅研究有关。据我所知,在日本要出版学术著作也是相当难的,而藤井在短期内连续推出几部鲁迅研究专著,确实引人注意。

藤井在第一本书的后记中生动地自述了该书写作的经过。1980 年 8 月他从中国归国后,直到秋天他在家里重读十几岁时读过的夏目漱石的小说名作《我是猫》时,仍仿佛置身中国,头脑中常常奇妙地将上海与东京混淆起来。《我是猫》这本书,以前给他留下的印象是它激烈地批评了文明开化初期的日本;如今重读,却体味到其字里行间处处显示了精神上的不安与变态。他猛然想到,这与自己在上海精读鲁迅小说时感受到的孤独与绝望感,不是相通的吗? 进而,他又通览了漱石的其他小说,并研读了《从此以后》中主人公代助提到的"俄罗斯之影"——安德烈夫的作品。安德烈夫不正是对鲁迅极有影响的作家吗？就这样,漱石与鲁迅这两位在亚洲现代复杂的文化背景中屹然独立的文学家,就通过安德烈夫为中介而在藤井君的脑海里明确地联系了起来。

1983 年夏,第三十一届国际东洋学会议在东京与京都两地召开。藤井在会上提交了用英文打印的论文《鲁迅与夏目漱石——论安德烈夫对他们的影响》。论文在会上颇受注意,但其论旨尚未充分展开。他的博士课程导师、著名的鲁迅研究专家丸山昇先生便及时地鼓励和具体指导他将这个题目写成专著,这就是《俄罗斯之影》。

这第一本书打响了。日本学术界评为"激起了一阵清冽的波纹",是"充满锐气的力作"。第二本书便是出版社主动来约稿的。藤井想,《俄罗斯之影》主要论述的是《狂人日记》以前的鲁迅文学的形成期,那么,第二本就谈谈 1920 年代鲁迅的"寂寞时期"吧。于是,他便将几年来在各种杂志上陆续发表的有关论文进行选编,在鲁迅逝世五十周年之际送出了《鲁迅》一书。书中共收五篇论文:《故乡的风景》、《"希望理论"之展开》、《复仇的文学》、《拜伦在中国的接受》、《鲁迅、周作人论"国民"与文学》。都是根据原有论文修订重写的。其中第四篇论文,是作者根据硕士学位论文改写的力作,曾经发表于著名的《日本中国学会报》杂志上。

藤井的第三部著作,虽然不是鲁迅研究专著,但关于爱罗先珂在中国的研究,也是与关于鲁迅 1920 年代思想、文学研究密切相关的题目。从上述情况可知,这位日本鲁迅研究界的后起之秀,确实是一步一个脚印地扎扎实实地走过来的。

三

《俄罗斯之影》的总体理论构想,简述如下。

日俄战争是世界近代史上的重大事件,它影响与制约了日、俄、中三国的历史发展趋向。日本作为战胜国,此后便逐步走上军国主义道路,直到发动太平洋战争而失败。俄国被打败后,沙皇地位动摇,以"流血的星期天"事件为发端,经过一次革命后的痛苦与混乱的年代,终于爆发了十月革命,开始了新的阶段。而日俄战争主要是在中国的东北地区进行的,对中国也大有影响,当时华兴会便借机发动长沙起义,虽然起义失败,但其后同盟会及光复会等相继成立,革命潮流不断发展。藤井认为,可以说日俄战争掀开了直至 1949 年中华人民共和国诞生的漫长的革命时代的序幕。

日俄战争后,中、日、俄的思想文化都有了新的变化。藤井指出,鲁迅与漱石都是在战后的东亚面对各自祖国的现实,自觉地将应该如何创造现代的中国或日本作为自己的思考课题的。他们并将这一课题置于文学的领域中,因而也是最追求进步的作家。当他们将时代的社会的现状与它的深层根源联系起来思考时,当他们提出如何获得个人的主体性,如何超越封闭的自我等问题时,这两位先驱者便不约而同地注意到和拿来了俄国文学家安德烈夫的作品。

安德烈夫在今天,不管是日本还是中国,都几乎被人遗忘了;但在二十世纪初,他不仅在本国十分有名,而且其作品在欧美、日本、中国等地都曾被翻译与评论,成为世界性的作家。他所描写的不安与恐怖的心理,清晰地反映了一次革命前后俄国知识分子思想上的迷惘。如果阐明了漱石与鲁迅各自在思想、创作上受到安德烈夫影响的过程与构造,就能使人更清楚地了解日俄战争后卷入革命与反动的漩涡中的东亚的时代精神与思想状况。

藤井认为,在以往的漱石研究和鲁迅研究中,尽管各自情况很不相同,但却可以看到构造相近的"神话"之影。过去日本的漱石研究者,有的从其作品中看到所谓克服利己主义的"则天去私说",也有的与之相反,看到他对于自我的执着,藤井认为这些都是被卑小的伦理主义束缚住了;而近年来日本评论界大多将漱石作为文明批评家来研究,他认为这是可喜的进步,但很多研究者仍然忽视了漱石文明批评的深处的思想性。他又认为,延安时代的毛泽东提出鲁迅是新中国的圣人,这样一种政治主义把鲁迅作为现实政治中的革命者来表彰其一生,从而却掩盖了鲁迅作品对占领统治地位的意识形态的批判的本质;而在日本的自竹内好以后的鲁迅研究,则为了从政治与文学的对立或扬弃的配景画面上来捕捉鲁迅,也忽视了活跃在现代思想史舞台上的鲁迅作品的思想核心。因此,藤井试图将安德烈夫的影响与被接受作为中间项,来对漱石与鲁迅的文学活动作一番比较研究,从而揭开以往蒙盖在他们身上的"神话"的黑纱,以逼近其思想的核心。

为使读者了解《俄罗斯之影》全貌,今将该书目录译于此。(本书《鲁迅比较研究》计划选收的第三、四篇论文,相当于该书的第五、六章。)

《俄罗斯之影》目录

前言

第一章　日俄战争与中国革命潮流

第二章　大逆事件与安德烈夫作品的接受

（1）安德烈夫作品与俄国现状

（2）日俄战争后安德烈夫作品的接受——大逆事件前

（3）日俄战争后安德烈夫作品的接受——大逆事件后

第三章　漱石与安德烈夫

（1）漱石作品中的"革命"

（2）漱石所理解的安德烈夫

（3）大逆事件与漱石

（4）《从此以后》中的"不安"与"自然"

（5）修善寺大病

（6）《到达彼岸》——"自我"的追求与安德烈夫

第四章　中国清末思想的发展与鲁迅

（1）康有为变法理论与章炳麟国粹革命论的思想史意义

四

《鲁迅》一书，其整体构架没有上述第一本那样整齐；但其内在思路仍然是清晰的，与前一本书也是连贯的。特别是《故乡的风景》一篇，原载东京大学《中哲文学会报》，其研究方法与前一书完全一致：以俄国作家契里珂夫作为中间媒介，对第一次世界大战后日中两国在俄国革命影响下蓬勃开展的左翼文学运动中契里珂夫的被接受的过程作了比较研究。藤井指出，经过日俄战争十年后爆发的世界大战，日中关系进入了更为密切与复杂化的阶段；而俄国则因十月革命更增强了其影响力，因此它对日中两国知识分子投射了新的"俄罗斯之影"。

契里珂夫与安德烈夫几乎是同时代的作家，他还参加了高尔基为首的"知识出版社"作家团体；然而，他似乎默默无闻，远不如安德烈夫、高尔基那样为世界所瞩目。但是，藤井指出，在 1920 年代初的日本，他的作品也曾经一度风行。例如，1921 年参加了日本社会主义同盟第二次大会后曾经被捕的左翼作家江口涣，便在其纪实作品《拘留所的一角》里提到契里珂夫作品对日本革命青年的影响。当时，昇曙梦、中村白叶等人都曾翻译他的作品，关口弥作更翻译出版了他的共十七篇小说的选集，加藤武雄等人还写了评论。他的作品大多描写俄国青年学生运动和他们的恋爱故事，很为当时向往俄国革命的日本读者所欢迎。但不过一两年，就没有人提起他了。这种戏剧性的变化，是与日本社会主义运动的发展大有关系的。而差不多同时，鲁迅创作了反映自己思想变化的小说《故乡》，藤井认为它正是借用了鲁迅随后翻译的契里珂夫的《省会》的构思与结构的。因此，藤井将《故乡》与《省会》作了精彩的比较研究，并以契里珂夫作品在日中两国之被接受作为线索，试图分析说明鲁迅 1920 年代的思想与文学的特点。

在《"希望理论"的展开》一篇中，继续涉及《故乡》末尾提出的关于"希望"的著名议论，并把这段议论与鲁迅早年拟办《新生》以及后来写的《呐喊·自序》等联系起来分析。他论述了当时日本武者小路实笃、俄国盲诗人爱罗先珂的思想作品与鲁迅的关系。还试图证明当时鲁迅对布尔什维主义持保留态度，甚至怀疑中国的布尔维主义者是"旧式的觉悟"，并认为鲁迅是坚决另行主张"人类主义"的。

《复仇的文章》一章，主要研究《野草》中的《复仇》、《复仇（其二）》、《希望》诸篇。作者又将鲁迅作品与拜伦、安德烈夫、密茨凯维支、易卜生、裴多菲等国外作家的作品联系起来作了深入的分析，而特别指出俄国作家阿尔志跋绥夫与日本作家长谷川如是闲对于鲁迅的影响。通过对这几篇含意深刻的散文诗的分析，作者意图揭示出 1920 年代前期鲁迅的不安与迷惘的思想状况，以及爱与憎的情念等。

该书最后两篇，重点研究鲁迅留学时代的文学与思想活动。《拜伦在中国的接受》,主要通过分析章太炎、鲁迅、苏曼殊等人在二十世纪初对待拜伦作品及印度文化的不尽相同的态度,来揭示鲁迅当时独特的文学观与政治思想。《鲁迅、周作人论"国民"与文学》,则主要论述了在《河南》杂志上周氏兄弟各自发表的论文,指出两人的观点的关系与异同,并指出他们所受波兰诗人的深刻影响。

《鲁迅比较研究》一书计划选译的第一篇,相当于该书的"附论"的第一篇;第六篇,相当于该书第一篇的第二节与第二篇的第三节;第七篇,相当于该书的第二篇的第二节。选译的第五篇,相当于该书的第三篇。为方便读者对照原书内容,也将该书目录译引于下:

<h2 style="text-align:center">《鲁迅》目录</h2>

故乡的风景

 一 一线光芒——契里珂夫

 二 《故乡》论

  1 鲁迅翻译的契里珂夫作品

  2 《故乡》与《小镇》

"希望理论"的展开

 一 《故乡》的位相

  1 虚构的《呐喊·自序》

  2 "希望理论"的变异

 二 布尔什维主义与人类主义

  1 《新青年》与鲁迅

  2 新村与五四运动

  3 围绕着《一个青年的梦》

  4 人类主义者鲁迅

  5 鲁迅与盲诗人爱罗先珂

 三 寂寞时代的鲁迅

复仇的文学

附论

后记

索引

　　藤井的第三部专著《爱罗先珂的都市故事》，是在漱渝先生约我编译本书以后出版的。本书所收《鲁迅与爱罗先珂》一文译自他的单篇发表的论文，与该书无关，但内容均包括在该书内。为方便读者大致了解该书内容，亦将目录译介于下：

《爱罗先珂的都市故事》目录

前言

第一部　爱罗先珂在东京

五

　　读了藤井君的这些专著及其他论文,我感到其治学有两个特点最值得注意。

　　第一个特点是,藤井君十分重视思想、社会史的研究方法。他始终是努力把鲁迅作品置于整个中国及东亚的近代思想史的发展过程中来分析的。例如,在研究留日时期的鲁迅时,他广泛涉及晚清思想界的主要论述,同时还联系日本近代思想史。在研究鲁迅与安徒生的关系时,也深入探讨了儿童文学的诞生及其理论在思想史上的意义。他的第三部专著还被日本读书界称为"文学的社会史"。我国鲁迅研究界一向重视从思想史角度研究鲁迅,也取得过重大成绩;但对鲁迅早期思想与晚清思想史的研究相对来说还比较薄弱,将鲁迅早期思想、文学活动与日本近代思想史联系起来研究的就更少见了。至于国外研究界,则还有人根本否认鲁迅是思想家或思想型作家。因此,藤井的著作在国外鲁研界,无疑是相当突出的。

另外,藤井又始终注意和强调了社会、政治与文学的关系。他认为鲁迅(以及漱石)是社会批评家,应该从这个角度去分析其作品。在《鲁迅》一书的后记里,他引用了当代著名拉美作家、诺贝尔奖金获得者加·马尔克斯(G. G. Márquez)的话:"一个诚实的作家,只要真实地描写自己国家的现实,其作品中自然就满载着政治的、社会的信息。"我们认为鲁迅的作品深刻反映了中国的社会与政治,同时他正是一位革命家。但在国外,有些研究者是完全无视或否认这一点的,日本也有人对藤井强调"政治信息"的研究方法表示异议。而在我国,近年曾出现一股"新潮",认为文学研究(包括鲁迅研究)应该注重所谓"内部研究"或"本位研究",而将从社会、思想、历史等角度进行的研究通通看作是保守的和陈腐的。因此,藤井的治学方法便更值得人们深思了。

藤井君治学的第二个特点,是进行广博的比较文学研究。本来,一个外国学者以其不尽同于中国学者的角度、眼光、思想方法来研究鲁迅,这本身就已具有了比较文学的意味;何况藤井君更是明确地以超越不同民族、文化与语言界限的自觉的比较意识,将鲁迅与众多的日本及其他国外作家作了广泛的多角度的比较研究。他不仅深入探讨了鲁迅对拜伦、安德烈夫等前辈作家的接受,也将鲁迅与同时代的武者小路实笃、爱罗先珂等人作了比较研究。这些研究大多属于影响研究,作者运用了媒介学等实证研究方法,尤其是对鲁迅的全部翻译作品下了很深的功夫。而作者对鲁迅与漱石的比较,则显然又大量运用了平行研究的方法。或者说,作者常常是灵活自如地综合运用影响研究与平行研究两种方法。他的比较研究,较细致深入的,就已经涉及十多位外国作家,其中有几位是我国的鲁研界尚未注意的。另外,作者对鲁迅作品中"复仇"、"希望"、"寂寞"、"忏悔"等的探讨,则是一种主题学的研究。

作者还注意研究鲁迅与日本木刻的关系的研究,这不仅是很少有人涉及的课题,而且也正是比较文学所提倡的所谓跨学科研究或跨类研究。

作者在研究鲁迅的"希望理论"时特别重视联系瓦支的《希望》画,在论述鲁迅与安徒生时论及安徒生童话的插图等等,也是属于很有意思的跨学科、跨类研究的好例。

而我认为最值得注意的是,藤井君通过安德烈夫、契里珂夫及爱罗先珂等俄国作家及显克微支等波兰作家作为"中间项",来比较研究鲁迅与日本文学的关系与异同。这就化单纯的中日比较的单向或双向研究为呈现三角形的多向性的研究了。这显然是一种更为复杂、更为艰巨的综合性研究工作。上述这些比较研究,都需要作者具有广博的知识、机敏的联想和尖锐的判断力,方能纵横驰骋,得心应手。

六

作为一个中国的鲁迅研究者,我从藤井君的论著中学到不少东西。总起来说,约有如下数端。

第一,可以在研究方法、角度上受到启发。

众所周知,前些年在我国兴起了谈论"新方法"、"新观念"等的热潮,而藤井运用的社会的、思想史的研究方法在我们这里似乎已属不"新",但在彼邦却取得学界承认的成绩。这是发人深思的。我想,文学活动自身的性质就是一种思想的、社会的活动,因此,运用这样的研究方法本来是很自然的;何况鲁迅不仅是文学家,而且同时正是思想家与革命家,更应该着重从这样的角度进行研究。我们以前在文学研究中主要运用这种方法,这本身并无错;也不存在过去运用得太多,现在应该有意识地避免使用这种方法的问题。我们应该反省的是运用中的错误和机械、僵化。(同样,我也并不认为藤井君在运用这种方法中全无差错。)当代美国著名文学理论家吉·吉列斯匹(G. Gillespia)指出,第二次世界大战以后,在大的文化范围内世界上出现了五个不断加深的趋势,其中第四个就是"广泛地否认只研究文学的美学意义才算真有价值的研究这种观点。美学意义是要研究,但只能作为从社会学角度研究文学的一个因素。"[1] 可见,所谓"新潮流"究竟是什么,这本身还应认清楚。读藤井君的论著时,我就不时想到这一点。

藤井君治学中广泛运用的比较文学的方法,前几年在我们这里倒是很热闹地提倡着,被认为是"新方法"(其实只因长期不重视而变成了"新")。前几年的提倡很有必要,也是有成绩的。但如反躬自问一下的话,除了几位前辈学者外,那些写了不少倡导文章的人,又写出了多少实质性的、立得住脚跟的研究成果呢? 1930 年代一些中间或右翼的作家曾向提倡革命文学的左翼理论家提出"拿出货色来",虽然态度不一定对,但就连鲁迅实际上也是承认击中要害的。"桃李不言,下自成蹊"。藤井君的鲁迅研究,不是空谈比较文学理论,甚至也没有打出"比较文学"的旗号,但却是扎扎实实地作出了成绩。他根据研究对象的实际,很自然地运用这种方法,有力地说明了文学活动是一种人类的社会、思想现象,是人类最高的精神联系方法之一,而鲁迅的文学活动更是一种具有国际性的精神现象。读了藤井兄的论著,对于我们扩展视野、活跃思路、破除偏见,对于我们更科学地确定鲁迅在世界文学史上的地位、影响、创作个性与风格等,是很有帮助的。反过来,也证明了比较文学的研究方法确实是一种很重要的方法。

我在这里还想顺便指出,近年来日本新一代鲁迅研究者中像藤井这样进行广博的比较研究而作出成绩的,还颇有其人。如工藤贵正就也很突出。这是非常令我们高兴,并且应该学习的。

第二,可以找到一些中国研究者不知道的新材料。

举些例子来说说。以前人们认为日本最早谈到鲁迅的是青木正儿在 1920 年发表的《以胡适为中心翻腾着的文学革命》,但藤井却在 1905 年出版的《日本及日本人》杂志上发现了一条介绍鲁迅兄弟翻译出版《域外小

1　引自孙景尧选编《新概念新方法新探索》第 2 页。

说集》的记事。这是日本、同时也是世界上最早对鲁迅及周作人文学活动的报道吧。因此,这是很有意义的发现。

再如,周作人曾在 1919 年 11 月去天津作过学术讲演《新村的精神》,这载诸《新青年》而为我们所熟知。但从藤井书中可知,这次讲演原来却是周恩来邀请鲁迅去的,由于鲁迅当时有事走不开才让弟弟去代替。这就使周恩来与鲁迅失却了见面的机会。而这件事,正是周恩来自己在五十多年后向一位日本友人说的。在研究这两位伟人的关系时,这是一条不可忽视的材料。

从藤井君的研究文章中,我们还意外地获知近年尚健在的著名国际社会活动家、美国共产党党员、日本工人运动理论家卡尔·姚乃达(米田刚三)早年因追随爱罗先珂而曾在鲁迅、周作人家中住过一个多月,并记录了爱罗先珂口述的《红的花》(而这一童话作品随后又为鲁迅所翻译)。以前我国的鲁迅研究者和周作人研究者都毫不了解此事。我认为以后如重编《鲁迅年谱》及《周作人年谱》,这就是一条不可不记入的史实了。

藤井在发现一些新的史料时,还提出一些引人深思的问题。如我国近代一开始翻译的外国作品,尤其是俄国文学,不少是通过日译本转译的。鲁迅有不少译作亦是如此。但是,据藤井的研究,鲁迅翻译安德烈夫小说却是与日本译者不相前后。这一同步现象说明了什么? 很值得我们注意和深思。

在不少外国学者写的鲁迅研究著作里,除了提出些不同的观点看法之类,一般所用资料都是取自中国的,很少有新鲜的材料。而藤井在这一点上却略高一筹。

第三,可以学习敏于思索、敢破陈言的勇气。

例如,鲁迅对蕗谷虹儿的画实际是颇为欣赏的,但虹儿属于比亚兹莱流派的倾向感伤主义的插图画家,而鲁迅本人则一贯提倡"质实刚健"的美学风格。因此,很多研究者对此感到迷惑。在日本,有人便认为鲁迅介绍出版虹儿的画不过是作为"反面教员"罢了。藤井对这种说法做了强有力的驳正。其实,我认为这一"反面教员说"倒正是从我们中国传过去的。因此,藤井兄的这一辨析很值得我们注意。藤井还对很多问题,例如安德烈夫作品的思想意义、鲁迅与叶灵凤的关系等,都作了较新的论述,这里便不再一一列举了。

自然,勇于否认传统看法,并不一定自己就是正确的,在学术研究上并非只要"创新"就是对。坦率地说,藤井君有一些看法也是我所不敢苟同的。我很赞成说鲁迅的翻译介绍外国文学的工作与他自己的文学课题、思想课题密切相关;但是,我不能完全同意藤井君的"鲁迅是通过翻译形成自己思想的作家"的说法。因为,鲁迅翻译那本书,并不意味着他全然同意那本书的观点、写法。鲁迅自己曾明确"声明":"我的译述和绍介,原不过想一部分读者知道或古或今有这样的事或这样的人,思想,言论","所以我只要自己觉得其中有些有用,或有些有益,……便会开手来移译,但一经移译,则全篇中虽间有大背我意之处,也不加删节了。"(《〈思想·山水·人物〉题记》)因此,藤井书中有个别仅仅根据翻译而对鲁迅文学、思想所下的论断,便未必都有说服力了。

再如,关于鲁迅与漱石的"神话"问题。细读原文,"神话"在藤井那里有两方面的含意。一个是宗教式的崇拜和迷信,也即我们这里有人提出的"神化";另一个是指不科学的流行说法,犹如民间神话传说的意思。漱石的情况,我不很了解,而我认为在鲁迅研究中确实存在过上述两种情况;但藤井的某些看法却值得商榷。他认为毛泽东在延安时称鲁迅是新中国的第一等圣人,这就是一种"神格化"。其实这只是毛泽东的一种通俗的说法,并不是"造神"。从毛泽东当时的完整论述来看,不能否认其见解是实事求是的。再说,以前某些研究者的鲁迅观确实存在着僵化、生硬的错误,但不能认为那些均是由"神化"引起的。

藤井认为鲁迅在 1920 年代初就怀疑中国进行的早期共产主义运动为"旧式的觉悟",视作与清末改良派的"恶声"相类。这种说法很新异,但缺乏说服力。细读鲁迅原文,得不出"旧式的觉悟"是专指"布尔什维主义"的结论。记得最熟悉鲁迅思想发展的冯雪峰,在 1920 年代写的文章中就说过,鲁迅至多嘲笑过共产主义运动中个别人的言论与行动,但从未嘲笑这一运动本身。1920 年代鲁迅的一个论敌也说过,鲁迅骂过很多"主义",唯独这一个主义他没骂过。

另外,藤井认为鲁迅介绍的蕗谷虹儿的诗与画中存在着"禁忌"和"深层心理",那是因为他从小犯了"弑父"的"原罪"。我对虹儿的生平思想也没有研究,但读藤井的有关分析,总觉得有点主观与玄虚。而且使我联想到,近年来在我们国内有人提出鲁迅以至茅盾等人都从小便犯有"弑父"的"原罪"云云。真是匪夷所思!虽然,我们国内的这种"创新"未必与藤井的文章有关(藤井也没说过鲁迅有"弑父"的"原罪"),但其"理论"之新异与耸人耳目则无可否认。不知藤井对此如何看?反正,在我国研究界是没几个人会相信的吧。

《诗》不云乎:"他山之石,可以攻玉。"我想,藤井君不会自称他的书及论文是"玉"的;而且,即使玉也常不免有瑕。那么,他的论述中如有一些不足处那是很自然的,以上我对它的一些不一定对的批评,也就算是抛给藤井君的一块"他山之石"吧。而藤井这些关于鲁迅的著述,它的真率诚挚,它的旁征博引,它的勇于探索,对我们中国的鲁迅研究者来说,无疑是一块"他山"的晶莹闪亮的"可以为错"之石,值得我们拾携回家的。

七

以上文章是数年前就写好的(现在只略作一点修改),原稿接下来便是最后对原先那家出版社在当时"天下熙熙,皆为利来;天下攘攘,皆为利往"的潮流中愿意出这样一本赚不到什么钱的书的感谢话。现在,我不得不将这些话删去了。因为,编者的好意挡不住那股潮流,这部译稿便一直没能付排。在我多次写信后,总算收到了退稿。当我抚摸着这叠译稿,重加检阅,在感慨之余仍然觉得它甚有价值,值得向国内读不到原著或不懂日文的鲁研界同行推荐。如就这样胎死腹中,实在深感可惜。但是,"滔滔者天下皆是也,而谁以易之?"我该向何处去托生这个婴孩呢?

一天,我尝试着问了我校(上海外国语大学)出版社的领导,并附上了这篇序的原稿及全书目录。我当然知道,出这样一本书是要"赔钱"的,也没敢寄予太大的希望。不料未过多久,他们通知我,经过认真研究,决定接受这部稿子!我心里之高兴,是不必说了。因此,读者如觉得此书有用的话,请感谢上海外语教育出版社。

自从有了出版希望后,我除修订这篇序文外,又对译文重新校订了一遍,还增补了作者后来发表的若干篇什。这里,还有几点需要略作说明:

(一) 本书所选文章篇目曾征得作者的同意,同时又考虑到内容的代表性与国内鲁研界的需要。但这些论文原是先后发表于日本各种性质不一的刊物与论文集,现在编成一本书,就会发现各篇的字数长短不一,有详有略,文章风格也不完全一样,有的地方还有点重复。这是不可避免的。为尊重作者,一律不予改动,仅对某些文章的题目及小标题略作技术性加工。在有的地方为便于研究者,由我加了注(标明"译者注")。最后附收了藤井一篇短短的访问记(也是作者自己推荐的),可使国内研究者从中了解一点资料,同时也看看人家是如何认真对待文化名人的遗迹的。还有两篇短文,是我以前发表的读藤井有关文章的笔记,也收在最后以供读者参考。

(二) 我在翻译时力求遵照鲁迅有关翻译的论述,坚持以"信"为第一,反复推敲,比自己写作还累。对某些外国人的译名,本书认为应充分考虑到鲁迅当年及二三十年代中国著名作家的习惯译法,不必与当今新闻社或辞书的新译强求统一。有些理论思辨的地方,原文就较晦涩难解,我也不能让它"顺而不信"。虽不敢保证全书没有误译之处,但确实已尽了自己的力量。至少有两点可以一说,一是凡原文中引用的中国方面的资料,包括从清末一些报刊上引来的资料,我均花大力查到原出处,并予以复原。而以往我看到的翻译书,似乎有不少做不到这一点;有的甚至连鲁迅的话都未能复原。二是如遇到不懂的地方,就多翻辞典,或多向师友请教,不望文生义瞎猜。例如,我曾见到国内发表的知名老作家梅娘对藤井一篇论文的翻译,将日语词"退屈"按汉字意思译成"退缩",而且整个译句读起来也颇"通顺";但如查查词典,便知这个词的意思应是"无聊"、"寂寞"。本书中这样的误译也许不多,但仍可能有译错的地方,欢迎作者和读者批评指正。

日本新发现鲁迅照片与签名著作

日本内山书店出版的《中国图书》(月刊)1989 年 7 月号和 1990 年 1 月号,以及 1990 年 3 月 31 日东京樱美林大学出版的《中国文学论丛》第十五号上,曾先后发表樱美林大学的中国现代文学研究者长堀祐造先生的三篇文章,介绍了在日本先后发现的两本鲁迅题字赠送日本友人的书和一帧鲁迅与日本友人的合影。长堀先生的文章对这些珍贵的文物作了认真的研究。遗憾的是,这样重要的发现却未为中国的鲁迅研究者及时了解。1991 年 3 月,笔者受东京大学文学部的邀请作短期学术访问,有幸结识长堀先生,得到他热情相赠上述文物的照片,并得以手抚目睹鲁迅题字的原书。感谢之余特撰此文,以让更多的鲁迅研究者分享他的研究与发现的喜悦。

意 外 的 发 现

先是在 1989 年 3 月间,长堀从一位朋友处得悉有一位热心人士愿意提供一本鲁迅题字的书。不久,由这位朋友介绍,长堀得到了这本书。那是 1935 年 6 月 15 日日本岩波书店出版的佐藤春夫、增田涉合译的日文版《鲁迅选集》。扉页上写着:"谨呈 岩村先生 鲁迅一九三五年十月二十七日,上海"。字是毛笔写的。大概在墨迹还没有干透之前就合上了书本,所以在封里(封面背后的一面)也印上了墨迹。长堀认为,从这可猜测到当时鲁迅并不是事先写好,而是临时签署赠人的。另外,在封里的左上方,贴有印着"上海内山书店"字样的长方形红色标签,表明这是鲁迅从内山书店得来的书。

这本书,是那位提供者在大约十年以前从旧书店以五十日元的低价买来的。当时,卖方与买方都不知道这是鲁迅的签名本,拿回家后才发现,也可以说是意外的发现了。

长堀认为,鲁迅签过名的书即使很多,但经过中日战争、中国革命等长达五十余年的岁月,留存下来的也就十分罕见了。他认识到此书的珍贵性,立即作了研究、考证,并抓住线索,锲而不舍,进而又发掘出另外两件珍贵文物。这一辛苦的探索过程,也值得作一点介绍。

"岩村"是谁?

首先,鲁迅赠书的这位"岩村"是什么人?《鲁迅全集》的人名索引中,就根本找不到这一姓氏。在长堀的脑海中,首先浮想起的,是日本著名的中国研究家,日中友好运动的先驱者岩村三千夫(1908—1977)。他逝世的年份与此书流落到旧书店的时间也是相合的。查日本平凡社出版的《现代人名情报事典》,三千夫1931年早稻田大学政经学部毕业,1937年进《读卖新闻》社工作,1935年的经历没有记载。但三千夫逝世后,1981年东方书店出版的纪念论文集《中国革命与日中关系》卷末所记的三千夫简历,却说他于1935年9月进入《读卖新闻》社,继而历任该社驻上海特派员、香港支局长、东亚部次长、论说委员等。据长堀询问该书编者、苏联研究家佐久间邦夫,说这篇简历是根据三千夫本人的手稿撰写的。长堀又去《读卖新闻》社查阅了三千夫的履历书,说是1935年任《上海每日新闻》社政治部长,1937年5月1日进上海《读卖新闻》支局服务。这样,三千夫当时的经历虽然有不尽相同的说法,但当时他在上海得到鲁迅的签名本的可能性是很大的。

长堀又查了鲁迅署名的这一天(1935年10月27日)的日记,看到记有:"上午……晤圆谷弘教授,见赠《集团社会学原理》一本,赠以日译《中国小说史略》一本。"他想,岩村可能是圆谷的随行人员或者与圆谷有关的人物。这一设想很快得到证实。长堀在樱美林大学的三到图书馆(顺便提及,这个图书馆是鲁迅的故交、该校创始人清水安三先生取的名),查到了圆谷的著作《中国社会的测量》(1936 年 9 月东京有斐阁出版),序言中说该书"资料的、统计的制作都出自同行的岩村学士的努力"。看来这位岩村是数据计算方面的专家。长堀又在该图书馆的作者目录卡片中查到了岩村一夫写的一本会计学专著,从书上的作者简历中得知一夫是 1933年从日本大学商经学部经济学科毕业的,而圆谷正是日本大学的教授和该校财团的理事。一夫的经历与特长,都符合圆谷的随行人员的要求,而这位一夫,却正是三千夫的哥哥(生卒年为 1902—1978)。

这样看来,这兄弟俩得到鲁迅赠书的可能性都很大。那么,究竟是哪一个呢? 长堀经过认真调查,仔细分析,确认其兄一夫正是圆谷的上海访问调查的随行人员,而且有当时访华期间两人的合影为证(经三千夫夫人指认)。再说,岩村一夫逝世前后,他的藏书曾委托旧书店整理,而这家旧书店正是卖出那本鲁迅签名本的那家。

顺便一提,一夫得到鲁迅赠书的好运,也是与三千夫有关的。据三千夫夫人说,三千夫于 1934 年来上海,而正因为三千夫在上海,一夫才跟着来上海的。但是,令人奇怪的是,三千夫作为日本最有名的中国研究者,似乎并不知道其兄与鲁迅的这一段因缘。据长堀听三千夫参与创办的中国研究所的同事说,如果三千夫知道住在隔壁的哥哥藏有鲁迅签名本的话,一定会让同事们一饱眼福的。

这里,简略介绍一下这位名不载鲁迅著作但确实与鲁迅有过交往的岩村一夫的生平:1902 年 4 月 10 日生于新潟县,从小丧父,刻苦攻读。1933 年在日本大学商经学部经济学科毕业后,留该校任教,成为圆谷弘的助手,多次随圆谷来华。1933 年来华考察"满洲国"工业,1934 年考察台湾工业,1935 年秋因参加"东洋工业会议"而考察上海、南京、北平等地。

在上海考察时,得到鲁迅的赠书。1950 年代后,任东洋大学、樱美林大学等校经济学教授。1978 年 7 月 8 日逝世。

圆谷家的照片

解决了岩村是谁的问题后,长堀希望能找到鲁迅赠圆谷的那本《中国小说史略》日译本。在岩村三千夫夫人的介绍下,他又访问了圆谷的女儿。据她说,圆谷逝世后,所遗藏书都捐赠给了日本大学。她家里没有那本鲁迅的赠书,但是却保留着与圆谷有关的旧报刊上的记事文章的剪报和一些旧照片。长堀惊喜地发现其中一张照片上有鲁迅。他认为这显然就是 1935 年 10 月 27 日圆谷会见鲁迅时照的。鲁迅居于照片的左边,虽然较暗,但面庞很清楚,神采奕奕。中间那位就是圆谷,右边那位戴眼镜的人长堀不知道是谁。我认为很可能是日本改造社社长山本实彦。(请参看 1936 年 2 月 11 日鲁迅与山本、内山的合影,收《鲁迅》照相集和《鲁迅生平史料汇编》第五辑上。)根据圆谷的文章,这张照片是在内山完造先生的家里拍的。那么,拍照者可能是内山,也可能是岩村。这张照片的发现,使我们再次目睹晚年鲁迅的丰采,实在是珍贵极了!

关于圆谷,1981 年版《鲁迅全集》第十五卷第五一七页有极简单的注释:"圆谷弘(1888—?)日本人。大学教授,研究社会学。当时在上海考察中国社会。"今根据长堀的调查略作介绍:圆谷 1888 年 1 月 17 日生于秋田县。从小苦学。1919 年毕业于京都帝国大学哲学科社会学专业。1920年任日本大学法文学部教授,并任该校学监兼务。1922 年后留学欧美三年,归国后曾任日本大学财团理事及理事长。1930 年代初曾多次来华。1934 年,他以《集团社会学原理》一书(即他后来赠送鲁迅者)成为日本社会学领域第五位(也是私立大学的第一位)文学博士。1945 年日本战败后,被开除公职,由岩村一夫介绍到某证券公司任职。1949 年 11 月 1 日,因脑溢血死亡。除了上述《集团社会学原理》外,还著有《我国资产阶级的发展与资本主义精神》(1920)、《现代社会政策》(1926)、《现代文化诸现象》(1928)、《中国社会的测量》(1936)、《集团社会政策学》(1938)等书。

圆谷访问鲁迅经过

关于1935年访华的目的和经过,在圆谷的《中国社会的测量》一书的序文中说得很明白。他说:"昭和八年(1933)的满洲之行,翌年的台湾之行,都是为了访华的序曲。(陈按,"满洲"与台湾本来就是中国领土的一部分。)终于在昭和十年(1935)秋,在华召开的东洋工业会议,给了我这个企待已久的机会。"他作为日本工业教育的代表(他是日本大学工学部的创设人)出席会议。一行共二十余人,从上海上岸,受到吴铁城市长的欢迎,随后去了南京、天津、北平、郑州、洛阳、汉口等地考察。不仅与中国官方要人多有接触,而且饱览了中国风景、古迹。最后又到上海,然后回国。

关于与鲁迅的会见,在这本书的第二编《南船北马》的第三章《中国像阿拉伯沙漠》(按,这是鲁迅对他说的话)的第一节《与鲁迅谈话》中有记载。这是一篇珍贵的鲁迅研究资料,也是首次由研究者发现的未见于任何鲁迅研究文献目录的文章。他写道:"在上海逗留期间,某社的支局长问我想不想见鲁迅。我正想在中国应该了解各方面人士的意见,便立即去北四川路的内山氏的家中会见了鲁迅。"文中介绍了鲁迅的生平和思想转化,尤其是记录了鲁迅对马克思主义、对国共两党、对苏区、对法西斯专政、对日本侵华等重大政治问题的鲜明论述,充分体现了鲁迅坚定的革命立场。看了这篇文章,再看照片上的神采奕奕的鲁迅形象,更使我们增加了对鲁迅崇敬的感情,也更使我们珍视这张照片。令人感兴趣的是,文中记载鲁迅尖锐抨击叛变革命的国民党的一句话,竟与增田涉的文章中记述的话完全一样。究竟是圆谷抄录增田的文章呢,还是鲁迅对圆谷也说了同样的话,这很值得研究。(关于圆谷此文,笔者已另行翻译并作专文探讨,刊于1991年《鲁迅研究月刊》第五期,请参看。)但是,文章没有提到鲁迅赠书的事情。

鲁迅赠圆谷的书

　　最后一个问题是,鲁迅当年赠送给圆谷的书,现在还能找到吗? 圆谷的家属说,圆谷逝世后书都送给了日本大学。由于圆谷是该校工学部的创设人,因此长堀推测有可能藏在该校现在的理工学部内。趁着日本的中国学会开会的机会,他拜托了该校文理学部中文科两位中国文学研究者今西凯夫和山口守先生进行调查。皇天不负有心人,他们竟然在该校文理学部社会学研究室里真的找到了! 那是一本鲁迅称他从未有过的豪华装帧的著作。由日本赛棱社社长三上於菟吉亲自题签和设计装帧,上切口烫金,书脊上的"支那小说史"几个字也是烫金的。(这与后来鲁迅印瞿秋白《海上述林》是一样的。)鲁迅的题字是:"谨呈　圆谷先生　鲁迅一九三五年十月二十七日,上海"。这一题字与鲁迅日记的记载以及鲁迅为岩村一夫题的字是完全相合的。此书的封里左肩亦贴有鲜红的"上海内山书店"的标记。鲁迅的这一签名本完好地保藏在日本著名的大学里,我们深感欣慰。

　　长堀先生不辞辛劳地发掘和研究、介绍上述鲁迅文物,这是我们中国的鲁迅研究者应该感谢的。

我上鲁迅研究课的几点体会

记得大概二十多年前,我在武汉参加过一次有关鲁迅教学课经验交流的学术会议。当时我的导师李何林先生也参加了。但那个时候我只是去旁听旁听、学习学习的,因为自己还没有上过这样的课。现在不同了,我已经多年在大学里上鲁迅研究的专课,并确实有一些体会可说了。下面我就简单地说说,以求抛砖引玉。

(一)首先需要真实地了解现在的青年学生对鲁迅的想法。

我上课的对象,主要是硕士研究生。其实现在的所谓研究生的水平,还远远不如我们当年的本科生。这主要是连年大学扩招、缩短研究生学年,加上教师水平下降、学术界学风腐化等综合造成的后果。老实说,在我的眼里,现在的大学生和硕士生的水平,几乎没有差别。只是,与研究生面对面上课时,学生人数毕竟少了很多,他们一般不会像大学生那样主动对老师提尖锐的问题。因此,我更必须了解他们对鲁迅的真实想法。

我的办法非常简单,一是要记住自己偶然给大学本科生上鲁迅课,或者在大学里做有关鲁迅的讲座时遇到的提问;二就是经常上网看,看网上那些关于鲁迅的"众说纷纭"甚至"胡说八道"。这就是我了解当代大学生对鲁迅的想法的途径,特别是需要了解那些对鲁迅的负面的想法。我想,只有主动了解这些,才能有的放矢,取得教学成果。

现在的学生对鲁迅的了解和理解程度,我以为是不很理想的,有的甚至是令人悲哀的。这个我在这里就不想说了,反正大家心知肚明。

(二) 绝不能回避那些所谓"敏感"问题,相反,倒应该主动引到某些问题上,坦率谈自己的想法,也欢迎学生争论。

研究生课程中,上鲁迅课的课时本来就不多,因此我一般不愿意讲——或者只是最简单地讲——鲁迅具体的作品(例如分析鲁迅小说的艺术之类的),而主要是讲鲁迅生平行事、思想主张,讲鲁迅在当时和后来的巨大影响。而且,常常喜欢以主动驳斥一些谬论和妙论的方式来讲课。

例如,学生都多多少少知道一点鲁迅和朱安的事,知道鲁迅和许广平是所谓"师生恋";但其实他们大多了解并不多,只是很有好奇心。那我就讲一下。以事实来说明,鲁迅在这个问题上,无论从新道德还是从旧道德来看,甚至无论从新法律还是从旧法律来看,都是无可指责的。同时,特别注意驳斥周作人的含沙射影和肆意攻击,指出其用心之所在。有时我也讲一些"笑话",如有"学者"把周作人老婆的弟弟说成是鲁迅的姘头,有"学者"把鲁迅日记中的"濯足"说成是性交(其实周作人等人的日记中也都有洗脚的记录)之类的。学生们在哄堂大笑中,也就会端正他们的看法。

例如,有人认为鲁迅的《狂人日记》不是新文学史上第一篇新小说,鲁迅不是新文学第一人。我就将鲁迅、《狂人日记》和他们讲的其他人、其他作品相比较,特别是将鲁迅的《狂人日记》在当时的影响和其他人的其他作品在当时的影响的事实来作比较。还特意举一些并非革命的、左翼的作家、评论者的话来证明。如早在 1925 年,就有张定璜论定鲁迅是"新文学的第一个开拓者","在一切意义上他是文学革命后我们所得了的第一个作家"。

例如,有人认为,鲁迅之被称为文学伟人、思想伟人、革命伟人,全是毛泽东对他"神化"的结果。我就以大量事实证明,毛泽东关于鲁迅三个伟大的"家"的说法,不仅是正确的,而且也不是他突然拍脑袋想出来的,而是对前人正确论述的总结和提高。如早在 1930 年,就有青年论者邢桐华指出鲁迅的"立场完全是站在唯物论方面的(虽然他并未在任何处所扬言他是……马克思主义者)",认为"我们可以简单地说:他……在中国是最伟大的思想家与艺术家和战士"。(在这些史料的整理方面,张梦阳先生的《中国鲁迅学通史》做出了重要的贡献,提供给我很多例证。但他似乎不了解邢桐华的生平。我也给学生介绍了邢桐华的简历。)

(三)在面对"挑衅"时,要冷静,勇于针锋相对,旗帜鲜明,不隐瞒自己的立场,而且最好是"以子之矛攻子之盾"。

有一次我在某大学做讲座,讲的是鲁迅的翻译理论,但会上提的却多为其他有关鲁迅的问题。例如,有一个学生说,鲁迅的人品道德都很差,青少年不宜读他的书,现在说他影响巨大,都是共产党造出来的——你怎么看?当时我感到,这可以说是一个攻击性的问题,也可以说是一个无知的可以一笑置之的问题。我看到,在台下的是一张张年轻甚至幼稚的脸,更看到提问者的那张脸甚至可以说是乳臭未干。但我觉得不能一笑置之,甚至感到这确实是一个挑衅性的具有敌意的问题。记得我略作思索后是这样回答的:

说鲁迅人品道德差,这其实并不是一个新鲜的话题;说青少年不宜读他的书,我估计你的读书量不大,大概只是受了某人的题为《少不读鲁迅,老不读胡适》的书的影响吧?(底下窃笑,似乎证实了我的猜想。)那么我告诉你,某人的话非但不新鲜,而且还不"到位"呢。举例说,早在鲁迅逝世的时候,就有一个姓苏的女人,公然骂鲁迅是玷污士林之衣冠败类,二十四史儒林传所无之奸恶小人。这比他厉害多了吧?但这又何损于鲁迅在大多数人心目中的形象!倒是某人称赞的胡适,谴责了这种"恶腔调",认为"尤不成话"。说鲁迅的影响其实不巨大,但就是这个骂鲁迅的女人,1949年后在台湾作"历史总结"时,说整个国民党的失败和大陆的"赤化"都是因为鲁迅的影响呢!你说这个影响还不大吗?当然,我并不完全同意这样的"历史总结";但这足可证明,鲁迅影响之巨大。年轻人敢于表示不同意见,敢讲话,是好的;不过还需要多读书,多思考。要评论鲁迅的人品道德,首先也得多读鲁迅的书和当年其他大量的书报,了解历史,才有发言权是不是?

我的回答并没有获得满堂鼓掌,但底下是一片静默。他们在思索。我认为这个效果是好的。

类似这样的挑衅性的提问,我还遇到过几次。例如,有人问:鲁迅的小说怎么比得上张爱玲?又有人说,如果说二十世纪中国文学史最伟大的作家只有一个的话,那没办法,只好算是鲁迅;但如果民间来选的话,我认为是张爱玲。

又如,你们说张爱玲是汉奸的老婆,不能纪念;那汉奸的哥哥能不能纪念?鲁迅是汉奸周作人的哥哥,周作人是比胡兰成更大的汉奸,怎么可以开研讨会?为什么汉奸的哥哥可以研究,汉奸的老婆不可以研究?

对这些,我都有针锋相对的回答。我的回答,至少听者都是无言以对。我具体如何回答的,这里就不多写了。

(四)在讲鲁迅的时候,还需要经常同时讲些其他人、其他事,以作联系,或作对照。

上面提到过的胡适、张爱玲就是。还有周作人。

这样讲,除了可以增加学生的知识,也可以促使他们思考。

(五)开门办学,以引导、提高学生们阅读、研究鲁迅的兴趣。

利用我们学校离鲁迅纪念馆和鲁迅故居比较近的有利条件,几乎每一届研究生我都带他们去参观,并亲自讲解介绍。鲁迅纪念馆召开有关学术会议时,如果可以的话,也争取让学生们去参加。还帮助他们修改、发表有关鲁迅研究的文章。

卷 二

寿氏三句祖训的出处

读《鲁迅研究月刊》2005年第八期寿宇老先生《再谈"三味书屋"和"三味"》，我很感动。因为从文末注中可知，老人已经九旬高龄了！这么多年来，为了搞清楚"三味"的含意，这位老人不停地探索。这种精神，多么值得我们后辈学习！不过同时，我又很觉得遗憾：一是从文末注中可知该文写于2001年8月，为什么迟迟到今天才在《鲁迅研究月刊》上发表？二是早在几年前，我也曾写文章表示赞同老人的观点，并且还提供了确凿的史料，可以解答老人关于"这三句祖训的出处"的问题，但看来老人没能看到拙文。

那是三年前，我在2001年10月19日《人民政协报》上读到关捷写的一篇题为《三味书屋主人如是说》的文章，介绍了寿宇先生小时候听祖父寿镜吾先生亲口说的"三味"的含意是"布衣暖，菜根香，诗书滋味长"。读后觉得寿宇先生的观点有道理，也是可信的。但是那篇文章没有写到这三句话的出处，而我正好知道，并知道鲁迅也知道这三句话，于是便写了一篇小文，也发表于11月该报上。我不认识寿宇老人，没有他的住址，但我想别人看了拙文后也会转告他老人家的吧。现在看来并没有。于是我现在只好在酷暑中翻箱倒柜找那份刊载拙文的报纸，可惜没找到，又只好挥汗如雨翻有关资料再重写。

据我所知，"布衣暖，菜根香，诗书滋味长"虽只有短短十一字，却是一首诗，题为《隐居谣》，见于南宋末年著名爱国诗人郑思肖（所南）的诗文集《心史》的《中兴集》中（按"根"字《心史》作"羹"），作者郑思肖激烈反抗北方少数民族(蒙古)统治阶级入侵中土,他写的《心史》因为太激烈了,只好装在铁函中密封沉藏于苏州的一口古井中。过了三百五十六年,到明末才被人发现。后被几位仁人志士刻成书,在明末清初有过很大的影响。《心史》当然也触犯了清朝统治者,在清代一直被列为禁书。所以寿宇先生说,他的祖辈告诫后生"不可对外泄露"这三句话,也就可以理解了。

寿宇先生文章提到清初甘肃人士王了望曾书写此诗,这是我以前不知道的。但我知道清代浙江杭州藏书家何元锡(1766—1829)还把这三句话刻成印章,盖在自己的藏书上。而鲁迅先生则看到过这方印文。1912年,鲁迅借抄江南图书馆所藏《谢氏后汉书补逸》,共抄写五天,抄完后还抄了藏书家丁丙的一段话:"是书为梦华钞本,有'钱唐何元锡字敬祉号梦华又号蝶隐',又'布衣暖菜根香读书滋味长'两印。"鲁迅抄写的是"读书"而不是"诗书",不知道是印文即如此呢,还是丁丙写错了,或是鲁迅抄错了。

由此可见《隐居谣》这首诗,在清初确实流传颇广。寿家祖上以这三句话的深刻含意来命名"三味书屋",是有可能的。

以上的内容我写成一篇拙文发表后,某人又盯着我不放。我这里不屑于全面反驳他,只谈他的一个高见。他说,《隐居谣》既称之为"谣",就说明这不是郑思肖的创作,而只是他记录的民间歌谣。这种不懂装懂简直让人绝倒了!如此说来,李白的《庐山谣》、李贺的《天上谣》、李商隐的《海上谣》、杨万里的《羲娥谣》,以及与郑思肖同时的谢翱的《楚女谣》等,就都不是他们的创作,而成了所谓民间歌谣了?

我最初以为有人整理上述鲁迅文字时把"诗书"看成"读书"了。有位仁兄随即写文指出鲁迅写的即是"读书",并也说《隐居谣》可能是民谣。但那位语带讥讽的仁兄连整理者都不是啊。我觉得,如果只是编编人家研究、整理的成果而自己并无新发现,是不宜轻易轻薄人家的。拙文再不行,至少解决了寿宇老先生说的那三句"祖训"的出处,并指出鲁迅也知道这三句话。而且,后来我又看到好几位人士引用过《隐居谣》,说明该诗在清代确实流传较广。

一个是徐用锡(1657—1736),原名杏,字坛长,号鲁南,又字昼堂。江苏宿迁人,占籍大兴。安溪李光地入室弟子,为其幕客。康熙己丑(1709)进士,官编修,后罢归。乾隆初起授翰林院侍读,年已八十。书法负名于世,著有《圭美堂集》。其《圭美堂集》卷二三有《书〈布衣暖菜羹香诗书滋味长〉书笺后》一文。文曰:"不知诗书滋味之长,方且日事诗书者,多矣。惟知诗书之味之长,虽布衣而暖,虽菜羹而香。暖与香,不存乎布衣、菜羹也。马君涉江,附急足,逾淮越河,属余书是语,其诸事诗书而知滋味之长者欤?何以知诗书滋味之长,曰返诸身而已。余非知诗书之味而有慕乎知味者,故不敢隐其臆见而书其后,以相质涉江味之久而有得焉。幸勿弃我之毫而秘不以告也。"

另一个如此"附急足,逾淮越河"属徐氏书写是语的"马君",据我考证是马曰璐(1695—1761),字佩兮,号半槎、半查,又号涉江。安徽祁门人,侨居扬州。国子监生。与兄曰管(字秋玉)齐名,人称"扬州二马"。乾隆丙辰(1736)与兄同举博学鸿词,皆不就,名重一时。与兄在东关街南构书屋,曰小玲珑山馆,为文友燕集之所,藏书甲于大江南北,四库馆开时亦曾献书受奖。与厉鹗、全祖望、沈德潜等为友。工诗,诗见于《邗江雅集》《林屋唱酬录》者最多,诗笔清削。又喜刻书,杭世骏称其为"振奇汲古之士"。著有《南斋集》。

还有一个刘贞安(1870—1934),字彦恭、问竹,号伏庵、永谷遗黎。重庆云阳人。光绪壬寅(1902)中举,次年进士,先后任永宁、印江、开州等地知州、知县。入民国后,归乡隐居教徒,弟子达百人之众。博通经史,工诗善书。书法功力深厚,善汉隶,其隶书别具一格。奉节白帝庙、云阳张飞庙、万州纯阳洞、西山公园静园等处都有其手迹碑刻。刘氏在1925年曾书写《隐居谣》,手迹刻石至今仍存。文字为:"布衣暖,菜根香,诗书滋味长。乙丑九月夜灯偶书,俾门人张大一刻石,置白帝祠中。刘贞安。"

又有一位黄侃(1886—1935),初名乔鼒,更名乔馨,后改为侃,字季刚,又字季子,晚号量守居士。湖北蕲春人。1905年留学日本,在东京师事章太炎,受小学、经学,为章门大弟子。1914年后,曾在北京大学、武昌高等师范、北京师范大学、山西大学、东北大学、中央大学、金陵大学等校任教授。在北京大学期间,向刘师培学习,精通《春秋》左氏学家法。黄氏在经学、文学、哲学各方面都有很深造诣,尤其在音韵、文字、训诂方面更有卓越成就,人称他与章太炎为"乾嘉以来小学的集大成者"。黄氏《戊辰七月日记》十九日乙巳(1928年9月2日)记曰:"村肆逆旅常喜以'布衣暖,菜羹香,诗书滋味长'三语作堂幅,向未知其出处,以为《增广经》之类。今日偶翻《宋诗钞补》,得之于'所南集',题曰《隐居谣》。固知买书有益、开卷有益也!"黄氏在是年日记的最后附录中,也特地于"戊辰七月十九日"条记曰:"翻《宋诗钞补》,忽见《所南集·隐居谣》'布衣暖'三语。"可知黄氏对这一"忽见"非常高兴。"所南集"是《宋诗钞补》编选者所取的名字,本无这一书名。《宋诗钞补》所收《隐居谣》等均出自《心史》。

"兄弟怡怡"译裴论

差不多所有的鲁迅年谱、年表、著述目录等资料,都将《裴彖飞诗论》列为1908年鲁迅的译著。例如,安徽人民出版社1979年出版的《鲁迅年谱》,在1908年8月5日项下便是这样记述的:

> 发表所译论文《裴彖飞诗论》(匈牙利籁息作)及所作《前记》。

均载本年《河南》月刊第7号,署名令飞,译文未完。均收《译丛补》。

1979年上海文艺出版社出版的《鲁迅研究集刊》(一)所载兴万生的论文《鲁迅与裴多菲》说:

> 1908年鲁迅翻译了匈牙利文学史家籁息(Recsi•E)所作的《匈牙利文学史》第二十七章,命题《裴彖飞诗论》,发表于反清刊物《河南》杂志。这是一篇尚未译完的介绍裴多菲的文章,采用古文翻译的。籁息是匈牙利资产阶级文学家,他对裴多菲的评价是站在资产阶级立场上,歪曲了诗人。他极力把诗人描写成一个民间歌手、纯属风景和爱情诗人。关于这一点,鲁迅以他敏锐的眼力,是看到了的。……鲁迅中断了这篇工作,恐怕是对这篇文章的不满意。

上述的说法,我认为都有不够确当之处,值得讨论。

首先应指出的是,许广平在鲁迅逝世后1938年所编的《译丛补》的各种版本(包括解放后的版本)中,并没有收入《裴彖飞诗论》及其《前纪》。而是1951年底唐弢编《鲁迅全集补遗续编》(由上海出版公司出版)时,才第一次将该文作为鲁迅译文收入。后来,1958年人民文学出版社出版《鲁迅译文集》,在第十卷中也收入了该文。这第十卷虽然仍称作《译丛补》,

但已作过增补。因此,我认为有关资料在注该文所收集子时,应写上首次收入该文的《鲁迅全集补遗续编》;如要写《译丛补》,则应加以说明。

最易引起注意的是,鲁迅自己从来没有讲过这篇文章是他翻译的。(鲁迅在日本时的同学许寿裳等人,也没有说过。)1929 年 6 月 25 日,鲁迅在致白莽(殷夫)的信中,曾经这样说过:

> 关于 P 的事,我在《坟》中讲过,又《语丝》上登过他几首诗,后来《沉钟》和《朝华》上说过,但都很简单。

这里所说的"P",即裴多菲;"《坟》中讲过",指收入《坟》中的鲁迅在 1907 年写的著名论文《摩罗诗力说》;"《语丝》上登过他几首诗",指鲁迅 1925 年 1 月所译的裴多菲的五首诗,分别载《语丝》周刊第九、十一期;此外指的是当时《沉钟》月刊上冯至的论文和《朝华》周刊上梅川等人的译文。请注意,鲁迅这里首先是列举了自己的著译,然后才举了他人的著译,并因它们"都很简单"而为憾,但是却没有提及这篇并非"很简单"的有关裴多菲的专文。我想,这也许是因为年代久远、影响不大,所以略而不说了(《摩罗诗力说》虽也写得很早,但于 1926 年重新收入《坟》中,情况不同);但如果鲁迅认为该文是自己所翻译的话,他是应该提起的。那么,会不会是鲁迅遗忘了呢? 不像,因为再过了大约半年时间,鲁迅在发表白莽的有关裴多菲的译作时,提到了这篇译文。

1929 年 11 月 20 日,鲁迅为他主编的《奔流》月刊的最后一期(第二卷第五期)《译文专号》写了《编辑后记》,里面写到:

> 绍介彼得裴最早的,有半篇译文叫《裴彖飞诗论》,登在二十多年前在日本东京出版的杂志《河南》上,现在大概是消失了。其次,是我的《摩罗诗力说》里也曾说及,后来收在《坟》里面。

这里要说明的是,"最早"介绍的文章其实还是鲁迅的《摩罗诗力说》,"其次"才是《裴彖飞诗论》。因为前者发表在 1908 年 2、3 月的《河南》杂志第二、三期上;而后者是发表在同年 8 月的同一杂志第七期上。这显然是记忆上的差错;问题是,如果仔细读读鲁迅这段话,便不难看出鲁迅是将《裴彖飞诗论》排在"我的"译作之外的。

那么,《裴彖飞诗论》到底是不是鲁迅的译著呢? 让我们再来看看当时和鲁迅同在日本的周作人的有关回忆。

1936 年,鲁迅逝世后,周作人写了几篇有关文章。其中《关于鲁迅之二》一篇,是专谈 1906 至 1909 年鲁迅在东京的事的,其中谈到鲁迅写《摩罗诗力说》,但未提及《裴彖飞诗论》。

1940 年,周作人写了一篇《旧书回想记》,在《玛伽耳人的诗》一节中,曾提出《裴彖飞诗论》是他所译的。该文收于 1944 年出版的《书房一角》一书中。今录其文如下:

> 只可惜英国不大喜欢翻译小国的东西,除了贾洛耳特书局所出若干小说外不易搜求,不比德文译本那样的多,可是赖希博士的《匈加利文学论》也于一八九八年在那书局出版,非常可喜,在我看来实在比一九〇六年的特利耳教授著《匈加利文学》还要觉得有意思。其第二十七章是讲裴彖飞的,当时曾译为艰深的古文,题曰《裴彖飞诗论》,登在杂志《河南》上,后来登出上半,中途停刊,下半的译稿也就不可考了。

解放后,1952 年出版的周作人写的《鲁迅的故家》中,在"笔述的诗文"一节提到唐弢所编《鲁迅全集补遗》"遗漏的有些笔述的译文,如《河南》上的裴彖飞诗论半篇……"。请注意这里用的"笔述"一词,在"其二"一节中他对此进一步作了说明:

> 《河南》杂志上鲁迅的文章,后来大抵收在论文集《坟》里,只有半篇裴彖飞诗论未曾收入。这本是奥匈人爱弥耳赖息用英文写的《匈加利文学论》的第二十七章,经我口译,由鲁迅笔述的,所以应当算作他的文字,译稿分上下两部,后《河南》停刊,下半不曾登出,原稿也遗失了……

1956 年,周作人在《鲁迅的青年时代》一书第十二节《再是东京》中又说:当时《河南》杂志索稿,"我们于是都来动手,鲁迅写得最多,除未登完的《裴彖飞诗论》外,大抵都已收录在文集《坟》的里边。"

最后,周作人在 1962 年写的颇为详细的《知堂回想录》中,又说这篇译文是鲁迅译的。

以上周作人关于这篇译文的说法似乎常有变化,但我认为他在《鲁迅的故家》中的说法是比较符合事实的。熟悉鲁迅的孙伏园曾指出:"鲁迅译书,大抵根据德文或日文"(见林辰《论〈红星佚史〉非鲁迅所译》所引);杨霁云更明确地说:"鲁迅从来没有从英文翻译过英国作品"(见《鲁迅研究资料》第二辑第 452 页)。而这篇《裴彖飞诗论》原文恰恰是英文。还有一位沈瓞民先生曾说:"鲁迅译文主要是从日文翻译的;偶而亦译英文书"(见《回忆鲁迅早年在弘文学院的片断》),他举的例子就是《红星佚史》。但周作人在《鲁迅的故家》里已指出,这《红星佚史》中的诗也是他口译,鲁迅笔述的。

因此,我认为对《裴彖飞诗论》以及《红星佚史》的诗等的译者,比较确切的应写作"周作人口译,鲁迅笔述"。这反映了他们当年"兄弟怡怡"的事实,无须讳言;只不过前者发表时用了鲁迅的笔名"令飞",后者则用了周作人的笔名"周逴"。还有,《裴彖飞诗论》当时是全篇译讫的,并非"恐怕是对这篇文章的不满意",因而鲁迅"中断了这篇文章的翻译工作"。这篇文章的出处也不是《匈牙利文学史》,而是籁息的《匈牙利文学论》。

鲁海偶拾六则

鲁迅在民国第一天

　　辛亥年十一月十三日(1912 年 1 月 1 日),孙中山先生在南京宣誓就任临时大总统,宣告中华民国成立。这是一个具有历史意义的日子。鲁迅,这位民族杰出人物,在这一天做了些什么呢? 今存鲁迅日记,是从这一年 5 月 5 日开始的。在已经出版的很多《鲁迅年谱》中,这天均无记载。即使最详尽扎实的由鲁迅博物馆鲁迅研究室集体编撰的那本《鲁迅年谱》(初版),这一天鲁迅的活动也是空白。而我在 1936 年元旦出版的《宇宙风》半月刊第八号孙伏园的散文《第一个阳历元旦》中,欣喜地发现了一点材料,特抄录如下:

　　民国元年的新年,我在绍兴初级师范学校。

　　阴历十一月十三日的午饭时分,我们的学校得到了消息,说"革命政府今日成立于南京,改用阳历,今日就是阳历的元旦"。

　　午饭以后,校长周豫材先生召集全校学生谈话,对于阴阳历的区别,及革命政府所以采取阳历的用意略有说明,末后宣布本日下午放假以表庆祝;教务长范爱农先生还补充一句道:"诸位出去可以逛逛大善寺,开元寺。"

　　周豫材即鲁迅。孙伏园的这一回忆虽然很简略,但生动地说明了鲁迅(及其老友范爱农)当时确实是以极大的兴奋喜悦心情迎接中华民国的诞生的。鲁迅不仅一得到消息便召集学生开会,决定放假庆祝;更值得注意的是他还最早论述了"革命政府所以采取阳历的用意",而孙中山是在第二天——1月2日才通电全国改用阳历的。

"有平糖"是什么

今存鲁迅先生给日本友人山本初枝女士的信中,有两次感谢山本夫人千里迢迢从日本寄给海婴一种名叫"有平糖"的糖果。如1935年4月9日信上说:"日前承赐珍品多种,谢谢。因为忙而懒,吃了有平糖,也未致谢,希谅。"同年12月3日,鲁迅信中又谢道:"你送给孩子的有平糖今日已经收到,甚感。"《鲁迅全集》1981年版书信卷对这"有平糖"未加注释。

对山本夫人的这两次寄赠,鲁迅都郑重地记在日记中(见同年3月19日和12月3日)。而查鲁迅日记,另在1933年3月17日,鲁迅也曾收到山本夫人寄赠小海婴的有平糖。1981年版《鲁迅全集》的日记卷对此倒有极简明的注释:"日语:糖棍儿。"

出于好奇,我问过好几位日本朋友,包括年纪较大的,但他们都不知道"有平糖"是什么东西。我想去问周海婴先生,但又想他童年时吃的东西,恐怕也不会记得。我还请朋友查阅了1985年日译本《鲁迅全集》,那是日本全国的鲁迅研究专家合作翻译的,对中文本的注释略有修订补充,但对"有平糖"的注释全同中文本,并把"糖棍儿"译成了棒糖。可见这些日本学者对此也是不知道的。

我翻查了几本日本出版的大辞典,终于了解这"有平糖"还大有来头。原来这是一个专有名词,是日本的安土桃山时代(1573—1603)即十六世纪后期从西方传至日本的糖果。所谓"有平",乃是用这两个汉字的日语训读来音译葡萄牙语的糖名 alfeloa。

一位在上海工作的日本朋友江田先生,对此颇感兴趣。正好他的七十多岁的老母亲来沪看望儿孙,他便问了他的母亲。老人家惊喜地说,记得这个糖名,她小时候就吃过。不过那时就已是珍罕之物,而现在在日本则早就没有买了,她说,山本夫人买这种糖送给小海婴,是精心挑选的合适礼物。为了帮助中国读者更详细地了解,老太太回国后竟先后问了七位七十岁以上的日本老人,其中包括早已退休的网野善彦教授(他被称为日本中世史研究第一人)。老太太随后还写来了信,介绍了这种糖果的做法,是在砂糖中加入饴糖等,搅拌,熬干,冷却,做成各种颜色的棒状,然后再用二三根棒状的糖拧成麻花状。由于每根糖棒状的颜色不同,所以拧在一起后色彩丰富,很受小孩喜欢。我马上想起,我们小时候马路上不也曾卖过类似的各种形状和颜色的棒糖吗?不过,据说有平糖是没有"棒"(或竹签)的。因此,有中国出版的大型日汉辞典说有平糖为"棒糖",是不对的;如说是"棒状糖",倒还可以。

江田老太太还顺便告诉我,日本江户时代以来,因为有平糖的特殊形状,还产生过两个隐语(或谜语)。一个是把理发店的标志称为"有平棒",即理发店的门口一般都有一个红、蓝、白三色组成的桶(棒)状的旋转的灯。于是我想到,我们中国的理发店门口也有这种标志,看来还是从日本传来的呢。还有一个隐语,是把小偷作案用的钥匙也称作"有平"。不知是取其形状扭曲如钥匙呢,还是因其有粘性可以开门。这使我想起中国古书《淮南子》中盗跖称饴糖"可以粘牡"。也就是鲁迅在《准风月谈》前记中写到的:"古话里也有过:柳下惠看见糖水,说'可以养老',盗跖见了,却道可以粘门闩。"没想到中日两国竟都有把糖与钥匙联在一起的说法,真有趣。另外,我还知道一个日语词叫"有平隈","隈"的意思相当于我们中国的"脸谱",原来日本的传统戏曲"歌舞伎"演员,把那有着各种色彩的弯弯曲曲的脸谱,也用这种糖果来命名呢。

鲁迅和沈尹默

遵命文章语最工,望中依约大旗红。

辕南辙北日以远,终与洪流汇海东。

这是我国现代著名书法家、诗人沈尹默先生在纪念鲁迅先生时写下的一首诗。沈尹默和鲁迅早就是"平日往来、极其熟识的朋友"。辛亥革命以后,沈尹默便认识了鲁迅。鲁迅在 1912 年 5 月到北京工作,翌年,沈尹默也到了北京。从《鲁迅日记》上来看,他们最初是在许寿裳先生举办的宴席上见面的;第二天,沈尹默便特地去鲁迅的住所拜访。当时,鲁迅和沈尹默同在北京大学等校任教,他们住处很近,过从密切。有时,鲁迅在元旦等佳节,还请沈尹默吃饭。鲁迅到章太炎老师家去,偶然也遇到沈尹默。鲁迅当时勠力编辑并自费刻印的《会稽郡故书杂集》出版后,也赠送给沈尹默。

不久,新文化运动开始。鲁迅站在运动的最前头,沈尹默也投身于其中。《新青年》创刊了,鲁迅和沈尹默都担任了编委。他们一起提倡白话文,激烈地反帝反封建。鲁迅写了许多震撼当时的杂文和小说,他的第一本小说集《呐喊》一出版,即赠给沈尹默一册。而沈尹默是最早尝试写新诗并取得成就的作者之一。他经常把诗作寄去向鲁迅请教,鲁迅则总是及时回信。例如,1918 年 7 月 26 日《鲁迅日记》载:"晚得沈尹默信并诗。"这次寄去请教的诗,很可能就是同年 8 月 15 日出版的《新青年》五卷二号上发表的那首有名的《三弦》。

1920 年 4 月,沈尹默赴日本进修。4 月 23 日,鲁迅参加了钱稻孙为沈尹默饯行而发起的八九个朋友的聚会。沈尹默返国后,仍在北京任教。后来爆发了女师大学生运动,鲁迅奋不顾身地支持青年学生的正义斗争。沈尹默和鲁迅等教员签署了《对于北京女子师范大学风潮宣言》。

1926 年 8 月,鲁迅将离开北京南下,沈尹默等人特地在德国饭店为鲁迅饯行。鲁迅离开北京后,与沈尹默见面的机会就少了。但沈尹默有时去上海,还在柳亚子、李小峰等人举办的宴席上见到鲁迅。而鲁迅每到北京探亲,也总去看望他。例如 1929 年 5 月鲁迅曾到北平省母,在 5 月 20 日日记上记有"访尹默还草帽"。一顶小小的草帽,可见出他们的友情。

沈尹默在 1932 年曾保护过一些进步教员,并在学生抗议反动当局开除学生的命令时,宣布无条件取消开除学生的决定,并辞去北平大学校长职务,移家上海。1933 年,鲁迅与郑振铎合编《北平笺谱》,鲁迅同意请沈尹默兄弟为该书题了签,出书后还专门送了他们。

解放后,沈尹默写了好几篇悼念鲁迅的诗文。1956 年《鲁迅全集》出版,那封面上四个端庄凝重的真书,就是沈尹默题的。一直到今天,新版《鲁迅全集》的封面上,仍然印着沈尹默的题签。1961 年 10 月,当报上发表了毛泽东主席书写鲁迅《无题》诗赠日本朋友的消息后,沈尹默曾热情地在《人民日报》上写了有关解释鲁迅这首光辉诗篇的文章。

璧 月 与 饕 蚊

许杰先生在《回忆我和鲁迅先生的一次见面》中,生动地记述了鲁迅自己对《唐宋传奇集·序例》中结尾的"时大夜弥天,璧月澄照,饕蚊遥叹,余在广州"的解释:"那是我有意刺高长虹的! 高长虹自称是太阳,说景宋是月亮,而我呢,他却谥之为黑暗,是黑夜……"有人认为,这是很新鲜的解释,如果不是许杰先生把鲁迅的话写出来,那么就谁也不知道了。其实,这样的解释并不是第一次披露,许广平先生生前至少说过两次,不过写得较为含蓄,没有引起人们的注意罢了。

一次是 1937 年 1 月 1 日《热风》杂志上,许广平发表《我怕》一文,在文末,她深情地说:"遇到月亮,那月光和室外的灯光交映着来临,他(陈按,指鲁迅),就时常欢喜说一句:'今天月亮真好呀。'他的称赞月亮,似乎在厦门(陈按,当是广州)写文章自比于黑夜之后。但是,以后的月亮,只能跑到他墓前,发出凄清的寒光,却没有法子和他见面了!"

另一次是 1941 年 10 月《学习》杂志上,许广平发表《因校对〈三十年集〉而引起的话旧》,文中提到:"因为我们的一同乘津浦车南下便引起了流言,甚至因之有人(陈按,指高长虹)以此对鲁迅加以攻击。那么,应战就是了,我绝不会在此时竖出反叛之旗的。……于是在《唐宋传奇集》序例的末行,有似'春秋'笔法的几句,为鲁迅先生自认是得意之作的……"

楼适夷谈鲁迅陈赓会面

楼适夷先生生前,我多次拜访过他,也多次写信向他请教过。他给我的信,很多已因故散失,令我想起就伤心。近日,我翻检家中堆积的故纸,忽然欣喜地找到了一封楼老写于 1983 年 10 月 5 日的信。虽然连信封也已丢失,但信是完整的,而且所谈问题正是鲁迅研究中的一件大事。信中提到的"马德俊同志稿",我已全无印象,推想起来,当时我在上海文艺出版社工作,大概是收到这位马先生的来稿,谈他对鲁迅、陈赓会见一事的"推断",于是我便将此稿转请楼老审阅,并请他解惑。楼老当时在信中已说"现在,活着的已只有我一个人";现在,连楼老也病逝已久,因此,他的这封信就更显得珍贵了,实有介绍给鲁研界同仁一读的必要。

　　陈福康同志:

　　　信及所附马德俊同志稿收读。

　　　鲁迅和陈赓会见的时间,马德俊同志的推断,和穆欣同志(他曾于战争期间在陈赓部队任新华社特派随军记者,现在正在写《陈赓传》)的考证是符合的。我当时根据回忆中服装印象,定为秋季,以上海气候十一月尚有秋气,可以不发生冲突。陈赓在十月鄂豫皖突围离部队,到沪治伤的时间,最早是十月下旬。而鲁迅是十一月十一日离沪去京探亲,十一月廿八日回上海的,则我陪同的一次,即在十月底到十一月初的一段时间内。(如在十二月份,则不应秋服了。)陈赓是次年(1933)三月在上海被捕的,在整个留沪四五个月的时间内,并没有经历过夏季。据我所知,雪峰的记忆力很好,其关于鲁陈会见的回忆,最初见于五十年代初所写《回忆鲁迅》中,那时尚在中年,记忆不会大错,仅仅时间记不正确,是可能的,陪同会见之事,则决不会无中生有。又据他在七十年代初给包子衍信,说陈赓因有记者访问此事,而本人记忆不清,还找雪峰共同回忆后才作答复的,所以二人所说,口径基本一致——只会见过一次。但有一位部队老干部戴其萼同志,曾来信告我,他在战时在陈赓部队任参谋,接触较多,曾听陈首长谈往事,说见过鲁迅二次。因此他估计后来对访者只说一次,可能是与雪峰对了口径后,照雪峰的记忆说的。现在,活着的已只有我一个人,又无别的物证,无法另行求证,我就只能推断:

鲁陈会见,确有过两次。第一次由雪峰朱镜我二人陪同,第二次是我陪同,其时间均不出于一九三二年十月底到十一月初范围,相差不过几天吧了。我经长期思索,确实记得二人见面情状,是已经相识,不像初次,因此可以断定为第二次无疑。马德俊同志认为只有过我陪同的一次,当与事实不符。

特此奉复,来稿附还。

敬礼

楼适夷

10/5/1983

一则《鲁迅全集》传奇

抗战胜利之后,国人自然愈加怀念因兵谏而被扣十年的张学良将军。不意蒋氏非但不放,还将张将军迁押至台湾。1947 年 12 月 9 日《新民晚报》曾载《鲁迅全集传奇》一文,提及当时报载张将军在台,日以研读《鲁迅全集》消遣,并述一段颇近传奇的故事。略谓:陈仪将军与迅翁有同窗之谊,陈将军主福建时,某日机要秘书以禁止鲁迅著作之中枢命令进,请示处理办法。陈曰:"可细读之,尽挑其疵,签注意见,待我复阅再作决定。"

秘书遵照批注,唯恐不苟,以至鲁迅文章几无一字不谬。然陈览后,徐曰:
"禁乎哉? 不必也! 以余观之,胥皆无关宏旨之言耳。"是以迅翁著作在
闽,竟无焚禁之厄。迨后,《鲁迅全集》在沪出版,陈更订购二百部,亲笔签
名赠送全闽各公共机关及图书馆。抗战胜利后,陈将军首任长台,而张将
军迁台适在其时,然则张将军所读之书,殆陈将军所赠者乎?

就此"传奇",笔者曾请教陈将军当年秘书蒋授谦先生。蒋先生复信
谓:陈将军主闽任内,确曾私人购买《鲁迅全集》分送各处,唯所购数量为
甲种本(精装)十部,乙种本(平装)二十部。陈自留甲乙两种本各一部。
至于在台湾时是否赠张将军,则未知其详也。笔者又曾询之陈将军外甥
丁名楠先生,丁先生亦肯定舅父主闽期间确曾为资助《鲁迅全集》出版,而
预订多部分赠。至其实数,丁先生因当时不在闽而不知其详。丁先生并
谓此事郑振铎先生(当时《鲁迅全集》编委会负责人之一)最清楚,惜郑先
生已作古多年。关于奉赠张将军书一事,丁先生亦未曾听说。

由此可见,"鲁迅全集传奇"有相当的可信性。至少陈将军购买《鲁迅
全集》赠人,是确有其事。陈将军与迅翁同乡同学,念旧之情,动人灵府;
可惜竟于大陆解放之初,为蒋氏杀害于台湾。张将军则一直幽居台湾,以
至蒋氏父子都死了以后。

1993 年 11 月,台湾《传记文学》杂志第六十三卷第五期刊载黄文兴文
章《从藏书题款看张学良幽禁期间的读书生活》,报道了张将军暮年将他
私人庋藏近半个世纪的书籍捐赠给台湾东海大学图书馆。所捐书中即有
一部《鲁迅全集》,以及《鲁迅的创作方法及其它》(景宋等著,读书出版社
1942 年版)。但这部《鲁迅全集》肯定不是陈将军所购赠者。因为据黄文
记,其版本为"鲁迅全集编委会编印,民国二十七年长沙出版",可能是上
海出版《鲁迅全集》后同一年在长沙的翻版。而且,黄文又载张将军在此
书上题有文字:"毅庵,三十二年七月二十六日购于刘衙":另一本《鲁迅的
创作方法及其它》也题有:"毅庵,三十二年一月十七日购于刘衙",可见都
是 1943 年他被囚禁于贵州开阳县刘衙乡时所自购者。

更令人惊喜者,黄文披露了张将军在《鲁迅全集》头册卷首还用钢笔亲书了一篇文章,题为《鲁迅先生研究纲领》。文前有两段话:"纪念鲁迅:要用业绩;纪念鲁迅:要懂得他,研究他,发展他。""鲁迅是每一个不愿作奴隶的中国人底鲁迅。学习,研究,发扬他的学术作品和为人〔民〕而战斗的精神,这也是每个不愿作奴隶的中国人底权利和义务。"因为加有引号,看来是张将军摘引来的,我一时尚未找到出处。但张将军既然引录这两段话,当然也是他赞成的。关于具体的研究纲领,文中分思想方面、行传方面、创作方面、翻译方面、学术方面、鲁迅作品在外国等六项。即使我们今天以"专业"的眼光来看,也惊异其内容之丰富与深刻。这样看来,抗战胜利后流传的那则"传奇"中说张将军每日研读《鲁迅全集》,是完全可信的了。

以上《传记文学》所披露的消息,是好友王锡荣告诉我的,我十分感谢。

至于陈将军是否曾赠《鲁迅全集》给张将军,这种可能性现在仍不能完全排除(黄文也没说张将军已把"全部"藏书都捐献了),不过我也不想再打听下去了,就让它作为一则美好的"传奇"留在心中吧。

【附记】

拙文中提到的黄文兴文章所述,还值得查实和考证。"鲁迅全集编委会编印,民国二十七年长沙出版"的说法十分可疑,因为在《鲁迅全集》版本史上还没有看到过这样的书。黄文又写到张学良在《鲁迅全集》上的题字:"毅庵,三十二年七月二十六日购于刘衔",但据张学良日记,应是 1942 年 7 月 28 日所购。《鲁迅先生研究纲领》一文的出处和作者现在也知道了,是摘录自萧军的《鲁迅先生逝世四周年延安各界纪念大会宣言》与《鲁迅研究会成立经过》。

署鲁迅笔名的周作人文章

《鲁迅全集》中有少数几篇文章,不是鲁迅亲笔写的。例如,对《王道诗话》等十二篇杂文,《鲁迅全集》加有注释:"都是1933年瞿秋白在上海时所作,其中有的是根据鲁迅的意见或与鲁迅交换意见后写成的。鲁迅对这些文章曾做过字句上的改动(个别篇改换了题目),并请人誊抄后,用自己使用的笔名寄给《申报·自由谈》等报刊发表,后来又分别将它们收入自己的杂文集。"看了这一注释,读者就明白,这样的文章收入鲁迅的书中是非常应该的。读者和研究者对此也从无异议。

不过,例外的情形也是有的,例如《〈子夜〉和国货年》《儿时》两篇,也是1933年瞿秋白在上海时所作,也是鲁迅用自己的笔名寄出发表的,然而鲁迅没有将它们收入自己的杂文集。原因不明。我认为很有可能是鲁迅当时漏收了。然而,既然鲁迅没有将它们收入自己的集子,后人也就不好随便将它们收入《鲁迅全集》了。但是,有人不懂这个道理,也不了解别人早就知道有这样两篇文章,只是偶尔从旧报上看见了《儿时》一文署了鲁迅的笔名,又查到鲁迅在信里还说过是自己写的,就自以为新发现了"鲁迅佚文",兴奋得不得了,有的报纸还大发消息。那就没有必要了。

以上好像是题外话。不过也与下文有关,更是为了说明,我们在看这类问题时,一是思想不能僵化,二是必须充分熟悉史料。不然就要弄出笑话。

《鲁迅全集》中还有少数几篇文章,本是鲁迅亲笔写的,但最初发表时却是署了别人的名字或笔名。例如,他早期的文言小说《怀旧》,署了周作人的笔名;他 1912 年发表的《古小说钩沉序》,署了周作人的名字;他为 1921 年版《域外小说集》写的序,也署了周作人的名字;他的《辛亥游录》,则署了周建人的名字;等等。那么,有没有相反的情况,周作人写的文章,署了鲁迅的名字或笔名发表的呢?

周作人说,有。

1936 年 10 月 24 日,鲁迅刚逝世,周作人写了《关于鲁迅》一文,文中就说鲁迅在《新青年》时代"所作随感录大抵署名唐俟,我也有一两篇是用这个署名的,都登在《新青年》上,近来看见有人为鲁迅编一本集子,里面所收就有一篇是我写的,后来又有人选入什么读本内,觉得有点可笑"。该文发表在《宇宙风》杂志上,后收入周作人《瓜豆集》里。但他没有说明"有人"是谁,也没有写出"一本集子"和"什么读本"的书名,他说的"觉得有点可笑"的话也有点阴阳怪气的。他的这些话,当时好像没有什么人理睬他。

再后来,1957 年出版的周作人《鲁迅的青年时代》也收入了这篇文章,但周作人作了不少修改。上面引文中"我也有一两篇",改成了"我也有几篇"。那句语带讪笑的"近来看见……觉得有点可笑"的话被删去了。另外又添了如下新的文字:"后来这些随感编入《热风》,我的几篇也收入在内,特别是三十七八,四十二三皆是。整本的书籍署名彼此都不在乎,难道二三小文章上头要来争名么? 这当然不是的了。"可是,《热风》却根本不是他原先说的"有人为鲁迅编"的"一本集子",而是鲁迅生前亲自编的,再说,《热风》早在 1925 年就出版了。

而且,从 1936 年到 1957 年,隔了二十年,周作人却从一开始说的有"一两篇",又变成了不知道有多少篇的"几篇"了。虽然,他明确提出了《热风》中《随感录》的第三十七、三十八、四十二、四十三是他写的,但他又用了"特别是"一语,似乎还远不止这四篇。周作人的这样一种说法,确实很使人感到可疑,当时就引起许广平先生的强烈不满。她写了文章(我现在一时未找到),记得大意是说,鲁迅先生已经不在了,我们不能由着周作人这样随心所欲、死无对证地来认领《热风》中的文章。除了许先生的文章之外,研究者用考证的方法来认真分析周作人说法的文章,一直未见。鲁迅研究界只是对周作人的说法不予理睬,《鲁迅全集》收入《热风》那几篇文章也没有加特别的注释。

直到 1979 年,朱正先生出版了后来成为名著的《鲁迅回忆录正误》一书,书中第五篇是专门谈这个问题的,题目就是《关于四篇随感录的著作权问题》。这应该是第一篇"考证"这个问题的专文。不过朱先生此文比较简单,主要是查核了《新青年》,指出这四篇随感录发表时的署名并不是周作人所说的"唐俟",而是"鲁迅"或"迅"。抓住这一点,朱先生得出了结论:这四篇随感录当不是周作人写的。

我当时读了朱先生的文章后,总觉得如果只是记错了署名,那不算什么大的问题。而周作人说的"整本的书籍署名彼此都不在乎,难道二三小文章上头来争名么",倒好像还是有点道理的。虽然我知道,对"整本的书籍署名""都不在乎"的,是鲁迅(如鲁迅花费大量心血独力编成的《会稽郡故书杂集》一书,出版时署了周作人的名字),从没听说过有周作人的"整本的书籍"被鲁迅署名的,因此,周作人以此作为自己"不在乎",不会"来争名",是没有什么说服力的。但我确实也不大相信,著作等身的周作人会那样"下作",那样没有良心,来和自己哥哥争这样几篇小文章的著作权。

朱正先生的书,我当时有幸得到他寄赠的毛边本,他并谦虚地要我"指正"。而我拜读他的书的时候,周作人的部分日记已经开始被整理发表,我从周作人日记中发现,他所说的那几篇随感录是有可能的确是他所作的。于是,我就赶紧把自己的想法写信告诉朱先生。朱先生"从谏如流",在该书重版时就把这篇文章抽掉了。

我当时的想法是这样的:

鲁迅和周作人当年都有日记,虽然关于写文章的事记得并不多,但从中可以作一些查考。日记中某天没有记写文章,不一定就没有写;而记了写文章又寄出的,一般都是会发表的。因为兄弟俩都是名人,又都是《新青年》同人,他们写的随感录寄给《新青年》是不可能不发表的。上面周作人提到的《新青年》上的《随感录》三十七、三十八,发表于 1918 年 11 月 15 日五卷五号;四十二、四十三,发表于 1919 年 1 月 15 日六卷一号。今见周作人日记 1918 年 10 月 30 日记载:"晚……作《随感录》一则予杂志。"所作极可能就是《新青年》的《随感录》三十七或三十八。到现在为止,我们也没有找到当时另外还有什么"杂志"发表了这一天周作人写的《随感录》。

鲁迅日记 1918 年 11 月 1 日则记载:"夜作《随感录》二则。"《鲁迅全集》的注释曰:"即《随感录三十五》、《随感录三十六》。"《随感录》三十五、三十六与上述三十七、三十八一起,也是发表于《新青年》五卷五号上的。那么,《鲁迅全集》的注释者为什么这么肯定鲁迅写的就是三十五、三十六呢?为什么不会是三十七、三十八呢?岂非注释者也心照不宣地认为三十七、三十八是周作人写的吗?

周作人日记 1919 年 1 月 10 日记载:"晚……作《随感录》二则。"我认为,这二则可以肯定就是《新青年》1919 年 1 月 15 日六卷一号发表的《随感录》四十二、四十三。鲁迅日记中没有看到可以对应的记载。周作人日记既然有此记载,但在整个《新青年》第六卷(一共有六号)中,并没有周作人署本名或笔名的《随感录》,而他的这"《随感录》二则"又是不可能不发表的,因此,我想只能认为署名鲁迅的《随感录》四十二、四十三就是 1919 年 1 月 10 日周作人写的。

这里顺便要提到,当年《新青年》杂志上印着的日期是当不得真的,经常都是延期出版的。例如,五卷五号说是 1918 年 11 月 15 日出的,周作人得到的时候却已是 1919 年 1 月 23 日;六卷一号说是 1919 年 1 月 15 日出的,周作人得到时则已是 3 月 12 日了。须知,周作人是该刊的重要同人,而且就住在北京呢。他是应该及时得到该刊的。

近时,我读到 2008 年第九期《博览群书》杂志,见有冯异先生的文章《给"大师"李敖挑错》,其中提到:"鲁迅的杂文集《热风》,收在《新青年》上发表的《随感录》二十七篇。李敖说，其中有一篇是周作人写的，鲁迅把它收进自己的杂文集了。证据是周作人晚年给友人的一封信中如是说。鲁迅的《准风月谈》收入瞿秋白的《王道诗话》和《出卖灵魂的秘诀》，这是众所周知的事，但从未听说《热风》中收有周作人的短评。这又是孤证。周氏兄弟早期志趣大致相同，后来在文学和政治上分道扬镳，各行其是。周作人在抗战中还屈身事敌，当了汉奸。他的一封信怎么就能作为'定说'呢？"

李敖先生平时作文讲话，一贯口无遮拦，人们要给他挑错，是可以挑出很多的。即使像他在显示其"有学问"的正儿八经地自称"金针度人"指导后学的《要把金针度与人》这样的文章中，也有不少错误。例如他说"清朝阎若璩说《心史》是姚士粦作的伪书，自属可信"云云，就全是不懂装懂。（我在拙著《井中奇书考》中对"阎若璩说"作了剔肤见骨的驳斥，请参看。）然而可惜，冯先生这次的这一"挑错"，却恰恰是挑错了。

如上所述，鲁迅书中收有周作人的随感录，这事周作人早在鲁迅刚逝世时就公开讲了，并不是直到晚年才在给友人的信中如是说的。而且，周作人当时说的还不是"一篇"。（因此，李敖看到一封什么信，像是发现了新大陆，就想做一点什么文章，也确实是很可笑的。）而冯先生文中说的《准风月谈》，则是《伪自由书》之误。说鲁迅的文集中收了瞿秋白两篇文章，其实远远不止，我在前面已经说过共有十二篇，这也是冯先生说错了。冯先生说周作人的说法是"孤证"，然而"孤证"也未必就绝对不可以作"定说"。这种例子在学术史上有的是。冯先生说"从未听说《热风》中收有周作人的短评"，现在看来这也只能说是他自己的孤陋寡闻。至于"周作人在抗战中还屈身事敌，当了汉奸"，那是不可否定的事实，但1936年时周作人还没有"屈身事敌，当了汉奸"，1957年时他已经基本回归人民的立场，因此，更不能因人废言。

总之，周作人关于鲁迅书中收有他的文章的话，好像并不是谎话。这个问题值得研究，故写出来请大家讨论，指正。

日本鲁迅研究者的几则小考证

鲁迅最初接触的翻译作品

人所周知,鲁迅最早是在南京读书期间开始阅读翻译作品的。关于这,他在《朝花夕拾》的《琐记》中曾生动地回忆过自己当时读严复译述的《天演论》的情形。而他在谈到读《天演论》前,还说了这样一件事:他上矿路学堂的第二年,"总办是一个新党",此人"坐在马车上的时候大抵看着《时务报》,考汉文也自己出题目,和教员出的很不同。有一次是《华盛顿论》,汉文教员反而惴惴地来问我们道:'华盛顿是什么东西呀?……'"

日本的一位认真的鲁迅研究者工藤贵正,特地去查了当年的《时务报》,发现那位"新党"总办出的这个《华盛顿论》的考题,原来正是从《时务报》上发表的译文《华盛顿传》而来的。鲁迅当时也看《时务报》,因此,这位细心的日本学者注意到鲁迅最早接触过这个翻译作品的细节;不仅如此,他还更认真对照研究了《华盛顿传》的原文和译文,从而进一步探索了这篇译作与鲁迅翻译活动的关系。这真是发人所未发,值得作点介绍。

《时务报》是黄遵宪、汪康年、梁启超等人创办的旬刊,由梁启超主笔,为近代中国人自己办的最早的杂志。而《华盛顿传》译文发表于该刊光绪二十二年七月一日(1896年8月9日)创刊号至光绪二十二年十月十一日(11月15日)第十一期上(陈按,工藤原文中阴阳历换算有误,今已更正),

连载三个多月,在当时应该是很有影响的。原著为美国著名传记作家华盛顿·欧文(1783—1859)一生中最后也是最有名的杰作,写于 1855 年至 1859 年。译者是黎汝谦,字受生,贵州遵义人。《华盛顿传》原书共有一九九章,加上附记,共二百章;而黎氏缩成七十六章(但实际上,《时务报》上只刊登了前九章便停载了)。

黎译由《序文》、《凡例》、《目次》、《本文》四部分组成。《序文》叙述了翻译此书的原委,并谈及翻译工作的不易。工藤认为,鲁迅后来发表翻译作品时,也总是加上序文,形式与此很相似,这是与他最初接触翻译作品时便读过这样的序文有关的。黎氏的《凡例》论述了翻译此书的方法,如职官名、地名如何翻译等。工藤认为,从中可以看出黎氏的翻译态度,即为了让中国读者易懂,同时力求不使原著的内容有损。而这种认真的态度,应该说也是对鲁迅有影响的。《目次》列出了七十六章的题目,工藤经过与原著对照,发现黎译的题目有照原文直译的,也有自己重新组织而意译的。

工藤又抽取了译文中的一段文字,与原著相应部分作了对比研究,发现黎氏对原著还是相当尊重的。虽然有节译、意译的地方,但也有直译的地方,可以窥见译者的苦心。在当时与后来好长一段时间内,国内译界大多不大尊重原著,因而黎译还是令人注目的,黎氏的《华盛顿传》1896 年发表,而严复的《天演论》于 1898 年发表,林纾的《巴黎茶花女遗事》于 1899 年发表。工藤认为,在当时当然是严复的和林纾的翻译作品对鲁迅影响最大;但黎译《华盛顿传》在翻译形式上看,也是很重要的,鲁迅后来的翻译都偏重直译。

住在鲁迅家的日本少年

1923 年早春,有一个日本少年因俄国盲诗人爱罗先珂的关系,曾在鲁迅家里住了一个多月。此人原名叫米田刚三,但在鲁迅的日记中没有出现他的名字(周作人当时的日记中也没有),因此,所有的鲁迅研究文章中也从未提到过他。不仅如此,即使日本的鲁迅研究者,以前也谁都没想到他与鲁迅有过这么一段缘分。而此人却是1990年代犹健在的著名国际社会活动家、美国共产党党员、日本工人运动理论家。

据日本学者藤井省三介绍,他于1906年出生在美国的洛杉矶,1913年回日本,后入广岛中学读书。在十六岁那年,由于崇拜爱罗先珂,竟一个人到北京来找他,因而住在爱罗先珂处(即鲁迅家)两个月(陈按,最多不超过两个月,详见下述)。1926年回美国,参加工人运动。翌年,参加共产党。因崇敬卡尔·马克思而改名为"卡尔·姚乃达"(按:"姚乃达"即"米田"的日语读法)。1933年,担任美共的日语机关报《劳动新闻》的主笔。1942年至1945年,进美军情报部,参加反对日本侵略战争的工作。1957年,任国际装卸工人、仓库工人组织的负责人。1983年,获旧金山市荣誉奖章。主要著作有《美国日本工人史》(1967)、《美国的另一面》(1978)、《奋斗——美籍日人革命家六十年的轨迹》(1983)等。

关于他少年时代来到北京并住在鲁迅家里一事,在上述他的自传著作《奋斗》(英文版1983年出版;日译本1984年六月书店出版)中也有记述。书中回忆说,在他十五六岁时,对他思想上影响最大的,是卢梭、克鲁泡特金,还有就是爱罗先珂。爱罗先珂用日语写作的童话深深地感染了他。当他得知爱罗先珂被日本当局驱逐而去了中国北京时,便不顾一切,连家里母亲都没告诉,就一个人离家去找他崇拜的人了。他身无分文,一路打工糊口并挣旅费。在下关,他为乘船到朝鲜,曾在码头上当过煤炭装卸工;到朝鲜的釜山后,又在玻璃厂干过活;在中国的沈阳等地还卖过香烟。就这样,经过四个月,终于千里迢迢赶到北京并找到爱罗先珂。后来,爱罗先珂让他帮助记录其口述的童话,并付给他报酬,让他作为旅费回到日本。

日本的鲁迅研究者藤井省三为研究"鲁迅与爱罗先珂"这一专题,曾特意去日本外务省的外交史料馆调查有关档案。在一份当年日本密探跟踪爱罗先珂的秘密报告中,查到了"来北京的广岛市中学生米田"的记载,可以证明上述米田的回忆是可靠的。藤井后来还与美国的米田直接通过信,了解到更详细的情况。米田信中说,他当时是因为读了爱罗先珂的童话集《天亮前的歌》而着了迷。他从广岛出发的时间大约是 1922 年 11 月,至翌年 2 月中旬(陈按,当是 2 月下旬或 3 月上旬。因为据周作人日记,爱罗先珂直到 2 月 27 日才从上海归来),他到北京大学找到爱罗先珂,对爱罗先珂说:"如果找不到您,我将把《天亮前的歌》一书中您的相片撕碎了咽下肚子,然后去自杀!"但是,爱罗先珂开始担心他是日本当局派来的特务,所以只将他带到在北京的日本牧师清水安三的家中。过了两天,清水夫人证明他是一个诚实的爱好文学的少年,爱罗先珂才将他带到自己的住处(即鲁迅家)。后来,他约用一个月的时间记录爱罗先珂口述的《红的花》(这个童话,鲁迅不久在 4 月 21 日译成中文,发表于 7 月号《小说月报》上)。这期间,他还曾同爱罗先珂一起,与中国的一些无政府主义者、台湾革命青年接触过。1923 年 4 月 16 日,米田与爱罗先珂乘同一列火车离开北京,米田到天津乘船回日本,而爱罗先珂则沿海岸线北上去莫斯科。

米田住在鲁迅家里时,虽然单独住一间房间,但是肯定会遇见鲁迅的。遗憾的是,在他的回忆文章和书信中却一点也未能谈到鲁迅。藤井写信去问他,他说自己当时还是一个不大懂事的孩子,所以现在只是朦胧地记得见过周作人的日本夫人,其他的人都记不得了。但不管怎么说,这件事情是应该记入鲁迅及周作人的年谱中去的。

"佐尔格事件"与鲁迅日记失踪之谜

众所周知,鲁迅的日记在 1941 年底太平洋战争爆发后不久,日本宪兵队逮捕许广平时曾被搜去。两个星期后许广平获释,取得归还的鲁迅遗物中便缺少了 1922 年整整一年的日记。

鲁迅的日记为什么恰恰就失踪了这一年呢？它们还可能存在于天壤间吗？——这是几十年来热爱鲁迅的人们所最关心的事情。日本的鲁迅研究者藤井省三在其《近百年中国文学》一书中《失踪的鲁迅日记》一节里，对此提出了一些猜测，颇值得我们参考与研究。

藤井认为，许广平的被捕和鲁迅日记的被搜，可能与太平洋战争爆发前夕的"佐尔格事件"有关（陈按，佐尔格是共产国际的谍报人员，1941年10月被日本军方捕获）。当时，与这一事件有牵连的以尾崎秀实为首的外国记者（如已故的山上正义以及美国记者史沫特莱等），都曾与鲁迅有过密切的联系。而日本宪兵抓住许广平后，便查问鲁迅与日本人的关系。于是，藤井便提出了一个思考的线索：鲁迅1922年的日记，是否与1941年当时的哪些日本人有关？

例如，有一个名叫福冈诚一的日本人，1922年是东京帝国大学的学生，因为俄国盲诗人爱罗先珂的关系，曾在鲁迅家里住过两个多星期（陈按，1981年版《鲁迅全集》日记卷的人名注释中说他是1923年住鲁迅家，实误）。此人大学毕业后进日本同盟通信社当记者，后曾驻上海工作，常与鲁迅来往。如1929年8月8日鲁迅日记记有："福冈诚一来，谈至夜半。"1933年8月31日又记有"晚福冈君来"等。藤井认为，此人是私淑日本社会评论家长谷川如是闲的自由主义者，在发生"佐尔格事件"时他受到日本军部的注意是很有可能的。

再如，也是因为爱罗先珂的关系而在1922年与鲁迅经常交往的牧师清水安三（1891—1988），他在1941年7月刚从美国募捐得到一万美元回到北平，便被北平的日本宪兵队盯上，在一个月内几乎每天都被传讯，最后以强迫吐出大半美元而完事。藤井认为，北平与上海的日本宪兵队之间当有密切联系，而清水又喜欢对时局随便发表意见，他在当时也很可能受到军部的注意。

总之，藤井认为1922年正是鲁迅与日本人交际特别多的一年，在二十年后发生"佐尔格事件"之际，日本宪兵队为了要对记者们和自由主义者加紧压迫,很可能想从 1922 年的鲁迅日记中寻找某些日本人的材料,而这,便可能是这年日记失踪的原因。许广平的回忆中曾提到当时审讯他的日本人"佐佐木德正"、"奥谷曹长"等名字,藤井希望日本有关人员能有勇气提供线索。

"马郎妇"的用典

鲁迅《教授杂咏》诗之二:"可怜织女星,化为马郎妇。乌鹊疑不来,迢迢牛奶路。"今人皆知是戏谑赵景深教授的。当年,赵教授主张"与其信而不顺,不如顺而不信"的翻译论,并曾将西洋神话中的"半人半马怪"误译为"半人半牛怪",又将"Milky Way"(银河)误译为"牛奶路"。鲁迅便运用了"归谬"法,极巧妙地用了一个中国人家喻户晓的牛郎织女七夕相会的民间故事,将赵教授的两次误译都编织了进去,令人忍俊不禁。

所谓"马郎妇",一般都这样理解:织女原是牛郎之妇,但赵教授误马为牛,那么鲁迅便倒过来开个玩笑——牛郎妇变成马郎妇了。绝大多数鲁迅诗的注释文章或书籍,均是这样说的。这样说当然也不错。不过,也有少数研究者指出在这里鲁迅是用了典的。

最早,锡金先生在1956年发表的《鲁迅诗本事》一文中便指出:"马郎妇也不是随意的对仗,其典出于佛书:有菩萨化为马郎妇者,与一切人淫,忽化去而糜烂,其盘骨可消人欲念,止一切人淫。"锡金先生未指出具体的出处。后来,1977年熊融发表《重释"马郎妇"》一文,认为出处乃元释觉岸《释氏稽古略》卷三《观世音菩萨感应传》的一段记载:"马郎妇,观世音也。元和十二年,菩萨大慈悲,力欲化陕右,示现为美女子,乃至其所,人见其姿貌风韵,欲求为配。女曰:'我亦欲有归,但一夕能诵《普门品》者事之。'黎明彻诵者二十辈。女曰:'女子一身,岂能配众?可诵《金刚经》。'至旦通者犹十数人。女复不然其请,更授以《法华经》七卷,约三日通。至期,独马氏子能通经,女令具礼成婚。马氏迎之,女曰:'适体中不佳,俟少安相见。'客未散而女死,乃即坏烂。葬之数日,有老僧仗锡谒马氏,问女所由,马氏引之葬所,僧以锡拨之,尸已化,唯黄金锁子之骨存焉。僧锡挑骨,谓众曰:'此圣者悯汝等障重,故垂方便化汝耳。免坠苦海!'语已,飞空而去。自此陕右奉佛者众。泉州粲和尚赞曰:'丰姿窈窕鬓歆斜,赚煞郎君念法华。一把骨头挑去后,不知明月落谁家。'"再后来,1979 年出版的王尔龄《读鲁迅旧诗小札》中又引了明代胡应麟《少室山房笔丛》卷四十《庄岳委谈》中的一段记载:"杨用修《词品》记寿涯禅师咏鱼篮观音云:'深愿弘慈无缝罅,乘时走入众生界。窈窕丰姿都没赛,提鱼卖,增笑马郎来纳败。清泠露湿全襕坏,茜裙不把珠璎盖。特地掀来呈捏怪,牵人爱,还尽许多菩萨债。'"并认为鲁迅诗的"马郎妇"出处,以此书"似乎比较切近"。

其实,在我国古代佛经释书及笔记、小说、诗词中,提到"马郎妇"的地方是很多的。博览群书的钱钟书先生在《管锥编》中谈到《太平广记》卷一〇一《延州妇人》时,便广征博引,令人叹为观止。今抄录如下:

> 《延州妇人》(出《续玄怪录》)一"淫纵女子"早死,瘗于道左,忽有胡僧敬礼墓前曰:"斯乃大圣,慈悲喜舍,世俗之欲,无不徇焉。此即锁骨菩萨。"按黄庭坚《豫章黄先生集》卷一四《观世音赞》第一首:"设欲真见观世音,金沙滩头马郎妇";《山谷内集》卷九《戏答陈季常寄黄州山中连理松枝》第二章:"金沙滩头锁子骨,不妨随俗暂参禅",任渊注:《传灯录》:"僧问风穴:'如何是佛?'穴曰:'金沙滩头马郎妇。'世言观音化身,未见所出";《六集》卷六《次韵知命永和道中》:"灵骨网金锁",史容注即引《续玄怪录》此则,又曰:"世传观音化身,所谓金沙滩头马郎妇,类此。"宋叶廷珪《海录碎事》卷一三:"释事书。昔有贤女马郎妇于金沙滩上施一切人淫;凡与交者,永绝其淫。死葬后,一梵僧来云:'求我侣。'掘开乃锁子骨,梵僧以仗挑起,升云而去。"后来释书益复增华润色,观宋濂《宋文宪公全集》卷

二六《鱼篮观音像赞》引《观音感应传》可知。盖以好合诱少年诵佛经，故泉州粲和尚赞之曰："风姿窈窕鬓敧斜，赚杀郎君念《法华》。"《维摩诘所说经·佛道品》第八："或现作淫女，引诸好色者，先以欲钩牵，后令入佛智"；《宗镜录》卷二一述"圆人又有染爱法门"云："先以欲钩牵，后令入佛智，斯乃非欲之欲，以欲止欲，如以楔出楔，将声止声"；其是之谓欤。

钱先生在《管锥编增订》一书中又对"马郎妇"一事增加了不少例子：

北宋寿涯禅师《渔家傲·咏鱼篮观音》："提鱼卖，堪笑马郎来纳败"（《全宋词》二一三页），即所谓"马郎妇"。《西湖二集》卷一四《邢君瑞五载幽期》敷陈金沙滩卖鱼女子嫁"马小官"事为入话，卷二○《巧妓佐夫成名》又述唐延州女妓"不接钱钞"，乃"舍身菩萨化身，以济贫人之欲。"一则观音化身为贞女，一则"大圣"化身为淫姬，然遗骸皆为"黄金锁子骨"，一而二、二而一者也。

由此可见，硬要"考证"鲁迅是从何书看来"马郎妇"之典故，是很难的。倒是锡金先生以简练的文字介绍了"马郎妇"的故事，并指出"其典出于佛书"，这样一种诠释方法，似可为《鲁迅全集》的注释所参照。现在的全集没有注释，我认为是不妥的。

那么，鲁迅暗用这个"释典"，究竟有什么用意呢？锡金先生未详说。熊融认为："由民间传说中的'织女星'，变成了佛教经籍中的观世音了。这对于'遇马发昏，爱牛成性'，有些'牛头不对马嘴'的乱译来说，这首诗不啻是一种针砭。"有人则以为："把'半人半马怪'误译成'半人半怪'，连累所及，也就取消了马郎妇；没有了马郎妇，只好拉出牛郎妇（织女星）来权代。"后一种说法颇费解，熊融的说法也未搔及痒处。我认为，此处不必扯到什么观世音菩萨上去，我们首先要体味鲁迅为什么用"可怜"一词，原来"马郎妇"是一个"淫纵女子"！鲁迅的意思是说：如果像赵教授这样翻译的话，那么天河边上对爱情忠贞不移、千古流芳的织女（牛郎妇），居然可以变成金沙滩头人尽可夫的淫妇（马郎妇）了！你说织女可怜不可怜！

因此,确实只有了解了这个典故,才能更深刻地理解鲁迅这首诗的含意。

最近,读1991年11月浙江文艺出版社最新出版的由周振甫先生编注的《鲁迅诗全编》,其中对这首诗的"马郎妇"的典故没有说明。而周振甫先生正是《管锥编》的责任编辑,自然是读过钱先生关于"马郎妇"的广征博引的,可惜周先生在注释鲁迅这首诗时没有将这两者联系起来。

"幽闭"小考

　　1934 年 12 月,鲁迅在《病后杂谈》这篇著名杂文中提到中国古代统治阶级的一种酷刑"幽闭":

　　　　也还是为了自己生病的缘故罢,这时就想到了人体解剖。医术和虐刑,是都要生理学和解剖学智识的。中国却怪得很,固有的医书上的人身五脏图,真是草率错误到见不得人,但虐刑的方法,则往往好像古人早懂得了现代的科学。例如罢,谁都知道从周到汉,有一种施于男子的"宫刑",也叫"腐刑",次于"大辟"一等。对于女性就叫"幽闭",向来不大有人提起那方法,但总之,是决非将她关起来,或者将它缝起来。近时好像被我查出一点大概来了,那办法的凶恶,妥当,而又合乎解剖学,真使我不得不吃惊。但妇科的医书呢? 几乎都不明白女性下半身的解剖学的构造,他们只将肚子看作一个大口袋,里面装着莫名其妙的东西。

　　对于这段文章,1981 年版《鲁迅全集》没有注释。"那方法"究竟是怎样的呢? 鲁迅"查出"的"一点大概"是什么呢? 令人纳闷。笔者曾经翻阅过许多近年出版的高等院校法学教材、刑法学概论等书,包括台湾、香港出版的一些论著,发现仍如鲁迅五十多年前说的那样,"向来不大有人提起那方法";即有提起者,竟然就是鲁迅早已指明其非的"将她关起来"的说法。这种说法看来也由来已久了。例如,《周礼·秋官·司刑》的注就说:"宫者,丈夫割其势,女子闭于宫中,今宦男女也。"《白虎通义》一书也认为"幽闭"就是"执置宫中"。这种说法将一种残酷的仅次于死刑的肉刑说成只是一种自由刑,其荒谬是显而易见的。

近年,我国出版了几部高水平的刑法史。我见到的有蔡枢衡教授的《中国刑法史》和李光灿教授主编的《中国刑法通史》。这两本书中对于"幽闭"的解释比以上说法要合理,说是执刑者用棍棒槌击女性胸腹,使胃肠下垂压抑子宫,坠入阴道,以妨交接。从文字上解说,"幽"即闭塞不通,"闭"则是"牝"的借字。而且,古代确实有施于女性的"椓"刑。马国翰的《目耕帖》中即有此说。明清之际褚人获《坚瓠续集》卷四有《妇人幽闭》条,云:"昔遇刑部员外许公,因言宫刑。许曰:'五刑除大辟外,其四皆侵损其身,而身犹得以自便亲属相聚也。况妇人课罪,每轻宥于男子;若以幽闭禁其终身,则反苦毒于男子矣。椓窍之法,用木槌击妇人胸腹,即有一物坠,而掩闭其牝户。止能溺便,而人道永废矣。'是幽闭之说也。今妇人有患阴颓病者(陈按,即子宫下垂),亦有物闭之,甚则露出于外,谓之'颓葫芦',终身与夫异榻。似得于许说。"

这一说法出于"刑部"人员,似颇可信。而且,这一刑法确实也很"凶恶,妥当,而又合乎解剖学",但我认为此说还甚可疑。试想,宫刑仅次于"大辟"一等,与其相并列的膑、趴、劓、黥等,都不仅仅"侵损其身",而是动刀见血的,仅仅"椎击",似乎与它们不相对应。再说,宋代《读律佩觽》中提到:"凌迟者,其法乃寸而磔之,必至体无完肤,然后为之割其势,女则幽其闭,出其脏腑,以毕其命,支分节解,菹其骨而后已。"(《大清律例集成》中所说也与此一致。)对于要凌迟处死的对象,已经"寸而磔之""体无完肤"了,再用木棍槌击,似乎已无此种必要。而且,我认为鲁迅当年好不容易查出一点大概,并且使他"不得不吃惊"的,大概不会是这种木棍槌击的刑法,因为这种刑法在宋人的话本小说里便有提及,鲁迅必然早就读过,不会那么吃惊的。

看来,这不仅是《鲁迅全集》注释中的一个难题,甚至还是中国古代刑法史上的一个问题呢。笔者最近偶然发现一则材料,似乎可以解答这一问题。

明清之际徐树丕的《识小录》中,也有"妇人幽闭"一条,其文如下:

> 传谓男子割势,妇人幽闭,皆不知幽闭之义。今得之,乃是于牝剔去其筋,如制马豕之类,使欲心消灭。国初常用此,而女往往多死,故不可行也。

我认为此说比较可信和值得注意。所谓"剔去其筋",显然也是动刀见血,这才可与"割势"相对称。"国初"指明初,鲁迅《病中杂谈》即提到明初虐刑事。而"女往往多死",正可见这是一种极其凶残的刑法,且又合乎解剖学。所谓"筋",大概指输卵管、卵巢吧? 我不敢肯定鲁迅当时必是查了此书,但鲁迅早在 1925 年 3 月 12 日写给《猛进》杂志的编者徐炳昶的信中,就提到徐树丕这位"明末的遗民",而《识小录》是他的名著,鲁迅不会没看过吧?

笔者于史学、法学、医学的知识均极有限,以上所述,未敢必信;何况连鲁迅也用了比较委婉的说法。本文提出以上看法,一是为揭露古代统治阶级的无人道,二是给鲁学界和法学界的朋友作参考。

【附记】

本文发表后,2005 年新版《鲁迅全集》关于"幽闭"的注释即予以采用。但后来我又查到了一些新的史料,今补记于此。

关于"幽闭"是"椓窍"的说法,又见于清人刘坚《修洁斋闲笔》卷二《幽闭》:"《碣石剩谈》:妇人幽闭,即椓窍是也。其法用木槌击妇人胸腹,即有一物坠而掩闭其牝户,止能溺便,而人道永不能矣。是'幽闭'之说也。'椓'字出《吕刑》。"和清人王初桐《奁史》卷二十八《肢体门》四:"妇人椓窍为宫刑。椓窍之法:用木槌击妇人胸腹,即有一物坠而掩闭其牝户,止能溺便,而人道永废矣。是'幽闭'之说也。今妇人有患阴颓病者,亦有物闭之,甚则露出于外,谓之'颓葫芦'。(《碣石剩谈》)"可见这一说法最早见于明人王兆云的《碣石剩谈》。其实褚人获也是先根据"《碣石剩谈》载妇人椓窍,'椓'字出《吕刑》",认为"似与《舜典》官刑相同,男子去势,妇人幽闭是也",然后才补充写到"昔遇刑部员外许公言"的。

另外,明人柯尚迁的《周礼全经释原》中,也多次论述过"幽闭"之刑,认为是一种与男子宫刑对等的"亏体肉刑",绝不是所谓"幽而闭于宫中"。如卷十一中说:"民之有罪者,以五刑之法丽之,皆亏体肉刑也。墨者,刻其面,以墨窒之;劓者,截其鼻,形不完矣;宫者,男子去势而为奄,女子幽闭而为奚。去势者,去其阳;幽闭者,闭其阴,盖女子去其生本,则幽阴闭塞矣。"卷十三中又说:"男去势而为奄,女幽闭而为奚。盖女子去其生本,则幽阴闭塞矣,犹男子之去势也。汉儒训'幽闭'为'幽而闭于宫中',后儒遂不考幽闭之法。故释'女宫'为'宫中之女',而不知为宫刑之女也。天地一阴一阳而生万物,今男子有去势之法,而女子独无,岂圣人扶阳抑阴之意乎?"

而徐树丕《识小录》中的那段话,其实是抄自明万历年间刊行的王同轨的《耳谈类增》卷十八《胠志身体篇》"妇人幽闭"条:"传谓'男子宫刑,妇人幽闭'。皆不知'幽闭'之义,今得之,乃是于牝剔去其筋,如制马豕之类,使欲心消灭。国初常用此,而女往往多死,故不可行也。"另,明万历时刊周祈《名义考》卷七《人部》也明确记载:"宫刑:宫,次死之刑。男子割势,妇人幽闭,男女皆下蚕室。蚕室,密室也,又曰荫室。隐于荫室一百日乃可,故曰隐宫。割势若犍牛然;幽闭若去牝豕子肠,使不复生。故曰次死之刑。或疑幽闭为禁锢,则视劓刖反轻,岂能以荫室终身哉?自北魏文帝除后,其法遂泯,惟割势为阉人进身之阶,甘自蹈之矣。"明天启时刊姚旅《露书》卷一《核篇上》也说:"宫辟,男子割势,妇女幽闭。割势者,古只割其两肾,若鸡豕去势之去其肾也;今则并茎而去之。幽闭者,于牝剔去其筋,亦若制牝马牝豕之类,使欲心消灭。故皆置桑室蚕室,而谓之宫。国初犹用此,而女多死焉,因不行。非如《白虎通》之所谓'女子淫,执置宫中,不得出也'。若只执置宫中,任浣洗、针工、舂作之事,女何所畏而不淫耶?"

因此,《鲁迅全集》2005年版注释引徐树丕《识小录》是引了迟出的文献。

《太白》三义

　　《太白》是 1930 年代得到鲁迅指导、支持的刊物,它的刊名,也是陈望道与鲁迅商量后取的。据陈望道《关于鲁迅先生的片断回忆》,这个刊名有三方面的含义:一是根据当时他们提倡"大众语"的动议,认为对于当时已经有脱离群众语言倾向的"白话"必须进一步改革,而"太白"也就是"白而又白"、"比白话还要白"的意思;二是"太白"两字笔画简单,合起来不满十画,易识易写,便于刊物的普及;三是"太白"即黎明前后出现于东方天空的金星,又称启明星和太白星,暗喻刊物编者们是为了迎接胜利的曙光而战斗。茅盾回忆录《我走过的道路》中《文艺大众化的讨论及其他》一节,也提到这样三层意思,并写到鲁迅当时说:"这只能我们自己淘里知道,不能对外讲,防备被审查委员会的老爷们听了去。"

　　这刊名确实取得妙极了。鲁迅等人取时曾考虑到三方面含义,看来是可靠的,因为该刊的另一位编委曹聚仁也多次说过。但陈望道回忆中的第二个方面——笔画简单、易识易写——却似乎不能称作"含义",它与其他两个方面的意思不在同一层次上,因而似乎是不能并列的。而曹聚仁的说法很值得注意,他在 1950 年代初写的《文坛五十年》一书中说:"《太白》这一刊物名称,包含几种意义:它是晨星,代表黎明期的气象;它是革命的旗号;它是一种比白话文更接近口语的文体。"他后来在《我与我的世界》一书中又说:"《太白》原有三义:一、黎明气象,二、战斗的精神,三、比语体文更通俗的文体。"其中第二层意思——"革命的旗帜",与陈望道说的不一样。

其实,更早,在《太白》刚刚停刊时,曹聚仁就在 1935 年 10 月 5 日《芒种》半月刊第二卷第一期上发表《怀〈太白〉》一文,就谈到了《太白》的含意:

> 这个小刊物,本来预定了"话匣子"、"瓦釜"、"话本"……好多个名词,后来决定用陈望道先生所拟的"太白"。据陈先生的解释,"太白"是说比"白"话文还要"白"、还要接近口语的意思;那时我们努力于大众语运动,我们要把《太白》编成一个大众语的刊物。自然,"太白"是一颗星,一颗黎明期的星;"太白"是一面旗,一面革命的旗:多少也包含这几种意义。

曹先生当时就把《太白》三义说得清清楚楚。只是他也许因为当时情势,不说出这些意义的最终决定者是鲁迅;同时,他一直没有具体说明"太白"为什么是"革命的旗帜",而现今的一般读者大多不明白这一点。

"太白"是"革命的旗帜",在中国是一个非常古老的典故了,古到"革命"一词的原始意义产生之时——"汤武革命"。《史记·周本纪》载曰:"武王持大白旗以麾诸侯,诸侯毕拜武王,武王乃揖诸侯,诸侯毕从;武王至商国,商国百姓咸待于郊,于是武王使群臣告语商百姓曰:'上天降休!'商人皆再拜稽首,武王亦答拜。遂入,至纣死所,武王自射之,三发,而后下车,以轻剑击之,以黄钺斩纣头,县大白之旗。"这里的"大白旗"也就是"太白旗"(古"大""太"二字通用)。这个故事,1935 年——《太白》创刊后一年——鲁迅曾写进历史小说《采薇》里去过:

> "……咱们大王就带着诸侯,进了商国。他们的百姓都在郊外迎接,大王叫大人们招呼他们道:'纳福呀!'他们就都磕头。一直进去,但见门上都贴着两个大字道:'顺民'。大王的车子一径走到鹿台,找到纣王自寻短见的处所,射了三箭……"
>
> "为什么呀?怕他没有死吗?"别人问道。
>
> "谁知道呢。可是射了三箭,又拔出轻剑来,一砍,这才拿了黄斧头,嚓!砍下他的脑袋来,挂在大白旗上。"

1933 年——《太白》创刊前一年——7 月,鲁迅看到汪精卫所译雨果诗《共和二年之战士》,对其中"此辈封狼从瘐狗,生平猎人如猎兽,万人一怒不可回,会看太白悬其首"几句,禁不住"拍案叫绝",于是挥笔写下了《诗和预言》这样一篇妙不可言的战斗杂文。这里提到的"太白悬其首"也是用了上述典故。

由此可见,鲁迅对于"太白"的这一典故是十分熟知的,他在考虑刊名时,必然想到了这一层。而陈望道后来只记住了有三方面含义,却忘了这一点,于是以"太白"二字的特点(并非"含义")来代替了它。这显然不妥。曹聚仁准确地记住了它,但他没有作必要的解释,令今天一般读者摸不着头脑。因此,我们今天来一番"显微索隐",就有其意义了。

"一名之立,旬月踟蹰",鲁迅历来如此;何况这还不是一般的取名,而是一种特殊的战斗啊!

"钉梢诗"拾遗

鲁迅的《二心集》里有一篇妙文叫《唐朝的钉梢》，说到当时上海的摩登少年要勾搭摩登小姐，第一步便是要"钉梢"，第二步是"扳谈"，云云。而鲁迅偶翻《花间集》，发现原来早在唐朝便有这样的故事。他并将书中张泌的《浣溪纱》十首之九，译成令人忍俊不禁的白话诗。在文章的最后，鲁迅又说："但恐怕在古书上，更早的也还能够发见，我极希望博学者见教，因为这是对于研究'钉梢史'的人，极有用处的。"

鲁迅提出这个"极希望"以后，还真的有过一位"博学者"从更古的古书上"发见"了一首他认为也许是"最古的钉梢诗"。这位学者是1930年代杂文作家，后以研究《诗经》《楚辞》出名的陈子展。他的"发见"好像不为今之鲁迅研究者所知，因而似乎值得作点介绍，以博诸君一粲。

陈子展的"发见"，是《诗经》中"陈风"中的《东门之池》。原诗如下：

> 东门之池，可以沤麻。
>
> 彼美叔姬，可与晤歌？
>
> 东门之池，可以沤纻。
>
> 彼美淑姬，可与晤语？
>
> 东门之池，可以沤菅。
>
> 彼美淑姬，可与晤言？

陈子展还仿鲁迅文章，也将这首古诗译成一首白话诗，曰：

> 在东门的那个污池里，
>
> 浸浸搓绳的草，

浸浸绩线的麻，

我想都可以。

你漂亮的摩登小姐呀，

我可不可以和你攀谈攀谈，

还和你唱道："妹妹我爱你"？

在陈子展写的《鲁迅〈唐朝之钉梢〉》一文的最后还问道："未知贤明之读者以为何如，又鲁迅先生见之以为何如也？"鲁迅当时是否看到过陈子展此文，"以为何如"，我们已不得而知了。然据不肖看来，此诗与其说是"钉梢诗"，还不如说是"扳谈诗"更合适些。

【附记】

陈子展先生后来对《东门之池》的看法却又有变化，或是忘了自己早年对此诗的解读。在他晚年撰著的《诗经直解》卷十二中认为："此池边沤麻之劳动妇女妒羡所见彼冶容游荡贵族女子之词。何以不绩其麻，而市也婆娑乎？此亦可为《韩说》'劳者歌其歌'之一例。"也就是说，晚年的陈老"视为此池边沤麻之劳动妇女见彼不劳而食之贵族女子不可近前，而疾其时社会阶级之不平，发为歌谣者乎？"

而在子展先生逝世后，在 2001 年为他出版的《诗三百解题》中，却又认为此诗"自是男悦女之词。所谓'叔姬'，当是池边劳动的女子，诗人也该是劳动中人"。认为此诗乃"属于民间恋歌一类"。那就又和"钉梢诗"沾上边了。

"立此存照"的出处

　　鲁迅晚年用最后一个笔名"晓角",为黎烈文主编的《中流》半月刊写了不少补白——极精彩的小杂文。虽然他用的是假名,文字又如此简短,但仍然引起读者热烈的注意与喜爱。当时,有一位青年读了《中流》创刊号后,就对陈子展先生说:"这个杂志连补白的东西都好。你见署名'晓角'的《立此存照》两条,不是很深刻老辣的东西么?我们看报轻轻看过的小新闻,他偏偏寻出大道理来,轻轻巧巧地剪下,尖尖锐锐地批评几句。古人论文说是'一针见血','寸铁杀人'。不是这种东西么?"陈先生听了青年人的这番话,高兴地点头。不过,这位青年却不大清楚"立存存照"的出典;毕竟陈先生是位渊博学者,又是追随鲁迅先生创作战斗的杂文的好手,他有根有据地指出,这"立此存照"有近、远两个出处。他后来还专门发表了《"立此存照"解》。半个世纪前的报纸,现在的读者未必能找到,今转述如下:

　　　　好,就从近的说吧。在一部清人小说里,忘记了作者和姓名,说是赵扬叔在江西等候做知县的时候,等了许久,还不到手,他的名士老脾气又发了,开口动笔,不免骂人。有一次,有一个道台拿着自己穿了礼服的画像请他题诗,他便提笔写道:"孔雀其翎,红顶其帽,恐后无凭,立此存照"。那位道台老爷,看呆了,哭笑不得。这"立此存照"四字是借用的,含有尖刻的讥讽的意味。

　　　　说到这个出典的远处,这本来是契约上常用的话头。追根溯源,倒很古远。如今所存古代契约一类的文章,除了汉晋之间,王襃

僮约、石崇奴券、杨绍买地别以外，都是三十多年前甘肃敦煌石窟发
见的李唐、五代、北宋的契约文。在这种契约文的卷尾，每每写着：
"恐人无信，故立此契，用为后凭。"或是"恐人无信，故立此契，两共
手章书纸为记。""恐后无凭，故立此契，用为验耳。""恐人无信，故勒
私契，用为后凭。""恐无后凭，故立此契，押字为定。""恐人无信，设
立此契，用为后验。"……现在所用契据文的结尾，如用"今欲有凭，
立此文契一纸，付某某永远收为执据。""恐后无凭，立此某券存
照。"……尤以仅用"立此存照"这句简括的话为多。正和古代的相
差不远，可以看见古今契约文体的一点嬗变的痕迹。至于晓角先生
所用"立此存照"那个题目，只是借用的。因为借用，故意用在不甚
切合的地方，又好像很切合，出人意料，令人会心，所以有趣，好笑。
这个，凡是善于讥讽诙谐的作家，每每欢喜用这类修辞的手法。又，
这种借用，似乎也是引用辞格的一法，我以为不妨称为"借引"。这
"借引"的名词如可成立，我想不必注册专利，准许修辞学家自由
采用。

陈先生当时未必知道"晓角"便是鲁迅(虽然他也是《中流》的中坚作
者)，但他确实深得鲁迅杂文艺术的三昧，解释得极有道理；而且，他的这
篇文章本身便是一篇很妙的杂文佳作。因此，我不敢自秘，为公诸同好，
作了一番"文抄公"。

替人何幸有蒲牢

　　鲁迅生前最后所取的一个笔名叫作"晓角"，含有吹亮号角迎接拂晓的深刻意思。它是用在《中流》半月刊上题为《"立此存照"》的一组杂文上的。这些战斗的杂文短小锋利犹如匕首，深受革命人民的欢迎，可惜鲁迅只连续写了七则，就被病魔夺去了生命。其最后一篇是发表在《中流》第五期上的。然而不久，该刊第七期上却又出现了署名"蒲牢"的《"立此存照"续貂》，文笔亦十分犀利精彩，令人瞩目。原来，这是鲁迅的亲密战友茅盾写的。

　　"蒲牢"是茅盾在加入"左联"后新取的笔名，亦有战斗的寓意。据汉·班固《东都赋》李善注引薛综旧注"铿华钟"句下曰："海中有大鱼曰鲸，海边又有兽曰蒲牢；蒲牢素畏鲸，鲸鲁击蒲牢，辄大鸣。凡钟欲令声大者，故作蒲牢于上，所以撞之者为鲸鱼。"茅公该笔名用此僻典，过去读者均不详其意，直至茅盾回忆录中点明出处人们才恍然，盖此名仅取其"钟声大鸣"意也。茅公回忆录中说："我之所以取蒲牢为笔名，意在暗示蒋介石文化围剿虽日益激烈，但左翼文坛成员仍要大声反抗，无所畏惧，且反抗之声愈传愈远。""晓角"与"蒲牢"，是含意多么相同的两个光辉的笔名啊！

　　当时革命的人们读到蒲牢的《"立此存照"续貂》，无不精神振奋斗志昂扬。陈子展即用"何典"笔名（附带提一句，茅公也曾用过此一笔名）写了一首《戏赠蒲牢》的诗：

　　　　算谁狗尾算谁貂？立此存照大家瞧。

鲁迅空前不绝后，替人何幸有蒲牢！

诗载《立报·言林》，作者在跋中曰："……署名晓角的《立此存照》，自大文豪鲁迅先生死后，已成绝响，今复得蒲牢先生续之，虽曰'续貂'，意存谦逊，然其为豪也亦大矣哉！诗以戏之。"是的，"鲁迅空前不绝后"，说得多么好啊！

第一本近人辑集的唐宋传奇选

　　鲁迅的《中国小说史略》是开拓性的我国第一部小说专史,迄今为这一学术领域内科学研究的高峰。而他呕心沥血编辑、校勘的《古小说钩沉》和《唐宋传奇集》,则是对我国短篇小说萌芽期与初熟期作品所作的首次科学发掘和整理的成果。这些,早已为学术界所公认。然而,鲁迅的《唐宋传奇集》虽最早开始辑集,但正式出版则已在1927年12月(上册)和1928年2月(下册),因此它就不能称作最早问世的第一本近人辑集的唐宋传奇选集。若问何者可称第一本?我认为当推早于此书整一年出版的郑振铎所编《中国短篇小说集》第一集及第二集上册。

　　郑振铎此书共分三集,分册陆续出版。第一集所收为唐人传奇,第二集(分上下二册)为宋至明的短篇小说(包括传奇及平话),第三集(分上下二册)为清至民初的短篇小说。后第三集下册未见出版,共出了四册。该书第二集上册的初版日期为1926年12月(于此可知,1981年版《鲁迅全集》的注释说此书为1927至1928年出版,乃不确)。于郑振铎此书,研究者很少提及。其实,此书与鲁迅也很有关系。郑振铎在此书总序的最后说:"本书受鲁迅先生的帮助与指导不少,特此致谢!"可惜,鲁迅当时如何具体帮助与指导郑振铎的情况,我们所知不多。郑振铎在鲁迅逝世后写的《永在的温情》一文中曾回忆说:

　　　　我有一次写信问他《醒世恒言》、《警世通言》及《喻世名言》的

　　　事,他的回信很快的便来了,附来的是他抄录的一张《醒世恒言》的

　　　全目……

后来,我很想看看《西湖二集》(那部书在上海是永远不会见到的),又写信问他有没有此书。不料随了回信同时递到的却是一包厚厚的包裹。打开了看时,却是半部明末版的《西湖二集》,附有全图。我那时……见了这《西湖二集》为之狂喜!

据鲁迅日记,1925 年 4 月 7 日他得到郑振铎一信,9 日"下午寄郑振铎信并《西湖二集》六本"。请教"三言"问题的通信当然更在这以前了。郑振铎此书的第二集下册中选录了《西湖二集》中的三篇平话,显然就是用了鲁迅赠送给他的书。

郑振铎更多的收获,当是直接从鲁迅发表的小说史研究著述中得到的启示与指导。在上引一文中,郑振铎就说:"他的《中国小说史略》的出版,减少了许多我在暗中摸索之苦。"在另一篇《鲁迅先生的治学精神》中又说:"他的《中国小说史略》为近十余年来小说史者的指南针。"《中国小说史略》于 1923 年 12 月和 1924 年 6 月分别由新潮社出版上下册,而1925 年 9 月由北新书局出版合订本后,鲁迅即于 10 月 9 日寄赠郑振铎一本。我们只要读读《中国短篇小说集》的总序、例言及各册序言,就可以清楚地看出鲁迅的小说史研究成果及观点如何深深地影响了郑振铎。例如,郑振铎在总序中指出:"中国之有短篇小说,中国人之著意于作短篇小说,乃始自唐之时。"这其实就是鲁迅根据明代胡应麟等人的有关见解与自己的深入研究而得出的观点,它成了郑振铎此书的整个编选方针的基点。郑振铎在此书第一集序中指出:"《唐代丛书》诸书,谬误极多,惟《太平广记》成于北宋人之手,最为可靠,故本书所选,大都依据于《广记》。"其实这也是鲁迅早在 1922 年《破〈唐人说荟〉》一文,以及在《中国小说史略》中就指出的,而又为郑振铎此书第一集如何取材指明了方向。当然,郑振铎此书中也有一些自己的见解,如他将整个中国短篇小说分为"传奇"与"平话"两大系列等,还对各个时期的短篇小说作了综述。

值得一提的是,郑振铎当时编辑这样一部书,我认为是与日本人编选的《世界短篇小说大系·支那篇》有密切关系,或者说那本日本人编的书成了他编选此书的直接动力之一。(这与他当年立志撰写《文学大纲》,是与对英国人撰写的《文学大纲》内容的不满意有直接关系,几乎是一样的。)1925年初,他看到日本近代社刊行《世界短篇小说大系》的广告,即托友人从日本抄来了其中《支那篇》一卷的目录。该卷共收十六篇,他看了以后"发现了不少可以使人遗恨的地方"。于是,他即在5月8日写了《评日本人编的支那短篇小说》一文,刊于11日他主编的《时事新报·鉴赏周刊》创刊号上。文中指出:第一,日本人所编该书遗漏了不少好的作品(如《霍小玉传》、《虬髯客传》、《南柯太守传》等),却选入了好些无价值的东西(如《汉武内传》、《迷楼记》等);第二,日本人所编该书太偏重于传奇小说,而对平话小说收得过少;第三,日本人书中还有不少将作者弄错之类史实性错误。他指出:"《汉武内传》显然是后人伪托为班固所作的,《迷楼记》题韩偓作,也是假托的。这些都已有人辨明,为什么编者不知呢?"他说的"已有人辨明",显然指的就是鲁迅,所辨见于《中国小说史略》第四篇和第十一篇(另,后一问题又见鲁迅《破〈唐人说荟〉》一文)。因此,郑振铎对日本人所编该书颇为失望;但他又反躬自问:"然而我们自己的学者又如何?言至此,殊有无穷的希望对于未来的我们的学者。"这里说的"我们的学者",当包括鲁迅,同时他也以此自励。就在这一年,他便开始发愤整理编选一部《中国短篇小说集》。在上述书评发表后没几天,5月25日,他就写出了此书的总序和例言。

郑振铎此书第一集出版后,鲁迅十分重视,并激励自己将搁置已久的《唐宋传奇集》旧稿整理出版。鲁迅在1927年9月10日写的该书《序例》中说:

> 昔尝……录唐宋传奇之作,将欲汇为一编,较之通行本子,稍足凭信。而屡更颠沛,不遑理董,委诸行箧,分饱蟫蠹而已。今夏失业,幽居南中,偶见郑振铎君所编《中国短篇小说集》,扫荡烟埃,斥伪返本,积年埋郁,一旦霍然。……顿忆旧稿,发箧谛视,黯澹有加,渝敝则未。乃略依时代次第,循览一周。……复念近数年中,能恳

恳顾及唐宋传奇者,当不多有。持此涓滴,注彼说渊,献我同流,比

之芹子……

鲁迅不仅高度评价了郑振铎此书第一次廓清与匡正了明清以来对于唐宋传奇的种种胡改妄题(其实郑振铎正是受了鲁迅启发的),而且显然也是亲切地把郑振铎视作当时不可多得的孜孜于古小说整理工作的"同流"。鲁迅在该书的《稗边小缀》中,还引用了郑振铎此书中认为《夜怪录》与《元无有》两文可能是同出一源的观点。同时,鲁迅在《序例》中也批评了郑振铎此书尚偶有小失:"惜《夜怪录》尚题王洙,《灵应传》未删于逊,盖于故旧,犹存眷恋。"因为这两篇的作者名字在《太平广记》上均未标明,乃《唐人说荟》诸书题王、于所作,鲁迅认为非也,他在书中收入此两文,均注明作者"缺名"。关于这一点,郑振铎诚恳地接受了鲁迅的赐教。

如果将郑振铎此书(主要是第一集与第二集上册中的宋人传奇部分)与鲁迅的《唐宋传奇集》仔细作一比勘与对照研究,当是很有意思的。笔者限于精力与文章篇幅,只是粗粗对读,谈几点初步的感受。首先,可以见到两者在很多地方是相同的。因为他们都作了全面的发掘、整理和研究工作,所以参考、取材的书目基本相合,对版本取舍之类的见解也基本一致。他们在艺术批评与考证方面的观点也有很多相通之处。但是,他们的编选方针又各有特色。鲁迅所取,专在单行之篇,若为某书中之一篇,虽故事很好,或本书已亡,均不收采;郑振铎则没有此限制,这样,裴铏《传奇》中的《昆仑奴》、《聂隐娘》,牛僧孺《玄怪录》中的《元无有》、《崔书生》等名篇,鲁迅未收而郑振铎则收入了。鲁迅只收唐宋传奇,"唐文从宽,宋制则颇加抉择";郑振铎则广收唐至清末的传奇及平话,因此对于某些艺术性不高或缺乏社会意义或对后来影响不大的唐宋传奇便不予收入。例如《迷楼记》一篇,郑振铎认为"无趣味无价值",即未选;又如李吉甫《郑钦说》一篇,鲁迅也认为"文亦原非传奇",但因"其事奥异,唐宋人固已以小说视之,因编于集",而郑振铎则未予收入。鲁迅共收四十五篇,郑振铎所选篇数则多十来篇,两书相同的篇目共有三十二篇。另外,鲁迅在

书后附有精审的以考证为主的《稗边小缀》,而郑振铎则在每册书前冠有以述评为主的序言,并对每篇小说都作有简注。这也是两书各有特色、相互辉映的地方。当然,在考订精严方面,鲁迅一书是大为突出的。郑振铎后来指出,是鲁迅"一举而廓清了明清以来《唐人百家小说》、《唐代丛书》以及《龙威秘书》等的谬误与浅陋。近来对于唐宋传奇文的认识比较清楚,全是鲁迅先生之力"(《鲁迅先生的治学精神》)。然而,郑振铎本人也是在鲁迅的启示下贡献过一定力量的。

总之,郑振铎此书是在鲁迅影响、指导和帮助下编成的我国第一部短篇小说选集。虽然其最后一册未见出版(这一册比较起来不算重要,我认为郑振铎未能编出与他在大革命失败后被迫离国游学有关),但在相当长时期内,它仍然是选辑范围最广、收录数量最多(共一百二十四篇)、校勘质量较精的一部中国短篇小说选集,比较系统而有代表性地展示了我国从唐代到清代千余年间文言与白话短篇小说的概貌。它不仅一洗外人所编中国短篇小说集之疏误,而且扫荡积年烟埃而斥伪返本。其唐宋传奇部分可与鲁迅的《唐宋传奇集》媲美。鲁迅和郑振铎各人所编辑的中国古代小说选集,是我国新文学运动中文学遗产整理编辑工作方面的重要成果,值得珍视和研究。

鲁迅与郑振铎的两则故事

鲁迅分析《桂公塘》风波

《桂公塘》是郑振铎在 1934 年根据文天祥自述诗集《指南录》演化写成的一篇历史小说,发表在《文学》月刊上。小说借古讽今,揭露了当时国民党当局在帝国主义侵略面前步步退让的卖国嘴脸,并以精湛的艺术功力打动了读者。数十年来,因其强烈的斗争精神与不衰的艺术魅力而被许多小说选集选录,成为公认的我国新文学史上的优秀作品。但是,你可知道它发表后曾有过一场奇特的风波,而鲁迅曾以其透彻的分析,帮助了郑振铎正确对待这场风波?

那确实是很"奇特"的。当时进步文学青年主办的《春光》月刊上,刊登文章指斥《桂公塘》"不但不会有什么精华开采出来,甚至还会开出毒蛇来的","作者根本就没有描写历史题材的能力";甚至攻击作者是"靠着招牌,而本质上是死去了的人"。而在汪精卫改组派部分政客支持的《新垒》月刊上,却连篇累牍夸奖这篇小说,并借着它攻击共产党领导的革命文艺是"没有灵魂的傀儡文艺";同时也借此指责国民党当局提倡的"民族主义文学"是"假冒民族招牌",认为《桂公塘》才是"真正的民族文艺,国家文艺"。

面对这些幼稚浅薄的非难和谬托知己的胡说八道,郑振铎感到遗憾、气愤、哭笑不得,于是,他给尊敬的鲁迅先生去信,倾诉衷肠。鲁迅于接信当夜(1934年5月16日)即写了回信:"得来函后,始知《桂公塘》为先生作。(陈按,郑振铎是以笔名发表这篇小说的。)其先曾读一遍,但以为太为《指南录》所拘束,未能活泼耳,以外亦无他感想。"娓娓如唠家常。因为是熟朋友、老作家,不需作一点客套话,同时又出以高标准、严要求。接着,鲁迅便对这场奇特的风波谈了自己的看法。

鲁迅说:"《文学》中文,往往得酷评,盖有些人以为此是'老作家'集团所办,故必加以打击。"而这些带有偏见的青年,"往往粗心浮气,傲然陵人,势所难免,如童子初着皮鞋,必故意放重脚步,令其橐橐作声而后快。"形象地指出了当时一些青年易犯的幼稚毛病。鲁迅认为:"然亦无大恶意,可以一笑置之。"至于《新垒》中文,鲁迅认为"其意在一面中伤《文学》,侪之民族主义文学,一面又在讥刺所谓民族主义作家,笑其无好作品。此即所谓'左打左派,右打右派',《铁报》以来之老拳法,而实可见其无'垒'也"。这说明,尽管该刊政治倾向不好,但那些评论者未必全属于反革命营垒,也不值得去与他们辩白的。鲁迅要郑振铎特别注意的是"另有文氓,恶劣无极",那才是"直欲置我们于死地"的敌人。针对郑振铎的怂恿情绪,鲁迅又以自己写《野草·复仇》时的心情为例,将心比心,指出"不动笔诚然最好,但此亦不过愤激之谈","还是照所欲行的为是。因为天下究意非文氓之天下也"。

鲁迅不仅从当时阶级斗争的背景上作了具体的分析,而且还对一些文坛批评家从心理角度作了剖析。他在1934年6月2日给郑振铎的信中又指出"投稿家非投稿不可,而所见又不多,得一小题,便即大作,而且往往反复不已。《桂公塘》事即其一"。"与此辈讲理,乃反而上当耳"。并风趣地说:"例如乡下顽童,常以纸上画一乌龟,贴于人之背上,最好是毫不理睬,若认真与他们辩论自己之非乌龟,岂非空费口舌。"鲁迅知人论世,如此鞭辟入里!

郑振铎读了这些信,心情舒畅了不少。他遵照鲁迅的话,没有写过一篇这方面的辩驳文章。对于左翼青年,这是宽容,也是爱护,他们在今后的实践中总会醒悟自己的"昨日之非"的;对于右翼分子,这是蔑视,鲁迅说过,最高的蔑视是无言。而《桂公塘》,其思想、艺术价值是客观存在的,历史自有公论。

我想起了这一件往事,颇有所感。不仅有感于鲁迅与郑振铎的深厚战斗友谊,还有感于鲁迅辩证分析社会和文坛现象的尖锐目光,有感于鲁迅做同志思想工作的高超艺术。

被误作鲁迅写的郑振铎杂文

在今人撰著的一些杂文史或有关杂文史的论文中,对郑振铎先生其人其文是几乎连提也不提一下的。我只见上海文艺出版社编选出版的《中国新文学大系》,总算给面子,选了郑先生几篇杂文。那还是我提供的篇目。

二十世纪三十年代,唐弢的一篇杂文《新脸谱》,被包围着鲁迅的"讨伐军"中"最低能的"(鲁迅语)一位论者当作是鲁迅写的,唐弢一时名气大响,并由此享受了一辈子的荣光,被人称为杂文大家。而同样也在三十年代,郑振铎有两篇杂文,被进步读者当作是鲁迅之作,结果却没有唐弢那样的荣幸,此事后来连提也没有人提起。

1934年3月16日,天津《大公报》上有署名"阿奋"者发表一篇《鲁迅的沉寂》,副标题为"二月号的《文学》中鲁氏化名'谷'和'远'。"文中说:"'世故老人'自《不三不四集》(陈按,即鲁迅的《伪自由书》)出版而又遭禁后,便又沉寂了多时,很少见他那'刁钻尖辣''使人哭笑不得'的小品了!最大的原因自然也是目前环境使他的作品缺少了发刊的权利。……其实《文学》二月号'文学论坛'里的《学者与文人》及《从不文的文人说起》,即是鲁迅手笔。其笔名写为'谷'及'远'。"文中还对这两篇文章作了高度的评价,认为:"这二篇东西,仍不缺少'刁钻尖辣'的气质,而意味是更沉痛的。并且有了'意识较积极的使人起冲动的会心的共鸣'的力了!"还指出

第二篇文章中的"论'幽默'是有着最尖锐的透视的,虽则甚短,但在这一般崇尚幽默的时候,却是一种应当作为另一种人对幽默的反响的意见看。"因此,该文作者提醒,"爱看'鲁家笔调'的那种尖刻意味的朋友,不妨再翻《文学》二月号看看。"

此文作者对"鲁迅笔调"是有点儿鉴赏力的,他的一些观点也很正确;然而,这两篇杂文却不是鲁迅写的,而是他的战友郑振铎所作。"谷"和"远",是从郑振铎的另一笔名"郭源新"中化出的。这二文后来均收入1936年1月上海文化生活出版社出版的郑先生的《短剑集》中。但是,误认这两个笔名是鲁迅所用的人还是不少,一直到鲁迅逝世后仍是如此。如1936年11月1日北京《实报》半月刊上,有《鲁迅笔名有八十四种之多》一文,其中即收入"谷"与"远";同年11月5日汉口《西北风》月刊上《鲁迅的笔名》一文,亦是如此。1937年,千秋出版社出版《鲁迅先生轶事》一书,在一篇谈鲁迅笔名的文章中,又将"谷"与"远"收入了。直到解放后,我还曾看到过有不少文章把这两个笔名算到鲁迅头上的呢。

鲁迅的误会

1932 年，郑振铎出版了他的四大册近七十万字的《插图本中国文学史》。此书在当时以至现在，在国内以至国外，都产生了较大的影响。关于此书的学术价值及其建树，是值得我们专题研究并作出恰当的评价的。鲁迅先生当年没有发表过评论文字，他除了在回答王志之等人的提问时口头谈了自己的看法外，主要是在私人通信中谈及此，在当时本未造成影响。但鲁迅的这些信后来被公开发表，其中一些话在 1958 年"批判"郑振铎时被人引为根据，今天也常为人所引用，而且又比较尖锐，所以我们今天就不应讳避。鲁迅于 1932 年 11 月底，托许广平去开明书店预定了此书（后郑振铎又赠送一部给鲁迅），在此之前，8 月 15 日他在给台静农的信中写了一段话，一直受到人们的注意：

> 郑君治学，盖用胡适之法，往往恃孤本秘笈，为惊人之具，此实足以炫耀人目，其为学子所珍赏，宜也。我法稍同，凡所泛览，皆通行之本，易得之书，故遂了然于学林之外，……郑君所作《中国文学史》，顷已在上海预约出版，我曾于《小说月报》上见其关于小说者数章，诚哉滔滔不已，然此乃文学史资料长编，非"史"也。但倘有具史识者，资以为史，亦可用耳。

这里涉及两个问题，一是郑振铎的治学方法，二是郑著的价值。

关于第一个问题，首先要指出，这里说的"用胡适之法"仅指"往往恃孤本秘笈"一点，并没说郑振铎的整个治学方法全同胡适，后来的"批判"文章往往夸大这一点，是不合鲁迅原意的。再说，郑振铎在治学中是否

"往往恃孤本秘笈,为惊人之具"呢?这也只能让事实来检验。他的代表著作《文学大纲》与《插图本中国文学史》的每一章后都附有详尽的"参考书目"。前一书的中国文学部分的参考书目计有三百几十条,绝大多数都是铅印本、石印本、流行的坊刻本、丛书本以及影印本。和鲁迅一样,"皆通行之本,易得之书",所谓"孤本秘笈"可以说几乎没有。只有极少几种,如戏曲《元明杂剧二十七种》,注明"此书未有翻印本,今藏江南图书馆";《六十种曲》,注明"全书字迹完全而清晰的极不易得"等;还有如小说"三言二拍"《西湖二集》等注明有坊刻本,但不易得。而这些只是实事求是的说明,并反映了当时学界对这类作品的不重视,毫无哗众取宠之意。其中有关小说的那几本,鲁迅在《中国小说史略》中亦说明"印本今颇难觏",而《西湖二集》一书还是鲁迅送给郑振铎的。

后一书的参考书目约有五百来条,另外还在该书页注中提及数百种诗文集,其情况也与《文学大纲》相同。而且正如该书《例言》中说的,每于所论述的某书之下注明有若干种的不同版本,以便读者的访求;至于难得的珍籍,也并以所知者注明其收藏处。后者只是极少几本戏曲、小说,以及诸宫调之类。这是不得已而如此,并无炫耀之意,何况后者大多为一般学者所蔑视的民间讲唱文学,郑振铎把它们视作"珍籍",正是为抬高民间文学、通俗文学的地位,更无可非议。郑振铎在版本方面的观点是一贯的,早在1923年他撰写的《关于诗经研究的重要书籍介绍》中,就指出介绍研究用书一是须"比较重要",其次是"有很易得到的刊本"。在1924年发表的《中国文学研究的重要书籍介绍》中,又强调以"最好的、最易购的",或"最有影响、最为伟大并有易得的单行本者"为推荐的条件;并明确地指出:"我们非'为藏书而藏书'的藏书家,非以书为玩物的,只求实用,不求珍贵;所以不必购什么宋版元钞,只要购最完备的最无错误的校刻本"。他当然也重视孤本珍籍,但出发点仍在于研究的需要。而鲁迅也是这样的,他的《中国小说史略》后记中就指出"初刻多有序跋,可借知成书年代及其撰人",并感慨于"旧本"之"希觏"。可见,郑振铎与鲁迅在这方面的见解与治学方法是完全一致的。鲁迅所以会对《插图本中国文学史》产生误会，我以为是因郑振铎在出书之前发表的预告中强调了此书在材料上大有刷新，特别是《例言》中强调了此书的插图十分"珍秘"，"其中大部分胥为世人所未见的孤本"，"不常见的珍籍"中采撷来的，这样的宣传可能引起了鲁迅的反感。但这并不是吹牛，郑振铎确实有搜集发掘之功。后来，鲁迅对郑振铎从"孤本秘笈"中发掘古代版画的做法是十分赞赏与支持的。

关于第二个问题，鲁迅强调写文学史不能写成"史料长编"（当然他肯定这也有用），而必须具有"史识"，这无疑是非常正确，非常深刻的。然而他这里具体所指的也有误会的地方。他说，"我曾于《小说月报》上见其关于小说者数章"，但郑振铎在《小说月报》上只发表过《中国文学史》的中世卷中五篇及近代卷中的一篇半，内容却均与小说无关。新版《鲁迅全集》的注释正确地指出，鲁迅这里指的是郑振铎在《小说月报》上发表的《〈水浒传〉的演化》、《〈三国志演义〉的演化》、《明清二代的平话集》等文。这几篇文章的字数分别在四万、五万、八万以上，难怪鲁迅要说"诚哉滔滔不已"。但是，这几篇文章确实可视作郑振铎为写文学史而作的"史料长编"，却并不是该书中的"数章"。郑振铎在《插图本中国文学史》中的《话本的产生》、《讲史与英雄传奇》等章中，都只是在注释中把这几篇文章作为参考资料。可见，鲁迅这句话从根本上说不能视作对郑振铎此书的评价。如果说，鲁迅因为当时没有读到原书而有误会是可以原谅的话，那么，后人借这句话来贬斥郑振铎此书就太无道理了。鲁迅后来在1933年2月致曹靖华的信中推荐了五种文学史著作，其中有郑振铎此书与鲁迅自己的《中国小说史略》。另三种是谢无量的《中国大文学史》，陆侃如、冯沅君的《中国诗史》，和王国维的《宋元戏曲考》。鲁迅在信中还说："但这些都不过可看材料，见解却都是不正确的"。这是泛论，同时也是从高标准（包括对自己的著作）出发而言的。可见，他对郑振铎此书还是很器重的。

总之，我认为我们对鲁迅的这一段话要作具体的分析，要全面地看问题。

郑振铎视察上海鲁迅纪念馆

　　2011年1月，是上海鲁迅纪念馆成立六十周年。鲁迅纪念馆编写出版了《六十纪程》一书，我饶有兴趣地读了。我觉得编写的同志下了功夫，此书内容扎实，必将因其丰富的史料价值而流传永久。

　　《六十纪程》的第一页就写到了郑振铎先生的名字。确实，作为新中国的第一任国家文物局局长，作为鲁迅先生的老朋友，郑先生对上海鲁迅纪念馆的创建是有重大贡献的。郑先生还曾几次视察上海鲁迅纪念馆，并召开会议研究鲁迅纪念馆的工作。我记得曾听纪念馆的老同志史伯英先生说过，他当年就接待过郑先生。可惜《六十纪程》里漏记了这些重要的事情。今我将自己知道的有关史料介绍于下，以为补充。

　　1956年4月5日郑振铎日记："洗脸后，即到了上海境内……六时〇一分到站。陈虞孙和交际处的人来接。住上海大厦1287。稍憩后，即偕虞孙到文化局，会同他们到鲁迅和弢[韬]奋墓前献花……今天清明节也……到文管会晤徐森老，看了不少好古物……下午二时半，到庙弄……森老来，凤起等来。六时半，到喜乐也晚餐，有辛笛夫妇和沈仲章、刘哲民等，森老请客也。菜很好而价不贵。回时，已过八点。方行来谈。近十时才去。"文化部副部长郑先生从这一年3月中旬开始，就离开北京，在陕西、河南、江苏等地不停地视察古迹、文物、图书馆等工作。此日早晨刚乘火车到上海，便不顾疲劳，一放下行李就去为鲁迅和邹韬奋扫墓，足见郑先生对鲁迅和邹韬奋的崇敬！陈虞孙是上海市文化局副局长；森老即徐森玉，文物老专家；"庙弄"即静安寺边上的一条弄堂，郑先生上海的老家在那里;方行是抗战时期郑先生的学生,此时是上海市文化局副局长。方行晚上来找郑先生,估计商谈的重要内容之一就是有关鲁迅纪念馆的工作和鲁迅墓的迁建工作。

从6日起,郑先生紧张地视察了上海各图书馆等,10日又动身去浙江视察,至23日回到上海,24日又视察上海博物馆等,25日郑先生日记:"六时起。准备讲话提纲。七时许,回庙弄。森老来访……九时许,偕沈同往鲁迅故居、虹口公园及文物仓库去看。'故居'的陈列部分,混乱极了! 应大加改正! ……下午三时,到文化俱乐部,向上海图书馆、博物馆及文物工作者们讲话。到者一百多人。约森老、天木、起潜、景郑诸人在红房子晚餐。"日记中提到的"沈"即沈之瑜,上海市文化局社会文化处处长。从日记中看,郑先生对当时的鲁迅故居的陈列不大满意,我想他在下午作的讲话中也一定会提到这些的。今从保存下来的他的讲话提纲看,第一句话是"慰劳,肯定其成绩。从无到有,从小到大……",第二句话是"但是,不够的。必须更进一步的发展",这当然是就整个上海的图书馆、博物馆、文物工作而言的,但其中自然包括上海鲁迅纪念馆。讲话提纲在写到"几个具体的问题"时,第三个问题就是"纪念馆如何办?"

第二天,4月26日,郑先生日记:"午饭后,方行、韩述之来。二时许,到文化局。开会,座谈鲁迅陈列馆事。有唐弢、吴强、陈烟桥、陈虞孙等参加。"这是郑先生专门召开的研究有关鲁迅纪念馆工作的会议。

这年11月,郑先生又南下视察,27日他又去了鲁迅纪念馆。是日日记:"下午二时半,张君来,偕往虹口公园内的鲁迅纪念馆,陈列上问题不少。儿童们在内游戏,大为不妥。又至鲁迅墓,规模颇大。但团员们和少先队员们在那里敲锣打鼓,极为印象恶劣! 必须加以制止。花圈堆积太多,亦应加以收拾。四时许,回……近六时,到唐弢处,晤西禾、方行、哲民、而复、巴金、述之等,唐请客也……闲谈到十时许散。"郑先生在晚上与唐弢、方行等人的谈话中,肯定会谈到鲁迅纪念馆的工作的。

据宋云彬日记,这天郑先生视察鲁迅纪念馆、看鲁迅墓,宋云彬也受邀同去。宋先生也是文化名人,这在《六十纪程》中也是应该记入的。宋先生是日日记:"下午,振铎约我到虹口公园看鲁迅墓及鲁迅纪念馆。鲁迅纪念馆的说明大多文句不通。许多小学生在鲁迅墓前嬉戏,还要敲锣打鼓,实在不成样子。又去看了鲁迅故居。"

因此,在《六十纪程》的 1956 年项下,我认为应该增加这样几条:

4 月 5 日　鲁迅生前友好、文化部副部长郑振铎到上海视察文物图书工作,赶赴鲁迅墓凭吊。

4 月 25 日　上午,文化部副部长郑振铎由沈之瑜陪同视察鲁迅故居和虹口公园,对故居的陈列提出指导意见。下午,郑振铎在文化俱乐部向上海图书馆、博物馆及文物工作者们讲话,谈到上海鲁迅纪念馆的建设问题。

4 月 26 日　下午,文化部副部长郑振铎在上海市文化局召开座谈会,研究鲁迅陈列馆的工作。参加者有唐弢、吴强、陈烟桥、陈虞孙等。

11 月 27 日　下午,文化部副部长郑振铎邀请浙江省政协副主席、鲁迅生前友好宋云彬,一起视察鲁迅纪念馆和新迁建的鲁迅墓,提出指导性意见。

周作人化名攻击鲁迅之文

读《鲁迅研究动态》1989 年第十期舒芜《周作人对鲁迅的影射攻击》，发现他尚未知周作人在鲁迅晚年还发表过一篇奇文《十竹斋的小摆设》，这篇东西从头至尾就是为了直接攻击鲁迅的。(而且是点名而非仅仅影射!)在我看来,在周作人的骂鲁文中,这一篇的"水平"可算是最高的。因此,在舒芜这样的专论中不提及此,未免有遗"珠"之憾。为了"奇文共欣赏",为了给研究者补充资料,也许很值得作点介绍。

周作人这篇东西发表于 1935 年 6 月 25 日上海《文饭小品》月刊第五期的《微言》栏,为该栏首篇,署名"难知"。不知是否作者有点心虚,该文从未曾收入他的集子。

《文饭小品》署编辑人康嗣群,发行人施蛰存。周作人是主要撰稿人之一。该刊的性质,从创刊号上康嗣群的《创刊释名》和施蛰存的《发行人言》中,可以一目了然。《创刊释名》中说:"这一二年来,小品文似乎在文坛上抬了头。因抬了头,于是招了许多诽谤。有的说小品文是清谈,而清谈是足以亡国的。有的说小品文是小摆设,而小摆设是玩物丧志的东西……一些伟大的人物感到不自然了。"这里所谓的"伟大人物",显然指的是以鲁迅为首的进步作家。当时,一批著名的进步作家在主办大型文学月刊《文学》之余,又创办了《太白》半月刊,专载杂文小品,很为读者注目;而《文饭小品》也是有意模仿,作为《现代》月刊的副产品而编的。《文饭小品》的作者群,虽然未必都是"右翼",但与左翼的对立情绪与敌意甚盛,尤以其《微言》栏为最,每期载文专门攻击《文学》与《太白》。而周作人此文,则正是其代表作。

鲁迅当时发表了《小品文的危机》等文,带领左翼作家展开了对林语堂、周作人鼓吹、提倡麻醉性小品文的批评,他称这类"茶话酒谈"、"吟风弄月"的东西为"小摆设"。同时,他为了保存和挽救传统木刻艺术,作为当代版画创作的借鉴,与郑振铎二人含辛茹苦复制了《十竹斋笺谱》。这本是不很相关的两回事,而且都是无可非议的,但周作人却阴险地将它们扯到一起。在该文的开头,他有意引录了《十竹斋笺谱》复刻本的牌记(那正是鲁迅写的),以将鲁迅与西谛二先生的名字揭出。他又有意扯到《十竹斋笺谱》原刻的时间上去,以便联系到"亡国"。然后,"图穷匕首现",直言不讳地承认他写此文的矛头所向"只是现今清流的正论者"。他加引号提到的"匕首"、"小摆设"诸语,尽人皆知是鲁迅说的。(他提到的剃头铺的一副门联,我认为可能也是为了刺激鲁迅。因为鲁迅当时发表过一篇杂文《商贾的批评》,正是从这副对联中取了"及锋"作为笔名。)而周作人"移送给他"的"铺名"——"尊元阁",更无疑是刻毒地讥刺鲁迅之被尊为左翼文坛领袖。文末,周作人还自以为得意地提及"苏俄要人赏识中国男扮女装的旧戏"云云(其中特地提到卢那察尔斯基的《艺术论》,也无非是因为此书正是鲁迅所译),其实最早这是施蛰存、杜衡等人在1934年对左翼文坛的挖苦话(见《现代》第五卷第五期施蛰存《我与文言文》及《文艺画报》创刊号杜衡《梅兰芳到苏联去》等),而鲁迅早已在《"莎士比亚"》、《略论梅兰芳及其他》诸文中作了辛辣驳斥。周作人这时再来"戳一枪",适见其无聊而已!周作人为反对左翼文艺,连自己的亲哥哥,连一向与他保持良好友情的西谛先生,都不惜这般挖苦讥讽,其人品又如何,是不消多说了。

鲁迅对《文饭小品》颇注意,曾几次撰文批评,这篇东西他也一定会看到的,但他大概不会知道这是周作人写的吧。反正,鲁迅没有对此文作出反应。也许,这正是最大的蔑视——不予理睬,连眼珠也不转过去。鲁迅在1934年1月11日给郑振铎的信中曾激愤地说过一句话:"上海的邵洵美之徒,在发议论骂我们之印《笺谱》,这些东西,真是'前不见古人,后不见来者',吃完许多米肉,搽了许多雪花膏之后,就什么也不留一点给未来的人们的——最末,是'大出丧'而已。"平心而论,周作人对后人还算留下一点东西的;但他当时这样发议论骂鲁迅等人印笺谱,则实在是错误的。

再谈《周作人年谱》的成就与不足

　　张菊香、张铁荣合著的《周作人年谱》(初版本),早在十五年前就由挚友铁荣兄送给我了。我在研究工作中不时查阅,利用甚多。我一直认为它是近十多年来国内出版的民国人物年谱(包括拙著《郑振铎年谱》)中突出的优秀之作。数月前,我又喜获铁荣兄寄赠该年谱的修订本,不仅更厚了,质量也大有提高,真令我佩服不已。我曾想应该写一篇评述文章,可是因为忙乱,更因为懒惰,竟开了几次头也未能写出来。这也怪铁荣兄,他一次也没要我写,要不,凭咱俩的"交情",我无论如何也会逼自己写一篇的。近日,读到2000年12月13日《中华读书报》上畏友陈子善对修订本的书评《成就与不足》,不仅大受启发,也终于觉得自己也非写一篇不可了。

　　如今熟人间写书评,很多充满了吹捧阿谀之词,也不管旁人看了肉麻。而子善兄此文,实事求是,还指出其"不足",真是深得我心!我觉得这才是真正的挚友,真正的书评。我想,读者和研究者是最欢迎这样的书评的,铁荣兄也一定喜欢的。对一部好书来说,书评不嫌其多,我愿意步子善兄后尘,再写一篇。

　　关于该年谱的"成就",实在也不用多说,不仅内行人一看就知晓,即使是初学者,只要用过此谱也必能体会到编著者所下功夫之深。子善兄文章对它的成就也没有写得太多,我则只想补充两点看法。一是前些年有些人胡乱吹捧周作人,甚至用了登峰造极的语词,称其乃是上下数千年中国读书人中最难得的,还有人伪造"史料"来为其当汉奸一事翻案,在南京还出现了用其字号为招牌的"书吧"。老实说,对这类现象我实在有点"逆反心理",极感鄙夷。然而,"逆反心理"并不影响我读周作人的书及有关史料,本年谱的著者是我十分佩服的,他们从事的是严谨的著述,翻阅了大量的资料,有文(事)必录,客观地反映了周氏的"全人"。不溢美,也不滥恶。即使你认为周氏是"坏人",你也得承认此书是好书;即使你不同意著者在一些论说中的观点,你也可以用此书中的史料。二是多年来学术界有些人轻视年谱类著作,以为不算学术著作,非要那些高头讲章的"论文"才可拿去评职称。其实高水平的年谱是很难撰写的。昔日梁任公在《中国近三百年学术史》中早已指出,一部佳谱"在著作界足占一位置",作者即使"终身仅著此一书,而此一书已足令彼不朽"。我认为《周作人年谱》就当得起此语!

关于此年谱的"不足",我曾挑出一些,有不少却已被子善兄先写了;但还有一些他没写到的,正好作补充。我先按子善写的几个方面来再举例:

(一) 一些作品的最初出处失录。如《聊斋鼓词六种序》,原载 1929 年 3 月北平朴社出版部出版的马立勋改编的《聊斋白话韵文》一文卷首;《英吉利谣俗序》,原载 1931 年中华书局出版的江绍原编译的《现代英吉利谣俗及谣俗学》一书卷首;《谈笔记》原载 1937 年 5 月 1 日《文学杂志》;《谈翻译》原载 1944 年《中国留日同学会季刊》,等等,修订本均失记。

(二) 初版本中的个别错讹未能得到纠正。如记 1920 年 11 月 12 日周氏往北大参加文学研究会筹备会,会上推定由郑振铎起草会章。按,此说无根据,周氏日记也未记。据《文学研究会会务报告》,当是 11 月 29 日开的会;但那天周氏也未去。又如记 1935 年 5 月 1 日发表《希腊的神·英雄·人》,其实应放在 1 月 28 日条内记载。再如,年谱在 1937 年 7 月记载了郑振铎在离开北平前找周作人谈话,其实郑振铎离开北平的时间应是 1935 年 6 月中旬。

(三) 周作人的某些文学活动反映不够。如 1908 年《河南》杂志上署名"令飞"发表的译文《裴彖飞诗论》，实际是周作人口译、鲁迅笔述的，年谱失载。1923 年春，日本少年米田刚作为爱罗先珂的"追星族"，追到北京，住在周氏家中，此事也失记。还有，1944 年 4 月初，日本《大陆新报》报道汉奸文人的"中国文艺协会"将成立，周氏将任会长，此事年谱也失载。在周氏题词方面，可增补 1936 年 8 月出版的张次溪、赵羡渔编的《天桥一览》等。

（四）周氏一些散佚作品未能著录。如 1925 年 10 月 26 日《语丝》上"卜效廉"《礼部额外文件》、1926 年 3 月 29 日同刊"效廉"《在茅厕上》、1926 年 12 月 11 日同刊"敦甲老人"《卜效廉先生鬻字鬻文润格》、"佟右拉"《问星处择日代润格》、1926 年 12 月 18 日同刊"卜效廉"《贺鼻头文》、1926 年 12 月 25 日同刊"敦甲老人"《拟古诗（上山采蘼芜）》、1927 年 1 月 8 日同刊"敦甲老人"《五古呈宇文尚书》（以上引号中周氏笔名为近年新考证发现者）。1928 年 11 月 10 日《开明》周作人《致雪村》。1936 年 9 月中华书局出版徐蔚南编《蔡柳二先生寿辰纪念集》中有周氏文（题目待查）。1941 年敌伪机关"国际文化振兴会"出版曹钦源译的津田敬武《日本的孔子圣庙》，前有周氏的序等。

此外我还想到，对周氏为别人的一些书写的序文，应该注出这些书的出版年月。有的书很久才出版，而且书名也有所改动，更有注出的必要。如前面已提到的《聊斋白话韵文》、《现代英吉利谣俗及谣俗学》；此外还有：1925 年 10 月作《〈歌谣与妇女〉序》，此书 1927 年 3 月商务印书馆出版。1930 年 6 月作《〈蒙古故事集〉序》，此书 1933 年 10 月商务印书馆出版。1930 年 10 月作《重刻〈霓裳续谱〉序》，此书 1935 年 11 月中央书店出版。1932 年 2 月作《〈潮州七贤故事集〉序》，此书 1936 年 7 月天马书店出版。1935 年 3 月作《〈现代作家笔名录〉序》，此书 1936 年 3 月中华图书馆协会出版（书名《现代中国作家笔名录》）。1935 年 11 月作《谈土拨鼠——为尤君题〈杨柳风〉译本》，此书 1936 年 1 月开明书店出版。1942 年 10 月作《〈伯川集〉序》，此书 1943 年 12 月东京文求堂出版。1944 年 8 月作

《〈文抄〉序》，此书同年 11 月新民印书馆出版。等等。

最后还可补充的是，1941 年日本东京文求堂曾出版过《周作人随笔抄》，同年日伪"国际文化振兴会"曾出版周作人《日本之再认识》，修订本年谱中均失载。

总之，《周作人年谱》是一本学术质量很高的书，能出修订版更是十分令人高兴的事。我希望拙著《郑振铎年谱》也有出版修订本的机会，届时我欢迎读者也能对我多提宝贵意见！

谈"外国人所作之中国文学史"

一

鲁迅《中国小说史略·序言》中说："中国之小说自来无史;有之,则先见于外国人所作之中国文学史中。"对此,1981年版《鲁迅全集》这样注释道:"外国人所作之中国文学史——最早有英国翟理斯(H·Giles)《中国文学史》(1901年伦敦出版)、德国葛鲁贝(W·Grube)《中国文学史》(1902年莱比锡出版)等。"长期以来,人们都这样将翟理斯于1901年出版的中国文学史看作是第一本。这大概是因为:第一,翟氏自己在该书序中称:"在这个时候,在无论哪一种的文字里,都还没有这样的一本讲中国文学的书出现过,就是中国自己国里的文人,也只知片段的研究,没有想到去做这种时代的系统的研究工夫。"(译文引自郑振铎《评 Giles 的〈中国文学史〉》)翟氏此书数十年来在西方再版多次,流传甚广,直到近年还有新版,但似乎从未有人否认序言中的以上说法。第二,我国著名文学史家郑振铎在他的具有世界声誉的名著《插图本中国文学史》的《绪论》(以及其他文章)中,也提到翟氏一书,而未能指出更早于它的中国文学史。

近年,笔者在研读中见到日本明治三十六年(1903)11月东京人文社出版的久保天随的《中国文学史》(按,"中国"原文作"支那",下同),该书比翟氏所著迟出两年,所述从上古至清代,涉及作家百人左右,几部重要的小说、戏曲均提到了。从体例、构架、质量等来看,已相当成功,远远超过西人翟氏的那本。本书所附出版广告写道:"天随先生钻研斯学久矣,蕴蓄固深,隐然泰斗。本书所述乃先生多年研究之半,平易明快,口语生动,提要钩玄,论断鉴精,新见出人意表,实近时少见之佳书也。"(引文为笔者所译)所言虽不免略有夸饰,但我想这样高的水平不可能是日本第一本中国文学史所能达到的;况且,该书的《例言》中著者也提到他曾见过两三种日本人的中国文学史。于是继续寻找,又见到明治三十一年(1898)8月东京博文馆出版的笹川种郎(号临风)的《中国文学史》。书中亦论及中国的小说、戏曲。此书的出版已早于翟氏三年,而其《例言》中则提到藤田剑峰的《先秦文学》、古城贞吉的《中国文学史》等。至此,最早撰写中国文学史的,不是西方翟氏诸人,日本学者比他要早,这点已可确认了。

再回头谈鲁迅。他早年留学日本,精通日语,而于英文非谙,那么,人们对他在《中国小说史略·序言》中的那句话的注释,不写日本人所作的更早的中国文学史,而写翟氏诸人之书,其不妥乃不待言矣。更何况日人所著中国文学史,在我国的影响远较翟氏等人之作为大。在国人所作最早的《中国文学史》(林传甲著,1904 年版)中,著者就说明曾参考了日本早稻田大学的中国文学史讲义。而上述笹川氏所著,1904 年初上海中西书局即有译本,直至 1930 年代康璧城《中国文学史大纲》、童行白《中国文学史纲》等书,还对它作了抄袭。古城氏一书,亦曾于 1913 年由南社诗人姚光之妻王灿翻译出版(此译本郑振铎曾提到过)。

最后还有一个问题:日本最早的中国文学史撰著究竟始于何时? 共有哪些? 这些,光由笔者在中国各图书馆搜寻,当然不行。于是,笔者冒昧写信遥询日本学者中岛长文先生。长文先生在百忙中不厌其烦地为我查阅资料,热情函复,满足了邻国学子的求知欲。这种高尚的友情令人感动。(我在此向长文先生表示衷心的感谢!)笔者不敢自秘,特将信中有关内容译出,供国内研究者参考。虽然,正如长文先生信中说的,这份书目恐怕还不全;但已经大大扩展了我们的视野。希望今后有更全面、详尽的书目整理发表。我想,这也是中日比较文学研究的一个重要课题吧。

【附记】

中岛长文先生来信提供的日本明治时代的中国文学史书目

一、《中国古文学略史》,末松谦澄著,自刊,明治十五年(1882)9月,上下二册,共63页。又,文学社版,明治二十年(1887)2月(第二版)。

二、《中国文学》(文章讲话),日下宽著,哲学馆版,明治二十三年(1890),72页。又,明治三十四年(1901)。

三、《中国文学史》,藤田丰八(即藤田剑峰,与中国学者王国维等有交往)著,东京专门学校(即早稻田大学前身)版,出版年月不详,但所附年表的最末记有"光绪二十一年",相当于明治二十八年,大约是1895年或1896年刊行的吧。所述至东汉止,论及小说。

四、《中国文学史》,古城贞吉著,经济杂志社版,明治三十年(1897)5月,734页,有图版。

该书综述整个中国文学,至今可读,但未及戏曲、小说。又,富山房、育英舍版,明治三十五年(1902)12月,订正第二版。

五、《中国小说戏曲小史》,笹川临风著,东华堂版,明治三十年(1897)6月,191页。

六、《中国文学史》,笹川临风著,博文馆版,明治三十一年(1898)8月,316页,帝国百科全书之一。未及文言小说。

七、《中国文学史要》,中根淑著,金港堂版,明治三十三年(1900)9月,168页。

八、《中国文学史》,高濑武次郎著,哲学馆版,明治三十四年(1901),612页。

九、《中国文学史》,久保得二(即天随)著,早稻田大学出版部版,明治三十六年(1903)11月,即早稻田大学讲义录。又,平民书房版,明治四十年(1907)。还应有其他版。(陈按,我在国内所见者便是人文社出版的。)论及小说戏曲。

十、《中国近世文学史》,宫崎繁吉著,严松堂版,明治四十二年(1909)。

又,早稻田大学出版部版,即早稻田讲义录。

十一、《中国大文学史》(古代编),儿岛献吉郎著,明治四十二年(1909),富山房版。

十二、《中国文学史纲》,儿岛献吉郎著,富山房版,明治四十五年(1912)。

长文按,关于这方面的书,因平时不大注意,故不太熟悉。也许尚有遗漏。12部书中,第3、4、6、9、12部看过原书,其余都是在公共图书馆的藏书目录上抄来的。在大学图书馆中,这类书非常少。

二

我在上文中,指出《鲁迅全集》注释认为英国翟理斯在本世纪初出版的《中国文学史》是这方面最早的著作这一说法之不妥;同时,我认为最早撰写中国文学史的当是日本学者。然而,我后来又见到的材料表明,最早撰写中国文学史的,应是俄国学者瓦西里耶夫——汉名"王西里"——的《中国文学史纲要》。

1880年代,俄国著名的东方学家柯尔施(В. Ф. Корш)主编出版一套《世界文学史》,其第一卷为中国、埃及和印度等国的文学史,中国文学史部分即特约当时俄国名列前茅的汉学家王西里撰写。这第一卷于1880年在圣彼得堡(后曾改称列宁格勒)出版,中国文学部分约一百六十多页;同年,这一部分又以《中国文学史纲要》单行问世。苏联学界曾明确地认为,这是不容争辩的世界上第一部中国文学史。(见著名苏联汉学家艾德林和李福清分别写的《纪念第一部中国文学史问世九十周年》和《中国古典文学研究在苏联》等论文。)

王西里(1818—1900)曾于1840年随第十二届东正教传教士团来华(比翟理斯早来华二十七年),于1850年换班回国。翌年任喀山大学满语及汉语教授。1855年任新成立的彼得堡大学东方学系教授,1878至1893年为该系主任。1866年被选为俄国科学院通讯院士,1866年当选为院士。王氏精通汉、满、蒙、藏、梵文,还通晓朝鲜语与日语,著述甚丰,还编有第一部汉俄词典《汉字检字法》。

王西里的《中国文学史纲要》与翟理斯的那本一样,具有早期这类著作的通病,即未能划清文学作品与其他文章著作的界限,将有关道教、佛教、律法、地理、农书、兵书等都写了进去。同时,又有大量本应提到的有名的作品与作家被遗漏。但是,它却有几个值得称道之处。第一,著者论述了当时在中国国内还不被正统文人重视的戏剧和小说,较高地肯定了《红楼梦》的地位,甚至第一次将中国特有的"弹词"(他称之为"诗体小说")抬入了文学史的殿堂。第二,著者对《诗经》发表了一些很精辟的观点,批评了历代儒家对它的种种歪曲附会,指出它是一部真正的民间诗歌集;著者还提出了应将当代中国民歌加以搜集研究的看法。第三,著者具有博识多通的比较文学的目光,对某些问题提出了独特的见解,例如,他认为中国戏剧是从印度传来的,小说的发展也受到外来的影响等。

王西里的书要比翟理斯的书早出版二十多年,而总的看来质量却超过后者。如果没有更新的发现,那么我们在谈到外国人所写的中国文学史时,首先应举的是这本《中国文学史纲要》。此书著者的有些看法,颇与后来我国文学史家郑振铎等人相近。可惜未曾被译为中文,一百多年来一直不为中国学者所知,鲁迅当然也是不曾读过的。现今我只能作如上简单介绍,希望引起有关研究者的重视,并以改正前次拙文中的某些说法。

关于鲁迅用"该着"一词

　　为了宣传当时正在进行中的《鲁迅全集》修订工作,我在2002年5月9日《文学报》上发表了一篇文章。其中提到"鲁迅在杂文中经常使用一些上海方言,旧版很少加注,外地读者就看不懂。如第五卷中两次用了'该着'一词:'中国自己该着……五个鬼','该着洋枪大炮的……占了上风',上海人当然晓得这就是'拥有'的意思,但外地人怎么能懂?"这个意见,我曾在2001年召开的一次修订工作会上谈过,当场得到资深老编辑(原《全集》领导小组成员,上海人)王仰晨先生的赞同。因此,我在上述文章中才写上。(当然,我谈的仍然是个人意见,所以文中说的是"拟加注"。)后来,我又到北京参加《鲁迅全集》第五卷的修订定稿会(这次王仰晨先生未到会),当讨论到这一条时,好几位北方的同志都说"该着"也是北京的口语,意思他们都懂。我在惊奇惭惶之余,当然不敢坚持自己的意见,于是就取消了拟加的注释。

　　后来,《文学报》编辑忽转来北京王景山先生的信,对我上述说法质疑。这位王老先生我也是认识的,是非常认真的一位资深鲁迅研究者。他信上说:

　　(一)"该着"一词,一般读者其实是可以看懂的,很难说是上海独有的方言。《北京土语词典》和《现代北京口语词典》中都收入了此词。《汉语大词典》和《现代汉语词典》里,也收入了。不过独独《上海方言词典》却未收或漏收此词。

　　(二)上述收入"该着"一词的词典,均无"拥有"之说。

1.《北京土语词典》释为：碰巧遭逢而获得。例："这可是该着你走运，你不必求人，人家来求你。"

2.《现代北京口语词典》释为：命运注定，不可避免。例："谁和谁有缘，也是该着的事。"

3.《汉语大词典》释为：犹言命中注定，活该。例："当韩老六站到'龙书案'前时，人们纷纷地议论：'这回该着，蹲笆篱子呐。'"

4.《现代汉语词典》释为：指命中注定，不可避免(迷信)。例："刚一出门就摔了一跤，该着我倒霉。"

（三）如以"拥有"解鲁迅文中的"该着"，亦不符鲁迅原意。按，鲁迅关于"五鬼闹中华"的一段话见诸《伪自由书·出卖灵魂的秘诀》，原文是：

> 几年前，胡适博士玩过一套"五鬼闹中华"的把戏，那是说：这世界上并无所谓帝国主义之类在侵略中国，倒是中国自己该着"贫穷"，"愚昧"……等五个鬼，闹得大家不安宁。

鲁迅这里是指出：照胡适看来，世界上本没有什么帝国主义侵略中国，倒是中国自家的五个鬼闹得自己不安宁，真是活该，怨不得别人。鲁迅在这里不是和胡适辩论中国"拥有"五鬼与否，而是讽刺胡适玩的"五鬼闹中华"的把戏。"该着"的不是"五个鬼"，而是"'贫穷'，'愚昧'……等五个鬼，闹得大家不安宁。"如解"该着"为"拥有"，至少嘲讽的味道就没有了。

（四）"该着洋枪大炮的……占了上风"一语，我在《鲁迅全集》第五卷里没有查到，如能联系上下文，估计"该着"也是"活该"之类的意思，而不是"拥有"。

（五）因此我以为"该着"一词无须加注。

感谢王先生的信，方使我了解了北方同志原来是这样理解鲁迅文中的"该着"一词的。我先将第五卷中鲁迅的另一句话完整写出，那是《诗和预言》中说的：

　　那时候,何尝只有九十九把钢刀? 还是洋枪大炮来得厉害;该
着洋枪大炮的后来毕竟占了上风,而只有钢刀的却吃了大亏。

　　鲁迅的前一句话,"该着"与"并无"相对,意思当然只能是"有";后
一句话,"该着"与前后两个"只有"相对,当然意思也只能是"有"。如
照"活该"来解释,是根本不通的;尤其是后一句,王先生的"估计"完全
落了空。

　　至于词典上的解释,北京土语或口语词典没有"拥有"之说,是当然
的,因为这是吴方言的用法。《上海方言词典》我手头没有,如果不收或漏
收此词,是不对的;但我建议王先生还得看看有没有收"该"。如王先生举
证《汉语大辞典》,就没有查全,它明明在"该"字条义项(五)解释为"有,拥
有",且这种用法古来就有,所举例子为《西游记》:"步步有难,处处该灾。"
这里的"该",王先生也许也想用"活该"来解释;但因为它与"有"字对用,
大辞典的解释就是对的。《西游记》的作者是谁,至今犹有争论;但仅从此
字看,至少可判定当是吴方言地区的人。《汉语大辞典》未设"该着"词条,
本身正是它的疏漏。因为就在上面《西游记》例句后,又引了瞿秋白的《谈
谈〈三行人〉》的例句,用的正是"该着":"云的家族是该着五十亩田的农
民"。请注意,瞿秋白这篇文章正是与鲁迅同时在上海写的,而上述鲁迅
《出卖灵魂的秘诀》,也正是瞿秋白起草的。

　　再如,《简明吴方言词典》,也是仅列:"该,动词,拥有。"但是例句则是
"该着":"我该着这样一个妮子,那是一张嘴要笑得像敲开木鱼一样哉。"
(评弹《玉蜻蜓》)最可议的是《汉语方言大辞典》,它列有"该着"词条,但解
释竟全部是北方方言,有东北、北京、冀鲁、胶辽等等,偏偏没有上海、江
浙;然而,在"该"字的第一义项,却写着"〈动〉拥有;占有;富有。"所举例证
正是上引评弹《玉蜻蜓》,而《玉蜻蜓》明明用的是"该着"!

　　综上所述,由于王景山先生的信,使我搞清了字面相同的"该着"一词
在南北方言中的意思是全不相同的。鲁迅的两篇杂文,都发表在《申
报·自由谈》上,当时主要读者当然是上海人。鲁迅不可能用北京土话中

"该着"的意思。那些以为"无须加注"的北方同志,自以为懂了,其实恰恰是不懂。因此,我应该重新提出原来的注释修订意见。

【附记】

这篇文章,写好后并未获全文发表。文中提出的修订意见,《鲁迅全集》的出版社编辑没有采纳。这件事我在此书第一篇文章中其实已经写到,但我这次在存稿中忽然找到底稿,读后觉得写得更全面,尤其是详尽介绍了北京王景山先生的看法,所以不避重复而再收入拙书中。

卷 三

且莫数典忘祖

——谈《杂文报》关于鲁迅的几篇文章

鲁迅是中国现代杂文的最主要最有力的倡导者,没有鲁迅就没有中国现代杂文运动,因此,谈到中国现代杂文,就必得谈到鲁迅。这是连我们的敌人也承认的。这应是基本常识、历史事实,无可争辩,无可疑议的吧?然而,最近我在友人的推荐下,却在《杂文报》(1985 年 8 月 6 日)上,见到了一篇奇文——《何必言必称鲁迅》。文中写道:

> 一提到杂文,本本书都讲鲁迅,章章都讲鲁迅,节节都讲鲁迅,有两本书中有关杂文的章节从头到尾,从写作理论到举例,全是鲁货,大有非鲁迅无杂文可言之势……大概是被"鲁化"了吧……

这是什么话!"鲁货"、"鲁化"这样奇特的词语,我简直怀疑当属于"别一世界"的报刊上才出现的说法,不料竟见于我们国内的专门刊登杂文创作及杂文理论的报纸上!这是怎么回事,实在令人难以理解。应该承认,我们的文艺理论界对于杂文及杂文史的研究,确实是很不够的,几十年来甚少突破。例如,视野太小,除了对鲁迅及瞿秋白等少数作家以外,对其他很多杂文作家的研究太少(而这反过来,也影响了对鲁迅杂文研究的进一步深入),有关杂文的理论观念,也比较陈旧;一些杂文研究专著,写得比较平平,甚至不很正确;等等。对这些现象提出批评,是必要的;对此写一篇杂文,也是可以的。但是,这绝不是少谈或者不谈鲁迅即可解决的,更不能因此而对鲁迅先生无理嘲讽。

"何必言必称鲁迅"?这要看具体的场合、具体的问题。如果在各种场合或者其他不很相干的领域都"言必称鲁迅",那是不合适;但是在论述杂文的时候,无疑就是合理的,必然的。毛泽东同志曾经批评过在研究中国问题时"言必称希腊"的做法,这是完全正确的。但如果我们谈到西方奴隶制、欧洲古代哲学史、艺术史、美学史等问题,难道不是"必称希腊"吗?

谈杂文"必称鲁迅",因为,首先,鲁迅是中国现代杂文之父,他是第一个将杂文创作作为毕生事业的人。鲁迅的文学写作活动,从最初的主要写译述论文(《摩罗诗力说》、《破恶声论》等),到主要搞小说创作,一直到主要写杂文,以后就终其一生,与杂文不可分割地联在了一起,成为我国第一个杂文专业作家。鲁迅总是在挑选最适应于他战斗的武器和工作的工具,他找到了杂文;而从某种意义上来说是"古已有之"的杂文,也找到了鲁迅。从此,使杂文从内容到形式、自思想到手法,都焕然一新,从原属散文的一支中脱颖而出,成为一种独立的不可忽视的新的文学品种。鲁迅在"围剿"中不断前进,杂文也在诬蔑轻视中不断发展,终于登上文学的殿堂,今天更有了堂而皇之的《杂文报》,试问,能忘了当初鲁迅的功绩吗?

谈杂文"必称鲁迅",也因为鲁迅的杂文是中国现代杂文的最高典范。鲁迅杂文的巨大的思想深度、巨大的历史深度、巨大的美学力量和巨大的逻辑力量,是迄今为止极少有人可以相比的。这是中国人民最可宝贵的精神财富和文学瑰宝。(岂料他竟如此轻薄地名之为"鲁货"!)在关于杂文的书里举鲁迅杂文为例,是无可非议的。当然,中国现代文学史上写杂文的并不止鲁迅一人,其他作家也有不少优秀的作品,为了更全面地反映杂文史的面貌,为了扩大读者的知识面,我们在有关著作中是应该注意引述更多的作家作品的。但是,无论怎样,鲁迅总是应该居于首位。从写作理论上来说,"取法乎上"是重要的。从研究方法论上说,打一个不很恰当的比方,就如马克思说过的,人体解剖对于猴体解剖是一把钥匙,因为低等动物身上表露的高等动物的征兆,反而只有在高等动物本身已被认识之后才能理解。我们深入研究了鲁迅杂文,也就取得了对其他作家杂文研究的钥匙。

谈杂文"必称鲁迅",还因为鲁迅不仅以其不可替代的典范作品作了示范,而且更在理论上为杂文的发展开拓了道路。他提到的所谓"凡是鲁迅先生说过的都对","杂文的事只有鲁迅先生说的正确"的说法,当然是不尽妥当、不够全面的;事实上,也未曾在书报上见到有什么人这样说过。我们认为,对鲁迅关于杂文的论述,当然不能作片面的理解。例如,有同志从鲁迅的话里得出杂文不是一种文体的结论,这就并不符合实际。古人郑樵说过:"大抵开基之人,不免草创,全属继志之士为之弥缝。"(《通志总序》)鲁迅是杂文的开拓者,他本身的杂文理论也有个发展的过程;而他的杰出之处在于,他的一系列理论至今看来仍大多正确,后继者无须为之"弥缝",不过是应该为之整理、发挥、补充和发展。鲁迅是现代杂文理论的奠基者,他关于杂文的战斗性、功利性的论述,关于杂文必将侵入文坛的预言,关于杂文的美感作用,杂文的历史渊源、外来影响,杂文的风格流派、写作手法,关于杂文与"小摆设"的小品文的区别,关于讽刺、幽默,以至小到关于杂文的笔名的取法等,他都有一系列论述,是我们今天杂文研究的重要依据。

茅盾说得好:"中国的现代文学史有一个既不同于世界各国文学史、也不同于中国历代文学史的特点,这就是杂文的重大作用,——它作为一支'方面军'独立地存在着,而且在革命文学的发展中起着冲锋陷阵的作用。"这一支"方面军"的"总司令"就是鲁迅。这支队伍的锋芒所向声势极大。在中国现代,凡是爱国的、追求进步和光明的、面向人生的作家,后来几乎没有一个没写过杂文,就连被西方研究者认为是"纯文学"作家的巴金、钱钟书、张恨水等,后来也都写过尖锐、泼辣、抨击的杂文。(不过大多没有收集,为人遗忘了。)这就是鲁迅的伟大影响,用此人的用语,这也许就是一种"鲁化"吧。对这一深刻的特殊的文学现象,值得多方面深入地研究。在这一研究中,是不得不"必称鲁迅"的。

此文的严重性,不仅在于散布了一些胡涂观点,"创造"了几个令人愤慨的词语,还在于他极为不妥地说什么鲁迅"受王明'左'的路线影响,对一些属于统战对象的朋友甚至是自己的同志,也常常'投匕首',这要我们效法也万万不可"云云。如果这不是随意乱说的话,也实在是太和常识开玩笑了——把事情完全说颠倒了。鲁迅是有过与自己人笔战的时候,其中甚至有他误会与偏颇之处。人非圣贤,我们不必为之讳。然而他却是1930年代整个左翼文艺界中最自觉地抵制王明先"左"后右的错误路线的代表人物。这是人所共知的历史结论。限于篇幅,在这里不详加论证,只能诚恳地奉劝他去看看我们党的一些文献,看看一些文艺界老前辈(包括一些当年受过鲁迅批评的同志)和有关研究者的文章吧。

《杂文报》发表这样的文章,看来不是偶然的,因为他自己就说:"也许是受了《杂文报》的影响吧"。因此,我就留心再去查阅该报,可惜一时找不全。但就在我找到的几份《杂文报》中,见到了1985年6月11日该报发表的《关于杂文的答问(上)》,(从口气看,此文当是该报负责编辑所写的吧?)其中有些关于杂文的见解,读后略有不同看法,这属于学术理论问题,可以深入讨论。但看到其中第七个问题:"写杂文一定要学鲁迅吗?"回答竟是:"第一,不一定。"这样干脆的否定,实在令人吃惊!文章接着引用了王任叔同志在1938年写的一段话,作者似乎以为任叔同志也是赞成写杂文"不一定"要学鲁迅的,这可真是令人不知从何说起了!1938年,任叔同志与阿英同志有过一场争论,阿英同志当时倒也许是主张"不一定"的,而任叔同志的主张则正恰恰相反,他后来还写了《论鲁迅的杂文》的专著,讽刺和批评了那种主张写杂文"不一定"学鲁迅的"废书不观的天才家"。任叔同志如果健在,看到《杂文报》这样引用他的话,不知会有怎样的感慨呢!

再看下去,第八个问题是:"说《杂文报》是中国第一家以刊登杂文为主的报纸,以前未曾有过类似的报刊吗?"作者答道:

> 以刊登杂文为主的"刊"以前有过,那便是四十年代上海的《鲁迅风》,桂林的《野草》和重庆的《文风》;而这类"报"则未曾有过,故

而说《杂文报》是第一家。有人不以为然,除了偏见,便是无知。《杂
文报》当然并不争这个"第一家",因为"第一家"与水平、质量之"第
一"实在不是一回事,不过"第一家"是客观事实罢了。

这段文字,说是"不争",但读者的感觉却正相反。这里提到着重刊登
杂文的杂志,竟然一个也没有提到鲁迅亲自参与主编的好几个刊物,未知
这是否是无意的疏漏? 我并不想否认《杂文报》是第一家专门打出杂文旗
号的报纸,但对这"第一家"说法"不以为然,除了偏见,便是无知"的说法,
却也"不以为然"。以我对现代杂文史所知甚少甚至可称"无知"之所见,
鲁迅当年与冯雪峰一起主编的《十字街头》,实际上就是主要刊登杂文的
报纸。质之高明,未知以为然否?

总之,我认为,应该以继承鲁迅的事业为宗旨的《杂文报》,竟发表这
样的文章,该报有关同志似乎应该首先认真思考一下自己对于鲁迅先生
的认识与态度吧。切不可"数典而忘其祖"啊!

鲁迅是怎样的人?

——也是阅读随感录之一

  偶尔读到安徽《文学》月刊 1985 年第十二期上的"阅读随感录之一"《鲁迅是人非神》,由此文并知该刊还曾发表过一篇谈及鲁迅"重婚"问题的杂文,博得作者认为"对今天的青年读者来说,多少有点显幽发微之意"的赞许。而此文,则又提到鲁迅的"三角恋爱事件"等。这样一种勇于"显幽发微"的精神,或者说,这样一种饱食后的闲情逸致,委实令人感叹不置。

  在下也正是一个青年读者,不过不待你"大肆铺陈",也不待他"有意避讳",对鲁迅生平中的这类事情却均有所闻知。唯觉得鲁迅、许广平、高长虹的"三角恋爱"一说,却并不能成立。正如鲁迅在给友人的信中说的,这不过是高长虹的"单相思"而已,高、许之间何曾有过"恋爱"关系呢?(从作者文中可知,作者对于鲁迅生平史实之类,所知甚浅。因关于高长虹事件本是鲁迅研究界的常识,故此处便不多写了。)看来,这个"三角"中的一角,不过存在于作者自己的脑子里而已。是不是因为看时下的"△小说"多了,便也想用这个模式来套一下鲁迅呢?

  要全面了解鲁迅生平,或撰写较详细的鲁迅传记,关于他生活中发生过的这类事,固然不必避讳。但须实事求是,不必不能随意发挥,甚至将鲁迅也拉进"△"里去。"理由很简单",鲁迅早就说过,"我是从不想到他那些三角四角的角不完的许多角的"(《伪自由书·后记》)。同样,当代青年也是不需要这些张资平小说里的"精华"的。

鲁迅是人非神，这当然不能说错。此话由来久矣，在作者提到的毛泽东的《新民主主义论》发表之前，鲁迅逝世后第二年，陈独秀便在《我对于鲁迅之认识》中提出那话。那以后，不时有人提这个口号，其针对性自然并不相同。但是，对某些振振有词的持论者，我不禁想提一个"愚不可及"的问题：鲁迅是怎样的人？因为，大千世界，人有色色种种。有真正的人，高尚的人，革命的人；也有猥琐的人，灰色的人，不革命的人；甚至还有不过披了一张人皮的人。把鲁迅说成是神，固然不对；但将鲁迅说成一个庸俗低猥的人，难道就是对的吗？

作者似乎对曹聚仁写的关于鲁迅的某些言论特别有兴趣，以致一引再引，甚至三引。然而，作者所引曹聚仁的有些话，稍加思考便知并不符合事实。例如，如果真像他说的鲁迅"除了知识分子圈子以外，知道他的人很少"，那么在鲁迅逝世的时候，何以有成千上万的群众（包括工人、店员等等）自动地参加送葬，并且冒着危险排成了两里多长的游行队伍？试问，世界上除了高尔基以外，当时还有谁获得如此隆重的"人民葬"？当然，曹先生自称是敬仰鲁迅的，我倒一直记得他在鲁迅逝世后写的《鲁迅的性格》一文，那是为了批评与反驳周作人说鲁迅"多疑"、"悲观"、"虚无主义"而作的（顺便提及，这些说法近年来在国内，竟然又成为"新论点"而时髦起来了）。曹先生严肃地指出："鲁迅先生在近十年间，努力克服个人主义的气氛，要和为社会舍身的战士们的步骤相一致"。他又说："我心目中的鲁迅先生，是个'认真'的人，不肯轻轻放松一件事一句话，要彻底想一想的人"。因此，对于曹先生后来写的有关鲁迅的大量文字，我们是否也应该认真"想一想"，以决定哪些是正确的，哪些是不那么正确的呢？

这且不说吧。令人注意的是，与将曹聚仁的某些说法奉为圭臬的态度作为对照的，是作者对毛泽东同志关于鲁迅的著名的经典论述的态度。作者用深文周纳的手法，将毛泽东《新民主主义论》中说的鲁迅是"最伟大和最英勇的旗手"，"鲁迅是在文化战线上，代表全民族的大多数，向着敌人冲锋陷阵的最正确、最英勇、最坚决、最忠实、最热忱的空前的民族英雄"等论述,概括成"最最"、"最最最最最"。并说在毛泽东作了这段论述以后,"往鲁迅身上涂饰金片的浮夸风"便"不断泛滥"了。作者的用意十分显明:毛泽东的这段经典评述就是所谓"神化鲁迅"的滥觞,从此就开始了"鲁迅身份的异化"(作者语)。这倒比以前某些论者的吞吞吐吐的文章要直爽多了,使人们终于看清了锋芒所指究在何处。

这里,我也不想作更多的理论辩驳。因为,这就像在今天谁也提不起精神来与人争辩不是太阳绕着地球,而是地球绕着太阳转一样——对方毕竟不是小孩子。我只想说,作者对于鲁迅的一些看法,对于《新民主主义论》有关论述的一些看法,是与一切热爱鲁迅的人们尖锐对立的,也是完全违背史实的。文中不是提到了冯雪峰、胡风、黄源、丁玲、萧军等人吗? 他们中间的任何一位都不会同意此人看法的。

据说,"在世界名作家云集的场合,居然多一半人不知道鲁迅为何人",这也许是事实,这也可以说是一种"不幸";然而,在鲁迅的祖国,在现在这样尤其需要鲁迅的时候,人们却一再看到一些妄评鲁迅的文字公然出现在一些报刊上,这才是更令人感到不幸,感到痛心的呢!

鲁迅"误读"了"孔乙己"吗？

　　2000 年 8 月 23 日《中华读书报》的"读者看法"版,有两篇文章涉及鲁迅,可惜都说了错话。《大江健三郎的话能当多少真?》一文,说鲁迅逝世于 1939 年,作者还强调自己"记得很清楚"(这绝非"手民"误植,因为作者又说泰戈尔于 1913 年获诺贝尔文学奖,与鲁迅逝世"相隔 26 年")。而另一篇《张冠李戴"孔乙己"》,竟说鲁迅小说中"想起了用'孔乙己'这三个字",是一种"谬误",是鲁迅对"上大人孔乙己……"一段话的"不正确的""断读"所致。鲁迅在《孔乙己》中说:"因为他姓孔,别人便从描红纸上的'上大人孔乙己'这半懂不懂的话里,替他取下一个绰号,叫作孔乙己。"而文章作者说,不,"这段文字不是'半懂不懂'的无讲的单字随意拼凑,而是一段富有哲理的文章"。他认为"这段话本来是散文",是鲁迅《孔乙己》按照'三字经'模式来断此句话,从而断出了'孔乙己',这是不正确的"(他认为应断到"孔乙"止)。

　　那么,到底是鲁迅不正确呢,还是这位作者自己不正确? 让我们先来看看 1981 年版《鲁迅全集》的有关注释:

　　　　描红纸:一种印有红色楷字,供儿童摹写毛笔字用的字帖。旧时最通行的一种,印有"上大人孔(明代以前作丘)乙己化三千七十士尔小生八九子佳作仁可知礼也"这样一些笔划简单、三字一句和似通非通的文字。它的起源颇早,据明代叶盛的《水东日记》卷十所载:"上大人丘乙己……数语,凡乡学小童临仿字书,皆昉于此,谓之描朱。"大概在明代已经通行。又《敦煌掇琐》(刘复据敦煌写本编

录)中集已有"上大人丘乙己……"一则,可见唐代以前已有这几
句话。

虽然文章作者认为《鲁迅全集》的这一注释也是不正确的,但我认为
写得很不错,符合事实。"笔划简单"、"三字一句"、"似通非通"这三条,准
确地抓住了这一段话的特点。确实,从唐代至今,人们都是以"三字一句"
来断这段话的,从无异议,也就是说,从来没有学者将它视作是所谓"散
文"。那位作者也许不服,古人书中,敦煌抄本,本是没有标点的,你怎么
知道必是"三字一句"呢? 那么,我们就举几个一目了然而又有趣的例
子吧:

唐·大慧禅师《答吕郎中书》中说:"平生所读底书,一字也使不着。
盖从'上大人,丘乙己'时,便错了也。"这里正是断句到"丘乙己"吧?

宋·释慧明《五灯会元》卷四《睦州陈尊宿》(陈尊宿是唐僖宗时人)写
道:"问:'如何是一代时教?'师曰:'上大人,丘乙己。'"也是如此。同上书
卷十五《含珠山彬禅师》又写道:"问:'如何是三乘教?'师曰:'上大人。'
曰:'意旨如何?'师曰:'化三千。'"这里禅师借用的两句话都是三字句,而
原文这两句话之间的又正是"孔乙己"。

元·高明的名剧《琵琶记》第十七出"义仓赈济"中有:"外云:'老的姓
甚名谁? 家里有几口?'丑云:'小的姓丘名乙己,住上大村,有三千七
十口。'"

明·姚旅《露书》卷七载:"于梁上得宋时历日及童子仿纸一本,仿书
即'上大人,孔乙己'诗。"这里不仅也以"孔乙己"为断句,而且明言其为
"诗"而绝非"散文"(清人张尔岐《蒿庵闲话》也认为"其为韵语")。

明清之际的褚人获在《坚瓠集》中更多次提到此,都以"丘乙己"断句,
如戊集卷三《馆师叹》云:"马眼格横'丘乙己',梅花倒'去求仙'。"补集卷
《糖担圣人》云:"曾记少时'八九子','知礼'须教'尔小生',把笔学书'丘
乙己',惟此名为'上大人'。"全是"三字句"!

清·俞樾在为《自述诗》作注时也写道:"小儿初学字,以朱字令其以

墨描写,谓之描纸。'上大人,孔乙己'等二十五字,宋时已有此语,不知所自始。"

近人况周颐在《蕙风簃随笔》卷二也写道:"蒙塾昉格,书'上大人,孔夫子'。"这里虽然将"孔乙己"误写成"孔夫子",但断为"三字句"则是无异的。

甚至日本人无著道忠《葛藤语笺》卷三《言诠》中也记有:"乞师指示,师曰:'上大人,丘乙己。'进云:'学人不会。'师云:'化三千,七十士。'"

这么些例子已经足够了吧?(这样的例子还有不少,而上文举的有几个冷僻的例子我是从王利器先生的文章中看来的。我对王先生的博学极为佩服,合当说明。)可见,历来人们都是这样断句的,决不只是鲁迅以"三字经"模式"从而断出了'孔乙己'"。于是,"这是不正确的"这句话,只能还给这位作者本人了。

那么,鲁迅说"上大人"这段话"半懂不懂",是不是说错了,或者只是他一个人的看法呢? 也不是。《鲁迅全集》注释中已引过的明代叶盛《水东日记》卷十就说它不过是乡间小童"尔传我习,几遍海内,皆莫其所谓。或云仅取字划简少,无他义"。明著名学者祝允明《猥谈》卷二云:"大概取笔划稀少,开童子稍附会理也。"所谓"稍附会理",就是或也可以牵强附会地"讲通",亦即半懂不懂,似通非通。清代学者梁章钜在《浪迹续谈》卷七中也认为"其文特取笔划简少,以便童蒙,无取义理"。总之,说它"是一段富有哲理的文章",实在是太独具"慧眼"了吧?

该作者还提出了他的所谓"标准"断读:"上大人孔乙,己化三千、七十二。尔小生八九子佳,作仁,可知礼也。"还写出了所谓"这句话完整的现代语译意":"孔子二大人自己一个人就教育出了弟子三千、大贤七十二。其中产生了极少数的特别优秀者,他们发展了孔子的'仁'、'礼'思想。"这里,"尔小生,八九子",敦煌写本"尔"作"女"(汝),本来还是这段文中最容易"读懂"的话,竟被该作者"完整"地译成"其中产生了极少数的……",真令人忍俊不禁! 这使人想起祝允明书中写到的他的一位朋友解读这段

"上大人"为"孔子上其父之书"的"猥谈"（因文长，不录）。虽然被梁章钜斥为"附会无稽"，但似乎还比当今指斥鲁迅"张冠李戴"的这位作者的"标准断句"和"完整译意"要高明和有趣得多哩！

有关鲁迅的几则小商榷

鲁迅没有写错

　　杨乾坤先生先后在《鲁迅研究月刊》(2003 年 12 月)和《文汇读书周报》(2004 年 2 月 6 日)上发表《〈鲁迅全集〉注释商榷两例》和《〈鲁迅全集〉注释失误两例》,内容相同。其所举第一例实际不止是指责注释错误,而是说鲁迅自己就写错了,注释又"未能指明,因而循之,致使一再讹误"。他指的是鲁迅《南腔北调集》中《谈金圣叹》一文,谈到金圣叹"自称得到古本,乱改《西厢》字句的案子且不说罢,单是截去《水浒》的后小半,梦想有一个'嵇叔夜'来杀尽宋江们,也就昏庸得可以"。杨先生认为:"在这里,有一处关键的失误,'嵇叔夜'系迅翁误书,应为张叔夜。"还举出"史实"来证明,并说:"迅翁在文中将张叔夜误书为'嵇叔夜',此姓名虽有引号,然而不知他是何人。且魏晋时分明有名士嵇叔夜(康),很容易使读者将二者混淆。"

　　其实,金圣叹删改《水浒》,添了一段昏庸的梦,本身就与所谓"史实"无关。鲁迅在这里一点也没有"误书",他又特地在"嵇叔夜"上打了引号,就正是为了让读者不致将他与魏晋时名士嵇康相混淆。金圣叹腰斩并删添的本子,现在市面上也许不好找,那么,我们可以看看郑振铎的名文《水浒传的演化》(发表于 1929 年 9 月《小说月报》,后收入郑先生《中国文学研究》第二卷),在其第九节就引录了金圣叹腰斩并伪造的"英雄惊噩梦"中的一段文字：

> 是夜，卢俊义归卧帐中，便得一梦。梦见一人，其身甚长，手挽
> 宝弓，自称："我是嵇康，要与大宋皇帝收捕贼人，故单身到此。汝等
> 及早各各自缚，免得费我手脚！"……

你看，他写的正是"嵇康"！

再说鲁迅送毛泽东火腿

很多网站都在传播着王金昌先生发表在 2009 年 9 月 3 日《文学报》上的《冯雪峰忆旧：鲁迅送毛泽东金华火腿》一文。但我读了以后颇感失望。因为该文没有提供什么新的史料。该文说"鲁迅先生通过冯雪峰送远在陕北的毛泽东金华火腿一事，众说纷纭，莫衷一是"，实际此事绝对可靠，绝非"众说纷纭，莫衷一是"，早已被确凿的史料所证实。王文所谓"并述有自己浅薄认识，供研究者参考"，实际就没有什么参考价值了。

因为王金昌先生对有关史料并不熟悉。除了他"收藏"的冯雪峰写的材料以外，只看了阎纲的《鲁迅送给毛泽东的书籍和食物》和王先金的《毛泽东在陕北》二文，而更重要的文章，例如史纪辛发表在 2003 年第十期《鲁迅研究月刊》上的《鲁迅托送金华火腿慰问中共领导人史实再考》，及孔繁玲发表在 2004 年第六期《党的文献》上的《鲁迅确曾向陕北托送过金华火腿》等文，他都没有看过。

历史研究的工作经验已经反复告诉我们：任何人的回忆，哪怕他记性再好，也不能保证绝对无误；只有当时的第一手文献记载，方是最可靠的。前几年中央档案馆的史纪辛等同志的文章，披露了新发现的 1936 年 5 月 28 日和 9 月 12 日冯雪峰致党中央的两封密信。这些极其珍贵的信中明确记载，鲁迅确实送了火腿，而且还送了两次。第一次送了共八只，后因故未送到；第二次又送了四只。因此，冯雪峰等人后来回忆中说的所送火腿的只数有误。王林、王先金说的毛泽东的风趣话"可以大嚼一顿了"，不

可信,因为据推算,第二次火腿送到之时鲁迅先生刚刚病逝,毛泽东怎么还会有这样"风趣"的心情?

在 9 月 12 日的信中,冯雪峰写到他向鲁迅谈及第一次的火腿未送到,"鲁又说再送一点。我因鲁之拥护毛、洛、恩等兄之情难却,故仍将他购的四支火腿交余兄亲自带上"。这里提到的毛、洛、恩三人,就是毛泽东、张闻天(洛甫)、周恩来。余兄不知道是谁,从"亲自"二字可见也是党内地位较高并认识毛、洛、恩等领导同志的人。

因此,鲁迅向中共中央领导人敬送火腿一事绝无可疑。但看来很多读者似乎还不知道。因此,尽管我在五年前的 2004 年 9 月《文汇读书周报》上也已经写过短文纠正有关此事的误说,现在看到王文后仍然觉得还得再写一次。

《越风》上的鲁迅诗稿

2008 年 7 月 30 日《中华读书报》谢其章先生的《〈越风〉与鲁迅诗稿》一文,字数很少,但颇有几处我觉得可以商榷的。

谢文说:"主编黄萍荪,声名狼藉——这是和鲁迅有关的。《鲁迅全集》的注释这样说黄萍荪——'一九〇二年生,浙江杭州人。一九三三年通过郁达夫向鲁迅索字幅,鲁迅为之书五绝一首。一九三五年编辑《越风》半月刊时将此诗手迹刊登于该刊封面,进行招摇撞骗。一九三六年又多次写信向鲁迅约稿,为鲁迅拒绝。'(1981 年版《鲁迅全集》第几卷第几页)'招摇之心'人皆有之,并非多大的道德之劣,指责黄萍荪拿鲁迅写给他的诗'撞骗',就略显严厉了。鲁迅诗稿原件最终毁于战火抑或落入谁手,至今还是个谜,如此说来,《越风》封面的鲁迅手迹倒成了惟一的证物反而愈发珍重了。除了这桩公案,黄萍荪还做过一件笨事,化名'冬藏老人'写了一篇《雪夜访鲁迅翁记》(载《越风》第五期),此乃虚构之作,黄萍荪从来没见过鲁迅。"

首先,《鲁迅全集》已经有了新的注释本,研究者应该引用新版的注释。2005年版《鲁迅全集》第十七卷第二一一页的注释,已经纠正黄萍荪的生年为1908(并添上卒年为1993),而且已经删去了"略显严厉"的"进行招摇撞骗"诸语。特别是删去了"一九三五年编辑《越风》半月刊时将此诗手迹刊登于该刊封面"一句。再说,谢先生既然存有刊登鲁迅诗稿的这期《越风》,并将该期封面印在报纸上,那么,他理应知道这一期《越风》是出版于1936年的,而非1935年。

谢先生说:"鲁迅诗稿原件最终毁于战火抑或落入谁手,至今还是个谜……《越风》封面的鲁迅手迹倒成了惟一的证物……"据1956年许广平先生访问日本归来后写的《鲁迅在日本》中说,这年8月30日,日本反原子弹、氢弹大会事务总长安井郁先生,就带来了这一鲁迅诗稿的原件给许先生看。据说是某位日本人因为敬佩安井先生为和平事业奋斗的精神而送给他的。安井先生对许先生说:"我将好好地保存这幅字,作为安井家传家之宝。"(1956年10月《文艺月刊》)

谢先生又说:"黄萍荪……化名'冬藏老人'写了一篇《雪夜访鲁迅翁记》……黄萍荪从来没见过鲁迅。"而据我所知,黄萍荪生前否认该文为他所作,并认为该文虽有招徕读者之心,但并无攻击鲁迅之意。"我编刊物,很希望鲁迅能写稿,怎么会去攻击他呢?"(见《鲁迅旧诗探解》第327页)黄先生言之成理,该文确实也谈不上什么"攻击"。而且,现在也还没有充足的理由可以判定它是"虚构之作"。该文发表于鲁迅生前(1935年),也未见鲁迅抗议和"辟谣"。黄先生说,他自己是在鲁迅逝世前一个月见过鲁迅的(见《鲁迅与"浙江省部"之一重公案》一文),现在也没有充足的理由否定他的这一自述。

以上这节拙文在报上发表前,编辑特地将它送交谢其章先生审读;拙文发表时,该报同时又发表谢先生的"回应"文章《誉者或过其实 毁者或损其真》。我读了谢先生的"回应"后,仍有不同意见,写了一封短信,希望编辑以"读者来信"或"编读往来"的名义发表。但后来没有发。好在原信

还保存在电脑中,现在就附在下面:

> 谢其章先生对我的"回应"文章,我有点看不懂。因为拙文对黄萍荪既没有誉,更没有毁。我上次已经提醒过谢先生,封面印鲁迅手迹那期《越风》不是出版于1935年,不料这次他又引用许广平先生的话,说鲁迅看到自己的字被印在这本刊物上非常愤恨。其实,该期刊物出版于1936年10月31日,印上手迹正是为了纪念已去世的鲁迅,鲁迅怎么还能看到而"非常愤恨"呢?谢先生既然存有这期刊物,一查即知,怎么还这样写呢?

> 谢先生还说:"可惜——《鲁迅全集》的注释可以改来改去,许广平先生的话不可能改来改去了。"《鲁迅全集》的注释"改来改去",是为了更准确,这有什么不对吗?许先生已经过世,她的话即使记错了,别人当然也不可以改;但可以指出其误记,像谢先生这样特地把她记错了的话引来"回应"读者的批评,却是不可以的吧?

也说"牸"字的创造者

朱金顺先生的《说"牸"字》(载《鲁迅研究月刊》1996 年第二期),是我近来较少读到的趣味盎然的妙文。

在《忆刘半农君》中,鲁迅说:刘半农到北京后,"当然更是《新青年》里的一个战士。他活泼,勇敢,很打了几次大仗。譬如罢,答王敬轩的双镖信,'她'字和'牸'字的创造,就都是的。"这个"牸"字,除《忆刘半农君》一文外,恐怕现在的出版物中,已难以见到了。因为 50 年代以来,"牸"已做为"它"的异体字停止使用了,所以这个字形被除了。

1920 年 6 月,刘半农写了《她字问题》,创造了第三位的阴性代词"她",当时虽然有人反对,但终于被人们接受,现已被广泛使用。"她"字完全是造出来的新的字形。"牸"却是个原有的形体,在《康熙字典》里,就有这个字形,但不作"牸"字使用,注解是:"牸同牠;牠,牛无角也,见《广韵》。"这字也不读"他"的音,直到 1935 年中华书局出版的《中华大字典》里,注解这个字形还是:"牸同牠,见《字汇》。"刘半农什么时候借用"牸"的形体,创造了第三位代词"牸",还值得进一步考察。十六卷本《鲁迅全集》能在《忆刘半农君》中保留这个"牸"字,而没像其他书那样印成"它"字,是值得肯定的。但是该文的注[7],却值得商榷。注文说:刘氏在"所作《她字问题》一文中主张创造'她'、'牸'二字",恐怕不确。因为《她字问题》一文,根本没有涉及"牸"。注文里有这样的引文:"'我现在还觉得第三位代词,除"她"字外,应当再取一个"牠"字,以代无生物。'(见《半农杂文》)"引文中这个"牠"字是注释者为解说原文中那个"它"字,改出来的。查《半农杂文·她字问题》,原话是这样的:"……我现在还觉得第三位代词,除'她'字外,应当再取一个'它'字,以代无生物;但这是题外的话,现在姑且不说。"(星云堂书店1934年6月初版第132页)在1920年6月,"牠"与"它"根本不同,注文中如此改动,以满足解释鲁迅《忆刘半农君》的需要,那是极不妥当的。我认为这条注文,需要改正,引文必须忠实于原文。十卷本《鲁迅全集》,注释《忆刘半农君》时,也引了《她字问题》里的这句话,却没有把"它"字改为"牠"字,是忠实于原文的,不知十六卷本《鲁迅全集》注释者,依据什么改了这个字。

朱先生指出新版《鲁迅全集》的注释妄改刘半农文章,"以满足解释鲁迅《忆刘半农君》的需要"。这是很值得吸取的学风不严谨的一个教训。但朱先生又说:"刘半农什么时候借用'牠'的形体,创造了第三位代词'牠',还值得进一步考察。"我则认为,如果只从刘半农的文章中去"进一步考察",可能永远考察不出来。因为,我敢大胆地说,将这一"创造"归于刘半农,实在是他的不虞之誉。这本来是鲁迅的误记。"创造"者实有其人,那是另外一位大名鼎鼎的郭沫若!

口说无凭,拿证据来。

1920年9月11日《时事新报·学灯》上,刊有郭沫若致张东荪、俞颂华、舒新城的一封信,就张等人《致共学社诸君书》提出自己的意见,在第十条中郭写道:

此外我要冒个不韪:要借用"牠"字来作Impersonal的第三人称代名词。"牠"字古或作牠,牰,拖,牱,牰,牰,无角牛也。字久废不用,援古人"同音通用"之例,以代物称底"他"字,似觉便宜。我们可以说是读他音,从省省成从牛。原"物"字构造本从牛,《说文》云,"牛大物也……故从牛"。是可见古人以牛为物汇之代表。

又,1920年10月1日泰东图书局出版的《新的小说》第二卷第二期上,刊载郭沫若1920年8月24日致陈建雷的信,其中写道:

> 我如今把"牠"(这是我杜撰的新字,表示第三人称代名词底中性,以物省,他音)寻剪了出来,贴在下面……

刘半农的《她字问题》作于1920年6月,针对的是上海泰东图书局出的《新人》杂志以及《时事新报·学灯》上的文章。郭沫若的上述二信,发表时间在此后不久,且也发表在泰东出版的杂志及《时事新报》上。因此,我敢断定郭沫若是看了刘半农的"创造"之后进一步作的"杜撰"和"借用"。而时间一长,鲁迅把"牠"记到刘半农的头上去了。《鲁迅全集》的有关注释,必须修改。质诸高明,以为然否?

另外,顺便提到,我还曾看到过有第四个表示神的第三称代名词"祂",见于中文版的基督教宣传物上。这个"祂"不知最早始用于何时,如果在1920年以后,那么看来也是受刘半农发明"她"的启发而发明的了。

谈《阿金》

　　1975年,曾在《朝霞》上读到过一篇大作《时代风云笔底波澜》,论的是鲁迅散文的特色,其中提到了收在《且介亭杂文》中的《阿金》:

　　　　《阿金》,则既像一篇人物速写,又像一幅漫画。鲁迅描绘的是给外国人当娘姨的阿金的生活片断,大部分的笔墨又是花在写阿金同别人无穷无尽的纠纷和"巷战"上面。这些原本是一些小市民的生活琐事,但是穿插在"巷战"中的议论和感想,例如"我们也得想一想她的主子是外国人","所谓'和平',不过是两次战争之间的时日"之类画龙点睛的神来之笔,却大大深化、丰富了作品的思想容量。作者毋用多讲,读者已心领神会。

　　这里"但是"后面的一大段宏论,当时读后颇费思量。这几句所谓"画龙点睛的神来之笔",不正是当年国民党"检查官"用红笔画过杠杠的吗?鲁迅说他自己也还是后来"看了杠子"揣摩了好久才"悟出"一点"道理"来的。要说"画龙点睛",那恐怕还是"检查官""点"出来的,鲁迅在写作时恐怕也没有想到这样一写便"大大深化、丰富了作品的思想容量"吧。然而,石一歌却"毋用多讲","已心领神会"。这实在是令人暗暗佩服的。不过,石一歌并没有说明这几句"神来之笔"的深意所在,这不免使人感到丈二和尚摸不着头脑。

　　1979年,我们读到了安徽人民出版社出版的一本《鲁迅年谱》,在1934年12月21日条下写道:

　　　　作《阿金》。"通过她的主人也正是外国人"的娘姨阿金形象的塑造，概括地揭露了如林语堂、邵洵美之流的买办文人的反动面目。

不久，我们又读到天津人民出版社出版的另一本《鲁迅年谱》，在同一天条下这样写道：

> 作杂文《阿金》。本文是写给《漫画生活》的一篇人物速写。描写作者对门为外国人当娘姨的阿金，狐假虎威，以洋主子为靠山，在巷弄里引起种种"扰乱"。鲁迅在本文中所刻画的这个丑恶的女人形象，实际上是在影射并讽刺国民党反动派对外投降，对内大搞内战的可耻行径。

这两段论述，一说是揭露买办文人的，一说是影射国民党反动派的，真是各有所见。而我们另外还见到了专门的《读〈阿金〉》的文章（载《福建文艺》1979年10月第十期），这里只引几段：

> 阿金是上海洋场上的一个"阿妈"，鲁迅在她身上看出了某种"中国女性的标本"，只寥寥几笔便勾魂摄魄似地把她刻画得淋漓尽致，原形毕露，其概括力之强和含蓄的深刻，确实惊人。

> 他偶尔发现了阿金，一双慧眼便透视出这是个女妖精，无论哪一阶层都有，只是由于所处地位不同，其所造成的灾难可大可小罢了。联想到他死后几十年中国发生的事情，我们不能不像恩格斯称赞雪莱那样给他加上了"天才预言家"的桂冠。

> 作者挥起他那神工鬼斧的妙笔，竟能纳须弥于芥子，仅用二千余字，便把古往今来一切等级的女流氓的本性——放荡、无耻、狡诈、狠毒、卑怯——全都写进去了。

这里说的已不是"反动派"或"买办文人"，而是"女妖精"了。我们不禁要问，这几种说法何者为是？是否符合鲁迅的原意？幸而鲁迅并未照石一歌说的"毋用多讲"，他对《阿金》倒是讲过几次的。在将《阿金》收入《且介亭杂文》时，鲁迅曾在该书《附记》中讲到：

> 《阿金》是写给《漫画生活》的；然而不但不准登载，听说还送到南京中央宣传会里去了。这真是不过一篇漫谈，毫无深意，怎么会

惹出这样大问题来的呢，自己总是参不透。后来索回原稿，……就又发现了许多红杠子，现在改为黑杠，仍留在本文的旁边。

看了杠子，有几处是可以悟出道理来的。例如"主子是外国人"，"炸弹"，"巷战"之类，自然也以不提为是。但是我总不懂为什么不能说我死了"未必能够弄到开起同乡会"的缘由，莫非官意是以为我死了会开同乡会的么？

鲁迅说得多么清楚："这真是不过一篇漫谈，毫无深意"！但也许会遭到驳斥："这是鲁迅公开发表的文字，安知其非为迷惑敌人而故意说的？"那么，再看看鲁迅私下对朋友又是如何说的吧：

> 尤奇的是今年我有两篇小文，一论脸谱并非象征，一记娘姨吵架，与国政世交，毫不相关，但皆不准登载。（1935 年 1 月 29 日致杨霁云信）

这"记娘姨吵架"的一篇不就是《阿金》么？鲁迅又一次声明"与国政世变，毫不相关"。

此外，记得鲁迅夫人许广平同志在《研究鲁迅文学遗产的几个问题》一文中，也只是说《阿金》是"描写里弄女工生活的小文"。而当《阿金》1936 年 2 月发表于《海燕》月刊第二期上时，编辑者在附记中也说："发表出来可以使读者鉴赏检查委员老爷底非凡的目力。"如果《阿金》真的有上引论者所说的那样深刻的含意的话，那么，读者应当"鉴赏"的应是鲁迅的"惊人"的"概括力"和"一双慧眼"，等等，而《海燕》编者的附记就只能成了对"检查老爷"的赞扬和对鲁迅先生的讽刺了！

笔者认为，上引几种关于《阿金》的论述，与鲁迅本意是毫不相关的，是十分牵强的。当然，人们可以认为，《阿金》中提到的"她的主人也正是外国人"之类也许真的带有讽刺那些"西崽文人"的意思的；而且，笔者认为《阿金》最后写到的"假使她是一个女王，或者是皇后，皇太后，那么，其影响也就可以推见了：足够闹出大大的乱子来"等语，正是顺便对当时鼓吹什么"让娘儿们干一下吧"的林语堂开个玩笑。但是，这难道就是整篇文章的主题？有了这几句话，再加上怎么也扯不到一起的"开同乡会"之类，就一下子使这篇文章"惊人"地"深刻"起来了？

再就阿金这个人物来说，自然她是有很多缺点的，但是否已达到了"放荡、无耻、狡诈、狠毒、卑怯"五毒俱全的地步了？是否称得上"女流氓"甚或"女妖精"了呢？我读了《阿金》后，无论如何得不到这样一个印象，阿金毕竟还是一个受剥削受压迫的"里弄女工"。她虽然泼辣强悍，但却可以随便被洋人"乱踢"而被迫"逃散"，以至于有"五六夜"不敢与人大声谈笑。最后甚至被"回复"，无声无息地从人们的眼前消失了，令人在对她"讨厌"之余，还不得不同情、关心其今后的命运。这样一个生活在底层的劳动者，怎么称得上是"狐假虎威，以洋主子为靠山"呢？鲁迅对这样一个人物形象的塑造，怎么就"概括地揭露了""买办文人的反动面目"呢？按照这样奇妙的逻辑，那么鲁迅塑造的"阿Q"形象，又是"概括地揭露了"什么阶级的"反动面目"了呢？尤其是《读〈阿金〉》一文，态度最为偏激。它斥责以前所有鲁迅作品的选本都没有选《阿金》，说是那些编者的眼光"实在不济事"，并把"无论哪一阶层都有女妖精"的奇妙观点强加于鲁迅，再冠上"天才预言家"的桂冠。这也实在令人"参不透"其中之妙谛。小小的一篇《阿金》，在四十多年后，怎么又一次"会惹出这样大问题来的呢？"我想，除了蓄意歪曲的可能外，大概是因为这样几种原因吧：

第一，是对小说、速写等文艺功能的错误理解。早在1919年4月，鲁迅在《新青年》上发表《孔乙己》时，就在附记中指出："以为小说是一种泼秽水的器具，里面糟蹋的是谁。这实在是一件极可叹可怜的事。"直到晚年，他在1936年2月21日致徐懋庸的信中，还批评徐懋庸对《出关》等历史小说的某些不正确的看法，指出："我以为那弊病也在视小说为非斥人则自况的老看法。"我们怎么能用鲁迅一贯反对的"极可叹可怜"的"老看法"，来套鲁迅自己的作品呢？就拿《阿金》来说吧，原是为《漫画生活》所作的，从这刊物的名称看，也说明它的性质是以近似漫画的手法，来描写记录某种社会相与世态人情。其中当然也包含着作者对旧社会的批判精神。鲁迅当时为该刊写的《弄堂生意古今谈》等,都是这类作品。借用鲁迅在《中国小说史略》中评论吴敬梓的《儒林外史》的话来说,《阿金》不过是描写了一"市井细民","现身纸上,声态并作,使彼世相,如在目前"。不是也不能是"揭露"买办文人或反动派或女妖精的。

第二,是对中国现代散文、速写等的特点,尤其是鲁迅作品的风格特点了解得不够。郁达夫在《中国新文学大系·散文二集》的导言中曾指出,从近代开始浓厚起来的所谓"幽默味",是中国现代散文的一大特点。鲁迅的作品常带有极浓厚的幽默味,他自己有时称作"油滑",他的老友许寿裳曾称之为"游戏笔墨"。当然,鲁迅的幽默正如郁达夫说的,不仅仅是使文章"可以免去板滞",使读者得到发泄感情的机会,而且"同时含有破坏而兼建设的意味","有左右社会的力量","有将来的希望",而不像林语堂等人后来那样的如小丑之登台,无聊浅薄。但是,鲁迅在散文、速写、小说等作品中经常顺手涉笔而成的批判、讽刺等,并不一定是整个作品的主旨。我们也不能在分析作品时,总是把主要的注意力集中在这样一些地方。另外,对鲁迅的某些反话、讽刺话、开玩笑的话等,我们也不能作简单的机械的理解。例如,《阿金》中说:"我一向不相信昭君出塞会安汉,木兰从军就可以保隋;也不信妲己亡殷,西施沼吴,杨妃乱唐的那些古老话。我以为在男权社会里,女人是决不会有这种大力量的,兴亡的责任,都应该男的负。但向来的男性的作者,大抵将败亡的大罪,推在女性身上,这真是一钱不值的没有出息的男人。"这一段话显然是鲁迅一贯的观点,也是正确的,我们决不能因为《阿金》中说了句"我却为了区区一个阿金,连对于人事也重新疑惑起来了",便认为鲁迅改变了一贯的看法,甚至得出近似"女人是祸水"这样的荒谬看法。

第三,是强作解经,"公羊"式地专找"微言大义"的不正学风。鲁迅的著作确实是人民大众的经典著作,他的大多数文章也确实是含意深刻的,而且有的还相当隐晦。我们当然需要有考证解释的文章。如果的确有微言大义,当然也应该进行索隐的工作。例如,《补天》中鲁迅插入的站在女娲大腿中的古衣冠小丈夫的一笔,是讽刺当时文坛上的某些人的,尽管这一笔并不是整篇小说的主旨所在,但也应该点明,让读者了解。可是,这决不可以毫无根据地乱猜,更不能违背鲁迅的原意。尤其像《阿金》那样,鲁迅自己有过多次明确的论述,我们不能不注意到,更不能视如不见。(例如,安徽出版的那本《鲁迅年谱》也是引了鲁迅的这两段自述的。)

第四,是对作品的联想和发挥不注意逻辑性和合理性。文艺作品,尤其是思想容量较大、能发挥想象的余地较多的作品,当然是容许读者合理的联想和发挥的;但是,必须合乎情理,合乎逻辑,而且须说明这是读者自己的体会,不能强加于作者。例如,我们认为鲁迅在写《阿金》的第二年写的历史小说《采薇》中的人物"阿金姐",就有"阿金"的影子在内。(顺便提一下,日本鲁迅研究者竹内实先生在 1968 年发表的《阿金考》中也论述到这一点,而冯雪峰同志则不以为然。)关于这一点,读者完全可以根据自己的体会加以分析、评述,言之成理即可。但那种漫无边际的发挥,或将鲁迅神化为什么"慧眼"、"天才预言家"之类的联想,却是要不得的。这里,我们想起冯雪峰同志在生前读到一位国内的鲁迅研究者寄给他的《阿金考》后,曾坦率地说:"觉得文中近于所谓'胡扯'的话不少","谁,谁'影射'谁、谁等等,等等地方,读到时尤其感到了不舒服。这也许是我的偏见,承问及,在此写出,请您指正。"(见 1979 年 11 月《新文学史料》第五辑)从这里,我们可以学习老一辈革命文艺家的严谨的态度。

也谈鲁迅和周木斋

　　唐弢先生在《思想战线》1981 年第四期上发表的《鲁迅和周木斋——四十多年前文坛上的一桩公案》，公正地评价了周木斋以及他和鲁迅的关系，批评了那种硬把周木斋打成"反动文人"的不符事实的臆造，读罢令人有舒一口气的快感。

　　诚然，鲁迅与周木斋之间有过笔墨交锋，鲁迅对他有过批评，这是事实。而且，周木斋文中的一些观点，特别是挖苦鲁迅"不失为中国金钢钻招牌的文人"的说法，也是不对的。但是，鲁迅和周木斋本人在生前怎么会预料到，就因为这么一点"笔墨官司"，竟会使一个进步的贫困一生的知识分子成了一个"反动文人"的呢？

　　这样随随便便可以断人以莫大罪名而不负任何责任的做法，在"文化大革命"中习见不鲜，这也不用多说了。令人奇怪的是，直到今天我们还能看到这样的文章。例如，有一本在"四人帮"被打倒整整四年后出版的书，在谈到鲁迅笔名"周动轩"时谈到周木斋，竟一口气给周木斋戴上了"反动文人"、"帮闲文人"、"完全与主子唱是的是一个调子"、"拣拾反动政府唾余，助纣为虐"等大帽子！该书作者也许没有读过周木斋在解放前的大量杂文，但唐弢《悼木斋》一文收在《回忆·书简·散记》中重新发表已一年了，难道也不应该看一下吗？作者在这本书中还说鲁迅"痛斥周木斋们自己非但闻风逃逸，而且迁搬古董；非但自己逃逸，而且斥学生的抗日图存为'妄自惊扰'"。试问，鲁迅何时说过周木斋这种话？周木斋何时"逃逸"到何处？搬走了什么"古董"？如此说法，实令人吃惊！周木斋先生被贫困夺去生命已四十年了，他自然不能自辩的了；但正如唐弢说的，"无论从哪一点说，这都是一件不可不辩的事情"。

科学研究必须实事求是。对鲁迅的文章，应该全面看；对鲁迅批评过的人物，也应该全面地看。鲁迅批评周木斋一事，正是一个很典型的例子。这个问题其实很早就已有人提出了。笔者曾在1943年7月1日上海出版的由柯灵主编的《万象》杂志上，见到署名"猗园"写的《文人的故事》一文，中有"鲁迅和周木斋"一节，讲得很好。文章认为，虽然鲁迅在《伪自由书》前记中把王平陵、周木斋相提并论，"其实也有区别，不能等量齐观的，这只要把'不三不四'集（陈按，即《伪自由书》）中两方面文章仔细一看，也可以明白的。但是后来的人，往往以为周木斋也像叭儿一样，做了告密的下流行为，这就吃了只看对仗文章，不察实情的亏，弄得是非莫辨了。鲁迅和周木斋始终是同一阵营中的战士，在鲁迅之后，发扬鲁迅杂文的战斗精神，提高杂文的社会任务，在这方面，周木斋已留下了极可贵的模范了。"

这篇文章还提供了一条很可注意的材料："在当时，鲁迅和周木斋发生了上面所说的误会之后，也有过一次他们叙谈的机会。《涛声》的编辑曹聚仁有一次请客吃饭，把要邀请的客人名单，先给鲁迅看过，内中也请周木斋在内。到了那天，周木斋家中有事要回常州去，因此没有去赴约。鲁迅在席间，问曹聚仁：'周木斋来了没有？'曹聚仁答已回常州去了。这些话是事后曹聚仁对周木斋说的。以后却没有这样叙谈的机会了。这也是一件文坛上的憾事。"

曹聚仁在解放后写的《文坛五十年续集》和《我与我的世界》中，两次提到周木斋曾同鲁迅一起到他家吃过饭。唐弢文中虽对此有疑问，但最后还是相信了。我认为这还可商榷。根据上引材料，再根据当时也在曹寓吃饭的杨霁云同志的回忆，和鲁迅1934年9月13日日记"同席八人"的记载，我认为曹聚仁在《我与我的世界》中"一下子便开出一张十个人的名单"（唐弢语），很可能是把他事先与鲁迅商定的"名单"与实际到席的人记混了。唐弢同志文中说,"要弄清楚周木斋的问题,急于想找一些比这更早的材料"。我仅提供这条写于周木斋逝世后两年的材料,可能对唐弢先生和研究者有一点参考价值吧?

对章克标的批评应实事求是

2000年7月31日《上海盟讯》上谢蔚明《不再拥有鲜花美誉的章克标》一文,批评了前些年传媒对百岁老人章克标找对象等事的轰炒,这我很同意。我对此也很反感。但谢先生文章中有些地方,我觉得可以商榷。

谢先生说,鲁迅先生曾"批评"过章先生的《文坛登龙术》。这就没有事实根据。谢先生认为鲁迅对《文坛登龙术》有否定性的批评,可据我所知,鲁迅写过《登龙术拾遗》一文,自称是对章书的"一点增补"。鲁迅的文章当然很幽默,但如果这是鲁迅鄙夷痛恨的书,他怎么会为它"拾遗"、"增补"呢?

章先生在抗战时期走过一段弯路,这个我也认为是他一生中的污点。但谢文说"他写的文章从来不提","晚年在家乡隐瞒历史,不敢碰四十年代的丑事",则与事实不符。好几年前,我曾到海宁去看章先生,当面问过他的"历史问题",他就很坦率地向我说过,没有"隐瞒"。而我现在手头正好有一本1999年7月海天出版社出版的章先生的回忆录《世纪挥手》,其第九章《逃难与落难》就详细地记述了这些事。从其中的小标题《求职入泥淖》、《金陵春梦》等,也可以看出作者本人对这段历史也是否定的。他在书中还用了"罪恶"、"罪行"、"抵赖不掉"、"受到过严厉批判,我完全能够接受"等措词。在我看来,他在这一问题上的态度,还是比较正确的。据说,章先生另外还有一部回忆录叫《九十记程》(?)其中也提到过这些事。他确实没有"隐瞒"。知名文史专家陈子善兄在为《世纪挥手》写的序中说:"章先生《世纪挥手》的可贵之处,在于他不隐瞒,不伪饰,不夸大,不缩小,文坛交游的广阔,论争的纷繁,早年治游的荒唐,中年'失足'的复杂心态,后期挨斗的坦然相对,他都能原原本本,和盘托出,虚以接受后人的剖析和评说。"

谢文中还说:"当时的汉奸文人章克标想必也没有逃过法网"。称当年的章克标为"汉奸文人",我倒也是同意的;不过,无论是当年的国民政府,还是后来的人民政府,却都没有给章克标戴上过"汉奸"的帽子。我不知道这是为什么,但历史事实如此,也没办法。因此,他当年确实未入"法网",至于后来被打成"反革命",入过牢,那又是另外一回事了,后来政府也作了纠正。

谢文最后劝章先生"向获释后的知堂老人学习,消除一切顾虑,把过去的历史尽情写出来,为当代新文学史留下一些材料,也不负余年"云云。如上所述,章先生早已是这样写了。然而,在对待"汉奸"的问题上,"知堂老人"恰恰是最不值得"学习"的,因为他直到晚年,在所有的文章中,都对此没有作过任何忏悔和自责。谢先生要章先生向"知堂老人"学习,我实在不敢苟同。

谢文还提到"北京""通告媒体停止对章克标的宣传报道",这个消息我也隐约听到了一点。我体会,中央领导同志批评的是那种无聊地轰炒百岁老人找对象一类"新闻"的媒体。而这些,章先生本人也是很反感的。据我了解,章先生不是热衷于"鲜花美誉"的人,他一贯对这些看得较淡。如果不是如此,他可能还活不到这样的高龄。我还想说明的是,我也不是章先生的盲目崇拜者。我对章先生近年有些调侃鲁迅先生的话,就不以为然。但我认为对一切人的批评,一定得恰如其分,不能感情用事。何况,我们面对的还是一位与世纪同龄且一直在文坛耕耘的老人呢!

不要戴有色眼镜看鲁迅

　　作为一名中国的鲁迅研究者,在日本访学期间忽然在图书馆里看到一本较厚的《鲁迅日记之谜》(260 多页,南云智著,1996 年),真有似乎眼前一亮的感觉。这个书名太吸引人了。从书中的著者简介及后记中还得知,著者是多年专攻中国近代文学的教授,并曾参与过日译《鲁迅日记》的工作。这就更提高了我对此书的期望。鲁迅日记中未解之"谜"确实不少,当然很想看看著者究竟有什么新的发现。不料,却越看越迷惑。

　　第一章《两个妻子》,第二章《母亲的媳妇》,讲的是有关鲁迅与原妻朱安及后来的爱人许广平的事。对研究者(包括日本的鲁迅研究者)来说,这两章实在没有任何新内容,也没有什么新见解;只是令我感到著者对许广平的态度实在难以接受。如他说鲁迅逝世后,许广平"胸中不只是充满悲伤,而更多的是作为女人的高兴与得意"。"为什么呢? 因为许广平由于鲁迅之死,终于可以独自占有他了。"许广平"心中窃望'鲁迅之妻'的座位,这时公然获得了。"这种莫名其妙的"诛心之论",让人难以理解! 鲁迅与许广平爱情之真挚,鲁迅逝世时许广平之悲痛欲绝,都是世人皆知的事实。而且,如果有所谓"鲁迅之妻"的"座位"的话,早在鲁迅生前,世人也都公认归诸许广平了。这有鲁迅和许广平留下的大量自述为证,也有同时代人的大量文章为证。作为后人,在这一问题上毫无根据地说三道四,是很不妥当的吧。

　　再读下去,著者似乎提出了一些"谜"。第三章《消失的日记》,主要有这样三小节:一是《五四运动》,著者认为 1919 年 5 月 4 日鲁迅日记,没写到当天的学生运动,是奇怪的。二是《一朵鲜花》,写到鲁迅同乡、女学生"许羡苏的出现,在被疲劳感包围、陷于虚脱状态的鲁迅的眼里,是一朵色彩鲜丽的花","朝气蓬勃、充满青春活力的十九岁的许羡苏,也开始给鲁迅自身内注入了新的生气","鲁迅对许羡苏倾注好感,并发展到近乎恋人的关系"。但鲁迅日记中迟至1921年10月8日才出现她的名字,著者认为这是"不自然"的,"不得不令人感到奇怪"。其中有"一年以上的空白",当是"被精心地从'日记'中抹去了"。三是《兄弟关系破裂》,著者认为鲁迅仅在1923年7月14日日记中写了他与周作人分开吃饭,而没有记关系破裂的起因等,也是有疑问的。书中还几次写到"消失了的妻子朱安",认为鲁迅日记中仅两处提到"妻",极不自然。

著者特别在第六章《听不到你的歌》中,详尽地谈论了鲁迅与日本女歌人山本初枝的关系。著者认为,在初枝的眼中,鲁迅不只是一位作家、学者,而且还是一个可以信赖的"男人";鲁迅不只是"父辈人物",而且"在父辈的延长线上,还站着令初枝心动的'一个男人'"。而在鲁迅眼中呢,初枝是与许广平不同(当然更与朱安不同)的"引起他很大兴趣"的"女人",是"鲁迅从未体味过的能感到心醉般温暖"的"日本女人"。鲁迅与初枝"相互理解之深,达到了可以听取对方的幽秘的悄悄话的程度"。"为什么呢?因为他们是相互暴露赤裸的自我,保持着甜美的、危险的紧张关系的同志。换句话说,在鲁迅眼睛中,也不能断言没有把她视作'一个女人'的亲密、甜蜜的目光。""鲁迅舍去矜持,坦露出全裸的自我,这对许广平也不曾有过吧。"

著者又提到鲁迅送初枝归国的一首诗,在收入《鲁迅全集》时被题作《一二八战后作》,认为这是许广平"恣意所为",目的是避免显露这个"特定的女人的名字"。因为许广平一看到这首诗,便"苏醒了作为女人的不安和猜测"。书中说,当年鲁迅与初枝谈话时,许广平因为听不懂日语,成了多余的第三者,没办法,只好认为他们在说秘密话。"更不如说,因为不理解(陈按,指不懂日语),更增强了有关男女关系的不实的妄想吧。"而且,还会令许广平想起在北京时她最初访问鲁迅家的情形。著者在这里暗示,在初枝访问鲁迅时,许广平就转变了角色,成了当年的朱安。而鲁迅日记中最早提到初枝,是1931年5月31日,著者认为在他们相识一年后才记入日记,"实在太不自然了";在她回国前,鲁迅日记中只提到她六次,"这种不自然的感觉就更强了"。"这当中当有什么事情隐瞒着吧?"

著者说了这么多,用意是很清楚的。不过,不是毫无根据,便是有些夸张。而到最后,终于在第七章《抹掉过去》中,亮出了一个总结性的极为新异的见解:今人看到的鲁迅日记,是鲁迅作过大量删除、精心修改后的一种"作品",并非真正的原本日记。著者是这样"论证"的:鲁迅生前,有一件事给了他巨大的"冲击","令他大吃一惊,促使他立即采取行动",而且这件事"改变了鲁迅以后的人生道路"。那就是1929年5月鲁迅从上海回北平看望母亲时,发现有人偷看过他存放在北平的日记。

5月15日,鲁迅致许广平信(《两地书·一一六》)中说:"家里一切也如旧,……以前似乎常常有客来住,久至三四个月,连我的日记本子也都翻过了,这很讨厌,大约是姓车的男人所为,莫非他以为我一定死在外面,不再回家了么?"19日,鲁迅给许广平的信中又说:"我又知道了车男住客厅时,不但乱翻日记,并且将书厨的锁弄破,并书籍也查抄了一遍。"著者认为,鲁迅这里用的"查抄"一词,带有"查证有无隐藏的秘密和欺瞒"的微意;那么,反过来说,他的日记中也就隐藏着很多足以"查抄"的东西了。也就是说,鲁迅原先的日记并非只供自己查阅的简单的备忘录式的东西。又说,"根据鲁迅愤怒的语句来看,那些被偷看的日记,就与现在我们所读到的'日记'不同了"。著者又从鲁迅说的"莫非他以为我一定死在外面"发挥开去,认为鲁迅不得不开始担心自己死后日记被人看,而鲁迅想到,自己死后首先看到日记的,当然就是许广平。著者说:"特别是离开北京之前(陈按,指1926年前)的鲁迅的心,并非专注于许广平。那些对随时记入的各种各样事情的直接的、未消化的感情与想法,是不必让许广平知道的。如果让她知道了,也许要发生不幸。"因此,鲁迅决定整理日记,立即做种种"抹消"工作。这成了鲁迅"必不可少的工作"。经过这样一种"孤独的、隐秘的工作","那个叫作周树人的十分平常的中年男人的人情味就消失了"。

著者认为，这样一解释，前面提到的鲁迅日记之"谜"就都迎刃而解了。例如，为什么朱安提到这么少，就是因为鲁迅修改日记时"头脑中想着最初的读者许广平。""再如，北京时代的许羡苏的记述、上海时代的山本初枝的记述，只因为这两位都是女性，'周树人'就特别小心注意"，在"日记"中予以"改写"。(但是，我们不禁要问：鲁迅认识初枝在 1929 年 5 月以后，即已在著者所谓鲁迅"改写"了原本日记之后；那么，鲁迅再来"改写"什么呢？著者颠倒是非，已经到不顾时间、逻辑的地步了。)

著者的这些疑问，其实也与他对中国的实情不了解有关。如他对鲁迅二十多年日记只用了六种类型的纸感到奇怪，他不了解过去中国的老式稿纸，本来就样式不多。他对鲁迅日记字迹端正、不作修改感到不可思议，其实中国老一代学者不少人都有这样的本事，如果看过徐森玉、周作人、茅盾、傅雷等一批老作家的手稿，也许就不会那样惊奇了。(再说，鲁迅日记中并非完全没有涂改的地方。)

著者关于鲁迅修改日记原稿的推论是缺乏说服力的，也是完全不合事实的。只要稍微细看一下鲁迅日记手迹，就会立即明白。首先，鲁迅日记的字确实一贯是一丝不苟、端庄整齐，顺年读下来看不出字体有什么变化；但如果将最早的 1912 年的日记与 1929 年(即著者所谓鲁迅修改日记之年)或最后的 1936 年日记一比，就可以看出随着年龄的变化，其字体也还是有较明显的变化和发展的。这也就证明早年的日记并未经后来修改重抄。其次，鲁迅日记的字迹虽然十分整齐划一，但如果仔细辨认研究，还是可以发现很多地方能说明它是逐日书写的。(当然，有时候也有连续补写好几天日记的情况。)这些，只要复印一些日记手迹，便能说明问题。但这样的例子实在太多，而刊物的篇幅却有限。好在南云先生在书中特意提到三个"关键"的被认为"修改"过日记的年份，即 1919 年 5 月(五四运动)、1921年10月(许羡苏出现)、1923年7月(兄弟破裂);那么,我们就仅举这些月份前后的比较明显的日记手迹,来证明这些日记确实是当时逐日记写的,并非经后来修改重抄。

图一(陈按,本文最初发表在刊物上时,曾附有鲁迅日记原文影印件。现在省略了附图。)是1919年5月的一页日记,5日的字迹较粗,6日的较细,7日又变粗,8日又转细,一目了然,不是一次书写。图二是1921年8月的一页日记,27日的字迹与前后明显不同,30日下午的日记也与前后不同。图三是1923年7月的一页日记,12日的字明显较前两天小。在这样的事实面前,谁也不会相信这些日记是"敏速地"一次性改写重抄的吧?

再说,有什么根据说鲁迅生前写日记对许广平"保密",不让她看呢?就在《两地书》(一二〇)中,许广平对鲁迅说:"你如经过琉璃厂,不要忘掉了买你写日记用的红格纸,因为已经所余无几了。你也许不会忘记,不过我提起一下,较放心。"试想,如果鲁迅不让许广平看他的日记,那么她怎么知道日记用纸快完了呢?(而且,从这里也可看到鲁迅写日记所用纸型确实是比较固定的。)

写到这里,我觉得南云先生书中说许广平的那句话:"因为不理解,更增强了有关男女关系的不实的妄想"。这个如用在他自己身上,倒似乎是很合适的。鲁迅一生,在男女问题上极为严肃。作为研究者,不能先入为主地用有色眼镜来看待他(这里说的"有色",除了指颜色以外,还有别的意思,因为大家心里一定明白,不说出来也罢。)我又听友人说,南云先生还在韩国出版了一本有关鲁迅的书,书名叫《天堂在女人的胸膛上》。我没见过此书,也不懂韩文,也不知道是不是即此书的韩译本,不便妄评;但我觉得,"研究"鲁迅的书而竟然取这样的书名,实在是不可思议。

博士的浅薄

有自称"我是流氓我怕谁",甚至自称"狗眼看世界"者,对鲁迅胡说八道,对此,我倒没有感到多少气愤。因为他自己就没把自己当作正经人,人们不理他就是了,犯不着与他一般见识。

然而有一位不但大骂鲁迅,同时又骂倒解放前后文坛上几乎所有名作家的仁兄,竟是一个"博士"和"副教授"!无独有偶,另有一位说鲁迅"让人无法走近"(这令我联想起一本鲁迅传的书名《无法直面的人生》)的青年评论家,据说也是"博士"和"副教授",而且专治新文学史。这就实在让我有点惊异了。最近,同时读到这样两位博士议论鲁迅的文章,心情却从惊异、气愤,渐渐地变成了悲哀。

近年来,我越来越感受到鲁迅说过的一句话的深刻。他说,人和人的差异,有时大得甚至比人与类人猿的差异还大。我们与某些论者对鲁迅的看法的差异,源自各自的政治信仰、人生观的差异,这是没有法子的事。因此,凡是属于"理论""观点"方面的事,我就不想多说了。爱怎么说,就怎么说去吧。但是,"博士"的大文中一而再、再而三出现的常识性的史实错误,却实在令我辈笑不出来了!

例如,那篇有名的所谓《悼词》,竟说"茅盾对孔德沚""是始乱终弃的典型"。且不说连孔德沚的名字也写错了;问题是茅盾与孔德沚,最初是"明媒正娶",后来也没有离异,怎么能这样恶毒地用"始乱终弃"这个词,而且还说是什么"典型"? 如果茅盾的儿子向法院起诉,你能逃得了"诽谤"的罪名吗?

　　再如,另一位博士的文中把鲁迅老友许寿裳说成是"让人哭笑不得"的糊涂虫,"这位忠实的朋友甚至还像圣徒抄经一般,虔诚地抄录过鲁迅的日记。这一点真叫人不可思议。"但是,许寿裳何曾"像圣徒抄经一般"虔诚地抄录过鲁迅的日记呢? 如果他真的这样做倒就好了,即使遭某博士这样的嘲笑也算值得,因为我们也就可以看到被日军所弄失的那1922年一整年的鲁迅日记了! 可惜的是,我们如今只能见到许寿裳摘录的其中四十几天的日记,而且即使这几天的日记也不都是完整抄录的。只因为那几册日记被日军毁失了,许先生摘录的这些片断才被当作宝贝附录于《鲁迅全集》中。其实我们只要看看那些日记片断内容大多涉及许先生,也就可以推断那一定是许先生为撰写有关回忆文章而作的摘录。作为"博士",总也写过文章,总也作过资料札记吧? 怎么会想到"圣徒抄经"上去呢? "这一点真叫人不可思议"。

　　这两位博士的文章,还都写到了所谓"鲁学"的"第一大神话",即"幻灯事件"。一位说:"当时放映的那组幻灯片已经找到,奇怪的是,惟独没有鲁迅所描述的那一张。"因此,这就成了"鲁迅本人"所"原创"的"神话"了。其实,这个所谓"幻灯神话说"的"原创者"是日本人,两位不过是拾东洋人牙慧而已。有个别日本学者提出过这个问题,其理由无非是两点,一是在仙台保存下来的幻灯片中没有那一张,二是仙台医专活着的当时与鲁迅同学的日本人记不得看过那一张幻灯片。但是,仙台找到的幻灯片幸而是有编号的,当中就缺了几张,谁能保证鲁迅说的那张幻灯片就不在那缺号之内呢? 再说,即使那套幻灯片是全的,谁又能保证没有别的幻灯片呢? 还有日本学者说,鲁迅当年看到的其实是"写真"(即照片),而他改写成幻灯片了。这作为一个问题,可以大家探讨;但即使确是如此,两者也没有什么本质上的差别,鲁迅仍然是受了那场景画面的刺激而起了思想上的转变,这根本就谈不上什么"神话"。而我又听上海鲁迅纪念馆馆长王锡荣兄说,在韩国已发现鲁迅当年看过的日本人制作的那张幻灯片。那么,一位博士说的"关键是这张虚构出来的幻灯片具备了'圣人传说'所需要的一些基本要素"云云,不就成了他自己说的"未免过于戏剧化了"?

一位又说,"幻灯事件"引起鲁迅弃医从文是一个"神话",其实"不如说是他学医失败的结果","他的医学成绩实在是不敢恭维"。可是,鲁迅的学业成绩如果真是那么糟糕的话,那些日本同学为什么妒忌得要突然检查他的课堂笔记,怀疑教师泄漏了考题呢?

鲁迅当年感叹,中国是弱国,所以外国人便以为中国人当然是低能儿。现在,中国强大了不少,而"博士"者毕竟还是中国人中为数极少的佼佼者,但我怎么老觉得在某些方面总让人为他们感到难为情呢? 哀哉!

本人决不是出于狐狸说"酸葡萄"式的妒忌。因为那些"酸葡萄"我早就有了。我觉得为人师表者,其学风文风不仅是他本人的事,还会影响到青年学生,因此决不可等闲视之。

也谈鲁迅骂梅兰芳及其他

　　王景山老先生的"读鲁随感"《鲁迅未骂梅兰芳》,我饶有兴味地拜读了。他对鲁迅两篇《略论梅兰芳及其他》等文的分析和阐述,我觉得是有些道理的。鲁迅明明用的词是"略论",他是有分析的,说理的,人们也就不能笼统地简单地称之为"骂"。不过,我又认为鲁迅确实是不喜欢,或者说甚至厌恶梅兰芳的"男人扮女人",对梅兰芳作过讽刺。王先生也说"鲁迅对梅兰芳有褒有贬"。一般老百姓常把讽刺和贬也称为"骂",这是一种广义的"骂"。那么,说鲁迅骂过梅兰芳,我看也不算错。

　　王先生又说,"在他(鲁迅)写给朋友的信里也有一两处提到'梅郎',都和'骂'字无关"。但我却记得鲁迅信中倒有更"刻毒"地"骂"梅兰芳的地方。那就是1933年3月1日致台静农信,其中写到:"他(陈按,指萧伯纳)与梅兰芳问答时,我是看见的,问尖而答愚,似乎不足艳称,不过中国多梅毒,其称之也亦无足怪。"这"梅毒"两字,当然主要也是批评那些捧梅的人,但这对梅兰芳来说,总是一种"骂"人的话吧?

　　我认为,讨论鲁迅有没有"骂"过梅兰芳,似乎意义不大;更重要的应该弄清楚鲁迅"骂"得对还是不对。在这方面令我读后有得的论文似乎不多,我至今在理论上说不清这个问题。尽管我知道这绝非鲁迅的"私仇",而且我也同鲁迅一样厌恶"男人扮女人"这一"最伟大最永久,而且最普遍的艺术"。我还想指出的是,中国新文学史上最早"骂"梅兰芳的左翼文人并不是鲁迅。我认为应该是郑振铎,其"火力"甚至远较鲁迅为强。不知道为什么,这一史实从未见人提起。

1929年1月15日出版的郑振铎主编的《文学周报》第353期,就是整整一期批梅兰芳的专号,共有十多篇文章,目录如下:

打倒男扮女装的旦角——打倒旦角的代表人梅兰芳	西源
反常社会的产物	影忆
梅兰芳扬名海外之一考察	岂凡
救救国际上的名誉吧	蒲水
梅讯	白云
除日有怀梅兰芳	九芝
男扮女装的梅兰芳	雨谷
工具	倒霉
倒梅运动之先决问题	掘根
没落中的皮黄剧	西源
梅兰芳的分析	佩英
神秘的艺术	韫松

你看,公然提"打倒"、"倒梅运动",还有人取了"倒霉"这样的笔名。这些文章的观点,与鲁迅后来的两篇《略论……》非常相似,主要也是反对"男扮女装",认为是"反常社会的产物"。因此,他们主要也并非是为"打倒"梅兰芳个人,而是为批判旧文艺观和封建旧文人,也反对将皮黄剧从"俗"拉到"雅"。这些作者都用了笔名和化名,但至少有三位可确认其真名。岂凡是后来超百岁老作家章克标,韫松是文学研究会会员、后又成为左联成员的彭家煌,而写了两篇文章、且其中一篇是最重要的打头文章、基调文章的作者西源就是郑振铎。因为同刊第363期上发表的西源的《评上海各日报的编辑法》一文,后被郑振铎收入自己的集子《海燕》中,故可确认西源是郑振铎的一个笔名。

而且,我还想指出,茅盾也是支持这一批判的。当时茅盾正逃亡在日本,与他同居的秦德君女士后来在日本《野草》杂志上发表回忆文《樱蜃》,其中提到:"郑振铎主编的《文学周报》出专刊骂梅兰芳,因为美国赠送梅兰芳'文学博士'学位而惹起他们这些有红眼病的文人的'醋海风波'。茅盾也要我赶浪头，写一篇骂梅兰芳的文稿寄给郑振铎；可是我并不吃梅兰芳在美国获得文学博士学位的醋。但由于茅盾在我耳边嗡嗡嗡地逼得我非写不可，我也就言不由衷地给梅博士一调羹醋。静言思之，不禁哑然失笑。"这段话写得极为俏皮，但我们可以知道上述化名文章的作者中应该有秦德君，甚至可能还有茅盾。

不过，秦女士这段话我读后，也"不禁哑然失笑"。因为郑振铎等人当年批评梅兰芳，是一件严肃的事件，并不关"吃醋"什么事。再说，那期批梅专号出版于 1929 年 1 月，组稿当在 1928 年底，而梅兰芳获得美国博士学位则在 1930 年，这个"醋"又何从吃起？

我现在想向各位高明请教的问题是：郑振铎、茅盾、彭家煌、鲁迅等人当年批评（或批判）梅兰芳，到底对还是不对？"男人扮女人"到底算不算伟大的艺术？如果是"反常社会的产物"，为什么不可以骂？如果是"最永久的艺术"，为什么现在不积极传承？盼有以教我！

也谈《琐忆》

　　近读陈漱渝先生为大型资料集《回忆鲁迅先生》一书写的长篇序言,受益颇多。文中对唐弢先生的《琐忆》一篇提到的某些事的真实性提出异议,我觉得很有必要。唐先生也是我所尊敬的人,但对他的某些著作、某些说法有不同看法,只要说得出道理,我以为也没有什么不可以的。

　　比如这篇《琐忆》,我也一直觉得有不可信之处。除了陈文中提到的以外,我还想补充一点。

　　唐先生曾亲炙过鲁迅,这个我毫不怀疑。但他自己也曾说过:"我和他的接触并不多。"(《断片》)至少,我认为他不可能去过鲁迅家。根据就是鲁迅给他的信。1936 年 3 月 17 日,鲁迅致唐弢信中说:

> 我的地址还想不公开,这也并非不信任人,因为随时会客的例一开,那就时间不能自己支配,连看看书的工夫也不成片段了。而且目前已和先前不同,体力也不容许我谈天。

　　从信中看,显然是唐弢给鲁迅写信(当是寄到内山书店转),表示自己想去鲁迅家谈话,鲁迅明确谢绝,甚至连家址也未告诉他。(这当然不会是唐弢想介绍其他人去看鲁迅,因为这更不可能。)而鲁迅 1936 年 8 月 20 日给唐弢的最后一封信中又说:

> 我的号,可用周豫才,⋯⋯至于别种笔名,恐书店不详知,易于将信失落,似不妥。

由此可见,直到最后,唐弢仍然只是通过内山书店寄信与鲁迅联系的。

然而,唐弢所写有关鲁迅的回忆文章中,虽然一直并未明写他去过鲁迅的家,却给人以似乎经常去鲁迅家的感觉。比如这篇《琐忆》中就写到至少五次与鲁迅谈话,特别是1935年5月4日"《新生》事件"后,他的一本书稿被检查官删改、胡批。"我一时气极,带着发还的原稿去见鲁迅先生。""鲁迅先生站起身,在屋子里踱了几步,转身扶住椅背、立定了。……"虽然他没写明去哪里见鲁迅,但一般读者只能认为这是到鲁迅家里。(如去内山书店,也不会每次一去就能见到鲁迅的。)然而从上引鲁迅信来看,这是不真实的。因此,陈序中说的实在是一针见血:"不能使回忆内容超越跟鲁迅交往的实际程度。"

相似的情况,我索性再举个例子。唐弢先生1958年有《忆西谛》一文,写道:"大约是《文学季刊》停刊,西谛从北平转到上海的时候(按,《文学季刊》最后一期是1935年12月16日出版的),有一天,我在书店里遇到阿英同志,他兴奋地告诉我:'西谛来了,他这回打算在上海长住。'可能是由于阿英的介绍,我才和他认识起来的。……我现在能够清楚地记忆的,是已经坐在他的上海庙弄的寓所里,看他在书堆里转来转去,彼此毫无拘束地谈论着一切了。"也就是说,唐弢与郑振铎最初的相识和交往,在1958年他只记得起这些。

然而,过了二十八年,他在一篇《西谛先生二三事》中,却更清楚地回忆起"大约是1934年下半年或1935年上半年",在书店遇见阿英后,"过了几天",就在开明书店门市部遇见了郑振铎,并有一段精彩的对话:

西谛一见如故地说:"听说你在《自由谈》化名写稿,有时每天一篇,真的吗?"

"没有的事"。我惶恐地回答,"只是偶然写一点。"

"什么书?"他似乎没有听我的答话,却从我手里抢过刚刚购下的一叠书,随手翻着,没头没脑地对我说,"谷城总是……不声不响,忽然送出一部巨著来,让人大吃一惊。"他指的是周谷城先生的《中国通史》，上下二册，我买的就有这部书。……

这段描写，令人如临其境，又通过郑先生之口赞扬了当时健在的人大副委员长周谷城先生；但是，这段描写实在是"没有的事"！原因是，周谷城《中国通史》是直到 1939 年 8 月才由开明书店初版的。

一则故事的出处及其他

　　1998年第四期《鲁迅研究月刊》上,有唐弢先生夫人写的信,其中写到"一件鲜为人知的事情":

　　　　1983年他(陈按,指唐弢)写《记郁达夫》一文,看清样时非常不高兴,原来编辑把文内述及鲁迅所讲的故事删去了,他对我说:"他们怎么不理解鲁迅先生讲的都是寓意深刻的故事,这个故事并不带黄色。"在他的解释下,终于按原文刊出。

　　看到这段话,我很有收获。因为,十多年前我在读研究生时,曾有一位同学绘色绘声地告诉我,他曾在烟台举办的一次"鲁迅研究"进修班上听唐先生讲过那个"鲁迅所讲的故事",唐先生还深为遗憾地说他数十年来一直找不到那个故事的出处。当时我对那位同学说,我虽然没有参加那次进修班,但也曾看到过唐先生那次讲课的记录稿,我也很想知道那个故事的出处。又过了几年,我竟偶然在杂览中找到了那个"出处",便很想写一篇文章,但可惜的是怎么也找不到当初发表唐先生那篇讲话稿的书(或杂志)了,文章也就没法写。而从上述唐夫人信中得知唐先生的《记郁达夫》一文中也提到这件事,我便找到此文,见其中这样写道:

　　　　我记得有一次,我们(陈按,指唐弢与郁达夫)一同听鲁迅先生讲故事,第二天会面的时候,他说:

　　　　"鲁迅厉害。他讲的故事,我翻了许多书找不到出处。不像钱武肃王还有方志可查,这回是大海捞针,更加不着边际了。"

　　　　"也许在什么笔记里吧?"

"也许。你不觉得这故事和《泰绮思》有点相似吗？可是思想完全不同。真有趣。"

鲁迅先生讲的故事是这样的：

某地有位高僧，洁身苦行，德高望重，远近几百里的人都仰慕和敬佩他。临死时，因为他一生未近女色，抱憾没有见过女人的阴户，辗转反侧，不能死去。徒弟们见他折腾得苦，决定出钱雇个妓女，让他见识见识。等到妓女脱下裤子，高僧见了，恍然大悟道：喔！原来是和尼姑一样的噢！说完就断气了。

我们都觉得这个故事含义的深刻。

这里提到的"钱武肃王"，当指鲁迅向郁达夫提到过的五代时的钱镠。1933年12月30日，鲁迅写《阻郁达夫移家杭州》诗，其中第一句就是"钱王登假仍如在"。那么，唐先生所写到的这件事，只能发生在1934年以后。而连郁达夫这样的才子都觉得像大海捞针、不着边际，大呼"鲁迅厉害"的这个出处，其实并不"僻"，就在1934年被林语堂大"炒"了一下的清代长篇小说《野叟曝言》中。（而这部小说，在近几年又大红大紫了一下，许多出版社都争着出版，至少出了十种以上版本。）

在《野叟曝言》某卷某回（此处非卖关子，因有几种版本，回数各不相同），写到主人公文素臣被奸人李又全逮住并吸食其阳精，李又全又命他的十六位妾媵在文素臣面前脱光衣裳，各讲所谓的"村笑话"，以便"等他淫兴畅发，精神贯通，再行吸取"。这是全书中最下流的章节之一，而其中的"第十五姨"便讲了这样一个唐先生认为"并不带黄色"的故事：

一个大和尚要坐化，报告诸山都来伺候下火。徒弟问他可有牵挂，大和尚说："老僧四大皆空，别无牵挂；只一生没见女人牝户，于阴阳之道欠缺了半边，就是这一点子牵挂。"众人都合掌念佛，赞叹说："这才是大和尚哩！我们去叫一个娼妓给大和尚瞧一瞧，也省得他回首时的牵挂。"于是雇一土娼，脱了裙袴，把牝户送到大和尚面前道："请看女人的牝户。"大和尚定睛一看，恍然大悟，道："原来女人的牝户，与那些尼姑的牝户竟是一般样儿的！"

虽然找到了据说是鲁迅讲的故事的出处，但我对唐先生讲的故事却起了一点儿怀疑。人所共知，郁达夫博览群书，记性极好。他对中国旧小说，从小就差不多读遍了。他在文章中也提到过《野叟曝言》，还记得他开玩笑地讲过他对中国古代带点"黄色"的小说早就读得滚瓜烂熟了。那么，他怎么会对这个"出处"不知道呢？ 更何况，前面已提及，1934 年(唐先生说他认识郁达夫就在这一年)林语堂曾几次吹捧《野叟曝言》，聂绀弩等人还与之争论，鲁迅也发表了文章，郁达夫岂会在这时还没有读过此书？ 最令人难解的是，鲁迅难道向郁与唐讲了这个故事后，"卖关子"不交代"出处"，算是考考郁达夫？

唐先生说"我们都觉得这个故事的含意的深刻"，但我觉得鲁迅恐怕不会这么认为的。鲁迅一贯对《野叟曝言》评价很低。《中国小说史略》中说它"意既夸诞，文复无味，殊不足以称艺文，但欲知当时所谓'理学家'之心理，则于中颇可考见"。当林语堂大肆炒捧此书时，鲁迅在《"寻开心"》一文中说："这一部书是道学先生的悖慢淫毒心理的结晶。"可见，鲁迅明确揭露其"淫毒"，怎么能说书中这个故事"并不带黄色"呢？ 因此，如果说鲁迅会从自己这样鄙视的一部书中引一个故事来考考郁达夫，或者说鲁迅从这样一本"悖慢淫毒"的书中来引一个故事以显示其"深刻"，都是很难理解的事。鲁迅在《"寻开心"》中还说："所以用本书(陈按，指《野叟曝言》)和他(陈按，指林语堂)那别的主张来比较研究，是永久不会懂的。自然，两面非常不同，这很清楚，但怎么竟至于称赞起来了呢，也还是一个'不可解'。"同样的，将鲁迅对此书的看法，和唐先生所讲的故事来比较研究，也令人觉得"不可解"。

中国人的标准

最近,买了一本非常精彩的书:纪念陈寅恪先生诞辰一百十周年国际学术研讨会论文集《陈寅恪与二十世纪中国学术》。打开正文的第一页,就是著名学界泰斗季羡林先生的讲话,题为《一个真正的中国人,一个真正的中国知识分子》。季老一开头就说:"'一个真正的中国人'讲陈先生的爱国主义……今天我们召开研讨会,我初看了一下论文的题目,也是非常有深度的,可是我感到有一点不太够。我们中国评论一个人是'道德文章',道德摆在前面,文章摆在后面。这标准看起来很简单,实际上并不简单。据我知道,在国际上评论一个人把道德摆在前面并不是太多……道德不行,艺术再好也不行,这是咱们中国的标准。"这几句话十分朴素,似乎也没有什么"高深"的理论,但我觉得真是讲得好极了。与鲁迅先生晚年讲过的"中国人为人的道德",是一致的。

我不由得想起了自己遇上的一件事。

2000年,我听说南京有一家高级饭店,店内特设了可供读书、写作、上电脑网络的"书吧",真是雅得令人向往。而且,他们还内部刊行了一份挺不错的读书性质的小刊物,上面介绍在书吧里又分别有以五位著名读书人的雅号为"堂"名的五间房间。不过,这"五堂"的第一间却是"知堂",我则感到甚是不妥(其他,记得是鼎堂〈郭沫若〉、三松堂〈冯友兰〉、耕堂〈孙犁〉、选堂〈饶宗颐〉)。因为"知堂"就是周作人的"堂",他虽然也是一个有名的读书人,但当他自以为是地取名"知堂"时,实际就开始不"知"了——鲁迅称其为"昏"。而后来,竟堕落到人世间最肮脏的地方去了。因此,我便为那份小刊物写了一则极短的小文,善意地指出了这一点。

我的意思无非也是按照咱们中国人的标准,认为不宜挂周作人的牌子。尤其是联想到他最后与南京的关系:一是连老母病重也不顾,丞丞赴南京"谒见"汪伪政府"主席",结果不久老母病故;二是被国民政府逮捕押送至南京受审,关在老虎桥监狱。一个知道点历史的读书人,如果坐在这所谓的"知堂"里,是不可能不想到这些的吧?那么,还有什么"雅兴"可言?我还建议是否可换成"俟堂"(鲁迅)或"玄览堂"(郑振铎)等。

我当时心中还想:南京,是什么所在?是当年的国都,是至今仍有某些日本人一直在否认那里曾经有过惨绝人寰的屠城的地方!南京人,应该是最最痛恨汉奸卖国贼的。因此,当我看到那则拙文在该刊上登出后,就以为那块"知堂"的牌子大概已经摘下来了。

然而又过了几期,见到该刊登出了一位先生写的《"知堂"有什么不好》,还说什么鲁迅的文章充满了"斗气",在这样的"书吧"里是读不得鲁迅的书的,而"知堂"才是"最合适不过的""体验美妙神韵"的读书地方。该刊后又摘要刊载了长沙某先生的来信,称该文的"见识当然深得我心",还说了一句我怎么也看不懂的话:"中国文人对别人和别人的文字太苛,甚至超过了管文人的官们,而对官们所施加的横暴反而俯首贴耳。"不过,该刊也摘登了京城文化老人范用先生的信,说:"某君意见,不敢苟同。我也爱读周作人的文章,但中国的知识分子历来重视人格、气节。"我觉得,范先生的话,倒是与季老一致的。

当初我写那则短文,心里确实首先基于"咱们中国的标准",认为应将"人格、气节"放在首位,而没有想到"管文人的官们"如何如何。现在,经长沙某先生的"启发",我想此事倒实在应该引起当地有关"官们"的注意了。因为,如果这个"知堂"只是设在某个国民(例如长沙某先生)自己的家里,我们自然可以不说话;而现在,这块可以"体验美妙神韵"的牌子却是挂在公共场所(而且是在南京),而有关公共场所的挂牌和命名,国家是有明确的法规的啊!"知堂"的命名,无疑带有纪念和崇敬的意义,试看那本小刊物,就曾登载过冯友兰先生的后人特地在"三松堂"前拍照留念的相片。那么,如在南京竟然有了周作人的纪念堂(当然,我还不认为那已经是纪念堂了;但有的人非常想为他建纪念堂,似乎也是无可否认的事实),这在咱中国人的心中,能通得过吗?

【附记】

写这篇东西的起因,文中已经讲得清清楚楚。后来,因为网上还有人因为此事而骂我,我只得托朋友帮我也在网上发了一段话:"创刊时,不知哪位朋友介绍,也曾寄赠我一份。我很喜欢,也很珍视这份友情,还曾主动写过一篇文章寄去。后未发表,大概因为太长了一点。尽管白写了,我也仍然喜欢这本有关读书的小刊物。记得另有短文一篇是发表了的,居然还发稿费,令我颇觉惊喜。再后来,因为我看到刊物上介绍书吧所设包厢有'知堂',便写去一信,认为周作人是汉奸,就曾关在南京,而南京又曾是日本兵大屠杀的地方,用汉奸的名字挂牌子是不妥的,建议换别人,例如'俟堂'(鲁迅)。我完全是出于好意。刊物并将我的短文(信)也发了。我以为他们接受了我的意见,很高兴。不料又过了一期,竟在该刊见到有人发文章说'知堂'好得很,如改为'俟堂'则根本就无法读书了,因为鲁迅的文章'斗气'太重云云。还嘲讽我不读书(这一点我尤其不服气,特别是我后来了解了此人的年龄、学历、著作后)。该刊还发表某名人来信,亦反对我,还说了一句我怎么也看不明白的话:说我'对当权者的残暴不敢说一句话'云云。一气之下,我在上海某报写了一篇杂文反驳。我说,'知堂'这块牌子有人喜欢,挂到他家里去,我决不多说什么;但挂在公共场所,尤其挂在与日伪有血海深仇的南京,我就坚决反对。'当权者'云云,我一点不明白是什么意思,但反倒'启发'了我:此事应向有关当权者反映。南京的'当权者'我一个不认识，倒想起省委顾书记是文人，我知道他，他不认识我（我在京与他一起开过一次瞿秋白纪念会）。于是我便将刊有拙文的报纸寄去了。……如果我说得不对，又何必改成'缘缘堂'呢？我深感遗憾的，从此刊物就再也不寄我了。我曾托某兄转达我的意思，我并不想得罪朋友。不过，我想做人交友总应该有一条'底线'。我的'底线'是：绝不容忍无原则地美化汉奸。我们现在反对日本人参拜靖国神社，可是你可知道：中国读书人中最早（而且在战时）去那里拜鬼的就是周作人！他还多次去东京的医院慰劳在侵华战争中负伤的日军官兵并向他们捐款呢！"

不料，我又在网上看到一位姓薛的朋友写的《五年记》，说："最令人喷饭的插曲，是'海上闻人'陈某某，为了书吧中有一个'知堂'，居然上书省委分管文化工作的副书记，颇有不达目的誓不罢休的雄心。看到经副书记批示的这封信，我是主张影印转发，以资教训的，但多数朋友宽大为怀，致使这位'闻人'的声名未能因'知堂'的取消而大振。"他说我"居然上书……副书记"，其实我只是寄去了发表此文的剪报（大概同时也附了说明情况的短笺）。他说他"主张影印转发，以资教训"，不知道是"教训"他们自己呢，还是"教训"我？看来只能是想"教训"我一番的，否则怎么能用"宽大为怀"一语呢？那么，副书记的批示难道是"教训"我的吗？他说"宽大为怀"，当然是可怜我，放我一马，饶我一回而已，却怎么又使得我的"声名"因此而未能"大振"呢？我既然已被封为"海上闻人"，怎么"声名"还未"大振"呢？这些，都是我怎么也弄不懂的。

不过，还是有网友"春风3郎"（我至今不认识）对薛某提问："你上次发帖谈这件事，为何不说陈福康在致信江苏省委前，曾就此事给你写过信？后面我跟帖质询，你也没老实说，只是一个劲地和我兜圈子。看来人和鬼都你一起做了……""那个陈某某大概是陈福康吧，何不明说呢？干嘛搞得这么神神鬼鬼的？陈于此事，总不会是出于私怨，不过是对历史人物的定位问题。觉得不平可以付诸公议，在那个副书记面前也可以据理力争,是非曲直大家心里都会有一本明账,何必像现在这样鬼鬼祟祟的,又是'某某'又是猜谜的,挤眉弄眼,倒显出猥琐和理亏来。是为了不让陈某某出名?可笑,这种话你自己信么?……我不知道这位薛作者是不是南京人,但现在总是生活在南京罢,那么对于半个世纪前的这场浩劫,应该比我们有更切肤的感受,如果你还是一个有良知的中国人的话。不论对周作人的文学和学术上的价值怎么看,但他是一个甘心替侵略者卖命、背叛自己民族和同胞的败类,这个事实总是确凿无疑的。评价一个人,个人的标准可以与历史和社会的标准不一样。你出于一己的好恶,突出一点、忽略其余当然可以,甚至是指鹿为马、颠倒黑白也不在话下,只要限于私人的范围,我想现在的社会已经赋予个人这种自由。但是历史和社会不能这样,无论对事对人,它的评价都应该公正而完整,这样才能为后人留下一部清白的记录,不至于随着时光的流逝,当记忆变得模糊,让某些别有用心的人有机可乘,得以将臭的变成香的,小人变成英雄。……薛先生作为一个文化传播者,开办的书吧、出版的刊物肯定要面向社会,发生一定的公众影响力,那么'限于私人范围'这一点已经不成立,也就是说他在公众中的言行必须要有社会和历史的自律,而不能以自己或一小撮人的价值标准肆意而为。在这里我想问薛先生,你用一个汉奸的名号命名公众场所是一个有社会责任感的做法么?(就算在某些文人神往的西方自由世界,比如说法国,能想象用维希来命名一条街道或一个书店么?)你诸如此类的行为,在受你影响的公众中树立起的周作人形象是一个真实的形象么?如果都像你这样的做法,在几百年后人们的眼里周作人会是一个什么样的人?大师?圣人?那么是谁在欺骗世人?又是谁在对历史不负责任呢?不要说我在扣大帽子,因为历史就是这样一点一滴涂抹出来的。""我认为你们将汉奸名号命名公众场所的做法已经超出底线,这已不是可以商讨的事情了。我想陈肯定也是这样认为的。"

看了这些话,我想到一句话:"公道自在人心。"

　　网友又责问薛某:"我只问一句,如果陈直接向书吧或媒体提出,你们会将这室名撤销么?"如上所述,我确实先是"直接向书吧或媒体提出"的,而他们确实没有主动将那堂名撤销。

不能丧失民族记忆

——读《周作人文类编》想到的

买了一套十巨册的《周作人文类编》。这套书印得很漂亮,编者也下了不少功夫。单就每册厚薄均匀,所收文章大多加以校勘来说,就不是当今所有的文集都能做得到的。(不过,此前岳麓书社编印的周作人各集子,已经加了校勘记。《周作人文类编》的校勘未必都是该编者亲自做的。)当然,编辑方面的问题也不是没有。例如,全套书明明不能分册零买,但编者的《弁言》及《凡例》却偏偏每一册前都印,岂非故意浪费纸墨和买书人的钱? 又如,周作人发表在《开明》上的致"雪村兄"的信,收信人肯定是开明书店人皆知之的章雪村老板,书中却被加上"致徐雪村"(此是何人?)的题目。

当然,这些都不算大问题,我也不想为此专门来写一篇文章。而激起我写这篇短文的,是这套书的编者所表达的一种对周作人的态度。该书《弁言》以"附录"的形式公布了编者1958年写给周作人的一封信,信中说:"从四十代初读书时起,先生的文章就是我最爱读的文章。"虽然1940年代初我尚未出生,但1940年代初是个什么年头我还是知道的;而且我还知道,那个年头"最爱读"周作人文章的中国人恐怕极少。为什么? 我想大家也一想就明白。

那么,编者这里说的"最爱读"的周氏文章,也许不包括他在当年做汉奸期间写的? 我曾经这样想。然而,编者却明明白白地说,从那年头起,他就不断地搜求周氏著作,"凡是能寻到的,无不用心地读了,而且都爱不能释"。还说:"说老实话,先生的文章之美,固然对我具有无上的吸力,但还不是使我最爱读它们的原因。我一直以为,先生的文章的真价值,首先在于它们所反映出来的一种态度,乃是上下数千年中国读书人最难得的态度,那就是诚实的态度——对自己,对别人,对艺术,对人生,对自己和别人的国家,对人类的今天和未来,都能够诚实地,冷静地,然而又是积极地去看,去讲,去想,去写。"编者甚至说,无论是早期的文章,甚至就是后来众口訾议的"自甘凉血"小品,"在我看来全都一样,都是蔼然仁者之言。"读到这些话,实在忍不住想问一句:就在当年"四十年代初"的时候,周氏写的东西也是"上下数千年中国读书人最难得的"作品吗? 也是"蔼然仁者之言"? 也是对"五千年古国,几十兆人民""深沉"的"眷念"之作吗?

其实,我也不否认周氏有一些文章写得不错,有的时候他的态度也算"诚实";但是,决不是"全都"这样! 他不仅写过不少蹩脚的文章,而且他的为人与为文都有一段不可掩饰的丑恶与虚伪,任何人用任何登峰造极的言辞也无法对此掩饰和美化。而编者在那封信上还说:"二十余年中,中国发生了各种事变,先生的经历自是坎坷,然即使不读乙酉诸文,我也从来不愿对先生过于苛责。"乙酉即 1945 年,"乙酉之文"当指周作人为自己的汉奸问题所写的辩解文章。编者想向周氏表白的意思似乎是,他本来就不想对周氏的叛逆行为"苛责",待看了"乙酉之文"后就更只剩下五体投地的佩服了。我作为一个中国最普通的老百姓,想坦率地说一句:编者的这样一种态度是不对的。如更想以这样的态度来影响更多的读者,就更加不对了。

编者在《类编凡例》中说,书中所收文章,包括演说辞、应用文等,但"公务性质的文字和讲辞"则不收。这样,周氏在"四十年代初"公开发表的《关于华北教育》的广播讲辞(内容歌颂"友邦之协助",鼓吹"以建设东亚新秩序为目标")、在汤尔和追悼会上的致辞等,还有《治安强化运动与教育之关系》、《日美英战争的意义与青年的责任》、《东亚解放之证明》等

"大作",便大概都以带有所谓的"公务性质"（当然是伪政权的"公务"）的原因而"割爱"了。但是，周氏当年还有《汪精卫先生庚戌蒙难实录序》、《汤尔和先生序》等文章，都与"公务"搭不上，而且在当年都是公开发表的正儿八经的序文，书中为什么都不收呢？要知道，编者是连周作人从未发表过的与其兄悍然绝交的那张笺条，也要加上个《与鲁迅绝交书》的题目，而收入了书内的啊。还有周氏1951年12月28日、1965年4月8日等天的日记，也被编者特地辑录出来，算作"散文"，收入书中。因此，我在这里要郑重地向读者指出：这套书虽然标称"全编"，其实还是有意地"遗珠"。而如果不读读那些有意未收的妙文，也就不足以全面认识周作人其人其文！

我曾读过张恩和先生的《由〈东史郎日记〉想起的》一文，深有同感。文中有句话说得非常好："对照起《东史郎日记》引起的热烈反响，我觉得这些年国内兴起的'周作人热'就有点'热'得没有道理。""一个人。更不用说一个民族，千万不能丧失记忆，更不能要求别人正视历史，不忘过去，而自己反不正视历史，反忘记过去，好像别人杀了我们的人，侮辱了我们，我们就应该记住，而我们自己的人犯了罪，反倒可以原谅，可以为之开脱。这不但有悖常理，也很难让人尊重。"

【附记】

后来，又偶读《周作人文类编》卷十《八十心情》中的写于"四十年代初"的《先母行述》一文，忽发现文中有这样的句子：先母"以笹间医师之力，始转危为安。作人①当赴首都②，见先母饮食如常，乃禀命出发……"文末有编者的注："①②以下共阙去十余字。"

这不免引起我的好奇心。

"阙去"的是什么字呢？急查海南出版的《周作人集外集》，其中收入的此文居然也同样是"阙去"这"十余字"的；而且，连这样的注也没有，浑然一体,令人只能以为周作人的"禀命出发"是禀了先母之命。

由于周作人的这篇文章"未收入自编文集",我想查考这"阙去十余字"还真是费了不少工夫。谢天谢天,我终于设法找到了,不敢自秘,亟贡同好。

原来,上述注①处"阙去"的是"蒙国民政府选任为委员",注②处"阙去"的是"谒主席"!

各位读者,明白了吧? 这里说的"国民政府",不在当时的重庆,而是在南京。那么,所"谒"的"主席"是谁,不用说了吧?

由此可见,"阙去"云云,实在是很有一番苦心的。

不过我想,这"十余字"实在还是"阙去"不得的。一"阙去","禀命"便没有了着落。不仅会让人以为周作人"禀"的是母命,甚或再过几年,如有人又"调查"、"回忆"出周作人是禀"北平中共地下组织"或"国民党地下组织"之命去干什么什么之类,岂不又要热闹一番了吗?

还有一回,我在某篇文章中看到引用周作人写于汉奸期间的另一篇文章《新中国文学复兴之途径》中的话:"新中国文学复兴之途径没有第二条,这与新中国之复兴走的是同一条路。……用最近通行的话来说,即是复兴中国,保卫东亚……"中国沦陷于日本的铁蹄之下,遍地哀鸿,这在周氏话语中就叫"新中国之复兴"。我很想看看在道道地地的日伪政治军事口号"保卫东亚"后面周氏又写了点什么,于是便翻阅《周作人文类编》,在卷三找到了该文,令我再次惊愕的是,书中却没有"保卫东亚"四字,而且,在"校勘记"中索性连"以下阙去××字"的话也没有了!

这样一来,编者在每册书前都强调的该书"文章均保持完整,绝不割裂删节","文章均尽可能作了校勘……由编者校改之处。则一律注明……以明责任"云云,岂不成了谎话?

卷 四

有关周作人新"史料"的质疑

所谓新"史料",明确地说,就是指由沈某整理或记述而发表在《文教资料》1986年第四期上的材料;至于同刊转载周建人、贾艺等先生的文章,则不在内。这批"史料"提出了这样几个问题:一、周作人出任伪职是听从"中共北平特委"的意见,因而决不是汉奸;二、周作人的南京讲演(《中国的思想问题》)是对敌伪的主动驳斥;三、党领导了公开反击片冈铁兵、声援周作人的斗争。对于这几点,我均深表怀疑。

关于周作人如何一步步落水、附逆,此处不能详谈,在这里我只想先谈谈他附逆前后各方面对他的一些看法与态度。早在1937年8月30日,郭沫若就发表了《国难声中怀知堂》,对留在北平不走的周作人表示深深关切,并指出:"我们如损失了一个知堂,那损失是不可计量的"。郭沫若是鲁迅逝世后全国进步文化界的一面旗帜,他的这番话,不仅代表进步文化界,甚至还代表左、中、右各方面人士的看法。然而,周作人却悍然出席了所谓"更生中国文化建设座谈会",身着马褂长袍,周旋于戎装的日军头目与西装、华服的汉奸之间,还怡然自得地一起拍了照片。这则消息和照片发表后,震惊全国。四月底上海的《文摘·战时旬刊》上,首先指出周作人"甘为倭寇奴狗,认贼作父,大演傀儡戏"的罪行。5月5日,武汉文化界抗敌协会(按,武汉当时是全国文坛中心)率先通电全国文化界,指出周作人已堕为"汉奸","应即驱逐出我文化界之外,藉示精神制裁"。次日,武汉《新华日报》(按,这是当时共产党在国统区的唯一公开的机关报)发表短评,指出周作人"附逆有据","一个人尽管有了'渊博'的学问,并不就能保障他不会干出罪大恶极的叛国行为来,并不能保障他们不做汉奸。"5月7日,《抗战文艺》(按,这是中华全国文艺界抗敌协会的会刊)发表茅盾、郁达夫等十八名作家(按,实际代表全国作家)致周作人的公开信,指出周作人"叛国媚敌","甘冒此天下之大不韪","凡我文艺界同仁无一不为先生惜,亦无一不以此为耻"。并"最后一次"忠告他,"希能幡然悔悟,急速离平"。6月3日,陕甘宁边区(按,这是当时党中央所在地)文化界救国协会也向全国通电声讨周作人。连胡适也在8月4日写诗规劝周作人:"智者识得重与轻"(按,此诗当时曾公开发表)。以上只是周作人出席了这次座谈会后人们的反应。至于他公然当上了敌伪高级官员后,人们对他的愤恨、仇视与蔑弃,更是不言而喻的了。1942年5月,毛泽东同志在延安文艺座谈会上明确指出周作人是为"帝国主义服务"的"汉奸文艺"作家。一直到抗战胜利,郑振铎在《惜周作人》一文中还认为,周作人的附逆,"没有比这个损失更大了!"可见,关于周作人叛逆的严重性质与恶劣影响,各方面所见是完全一致的。因此,对于周作人1940年底出任伪华北政务委员会常委兼教育总署督办这一全局性的、全国性的重大事情,作为地方组织的"北平特委"如何有权擅自决定呢? 这不是违反常识的么? 试问,既然有关人士没有在周作人面前暴露自己的身份,又怎么让他知道这是"共产党方面的意思"? 再试问,周作人在抗战前就因对"鲁迅党徒"心存戒备而不愿南下,甚至连弟弟去信他都理也不理,却突然会对共产党的话那么要听? 再退一万步来说吧,即使当"督办"是党动员他去的,那么在此以前他的种种叛逆行为和言论,又是谁动员他的呢? 还有,他解放后多次向党的负责人写信,又如何从不提起此事呢? 凡此种种,都是无法取得人们相信的。

　　周作人是不是汉奸,这本身并不是一个理论问题,而是一个事实的问题。在这里,我不可能将很多事实一一举例。我只想略举数端。在他当伪官之后,这个平时貌似冲淡,又一贯懒得走动的"知堂老人",竟然三次去电台广播讲话,号召反共(甚至也反国民党),鼓吹"东亚新秩序"等;竟然六次外出,东到东京,南到南京,北到"新京","晋见","拜谒","视察""治安强化运动","慰劳"敌伪军官兵,向他们捐款献媚。连日本的华北派遣军司令换人,他都要去送往迎来。在日军疯狂发动自速灭亡的太平洋战争后,他亲临电台讲话,要人们对此充分理解,不可怀疑。日军侵占新加坡后,他还召集庆功大会,发言说这是"东亚解放之证明"。诸如此类的丑恶行为,不知如何才能解释为"积极中消极,消极中积极"? 他的《药堂语录》等书,就是写在这一期间,人们在读这些冲淡得"已入化境"的"语录"文时,要怎样才能完全撇开因为周作人当时这些丑恶行径而带来的正常的反感心理呢? 说周作人那时的"语录"文"用以古讽今、借古讽今的方法,隐晦曲折的来上一两句"的同志,能否具体指出是哪一两句,以便让我们也见识见识呢? 说到这里,我倒很想提出一个建议,即请有关出版社能否考虑将周作人当时在报纸上的文章、电台里的讲话等等,编一个集子出版。不然,现在的青年人光读那些《周作人散文选》之类,是不可能全面了解他的;相反,还可能轻信某些不负责任的说法。

关于周作人在南京讲演一文,他后来在《立春以前》一书的后记中谈了他的写作动机:"我对于中国民族前途向来感觉一种忧惧,近年自然更甚,不但因为己亦在人中,有沦胥及溺之感,也觉得个人捐弃其心力以至身命,为众生谋利益至少也为之有所计议……"说得明白点,也就是当时日本侵略战争已经越来越走下坡路了,他不能不感到一种"沦胥及溺"的"忧惧",因此对于所谓"国家治乱之源"也就忍不住"至少也为之有所计议"了。至于他因此而遭到片冈铁兵者流的"攻击",也不过是因为主子认为奴才不该多说话而已。(再说,片冈铁兵也不过代表他一人而已,并非整个日本当局。)鲁迅先生早就说过的,这类往忠仆口里塞粪块的事并不难理解。难于理解的倒是,一会儿说周作人此文是反对日本无人道的,一会儿又说是反对解散共产党的,真是越来越玄妙。其实,当时《新中国报》的"社论"说得很直爽:"今日在中国的立场坦直实言,都有一种共同的感觉,即中国人今日可能单独负责做事的范围殊狭,从而所能产生的责任感自亦薄弱。""因此希望每一个爱护中国的人士,于其善意的批评与指示外,能于中国得以发挥其创造与责任感的一点上,多多尽其协力。"说来说去,周作人的文章,无非就是为了向主子争取一点奴才的"单独负责做事的范围",以便"得以发挥其创造与责任感"而已! 而周作人在那篇文章中的"创造",不过是想将"共存共荣"的"理论"与中国儒家的学说统一起来而已!

这里,要谈谈《新中国报》与《杂志》上的所谓"反击"问题。这两个报刊我都曾翻阅过。我想,任何一个神经正常的人,都不会否认它们是汉奸报刊的。即使这些报刊社里有地下党员,那么这也是特殊工作的需要,他们的任务也决不是改变这些报刊的性质。他们在这上面发表文章,也只能是以汉奸的立场、汉奸的口气来写。例如,所谓为周作人"声援"的那篇社论,就说:"周先生在中国文坛素负声望,其言行笃实,尤为人所敬重。对于中日文化沟通工作,亦曾尽极大贡献。今若因此误会而萌消极引退之念,不仅为中国文坛一大损失,且亦势必影响于中日文化沟通工作的前途。"这种立场与感情,与中国人民不是截然相反的吗? 自周作人死心塌地叛变以后,早已为国人所不齿,何来"敬重"? 郭沫若、郑振铎等人均以周作人附逆为最大的损失,而此文却以他"消极引退"为"为一大损失",其间有什么共同之处吗? 当时沦陷区人民看了所谓"我们党领导"的这场"反击"、"声援"的"斗争",会产生怎么样的感想? 当时的人们看了"鲁迅翁外,知堂老人近年的文字,可说已入化境"这类话,会怎么想? 就是我们现在看了这样的话,都感到无比愤怒! 如果说,当时的地下党员为了掩护、伪装自己而写了这样的文字,是可以理解的话,那么,今天作为正确的话而将鲁迅与当了汉奸的周作人"比美",我们只能认为这是对伟大鲁迅的一种污蔑!

最后,我还想对高炎同志的文章谈一点怀疑。他说他曾要周作人去解放区,周作人考虑因有两方面的困难而无法行动,一是生活上的,"另一方面是,书籍文稿更加难办。他说他保存着鲁迅先生的大批手稿抄本,保存着李大钊烈士的遗稿……"照这样说来,周作人简直又是保护鲁迅遗稿和革命文物的热心之士了。那么,周作人当时蓄意怂恿朱安女士出卖鲁迅遗书一事,又作何解释? 再说,这也能成为不走的原因吗? 这些手稿又能有多少呢? 不能设法转移吗?

总之,作为一个普通的中国人,我认为正邪不分、忠奸颠倒,是十分不能理解的。

从"月亮骗局"说起

2005 年,某报发表尹传红的《你看月亮的脸》,讲述了一百七十年前发生在美国的一场"月亮骗局"的故事。1835 年,新开张不久的《太阳报》以显著标题发表了记者洛克捏造的"最新科学消息":某著名天文学家在好望角用一架最新型的望远镜,看到了月球上的新奇景物。洛克用"生花妙笔"连续在该报发文章描述月球上种种怪异的动植物,尤其是"月球蝙蝠人",报上甚至还配登了图画。该报因此打开了销路,而且一跃而达到当时最大的发行量。很多人,很多报刊,都信以为真。如有个团体曾打听如何与那些月球人联系,以规劝他们皈依基督教。最令人发笑的,是堂堂巴黎科学院居然还为此专门召开了一次"研讨会"。当然,假的就是假的,不久谎言便被戳穿。但更可笑的是竟仍然有人宁可信其真,使这场闹剧又延续了数月之久。

尹传红的文章还分析了"月亮骗局""成功"的条件。一是那位科学家当时确实在好望角观测星球;二是造谣者很有"技巧",能装模作样地大量运用一些"科学术语",并能作身临其境般的描述;三是他很了解当时公众(读者)的心态。

尹文对我很有启发。我想到,当今社会科学、人文科学领域里的谎言谣传,也与"月亮骗局"有共同之处。仍拿 1980 年代中国文坛最大丑闻——"周作人任伪职是因共产党动员"的谣言来说吧。造谣者沈某大概因为处境不好,急欲在"史料发现"上弄出点声响,来帮助自己"解困"。他先是搞了个"毛鲁会面"的谎言,随即被批驳得体无完肤,于是又想出了有关周作人的谣言。与"月亮骗局"一样,沈某也掌握了造谣的若干"条件"与"技巧"。一是《毛选》新注释中关于周作人的介绍确实有了文字上的修订,他便可以乱抠字眼胡解释(但新注释明明说周某"依附侵略中国的日本占领者");二是当年平反了不少历史冤案,确实也有像关露、袁殊这样的"文化汉奸"被证明是打入敌方的地下工作者;三是沈某充分掌握访问时如何进行心理暗示的技巧,了解被访人员的心理;四是他也充分掌握一些读者的心理。

现在分析起来,当年提供"证言"的人,其心理活动全在沈某的掌握之中。如周某一案可翻,那么某人在公子哥儿时混迹于"伪组织的高层政治圈中"的经历,也就成为一段光彩的历史;当过周某秘书的人则更可成为"党与周某的联系人",类似于冯雪峰与鲁迅的关系了。于是这几位也不顾事实,闭着眼睛瞎编,甚至说周某在当汉奸后写的《中秋的月亮》是"讽刺日本反动派"的,刊载这篇文章的报纸,"一出版便抢购一空"。周某简直成了抗日的英雄! 有人甚至还把周某当年到南京为汪精卫"祝寿"时顺便到伪中央大学作的讲演《中国的思想问题》,说成是周某反对中大校长樊仲云"要中国共产党同共产国际一样自动解散"的"难能可贵"的"理性""意见"。还说当时进步学生听了,"热烈鼓掌。坐在主席台上的樊仲云等人显得非常狼狈又无法可想。"这真是见了鬼了!《中国的思想问题》,就收在周某的《药堂杂文》书中,里面哪里有一句涉及反对解散共产党的?

认真的研究者对待任何资料(包括伪造的),都要"从事实的全部总和、从事实的联系去掌握"(列宁语),岂会那么容易上造谣者及帮腔者的当? 然而,却总是有人"宁可信其真",而把揭露谎言视作大煞风景。当年就有某日本教授听信了谣言,兴冲冲赶到北京参加有关周作人的研讨会,结果大失所望,回国后还发表文章把驳斥谎言的我挖苦一通。过了十多年,当年登载沈某造谣"史料"的某刊,竟然又再次刊登明显荒谬的为沈某辩护的文章(陈漱渝先生已写有反驳文)。由此我不禁又想起了鲁迅说的,战斗正未有穷期,老谱将不断袭用。

从"闵尔昌语"说起

几十年前,我有幸读到郑振铎先生日记。在 1943 年这个最艰苦的年头,他正隐姓埋名蛰居在当时还很偏僻的沪西的一幢普通民房内(今高邮路五弄二十五号),却无意中做了前面一座豪宅主人、大汉奸周佛海的"邻居"。在这样的环境下记的日记,当然常常"语焉不详"。4 月 27 日记:"阴。十日许,访徐,谈北事甚久。闵尔昌语,尤可感动。"这里的徐,是大学者、时任故宫博物院古物馆馆长徐森玉。当时他从重庆来到沦陷中的上海,于 3 月 10 日又去了趟沦陷中的北平,此时已从北平回到上海。(徐老先生这次为什么冒险来到沦陷区,还去了北平,我还没有完全搞清楚。愿识者教之。)郑先生与他"谈北事甚久",当然是为了了解北平的现状。他们谈到的闵尔昌,如今知者肯定极少。我晓得这个名字,是因为见过他穷十年之力,辑录清代八百多人传记而编成的《碑传集补》六十卷。这在史料文献上可谓大功德。再查工具书,知他字葆之,生于 1872 年,卒于1948 年,清末曾入袁世凯幕,民初又任北洋政府总统府秘书。1927 年后任教于辅仁大学。他还著有《雪海楼诗存》《雷塘词》等。这样一位旧文人,说了什么话,竟令郑先生大为感动,还特意记入日记? 我曾在《郑振铎年谱》一书中引录了这段日记,但我无法加以注释,心想,这"闵语"恐将成为历史之谜了。

最近,重读郑先生的《吴佩孚的生与死》,竟兴奋地"发现"文中完整地记下了"闵尔昌语":"有一次,一位老年的友人(陈按,指徐森玉)到北方去,遇到闵葆之先生。他几年来足迹不曾出大门一步。他连到中山公园去也认为是'失节'的事。'但希望中国、美国的飞机能来才好!'葆之先生幻想道。'来炸了,不是你也很危险么?'那位朋友问。'这样的被炸死了,倒是甘心的!'"

闵老先生的话,至今仍令人感动!

郑先生此文,其实我早就从1945年战后出版的《周报》上连载的《蛰居散记》中读到过的。只是当时是在图书馆匆匆翻阅旧期刊,没注意这段话,以后就一直未能再读到了。因为自1951年出版的《蛰居散记》一书起,便删去了此篇,另外还删了《记陈三才》《一个女间谍》《记平祖仁与英茵》《惜周作人》。1982年福建重版的《蛰居散记》和1983年人民文学出版社《郑振铎文集》第三卷中,补收了《记陈三才》等四篇,唯独此文仍旧删剔。直到1998年出的《郑振铎全集》,才补收此文,我方得以重读!

最初删去那几篇文章,想来因为有人认为郑先生歌颂(有关周作人的一篇则是"同情")的那些人"有问题"。然而现在,陈三才、郑苹如等人都已被肯定为抗日英烈,郑先生对周作人的评论,也被公认为公允正确。吴佩孚一篇中,郑先生高度肯定了吴在沦陷区北平不为敌人所引诱、所屈服的爱国精神,也是完全正确的。我知道,吴曾是北洋军阀头目,手上还沾有二七大罢工先烈的鲜血;但是,郑先生文章只是肯定他在日本侵略者面前最终坚持了民族气节,赢得了沦陷区人民的尊敬这一点。郑先生是从沦陷区炼狱中走过来的人,他最能深切体会吴佩孚晚年坚守大节的意义与影响,他也有权发表对此事的看法;倒是那些坚持要把此文删去的人,才是没道理的。

我认为,这篇文章沉沦四十多年,很有一点历史的嘲讽的意味,值得如今出版部门那些审读图书和书稿的编辑和官员们反思。不能再干这样的蠢事了!

抗日胜利,是全体中国人,当然包括陈三才、郑苹如、平祖仁、英茵,也包括闵尔昌,还包括吴佩孚(仅仅不包括汪精卫、周佛海、周作人、胡兰成这些人)的伟大胜利!

从"做人分内的事"说起

　　吴佩孚在抗战期间,能够最终无愧于做一个中国人,得益于一位老友张国淦的激励和劝谕。此事现在知道的人也是不多的。张先生在抗战中做了很多好事,并有一句掷地作金石声的话:"我不做文天祥、史可法,便当做顾炎武、黄宗羲。人固一死,不能有丝毫含混。"他在战后给侄子的信中说,这"本是做人分内的事",此语尤令人感动!

　　先说说张国淦(1876—1959)其人,那可比闵尔昌的历史还要"复杂"得多。他先后曾任北洋政府国务院秘书长、教育总长、农商总长、司法总长等职。北洋军阀覆灭后脱离政界,移居天津,从事学术研究,成为中国方志学的"学科带头人"。全面抗战爆发后迁住上海。胜利后出任《文汇报》董事长。新中国成立后,任上海文史馆馆员、中国科学院近代史研究所研究员、全国政协委员。

　　抗战时,吴佩孚的"目标"很大。在日本侵略者的强大压力和诱惑下,他也曾一度动摇。但在关键时刻,大智大勇的张国淦赶到北平,晓以大义,劝阻了吴。战后,张先生在给侄子的信中,用极简炼的语句描写了那惊心动魄的一幕:

　　　　在津四年,……吴佩孚住平,我屡劝其出平。及闻其拟与唐绍仪(陈按,当时日本令他出面组织伪政府)合作,赶至平为吴陈说利害。多方陈说,尚不决定。吴素以关(公)岳(飞)自命,最后我正色问其:"岳武穆是否站在金人方面,以枪杆向南?"吴赧然。拍案言:"此事誓不参加!"并告其左右,以后拒见日人。

我一直想,我们的小说家、戏剧家和影视工作者,如果把这一幕写(演)进作品中,那该是多么精彩动人。

张先生还在这封家书中提到"徐世昌为北洋老资格,敌方屡屡利用,我在津就近阻止。"而尤令我注意的是信中还写道:"王克敏初次在平(陈按,指王某在1937年12月任伪'中华民国临时政府'行政委员会委员长),啖以内务。王将去时,曹汝霖来言,敌方军部传达内阁意,强我担任。一面仍严厉拒绝,一面向其剖明是非,并诫曹不要加入。及汤尔和病重(陈按,时为1940年,汤任伪'华北政务委员会'常委兼教育总督),曹又来言,军部强任教部,兼任王克敏事(陈按,时王任伪'华北政务委员会'委员长兼内政总督)。复经严拒,故改任王揖唐、周作人。"这样看来,张先生至少三次严拒敌方对他的引诱和威逼。而随后著名文人周作人进一步无耻投敌,出任的就是那"教育总督"。前些年有人想从根本上为周氏翻案,竟说周任伪职乃由共产党方面动员,目的是为了抵制缪斌云云。今从张先生信中可知,这些任命全由日本军部和内阁决定,本来他们想"动员"的是张先生;而张先生如果一点头,那就不只是一个"教育总督",还得加上一个"委员长"和"内政总督"。但是张先生严拒了!

张先生在抗战时还保护、营救了许多爱国人士,他信中也谈到了一些,但他没有谈到他掩护著名爱国文人郑振铎的事。还是郑先生胜利后在《求书日录》中讲到的。说起郑先生,我又想到他也说过与张先生"做人分内的事"很相似的一句话。当年,郑先生在"孤岛"上海冒着危险废寝忘食为国家抢救古籍文献,重庆有关当局觉得应该付一点"劳务费"。郑先生立即去信谢绝:"书生报国,仅能收拾残余,已有惭于前后方人士之喋血杀敌者矣。若竟复以此自诩,而贸然居功取酬,尚能自称为'人'乎?望吾公以'人'视我,不提报酬之事,实为私幸!"此信今藏宝岛台湾。彼岸人士披露此信,赞为"高风亮节"。

像张、郑这样的先生,才是真正的大写的"人";而像周作人,在抗战时是连"作人"二字都有愧的。我们的文艺工作者、评论者,应该歌颂郑、张这样的先贤。我们再也不能容忍无耻吹捧汉奸的言论和作品再次出现了!

当心文坛谣言的重新泛起

近年来,随着像北京潘家园等旧货市场及网上旧书交易的兴起,不时可以淘到一些稀见的旧书刊,有时甚至还能买到一些旧档案、文件、书信、照片之类。一些有眼力的人善于发掘,还搞出了不少研究成果,令人羡慕。例如我的老同学李辉兄就是一个。然而,不识货者就会上当,有些假货也会乘机浮出来,甚至造成不良的社会效果。

2004 年 7 月,南方某报以头版头条发表了题为《四十年前〈鲁迅传〉访谈记录"浮出水面"》的报道。说的是某知名作家是网上冲浪好手,最近在网上旧书店"闲逛"时发现了一本标价一百元的油印本《〈鲁迅传〉创作组访谈记录》,买来翻阅之后"发现其中许多材料新鲜有趣,自己从未见过",于是兴奋之至,"这本书买得值了"。我看了这篇报道,不禁苦笑。因为这份油印的东西,我早在约三十年前就曾得到过。那是"文革"刚结束时,我有幸参加中央工作组领导的清查原上海市委写作组的工作。有一次,我到余秋雨兄的办公室玩,忽见到这份东西,记得上面还打印了"内部资料,注意保密"一类的字样。我很感兴趣,他就给了我。记得当时在边上的高义龙先生还对我说,沈某(这份东西的整理者)其人不可信。意思是这份东西也不可全信。所以,我当时看完后也就丢弃了。想不到如今却成了可上头版头条的宝贝了。不过,那篇报道最后还是掌握分寸的,提到了"访谈记录有关资料的可靠性尚待进一步求证"。

关于沈某人,我早在"文革"后期就从前辈鲁迅研究专家丁景唐先生等人那里,听说了他的诸多情况。主要就是利用为上海电影制片厂拟拍的电影《鲁迅传》当资料员的身份，获取一些老先生的珍贵书籍等。唐弢先生也曾向我说起过沈某要他书的事。后来，到1980年代，他还讲了许多不够真实的话。例如他在某刊发表文章说，1940年代后期上海地下党组织曾把钱钟书先生的小说《围城》当作文件一样组织讨论学习。这种可笑的说法似乎至今还没人批驳过，当然也实在不值一批的。而他另外两个"说法"就更"有名"了：毛泽东说他见过鲁迅，鲁迅还想为毛谋个好差事；周恩来说周作人当汉奸是共产党同他协商的结果，他任伪职时为党做了工作。这两大"说法"曾引起轩然大波，沈某也因此被人识破。不过，在他早年整理的那份《鲁迅传》访谈录中，似乎还没有这样的"说法"，因为当年我读后没有留下有这样的话的印象。当然，也许已有了某种"雏形"也说不定。

然而，想不到的是，南方某报接着又发表了武汉某先生的《我所知道的〈鲁迅传〉访谈录》。该文说，这份访谈录早在1980年代沈某在《生活周刊》上写的《巨片〈鲁迅传〉的诞生与夭折》一文中就曾详尽引述过。沈文谈到毛泽东1961年5月3日(陈按，原文如此)与《鲁迅传》演员谈话，说："鲁迅在北京时，我是见过的，有过一些交往，……我见到鲁迅，先在北大，还去他家登门拜访。……我在北大图书馆每月挣八元钱，生活很苦。鲁迅在教育部，要为我谋个好差事，我志不在此，婉言谢绝了。"又说1960年春节时(陈按，原文如此)，周恩来接见《鲁迅传》创作组长叶以群，曾谈到周作人，"周总理说了他在抗战期间'落水'的一些内情。特别指出'周在出任伪职期间，掩护了不少共产党员，为党做了工作。延安《解放日报》曾对周在北平抵制奴化教育等事迹，作过侧面报道。'"武汉先生在文中引了上面这些话以后，又大声呼吁："不知'浮出水面'的'创作组访谈录'中是否有以上内容。这份难得的资料，对研究鲁迅，以及鲁迅周围的人物不乏有着积极作用。八十年代沈某先生的大作并未引起学者广泛的注意，××先生这次从网上获得这份宝贝，似可原汁原味的发表，最好再加上注释，这样，对今后有关鲁迅的研究当是极为有益的。"他说他在"文革"时也曾见过这本油印打字本(陈按,可见也不算太稀罕),"但未见沈先生在《生活周刊》上引用的毛泽东及周恩来有关鲁迅的谈话,或被'小将'们撕去也未可知,或有上、下两册吧,请××先生就此在坊间详尽打问。"可见他对这两大谣言真是完全地相信了。

看了武汉先生的文章后,我不得不冒着暑热赶写了一篇《别让谣言再次浮出水面》寄给该报。拙文指出武汉先生说的"八十年代沈先生的大作并未引起学者广泛的注意",是完全不符合事实的。当时,鲁迅研究界曾及时予以揭露与批驳。陈漱渝先生就写了三驳"毛鲁会见说",唐弢、唐天然等先生也或讲话或撰文予以驳正。至于"周作人当汉奸是听从共产党的话"的谣言,批驳的人就更多了(敝人当时就曾写过几篇)。但限于篇幅,我在这篇文章中不能将那些批驳的理由、根据一一写下;而且,该报在发表拙文时,大概又因篇幅关系,删去了一些我以为较重要的内容,令我有言犹未尽之感。

我更想到,近年来仍不时看到有美化周作人的人公然说周当汉奸是奉共产党之命的谣言。例如,我从 2000 年第六期《书屋》杂志上陈鸣先生文章《胡适和余英时在汉奸文人周作人问题上的不同态度》中,看到在海峡两岸都红得发紫的史学家余英时,就有这样的高论:"我对于他接受伪职一事倒并不觉得特别加以责难(陈按,病句),何况最近内地有关的讨论已指出这件事是中共地下党奉命促成的。"那就更进一步了:不仅是周作人奉共产党之命,而且"中共地下党"也是"奉命促成的"。"中共地下党"当然指北平的地下党组织,那么他们所奉之命当然只能是中共中央了。正如陈鸣先生说的,"未之闻也"(连沈某的文章中也从未这样说过)。

我又想起,本人几年前也曾在某处冷摊偶然得到一份流传出来的文件,与上述事情直接有关,看来倒真的可称是"宝贝"了。本来我还不想披露,还担心流传出来的那家单位会不高兴。但面对旧的沉渣的一再泛起,实在令人气愤难平。为了向历史负责,向后代负责,我认为实在非披露不可了。自揣完全出于公心,相信有关单位也不会责怪吧。我经过考虑,并准备承担一切应该承担的责任,披露这份文件。该件署名为"中共上海市××局委员会沈××问题复议小组",所署时间为 1987 年 7 月 11 日。由于全文很长,所以我不能全文照录,而是采取摘录、引述的方法。

调查报告开头写道:关于沈在"文革"中的错误,厂党委早在 1977 年 8 月就进行审查处理,根据本人的意见,进行多次复议。于 1980 年 11 月、1982 年 9 月、1985 年 6 月分别由厂党委和总公司党委作出结论,但沈都拒不签字,并节外生枝,提出别的问题与组织纠缠。在这期间,华东师大××、上海钟表元件厂×××等曾多方写信,为沈鸣不平。在沈本人和其他同志所写材料中,谈到沈曾随同赵丹受毛主席接见,随同夏衍、齐燕铭等受周总理接见,并有毛、周的谈话记录。党委对此极为重视,为了对党负责和对同志负责,于 1985 年底充实力量,对其提供的材料进行了周密的调查。调查结果分四个题目。

"所谓毛主席的'谈话纪要'纯系伪造"

1985 年初,沈向上影厂党委书记丁一同志递交了两份谈话记录,其中一份题为《毛主席与〈鲁迅传〉演员谈话——1961 年 5 月 1 日接见赵丹的谈话纪要》,文后附注:"经陪同毛主席接见的中共上海市委书记兼宣传部长石西民同志、市委宣传部副部长兼电影局党委书记杨仁声同志审阅。"在这份"纪要"中,沈称毛主席说:"鲁迅在北京时,我是见过的,有过一些交往。""我见到鲁迅,先在北大,还去他家登门拜访。……我在北大图书馆每月挣八元钱,生活很苦,鲁迅在教育部,要为我谋个好差事,我志不在此,婉言谢绝了。""冯雪峰偏要说我和鲁迅从来没有联系。"

经调查,1961 年 5 月 1 日上午,毛主席休息没有活动,下午去闵行上海电机厂和职工一起欢度"五一",约五时左右直接从闵行到锦江饭店,接见了各界知名人士几十人,其中有电影界的张骏祥、赵丹、孙瑜、白杨、王丹凤、上官云珠,接见约一小时左右,当晚和大家一起观看文艺演出,并未就鲁迅问题发表谈话。以上情况经具体负责接待安排毛主席在沪活动的原市委招待处处长张玉华,去闵行上海电机厂协助拍摄纪录片的原电影局副局长丁正铎,被接见的张骏祥、王丹凤,以及 1961 年 5 月 2 日《解放日报》报道证实。

沈说此"纪要"经过石西民、杨仁声审阅,并在 1985 年 10 月 25 日对局纪委书记和党委办公室主任说,"五一"下午二时左右,杨仁声、赵丹坐了小车接他同去友谊电影院咖啡厅见毛主席的。杨仁声已逝世(陈按,调查报告没写赵丹也已逝世,因为谁都知道),无从当面核实。但据当时与杨一起赴外地出差的李天济、刘福年证实,杨于 1961 年 4 月 10 日离沪,直到 5 月 22 日回沪,5 月 1 日那天还登过泰山,根本不在上海。李天济在 1967 年 10 月 3 日写过材料,也与现在的证明相符。1961 年 4 月至 5 月局党委的会议记录,也证明杨不在上海。石西民于 1986 年 1 月 6 日、1987 年 5 月 2 日两次证实:"1961 年 5 月,毛泽东主席在上海小住,我没有约赵丹同志去晋谒毛主席。""记录上说我曾经审查这篇记录,也是毫无印象。"至于毛主席接见时是否可能派人去做记录,石西民说:"从来不曾有过类似的做法和习惯。"1961 年 5 月曾经采访过赵丹"五一"之夜见到毛主席情况的《北京晚报》记者(现中国电视剧制作中心编辑)周铁生也证明"并未听到赵丹谈起什么毛主席对他说当年见过鲁迅","也未听到说毛主席曾单独接见过他"。当时主持《鲁迅传》创作的陈鲤庭说,当时他与赵丹及编剧等人都热衷于探索"五四"时期鲁迅同李大钊、同进步青年相联系的史实,"赵丹也没有提过据传是出之于毛主席之口的有关毛鲁交往的谈话"。以上材料都证明,沈某"说法"不实。

这一谎话,还通过孙雄飞之手,在 1985 年第八期《大众电影》上散布出去,引起电影界和鲁迅研究界人士的愤慨,其后《大众电影》专门声明更正。(陈按,《大众电影》杂志所发造谣文章署名田一野。《大众电影》后来也做了调查,曾先后向陈鲤庭、齐闻韶、柯灵、杜宣、汤丽绚、于伶、张骏祥、徐桑楚、王林谷、谢晋、吴贻弓、马林发、李忠、陈白尘等同志取证,才作出了专门的更正声明。)

"所谓周总理的'谈话记录'也是伪造的"

沈递交的另一份打印材料题为《周总理有关〈鲁迅传〉的几点指示——1960年4月3日于中南海紫光阁》。记录后附记："本文经陪同周总理接见的齐燕铭同志审阅并同意打印。齐燕铭同志说：先打印四份，给《鲁迅传》组长叶以群同志、顾问团负责人夏衍同志各一份外，一份由记录者沈鹏年同志保存，一份交给我。待影片拍摄完成时，我把这份记录请总理亲自审阅后发表。另外，再请沈××同志整理一份简单的《周总理几点指示的大意》，向大家公开传达。"沈在这份"记录"中写道，周总理说："毛主席很早便和鲁迅接触。""他在五四以后曾去八道湾拜访鲁迅，讨论'过激主义'（即马克思主义）。他早年两次到北京，和鲁迅交往"。"周作人……在抗战期间'落水'是国民党和共产党分别同他协商的结果。……为了抵制敌伪的奴化教育和打击卖国贼缪斌，共产党专门派人与周相商，请他出任伪华北教育督办。周本人同意后，再由共产党派人通过王克敏正式任命。……周在出任伪职期间，掩护了不少共产党员，为党做了工作，……将来在适当时候要为周平反。"还说："上影厂请了一位鲁迅通负责资料工作，这很好。"

经调查，1960年4月3日，周总理在中南海举行家宴，招待抗日时期文艺界的熟人张瑞芳、陈鲤庭、柯灵、郑君里、白杨等同志。陈鲤庭、柯灵趁此机会，就《鲁迅传》创作中涉及的一些问题向总理请示，总理做了简要的解答。其中根本没有谈到"毛鲁会见"及周作人任伪职之类的话。是由柯灵事后回忆整理，并向创作组传达讨论的。沈根本没有参加这次接见，更谈不上做了记录。

1985年10月25日，调查人员向沈查询这"记录"的真伪，沈保证"绝对真实"。当问为什么不要陈鲤庭参加接见时，沈说参加接见的是齐燕铭、叶以群、夏衍、沈鹏年。并说:"陈是非党员,历史上有问题,他参加不合适。"对此,夏衍于 1986 年 4 月 20 日证实,总理接见的是陈鲤庭,夏本人没有参加,总理谈话的内容也是陈向他转述的。夏衍还证实,当时"齐燕铭分管文物、戏曲,不参与电影方面的工作",沈的"记录"内容"掺假","所论毛主席在五四前后和鲁迅有来往事,肯定是假的。""关于周作人的事,完全是假的,周总理生前从来没有讲过这些话","决没有谈到党要他'落水'之事"。

"所谓王定南、许宝骙、袁殊同志谈周作人问题的'谈话记录',在关键问题上也是编造的"

1986 年第四期《文教资料》上,发表了一组《关于周作人的一些史料》,其中有王定南口述、沈××记录的《周作人出任伪职的原因》,沈××、杨克林记录整理的《访许宝骙同志纪要》和《袁殊同志谈周作人》等文。在这些"记录"中,沈写道:1941 年,为抵制缪斌(伪新民会会长)钻营当伪华北教育督办,王定南(中共地下党北平特委书记)和何其巩、张东荪"研究对策"。王同意了何、张意见,"决定要动员周作人出来抵制缪斌",出任伪华北教育督办。许宝骙在党的指示下去找周,周先说恐怕不行,后"听说这是共产党方面的意见,便不再坚持了"。沈还写道,袁殊强调指出,周不是汉奸,完全同意恽逸群、邹鲁风要公开支持周,潘汉年也表示支持他们的意见。

经调查,沈的这些"记录"严重失实,关键之句都是他有意编造的。王定南公开辟谣:"没有委托任何人去游说周作人出任伪教育总署督办。"他向电影局党委来信说:"沈说为写敌后抗日剧本,要走了我一份经历,没想到他不经过我的同意,就在报刊上发表,他的行为已触及党纪国法了。当国内外报刊已转载他们的造谣文章,他见我时还不说是由于他写的文章引起的,可见他心虚,不敢对我说,看来这个人极不老实。"王定南在接受

《新文学史料》记者访问时说，王曾同沈谈到周作人当汉奸不是第一遭，"沈某急忙替周作人辩护说，周作人出任北大文学院院长不算是伪职。我说，那是不容否认的，经伪政权任命的，就是伪职。""根本谈不上（沈文中说的）什么'研究对策'，更说不上什么'这是我们同汉奸顽固派斗争的一个胜利'。"

许宝骙给局党委来信说："沈××的所谓《访问记要》，并未经我审阅同意，发表时我也不知，其中多有不实之处。"许还公开发表文章否认向周"说出党的关系"。他说："事实上，并没有什么人对我采访，我也未见过杨克林同志其人……文中连记我本人过去和现在任职的经过都是错误的——我总还不至于糊涂到连自己都忘了吧。"

袁殊在沈发表的"记录"上，把不是他讲的话都划了出来。什么"周作人不是汉奸"，恽逸群、邹鲁风"公开支持周作人"，"潘汉年表示支持他们的意见"，"声援周作人的斗争，实际上是我们党领导的"统统都是捏造出来的。袁殊说："恽逸群、邹鲁风和周作人没有任何关系。潘汉年是秘密工作，从不和其他人见面，完全没有提到周作人的事。"袁殊还说："沈××在我面前坚持说：周作人当汉奸是共产党推荐的，我怀疑，问他有否根据，他提出三个根据，我听了只是哈哈应付。""周作人到现在我说不出他与党的关系。"

沈的所谓"记录"，在关键问题上都是捏造的。未经当事人审阅同意，就在南京师大出版的《文艺资料》上发表，在海内外引起了恶劣影响。香港《明报》连续载文说："在海峡两岸的中国人齐声抗议日本文部省篡改史实的声浪中，有人热衷于为汉奸搞平反，似非国家民族之福。"在一篇以《几时为秦桧同志平反？》为题的文章中，攻击我们是"历史应该为党的政策服务"。说："现在'日本友人'对我们'大大的好'，所以我们不能不为周作人同志平反。"并为此指名攻击我中央领导同志。

"所谓参加'学术会议'又是编造谎言，欺骗组织"

陈按，这部分的调查，所揭露的沈某"说法"内容的性质，其恶劣程度要比上面三部分要低，所以我只是简单地介绍一下。1986 年 9 月 4 日，局复议小组原约定沈来交谈问题，沈说他应邀要去北京参加鲁迅与中外文化学术讨论会，需时两周。沈直至 1987 年 1 月 8 日才到局，在外足足逗留了四个月。沈说除了应邀出席那个鲁迅讨论会外，还应邀列席首都纪念辛亥革命七十五周年座谈会，出席孙中山诞辰一百二十周年纪念大会，听取了孙中山学术讨论报告四十余次，等等。经调查，这些又全是谎言。关于鲁迅的会，根本没给他发过请柬，上海去的代表仅四人，他们证明没见过沈。关于孙中山的会，也根本未邀请过沈，且学术报告会是在广州举行的，是民革内部的会。调查证明，沈只是事后弄了两张并非给他的请柬，复印后伪造成"证据"，用以欺骗组织，实际上是跑到郑州、洛阳、太原、南京等地干其他事情去了。调查报告还提到，沈在北京向钱钟书讨得了一首诗幅，然后通过别人吹嘘这是当代文坛祭酒的"勖沈之作"。钱钟书证实："沈××要我写字，我是录了一首 1948 年旧作。今年听说他在上海造谣，说这首诗是为他写，送给他的。那真是荒唐无耻！……这种举动不仅是移花接木，简直是偷梁换柱了！"报告还提到，沈在外招摇撞骗不止一次，1986 年 3 月他找王定南，就是以上影厂组稿为名，骗得王接见，然后又以"回去可以交待"为由，骗得王签名。王定南、袁殊以及范纪曼的家属被沈骗去许多珍贵照片，至今不还，他们都希望通过组织督促沈归还。

沈××问题复议小组调查报告的最后说："以上调查材料说明，捏造材料，弄虚作假，欺骗组织，是沈××的一贯手法，同他在'文化大革命'中的表现极其相似，反映了他为人处世的品质，与一个共产党员的品德是极不相容的。为了严肃党的纪律，建议对其给予必要的处理。"据我了解，上级党组织后来严肃地将沈鹏年清除出了党的队伍。一个在解放前入党的老党员,竟然堕落到这种地步,真正令人感慨万千!

我得到这份油印的调查报告后,曾向上海电影局系统的朋友核实过它的真实性。而且,我在 1987 年 12 月北京鲁迅博物馆出版的《鲁迅研究动态》上读到过署名唐亮仁的《他在"学术争论"的背后干些什么? ——记沈××招摇撞骗的几个事实》,经过对比,发现内容和文句有很多地方完全一致。经向有关同志核实,得知该文正是上海某局的同志根据组织上的调查报告写的。因此,我更确认我得到的这份文件的真实性。我现在把它披露出来,相信对广大读者擦亮眼睛,警惕恶劣的"说法"再度"浮出水面",是有好处的。

造伪饰诈　不容于世

一

我在 2004 年 10 月 20 日《中华读书报》上发表《当心文坛谣言的重新泛起》后,颇有些反响。周海婴先生就特地打来长途电话,说:"看了你的文章,我要谢谢你。"我有点意外,他又说:"我母亲(许广平先生)生前对这个人也非常反感!"又有朋友告诉我,一些网站(如《新语丝》等)作了转载;还告诉我,某私营书店在网上发消息,称沈某有数千字长文将与我"对骂",因而有些网友说这下可有好戏看了。对此,我也颇有些期望:倒想看看沈某还能说些什么。

然而,当我在 12 月 1 日《中华读书报》上读到宋某等人《究竟是谁在散布"文坛谣言"》(以下简称"宋文")后,却是好几重的失望!(不知那些网上看客感觉如何?)沈某本人不敢出马,杀来的只是其"刎颈之交"宋某人;二是出阵者除了刎颈之交的哥们义气外,摆不出一点点可以算得上"学术争辩"的"史实"或"论据"(哪怕是新伪造的),有的只是些老掉牙的早已被驳斥得体无完肤的东西;三是出阵者对上次拙文揭露的关键内容和事实竟全然回避,不敢交锋,未作出任何一点正面对应或反驳。

拙文揭露的关键内容和事实,主要有三条:一、沈某交出的所谓由他记录的毛主席谈与鲁迅见面的"谈话"是伪造的。二、沈某说他陪同齐燕铭、夏衍等人见周总理一事,及所谓由他当场记录的周总理关于周作人当汉奸的内情的"谈话",是伪造的。三、沈某因犯包括伪造上述两大谎言在内的错误,已被清除出共产党。这些都是一点含糊不得的重大是非问题。但宋文又是如何饰诈的呢?

宋文诡称所谓"毛鲁会见"是"见仁见智"的"学术问题",并以张琼1978年回忆其亡夫贺树的生前回忆,作为"毛鲁会见"的"重要的佐证和历史事实"。可是,沈某不是已拿出了毛泽东的"谈话纪要"了吗?既然已有了毛本人谈话这样权威的证据,还提这个早已被唐弢等专家"否定"、"批评",甚至宋文也说"细节有些误记"的东西作甚?为什么不理直气壮地证明这份"纪要"并非伪造,或者逐一反驳拙文提到的调查报告中的大量证据,而还要费尽气力兜那么个圈子,用已故者回忆更早的已故者的回忆的"记录",来所谓"弄清事实"呢?(关于张琼的"回忆",下面再说。)

宋文不敢正面否认所谓"周恩来说周作人当汉奸是共产党同他协商的结果"是沈某造的谣言,却称从沈某"二十年来发表的全部文章"中找不到这样的话。但拙文说得明明白白,这些话见于沈某向厂党委书记呈交的自称由他当场记录的《周总理有关〈鲁迅传〉的几点指示》。(何况,在拙文引用的武汉先生的文章中,提到沈某的《巨片〈鲁迅传〉的诞生与夭折》一文,也有类似的话。)因此,如果想否认沈某造过这个谣,那只有证明沈某不曾写过并上交过这份东西,或者这份东西中没有这些话才行。要不,更干脆索性证明拙文提到的调查报告是不存在的伪造文件。不然,一切的诡辩都是白搭,说了那么多某支部同意沈某外出"调查"和"发表"等,又有什么用呢?

二

1987年的《鲁迅研究动态》,是有正式刊号的国内外公开发行的学术刊物。唐亮仁揭露沈某的文章的缺点,在该刊发表已有十七年了,宋文是

十七年来第一篇表示"要辩正"并反诬人家"诬陷"的文章。然而，它又是
怎样来"辩正"的呢？它对唐文列举的大量事实、人证、书证(拙文基本与
之相同，有的地方拙文更详细一点)，未作任何回应，只是引了沈某原先所
属党支部的负责人葛先生的一篇未刊文稿中的几段话。而看了这些话
后，实在感到可笑与可悯！

　　看来这位已故的先生，对近代文史、对学术考辨之类是略识之无的外
行。作为电影公司一个导演室的支部书记，居然就自以为有资格"审阅"、
"批注"沈某的这些所谓"学术调查"，居然就自以为可以断定其真伪与正
误，居然就自以为有权"同意"发表那种事涉我国、我党重大史实的造谣文
字！他以为只要有他负责的"党支部同意和支持"，沈的那些所谓"工作"
就都成为"正常"的了。他又以为只要他"签字后盖公章，每页上加盖了骑
缝印"，沈写的东西就"不能随意抹煞"了。天下荒唐无知，有如此乎！他
一个支部书记，在对上级组织调查报告所列举的大量人证书证未作出什
么"辩正"的情况下，就想否定二级党委作出的结论，而且还敢污蔑久经考
验的党的高级干部、历史见证人、当事人王定南同志的严正声明为"赖
账"，真是不可思议！所以，宋文透露他这样"为沈辩护"，十多年过去了，
并"没有结果"，"未能改善沈的命运"。那是当然的。

三

　　沈某的文品和人品究竟如何，让我们来看看一些文坛前辈是怎么评
价的。

　　冯雪峰先生如是说：

　　　　沈某的"年表"等，我至今未看到过，只过去听人说过大部分是
　　　"捕风捉影和另有用意而捏造"的，现在看到你引用的几条，好像确
　　　实是那样的东西。

　　　　不久前某同志寄给我这沈某写给他的一封信，其中说他在 1960

年曾两次访问我,说的活灵活现,问我有没有这件事,我真觉得奇怪。这是连一点"风"、一点"影"也没有的事,亏他虚构得真有其事的一样;从1957年之后到1971年底之间未曾有任何人来访问过我。

——1974年4月17日致包子衍

此人就专会捏造,但也随处都立即暴露了自己的捏造。

……这种情况,外人当然不知道的,但既不知道,为什么又随便捏造呢?

又如"反战会……八十余人遭捕,解送南京都被屠杀"云云,这样大的案件,也居然敢于捏造。

那"年表"我不想看,不必寄。

——1974年4月26日致包子衍

唐弢先生如是说:

陕社拟出鲁迅研究著作廿种,这自然是好事,但审稿必须慎重,例如你前信提及的沈编《研究目录》,其中错误实在太多,我不知怎样修订,目前"以讹传讹,想当然耳"的东西太多……

——1972年12月26日致单演义

沈在"报告"(陈按,指沈某在"文革"中呈给上海市委写作组的《关于鲁迅批判的芸生就是瞿秋白的报告》)中所说,几乎都是胡说八道……

沈"报告"……骂冯雪峰,让人感到这话似乎是冯雪峰说的,但冯雪峰我不记得他说过这样的话,他们也不可能在这时候访问冯雪峰……我觉得非常奇怪……如果没有根据,那也是他的捏造……

——1973年1月18日致叶淑穗

沈某打的"报告",我已全文看到……听说他最近又给李何林同志写信,介绍自己,大吹一通。"报告"中大部分是伪造,欺骗市委,实属可恶,其中并无过硬材料……他还说许广平同志三次对他这么说,证明是瞿秋白,但我过去也问过许广平同志,她的回答是:这件事她不知道。你看可笑不可笑,可恶不可恶!

——1973 年 1 月 19 日致陈鸣树

上海沈某(此人极恶劣)竟说冯雪峰反对"文化大革命",为叛徒翻案,向市委打了报告……他的理由是三次访问许广平,二次访问姚蓬子(这两个人已逝世)……这真叫做不说还好,一说,反而使我更不相信了,因为我过去也问过许广平同志,她亲口告诉我说她不知此事,可见是沈鹏年借"死无对证"来自炫。

——1974 年 8 月 18 日致张颂南

全是胡说(陈按,指沈某的说词)。沈某过去常给我来信,满口"老师",实则和我并无关系,只是在上海旧书摊上遇见,以后常提一些问题,其人品质恶劣,我不再理睬他。

——1975 年 5 月 14 日致陈漱渝

黄裳先生如是说:

近来《简讯》中多有沈某消息,此公亦我认识,久不联系。在友人间,其口碑颇不佳。大事以外,借书不还,亦其一端。我有《金陵杂记》未发表(因文汇报被封)之墨笔手稿,即为渠持去。又鲁迅印于东京之《域外小说》二册,鲁迅木刻《会稽郡故书杂集》一册,亦去他处。香港印之周作人《谈往》、《唐大郎诗集》亦借去不还。如便中遇之,不妨一问,诸书能否见还。尤其要者,《金陵杂记》手稿也。

——2004 年 12 月 9 日致秀州书店

类似这样的评说,我还能举出其他文坛前辈来;但是,我想已经够了,足以说明问题了。

四

打笔墨官司而遇到宋、许这样的屠头对手,又无什么"学术"可言,实在是提不起劲的。但本人上次写那篇文章,目的就本不是为了什么"学术探讨"和"争鸣",而只是揭露造谣者,批驳其谎言,提醒读者擦亮眼睛。现在,既然有人为造谣者辩护,我只能继续本着如上宗旨,逐一批驳宋文的谬言,并忍受"炒冷饭"的无聊。因为下面有的地方,不得不再用陈漱渝先生早在二十年前揭露沈某时就已举过的证据和观点。不过,我已征得陈先生同意,别人就不要说我"抄袭"了。

宋文说,我是因为《文汇读书周报》头版头条发表了《四十年前〈鲁迅传〉访谈记录"浮出水面"》,所以"气愤难平"而"发泄"为文的。(网上某书店老板发表沈某的言谈,还说我是因为妒忌,"其病在肝"云。)而其实拙文已说明,激起我动笔的,是该报后来发表的武汉先生的文章。该文相当"完整"而"准确"地引述了沈某的两大"说法",不仅完全地相信了,而且还大肆吹捧,并以为1980年代沈某的这两大谣言"并未引起学者广泛的注意"。实际是二十年前早就受到了毁灭性的揭露和批驳。但当时的揭露和批驳可能只局限于学术小圈子,不仅像武汉先生这样的读者因为不知道而轻信了谣言,甚至像余英时那样的大学者也可能因不了解情况而上当。现在,由于花明这样郑重地一提,报纸上又这样公开地一登,就必然使得这些恶劣的谣言再次"浮出水面",在更大的范围内散布。面对这样的大是大非问题,一个了解情况的文史研究者,能不站出来反对吗?然而一到提笔,却又感到有点无聊,"炒冷饭",对我而言毫无新鲜感。于是就想到不如索性披露一份某单位党组织的正规调查报告,也许对读者更有一点震撼力,对谣言也更有一点打击力吧。反复自审,我的目的是正当的,披露档案与文件的做法近年在文坛上也常见,再说这份文件的主要内容早在1987年就已经披露过了。

在上回拙文中,我出于某种恻隐之心,对调查报告一上来就提到的宋、许二人姑隐其名,以××代之。现在,他们自己要出来对号入座,这当然是他们的自由(这也可证那份报告不是假的);然而,却不可以说我曾经对他们"点名"啊。我说沈某做的"造孽的、缺德的事",就是指造谣说谎和美化替侵略者效命的汉奸。他如果真的还有宋文说的"默默地为社会奉献爱心"的事,那是另一回事,我也不会反对。我说过,沈某称1940年代后期上海地下党曾把《围城》当文件一样组织讨论,是可笑的谎言。这不过是我凭记忆顺便提到的例子,即使说得不够准确,也并不影响拙文的主要内容。今阅李洪岩《钱钟书与近代文人》,见第158页也提到沈某这些话,说:"特别有趣的是(陈按,这是嘲讽语),当时上海沪西区地下党委吸收各工厂企业的高级职员,组织读书学习班,以《围城》为材料,帮助学员'从感性上加深了对《新民主主义论》中某些章节的认识'……"。李先生虽没有直斥其为谎言,但辛辣地问道:"如此'高誉'和效果,作家钱钟书敢承受吗?"我也想问一句:沈氏用这样的方法来"保卫党的光辉形象",效果不正是相反吗? 沈氏后来到哈佛去拜见过夏志清,他如将这样的谎言告诉夏教授,夏不笑死才怪呢!

五

宋文称沈某提出的"毛鲁会见"是一个"学术问题",可以有"见仁见智的论争"。说我把学术问题混淆为"政治问题"。我要指出,这对某些讨论这个问题的人来说,或许还可以称为"学术问题";但沈某却实属编谎、造谣、补漏洞而已。只要从他不断地更新所谓证人、证据和时间,就可以清楚地看到这一点。

最早,他在1982年2月《书林》上发表文章,称自己是1960年代初第一次从周作人处听说此事的,随即告诉茅盾,茅说这是"孤证",要他"多花些功夫去考证";"匆匆二十年后",他方知张琼也"深知其事",可与周作人的回忆"相印证",故才将这"一段革命佳话"公诸于世。然而,同年10月23日《团结报》上,他又发文,却称"抗战时期"(按,当在1945年以前)他就已了解"上述史实"。而时隔一年,他在1983年《临沂师专学报》上,又与其"刎颈之交"宋某给《书林》的信统一口径,说是1946年听张琼的爱人贺树说的;同时,他又说 1960 年 4 月 26 日孙伏园、1960 年 6 月 10 日沈尹默二人也都向他证实毛鲁曾会见。到 1985 年初,他向单位组织上交材料,又最后说 1960 年 4 月 3 日周恩来亲口向他证实此事,1961 年 5 月 1 日毛泽东自己也说了。但他没法说明,他是凭什么资格、以什么身份去给毛作记录的;如果说是赵丹事后请他记录,那么难道赵是文盲,得要沈某代记吗? 他的记录稿上有赵的签名或画押吗? 上述沈某提出的所有“证言”,都没有经本人审阅、签字认可;而且提到的“证人”,大多已经去世。偶有石西民、夏衍等同志当时还健在,但他们都坚决地否认了沈某的谣言。最为可笑又可悯的是,他虽然百般圆谎,但颠三倒四,破绽越来越多。既然你说早在“抗战时期”就已知道此事,为什么到 1960 年代还说茅盾认为是“孤证”呢? 既然你在 1960 年 4 月 3 日、4 月 26 日、6 月 10 日就已分别听周恩来、孙伏园、沈尹默讲过毛鲁会见的事,1961 年 5 月 1 日甚至还听毛亲自讲过,为什么又说直至 1961 年 10 月 8 日(这个日子是宋文中说的)去访周作人时才听说呢?

他这样一次次“更新”,就是因为每一次都被人批驳得体无完肤,不得不再抛出新的“史料”来饰诈圆谎。到他抛出“毛泽东谈话”时,已经是最后黔驴技穷了。这同他为周作人当汉奸一事翻案,从伪造、篡改一些证人、证言起,一直到最后索性伪造“周恩来谈话”的做法,是一样的。但这样也就到了头,再也没有了退路,使他从文坛骗子实际上变为政治骗子,从一般的说谎造谣变成了“政治问题”!

宋文又称我“影射了刘金”。刘金先生是我尊重的老同志,我在复旦大学读书时曾听过他的报告。他的《不妨存此一说》我并没有读过,所以无从“影射”;但我可以明确地说,我不同意这个观点。拙文中有一句话,我倒知道是指刘先生(即沈某“通过别人吹嘘这是当代文坛祭酒的‘勖沈之作’”的“别人”),但这不是我的话,而是调查报告中的原话。刘先生的“吹嘘”当然是错的,因为“当代文坛祭酒”钱钟书生前已愤而作了揭露与斥责。我想刘先生也是上了骗子的当,至少他对所谓“勖沈之作”的吹嘘是会后悔的。

六

所谓"毛鲁会见"，是完全没有理由"存此一说"的。事情早已论辩得清清楚楚了。首先，鲁迅夫人许广平先生在《鲁迅回忆录》中就明确地写到毛鲁从未见过面。同鲁迅和毛泽东都有交往并从中做过联系工作的冯雪峰同志，在《回忆鲁迅》一书中也明确地这样说过。1954年，胡乔木同志还就此事专门问过毛，毛也明确说没有见过鲁。此外，同鲁迅和毛泽东都有过交往的丁玲、茅盾等老同志，都否认"毛鲁见面"一说。在这里再举一件事："文革"后期，周海婴上书毛主席，要求重印《鲁迅全集》，毛认真读信后作了重要批示。这是谁都知道的事吧？海婴在信中说："虽然他（指鲁迅）终于未能见您一面就去世了，然而我知道他的心是和您相通的。"试想，如果毛见过鲁，他看了这样的话，怎么会不更正呢？

沈某"说法"之劣，还可以看看他伪造的周作人的话："现在真正了解鲁迅的，是毛主席。对鲁迅的思想和业绩作出了全面评价的，也是毛主席。"周作人口中会说出这样的话来吗？略有常识的人谁也不会相信。即使现在那些百般美化周作人、甚至甘当其孝子贤孙的人，也不会当真吧？

至于所谓张琼的回忆，我实在不想多说了。一是未知张琼是否签字认可；二是即使真是她说的，从内容上看也是不足为据的。宋文透露，这份东西还专门请别人"核对""写定"并曾"上报"，但仍然错误百出，惨不忍睹。为了不浪费报纸的宝贵篇幅，我这里不引述了，有兴趣的读者可以去看看陈漱渝《鲁迅史实求真录》第247页至249页。我认为，一个老年人如果记错了什么，是可以原谅的；但要是蓄意伪造史料，同样是不允许的。我当然还不能断定张琼的回忆属于哪一种性质，但在事实已经非常清楚的情况下，还有人蓄意拿所谓"张琼回忆"来说事，是一点说服力也没有，完全是徒劳的！

七

关于所谓"周作人史料",因为宋文一点实际的内容也没有,而我的看法早已写过了,这里实在无法再回应。但我有一些久蓄于心的话倒可在此一说。

我认为,作为一个历史研究者,对任何人的回忆、证明之类,都必须结合、对照其他一系列史料、文献等来鉴别、研究,切不可盲目轻信;对那些已经被证明其不诚实(哪怕只作伪一次),缺乏信用度的人所提供的材料,则更应该提高警惕。学术研究,鉴别真伪是第一步的工作。决不是像有人说的那样,凡遇"新史料",首先得相信与接受,不允许"批判"。从拙文引用的调查报告可知,沈某在进行所谓"学术调查"时,对被访者常施用一些误导、引诱、暗示、唆使的手法。如他访问袁殊时,就是先告诉对方"周作人当汉奸是共产党推荐的",当人家表示怀疑时,他还"提出三个根据"。这样子搞出来的东西,是根本没价值的,更不用说他事后还使用"移花接木"、"偷梁换柱"这类手段了。再从另一方面说,也有一些被访问者,特别是年龄较大的人,不免记忆力和思维力衰退,易于接受暗示或误导,或者还有人会将幻想、虚构的事记成了真实的事。甚至有的被访者喜欢趋时,媚世,不甘寂寞,想出风头,想制造新闻,因而揣摩对方意图,积极给予配合。我在此不想影射什么人,而是根据自己遇到过的事,指出确实存在这种现象和事实。例如,在沈某所谓"周作人新史料"的调查对象中,就有这种情况。本来,我还曾愿意就"周作人新史料"中的某些人和事作一些"学术争鸣";但自从沈某最后直截了当地抛出了中央领导人周恩来关于此事的"谈话",直截了当地冒充自己曾亲赴周恩来家中做记录员,并借周之口称自己为"鲁迅通",那么,我觉得在这件事上再作所谓"学术争鸣",就一点必要也没有了。我对沈某在这两大"说法"上所作的一切"正常工作",包括别人的帮腔,都嗤之以鼻!

　　这里,我想引用王锡荣先生《鲁迅生平疑案·鲁迅与毛泽东见过面吗》中的一段话:"对沈××提交的材料,这次不是由学者来考证、论争,而是由单位组织调查,并由健在的当事人当面揭露其伪,这下,就彻底打破了沈××的种种辩解。调查结论表明,沈××关于周作人的材料、关于周总理谈鲁迅、毛主席接见赵丹等材料,全部是假的! 本来,人们对于他早先抛出的某某人回忆'毛鲁会见'的种种材料,总觉得虽被人百般批驳,但空穴来风,总不会无缘无故。错误总不免,但或许还不至于完全捏造……但是,现在人们确凿地看到,沈××伪造材料确已到了不择手段的地步,是一个任意编造'神话'的'老千',他提出的材料一再被证明是伪造的。敢说他在这一系列相关的材料中,除了由组织调查证明是假的以外,其余全是真的吗? 那么,对于原来争论中的一些疑问,还有什么进一步争论的必要呢? 人们惊讶地发现,这场几乎绵延了整个二十世纪八十年代的激烈论争,闹了半天,原来是一批认真的学者在跟一批假材料打斗! 最终结局表明:这并不是一场学术论争,而是一场学术与伪学术的较量。它的意义,并不在于证明了本来就不存在的'毛鲁会见'之不存在,而在于说明了伪学术的必然破产。"

　　宋文最后竟然还吓唬我:"等着瞧吧!"我对此同样嗤之以鼻!

　　(临末顺便更正几点:上回报纸刊出的拙文中,一处《文教资料》被误植为《文艺资料》,"文坛祭酒"被误植为"文坛祭洒",所引余时英先生的话,被改动了二字,漏植了二字。敬请谅鉴。)

鲁迅的文品和人品都不如张爱玲？

不少人非常钦佩的美国大学者夏志清，在 2000 年香港召开的"张爱玲国际研讨会"上，曾高调倡言，并与人争论：鲁迅的文品和人品都不如张爱玲！看了张爱玲的《小团圆》，我对夏大学者的这句话的体会可深了。

《小团圆》自中国内地出版以来，风头出足。有出版社因此大发了一笔横财，可喜可贺。然而不那么可喜可贺的是，骨灰级张迷却因此而一分为三。

一派兴高采烈，啧啧称赞《小团圆》好极了，没有比它更好的了，是他们"祖师奶奶"巅峰杰作，非同凡响。即使她本人说过要销毁，今天也应该出，如果说这是炒作，那也是它的原料好，你倒再炒一个出来试试！

一派义愤填膺，说张爱玲是美国公民，其遗产继承应该用美国法律，现在出版它的人是严重侵权、违法！

又一派则痛心疾首，可以以台湾某教授为代表，他似乎模仿彼省阿扁对大陆"三不"的套路，坚称"不买、不看、不评"！

当然，当然，我们同时也应该说，上面讲的第一派还是张迷的主流，张迷庞大的据说有千百万人的队伍还没有由此而分崩离析。

鄙人非张迷也，本来没时间读《小团圆》。但既然被炒得这样热乎，看过了不少评论文章，不免也心中好奇，于是就像前一阵子听人家大吹《色，戒》时一样，也就在网上看了一下。不，这回可不是"看了一下"，而是看不下去，逼着再看，看了好几下，才算勉强看完。简直可以用"硬着头皮"来形容。因为，它的"文品"，包括它的叙事方式、文字、修辞，倒正如它自己几次引用的"南京谚语"所谓的"糟哚哚，一锅粥"。里面描写的各式人物，除了痛斥汉奸报的剑妮等极少数人以外，也正如它五次提到过的："怎么一个个都这么难看？"

著名张评家金宏达先生说，这篇东西"艺术上相当粗率，不但如宋淇所指出的存在结构上的'点名簿'式重大缺陷，通篇大多是速写的连缀，笔触凌乱轻忽，没有多少深刻的刻画，虽然还有些张爱玲典型的句式，却只显出一种粘贴的'华丽'。"我也实在搞不懂，这样的货色，怎么竟会成了张迷们的"祖师奶奶"的最高峰杰作了呢？

是的，现在搞不懂的事情可多了。想起以前我读过的一位老作家写的那篇深情脉脉的《遥寄张爱玲》，其中写到他编刊物时曾欣喜异常地发表过张爱玲的小说《心经》，又大捧当时张小姐作品之佳妙；但是，关于这篇《心经》本身，文中却未赞一词，令我有点搞不懂。后来我找到了这篇小说，觉得真是恶心、无耻、反人性、反伦理的东西，写的是女儿怎样处心积虑地排挤其亲生母亲，一点一滴地占有其亲生父亲。怪不得历来吹张爱玲的人也很少捧这篇东西。那位老作家以发表这样的东西为荣，就更令我搞不懂了。

现在，关于那位"遥寄张爱玲"的老作家，在《小团圆》中却有着十分不堪的描写。有人为他感到"不公"，然而我想，如果确有其事，倒也不见得什么"不公"。而且，这个也正是被热炒的此书的"看点"之一。此外，还有令人作呕的主人公打胎的描写、口交的描写等，报上、网上谈到这些的文章很多。有的人眉飞色舞，有的人深恶痛绝，有的人为张女士感到可惜。对这些，我不想再多说了。倒是《小团圆》中有一点，谈到的人还不多，那就是金宏达兄一针见血地说的："内容上……坚决摒弃'国家主义'(民族大义)，理性上连《色，戒》还不如。"

我记得，曾经看到过一篇为张女士鸣不平的大文，题目咄咄逼人：《张爱玲是文化汉奸吗？》。据我所知，在抗日战争胜利后，是有人署名"司马文侦"，出过一本题为《文化汉奸罪恶史》的书，书中张爱玲的名字赫然在焉。不过,当时在国民党的领导下,真正被定为文化汉奸的人并不多,张爱玲也没轮上。而近二十多年来,并没有一个批评张爱玲的人称她为汉奸的。如果有的话,既然《张爱玲是文化汉奸吗?》一文是针对当今的论者发论的,那么作者就应该指出现在谁指称张是汉奸,把人家有关指称张是汉奸的话引出来。不然,那样理直气壮、仗义执言的题目,就不免气壮义仗得有点滑稽了。

其实,这二十多年来,非议张爱玲的文章是很难发表的(本人就深有体会),而吹捧的文章则满天皆飞。有什么报刊还敢发文说她是"文化汉奸"?相反的,倒是有人公然"揭发"司马文侦是一个姓唐的人(指唐弢)唆使其学生写的,说那是"污蔑"张爱玲,而"张爱玲是中国共产党在上海的地下党员的慧眼发现、苦心扶持、多方揄扬而成名的"(见沈鹏年《行云流水记往》)。不过,这样行云流水般的造谣和吹捧,在《小团圆》面前就只能碰得粉身碎骨、落花流水了。

我以前写过几篇到处碰壁、好不容易才被删改后发表的有关张爱玲的文章中,也从没有称张为汉奸。因为我考虑到,张毕竟还没有像周作人、胡兰成、张资平、苏青那样无耻地当过伪官。我称她为"附逆文人"和"不洁文人"。

抗战胜利之际,中华全国文艺界抗敌协会曾发布过《对于惩治附逆文化人的决议》(起草者是胡风),该决议对"附逆文化人"的定义的最后一项有"其他不洁人物"的提法。我觉得"不洁人物"四个字,简直像是为张爱玲"量身定制"的,有谁还比她更合适呢?(周作人、张资平那样的作家,则不仅仅是不洁文人,而是汉奸文人了。)

胡兰成,谁也无法否认他是个卖国贼、大奸逆吧,那么,那样死心塌地地硬要附在胡逆身上的张爱玲,还不是一个"附逆文人"?

我看到过一篇文章,题目叫《张爱玲非汉奸是附奸》,大概也是这样的看法吧。

但看了《小团圆》后,我对张某人的"人品"的"认识",就更深刻得多了。

《小团圆》一开始写到日本侵略军攻占香港，学校里同学们个个激愤，却只有九莉（张爱玲的化身）"不作声。坐在那里一动也不动，冰冷得像块石头"；不止如此，她反而还"喜悦的浪潮一阵阵高涨上来"（按，这样的文字，我们只在《小团圆》的性高潮描写中看到过），只不过不敢太放肆了，"怕流露出欣喜的神情"。后来，她又公然对人说："我非常快乐。"看到这里，我简直惊讶万分。

但有张迷解释说，那只是因为她可以逃过学校的大考，所以感到快乐。天哪，难道一场考试要比疆土沦丧、生灵涂炭更痛苦？

就算这样解释得通吧。那看下去，当邵之雍（胡兰成的化身）告诉她"二次大战要完了"时，她竟然"低声呻吟了一下"，说："希望它永远打下去。"这样丧心病狂的话，连邵之雍听了也感到愕然。但她说，因为是想跟邵某人在一起，因此"她不觉得良心上过不去"。其实，她哪里还有什么良心！

抗日战争胜利的喜讯传来的时候，凡中国人，不论男女、老少、穷富、智愚，无不激动万分。但《小团圆》说她"被炮竹声吵醒了，听见楚娣说日本投降了，一翻身又睡着了"。《小团圆》中，甚至还有两处竟然把抗战胜利的那一年称作是她"失落的一年"！这种绝对异类的心态，如此冰冷，如此残酷，与全中国的老百姓是截然不同的，还不是我们民族的敌人和汉奸的心态？

《小团圆》赤裸裸地宣称："国家主义是二十世纪的一个普遍的宗教。她不信教。"污蔑爱国主义的言论"总是遮羞的话"。

以前，对于张小姐与胡兰成的勾搭成奸、乱世孽情，我总以为那很可能是她上当受骗，当时她年纪轻。我也总想能有一种某些人提倡的"理解的同情"。但《小团圆》却明明白白地写道，她从一开始就是非常清醒、非常主动的。在见面前她就知道对方"是个汪政府的官"，见面后还觉得他"像个职业志士"。她坚定地承认"她崇拜他"。她不仅从一开始就知道对方有"法律上"的"正式的太太",且不止一个,而且还知道勾搭成奸的他们"根本没有前途"。甚至还说,"她刚认识他的时候就知道战后他要逃亡"。

这真让人目瞪口呆! 一切想为她辩护的人,不知还能从何处为她辩护?

现代一切成年的心智正常的文明人都知道,如果知道某人是罪犯而帮助其逃匿,或者为其提供财物,或者包庇而不举报,均是严重的犯罪行为。很多国家的法律,都判处这种犯罪行为人以拘役、管制以至徒刑。

胡兰成是抗战胜利后国民政府通缉的汉奸和罪犯。而从《小团圆》中可知,最早正是张爱玲主动问胡兰成:"你能不能到日本去?"但日本当时已经为美军占领,怎么能去? 她这才无奈地承认"自投罗网,是她胡涂了"。接着,她又坚定地对胡说:"我要跟你去。"并说:"我现在也没有出路。"甚至还提出:"能不能到英国美国去?"可见,她是完全站在与中国亿万老百姓、与法律相对立的立场上的。

《小团圆》还"生动"地描写了"战后,他逃亡到边远的小城的时候,她会千山万水的找了去,在昏黄的油灯影里重逢"的情景。与胡兰成在《今生今世》中写到的完全一样,可知完全是写实。这种罪恶的行径,彻底暴露了这个女人已经不可救药地堕落为卖国附逆的罪人了!

众多的张迷朋友们,你们看看清楚,你们所谓的"祖师奶奶"是这样的一个人啊! 她承认"她不但是败柳残花,还给蹂躏得成了残废",其实还不只是肉体上、更是思想、灵魂上都被敌伪"蹂躏得成了残废"! 这样的"败柳残花",还值得你们那样地爱戴和着迷吗? 看过了《色,戒》,又看了《小团圆》,应该清醒一点了吧。

为张女士百般辩解、振振有词的理论家和学者们,面对《小团圆》这样的不打自招,你们怎样再来为她辩解和吹捧呢? 人,总是应该有一点良心吧? 为人,总是应该有一条底线吧? "张爱玲是文化汉奸吗?"你自己认真想想再得出结论吧。

至于对炮制出"张爱玲是中国共产党在上海的地下党员的慧眼发现、

苦心扶持、多方揄扬而成名的"的新神话的论者，我除了鄙视，还是鄙视。这只是对中国共产党的污蔑！道理非常简单，他说的那几位"中国共产党在上海的地下党员"，当时潜伏在日伪内部，公开的身份是汉奸，而且当时人人都认为他们是汉奸(这正表明他们潜伏得非常成功)。他们所办的是地地道道的敌伪刊物，而且当时人人都认为它们是敌伪刊物，绝对不会因为他们的秘密身份就改变了这些刊物的政治性质(不然他们早就暴露了)。当时，中国共产党交给他们的潜伏任务，也绝对不可能是"慧眼发现、苦心扶持、多方揄扬"张爱玲。可悲可嗤的是，这样的痴人说梦，自以为是大大地讨了张迷们的好，可是即使在骨灰级张迷中也没有几个人相信这种谎言。在所谓"张学"铺天盖地的"论文"、"专著"中也没见有什么人加以引用。而《小团圆》这回的"不打自招"，等于是搧了他一个大耳光！

那么，美国大学者夏志清高唱的"鲁迅的文品和人品都不如张爱玲"还有多少人会相信？

【追记】

我曾将此文改写成较短的文章投稿某报，一位编辑回信说："大作已拜读。从文章表现出的逻辑性和文字水准，我的直觉告诉我：大作是一篇好文章。我的专业背景是历史学和社会学，对文学只有一般性的了解，我想请两位懂行的朋友帮助看看，如无原则性的问题，我这里当然极愿刊用。"但不久，该编辑回信说不用了(也就是说有了"原则性的问题")。感谢该编辑同时附来了"两位懂行的朋友"的意见，让我有了难得的学习的大好机会。不敢独享，抄在下面大家一起研究，同时也附上我的一些疑虑，敬请大家指教。

一位的意见比较简单："看过了。这种看法并无新意，我最讨厌拿民族主义说张爱玲的事儿。"我不解的是：拙文的看法在当今的报纸上似乎不多见吧。照理说，"少"就意味着"新"啊！而捧张的论文、专著铺天盖地,为何倒有那么多"新意"呢?至于"拿民族主义说张爱玲的事儿",拙文已说了,那也是鄙人受到金宏达的话的启发。我认为金先生说得对,而有金先生这样看法的人太少,金说极有"新意"。不是说言论自由、人权平等吗?为什么你"最讨厌",别人就不能发表了呢?

另一位写得较长,而且很有激情:"我的意见很明确,我强烈建议不登。文章对《小团圆》的评论是从一种极狭隘的政治角度(而且自认为是政治正确的角度)来论述的,称不上真正的文学评论,缺乏对文学作品性质的基本认知;所谓夏虫不可语冰。任何事件都有多重的维度,文学作品之价值就在于表现这种多重维度,而且伟大作品之伟大往往就在于从事件中升华出人性……我以为《小团圆》是以个体性来体验战争,无可厚非,更何况其意并不在于论述战争和所谓的'民族大义'。从个人感觉来说,这类文章是我极厌恶的一种大棒文风,有'文革'气息。个人以为,此文实在会有辱××报之品位。"我不解的是:既然是"多重维度",为什么就不可以从政治角度来评说作品了呢?谁都是应该从"自认为是政治正确的角度"来论述的吧?难道可以从自认为是政治不正确的角度来论述?什么是"真正的文学评论",太玄妙了,我也不想弄懂,我写的就算是"杂文"吧,那为什么你一"极厌恶"别人就不能发表了?"伟大作品之伟大往往就在于从事件中升华出人性",鄙人就正是从《小团圆》这个"伟大作品"中谈论张爱玲的"人性"的啊!

一个"最讨厌",一个"极厌恶",这两个评语鄙人倒很喜欢,并以为此种效果正是拙文的价值之所在,并更进一步以为拙文已取得了杂文的"艺术效果"。

"考证鲁、周辈分"议

2003年5月3日,我先后接到五位朋友打来的电话,谈的都是这天《文汇报·笔会》发表的《鲁迅是周恩来的叔叔吗》一文。有的兴奋地告诉我:"该文把王锡荣批得一塌糊涂。"有的不满地说:"该文有点过分。"有的谦虚地请教:"该文到底有没有道理?"有的好奇地打听:"该文有什么'背景'?"总之,在眼下"非典"搞得"人心惶惶"之际,还有这么多的电话来谈此文,可见其吸引力之大了。

说来惭愧,敝人虽是鲁迅研究者,而且还曾忝为上海谱牒学会理事,但对鲁迅和周恩来的家世宗谱及两者的关系却没有作过研究。主要因为我看不到有关的原始资料。锡荣的《鲁迅生平疑案》一书,我虽应邀写过序,但该书第一篇《鲁迅与周恩来究竟是什么关系》我就没有好好读。现在,此文作者这么尖锐地提出了质疑,便促使我翻箱倒柜找出他提到的张能耿、裘士雄、吴长华等先生的文章(以前看过,但未细阅),对照着锡荣的书闭门研读。经过独立思考,我只能实话实说:该文没有道理。

首先,把鲁、周说成"叔侄关系"(指辈分)的,正是周恩来自己。该文明明引了周本人明确讲"我已查过"的话,难道他不懂这句话的主语是谁?却马上又说:"估计是哪位本家或亲戚'查过'什么记载告诉周恩来的",不知他根据什么而"估计"? 该文说"这样明确的记载还没有被发现",但没被发现不等于就不存在。周本人多次讲到这一"辈分",人们如果没有确凿的根据,是不该随便怀疑和否定的。因此,王锡荣等人承认"不知他(指周恩来)的所据,只能期待新的资料发现来解决问题",同时又暂且以"周恩来的说法"而排列两家的世系对照表,并写明鲁迅家有一段世系因缺少记载而"不明",这不失为一种实事求是的态度。而该文最后写的"三点看法"的第一点,没有确凿根据,径称"把鲁迅周恩来写成叔侄关系"是所谓"以讹传讹",竟然实指"周恩来的说法"为"讹"! 似乎也忒大胆了吧?

该文的第二点"看法",说王书中的世系表乃"照抄照搬吴长华",说只要"对照一看,立即就真相大白"。我把王、吴及裘士雄的三种世系表对照看了,先是发现裘、吴两表自"周万"以下共有十三代的名字不一样,再对照王表,才知裘写的是字,吴写的是名,而王在括号中则注明其字、号,或后来的改名,这就解决了我的困惑。由此我看出,如果王没有直接研究过原始资料,是决注不出来的。再看吴表,发现周恩来家族中九世"鏶"误作"镁",十一世"懋文、懋章"误作"樊文、樊章",十七世"元橇"误作"元魁",二十世"贻赓"误作"贻记",二十一世"恩寿"误作"思寿",更将周恩来曾祖光勋的号"樵水"误写到鲁迅祖父福清的名字旁了。(按,这些估计多为"手民"误植所致。)王表不仅纠正了这么多错误,而且还补充了吴表遗漏的周恩来的两位重要父辈(生父和三伯),补充了吴表漏排的周恩来兄弟的从出之线,还尽可能注上人物的生卒年,又根据自己的研究写上了对"五十房"的理解(吴、裘都未能解释)。如此这般,难道是"照抄照搬"? 我还发现王书中有一思考的闪光,很值得重视:他指出《越城周氏支谱》中有"文"、"元"、"光"诸字辈,恰与周恩来家族同辈一致。其间似有关联。我想,如顺此线索继续发掘,有可能最后考证出鲁、周的辈分关系。

该文又指责王表把鲁迅的兄弟、鲁迅曾祖父的兄弟等也写上,是所谓"繁杂纠缠"(此四字用了两次)。认为除直系外,其他都"无用",是所谓"节外生枝"(此四字也用了两次),不过为了显示"似乎他的表就和吴长华的不一样了"而已。但我想请问:该文盛赞为"极富创意"、表现了"胆识"的吴表,不也把周恩来的兄弟、周恩来曾祖父的兄弟等都写上了? 该文为什么不同样指责它"繁杂纠缠"、"节外生枝"呢? 既然是两家对照,难道有不同标准?

该文在第二点"看法"中竟然还引用了《著作权法实施条例》,把"王锡荣的做法"提到了不合"学术规则"甚至"法令规章"的高度,就差没有明写出"剽窃"两字了。此先生曾长期在出版局任"检查官",对有关政策、法律应该比别人熟悉;他又是资深的鲁迅研究者,当然稔知当年陈西滢如何污蔑鲁迅"剽窃"盐谷温的往事。读书人谁不爱惜名誉?因此我们说话著文应负责任!

该文的第三点"看法"最令我哭笑不得,说王在将吴表"搬到"自己书里时,竟把鲁迅这边的线错接到周恩来那边了。其实这显然只是出版社电脑出错,而且这位先生实际也心知肚明(他用了"不论这……是排印出错"的话)。这位先生出过不少书,当然知道这类事并不罕见。当作者碰上这种事,他不予同情,反而还要来调侃一番,这实在有失厚道。

这位先生还说:"'纠缠'几乎成了此书的'特点'。"这是对王书的整体评价吗?这与他文中对其他几位研究者的大说好话形成多么鲜明的对比。我并不认为王书十全十美,在写序时我未能通读全稿,出书后曾当面向作者谈过一些意见和建议;但我不能同意此书的"特点"几乎就是"纠缠"的说法,我想,广大鲁迅研究者和读者一定会有公允的评价。

【附记】

本文在报纸上发表时,经过了编辑的修改。例如,这个题目就是编辑改的,记得我的原题是《"周恩来的说法"是"讹"吗?》。现在我就照报纸发表的题目收入本书,因为本人曾因此文被正式告上过法庭!而我"自存"的《上海市浦东新区人民法院民事判决书》[(2005)浦民一(民)初字第3117号]清楚明白地作出了以下判决:"驳回原告×××的诉讼请求。"可惜我当时作为被告写的自己觉得很精彩的答辩词现在找不到了。

《惜花四律》不能从《鲁迅全集》中删去

2002年3月8日,《文汇读书周报》发表有关《鲁迅全集》修订工作的报道,其中提到:"1981年版《鲁迅全集》中,有一篇肯定要抽掉,那就是原收在全集第八卷《集外集拾遗补编》中的《惜花四律》。解放后,据周作人回忆,《惜花四律》是鲁迅所作,后人也认可了周作人的这一说法。但八十年代周作人日记手稿影印出版,在周作人1901年的日记里,他记载了哪几首诗是他写的,哪几首诗是让鲁迅看过、修改幅度较大的。据此,专家证实《惜花四律》实为周作人所写。"

记者没有写错。因为我也参加了那次修订工作会议,会上确有专家这样说,没有异议,而且会后还有形成文字的报告。我对此没有研究,又见与会的张菊香老师(她还是周作人研究专家,撰有《周作人年谱》等)也没反对删去,我当然更没有发言权了。不过,心里总有点纳闷:周作人为什么要将自己写的诗说成是鲁迅写的呢?

会后,我重阅了王仲三《周作人诗全编笺注》,此书已收入这四首诗,并有"说明:这四首七律,曾一度均认为是鲁迅的作品,包括周作人自己在内。他曾在《旧日记中的鲁迅·辛丑二》一文中说:'"三月初二日,下午从调马场上坟回,接大哥廿六日函,并《惜花诗》四首。"这诗也抄存在《日记》里,题云《惜花四律步藏春主人元韵》,不知道这人是谁……鲁迅看见便来和了四首……原诗也收入《鲁迅全集补遗续编》中。'据他这样一说,1956年版《鲁迅全集》(10卷本),1981年版《鲁迅全集》(16卷本)遂先后把这《惜花四律》收入《全集》,作为鲁迅的著作。随后所出几种鲁迅诗歌注释本,都以《全集》为准,当作鲁迅诗作。直到 1985 年,张菊香等编《周作人年谱》问世,实况始告查清。他们检阅知堂《日记》,发现所录该诗有条眉批,批语云:'都六先生原本,戛剑生删改,圈点悉遵戛剑生改本。'都六为知堂当时的笔名,可见《惜花四律》实为知堂作品,鲁迅仅为之删改而已。"(按,戛剑生为当时鲁迅的笔名。)

再查张菊香、张铁荣《周作人年谱》,1985 年初版有这样的注释:"《惜花四律》,已收《鲁迅全集》(1981 年版)《集外集拾遗补编》。过去皆以为系鲁迅作,但据周作人日记所录该诗眉批,云'都六先生原本,戛剑生删改,圈点悉遵戛剑生改本。'可见《惜花四律》实为周作人所作。"2000 年该年谱修订再版,这条注释照旧,只是在后面添了一句:"经鲁迅大加修改。"

多年来我一直没有见过周作人日记,也不知道"鲁迅大加修改"到什么程度;只是想,既然鲁迅"大加修改"了,那么,至少应该作为合作者,《全集》中收入了这四首诗也未尝不可啊。

后来,读到上海书店出版社新出的《鲁迅旧诗探解》,得到很大的启发,并特地向河南的大象出版社邮购了一部影印本《周作人日记》,终于弄清楚了这个问题。(倪先生这本书是对他以前在上海人民出版社和上海教育出版社多次修订出版的《鲁迅旧诗浅说》的再次修订重版。修订的地方很多,质量又有较大的提高,有不少新见解,值得向读者推荐。)

此书作者说:"周作人抄录本诗时署名为'汉真将军后裔',表示是兄弟合作写成的。"我觉得这一点很正确,也很重要。"汉真将军"指汉代名将周亚夫(汉文帝称他为"真将军"),周氏兄弟当年均"尚武",所以戏称是这位周将军的裔孙。如果这是周作人一个人的作品,他已经用了"都六先生"的笔名,就不必再署这个名字了。

那么,鲁迅到底修改了多少呢? 该先生说:"周作人日记抄录时作了眉批说明:第一首,第一句原本,第二联原本,'茸碧'原作'新绿',第末联原本,'不解'原作'绝处','结句成语';第二首,首句原本,第二联原本;第三首第四首无眉批,即全部由鲁迅重写。从眉批可见:全诗三十二句,只有八句是周作人写的。所以周作人在《关于鲁迅》等文中一再称它是鲁迅的作品。"他指出全诗四分之三(而且周作人写的八句中鲁迅还改了四个字)是鲁迅写的,这一点极有说服力!

也许有人会说:无眉批的两首,怎不见得全是周作人的"原本"呢? 答曰:那是不可能的,周作人的逻辑决不可能混乱如此。因为周作人的眉批,都是只注"原本",那么未注的当然都是鲁迅的改本。再说,那两首有眉批的诗,鲁迅删改得那么多,而另外两首却一个字也不改,这种可能性也几乎是没有的吧。

又有人也许会问:会不会是周作人写了前两首的眉批后,不耐烦了,后两首就没有再写眉批呢? (我原先也有这样的怀疑。)答曰:那也不可能,因为周作人当时对大哥非常尊重,连圈点也"悉遵",怎么会不写上鲁迅的修改呢? 他不写只有一种解释:整首诗全是鲁迅重新写的。而且,我查核了周作人日记手稿,发现了张菊香、倪墨炎等先生全都搞错的一个地方,那就是"首句原本,第二联原本"的批语,不是他们以为的批在第二首上,而是批在第三首上的。也就是说,没有眉批的(全是鲁迅写的)诗,是第二、第四首。这就绝对排除了上述疑惑。周作人决不会"不耐烦"而跳过第二首,却到第三首上再写眉批。

周作人在第一首的批语中说:"结句成语。"在所有《惜花四律》的注家中,都未能注出结句用了什么"成语"。我认为此处"成语"就是前人成句的意思。这句"四檐疏雨送秋声"当是用了金·元好问《秋夕》句:"一窗风雨送秋声"。(不过,如果有人能找到七个字全都相同的前人成句,我当然放弃这一敝见。)从这一眉批看,周作人确实是这最末联的原本作者,所以他才能指出"结句成语"。

综上所述,我认为鲁迅是《惜花四律》的第一作者,新版《鲁迅全集》不能把它删去! 尤其是,它已经堂而皇之地被收入周作人的书中(我认为这也可以,但必须加上说明),还有人引用它来论述周作人的妇女观,如果再从《鲁迅全集》中把它删去,就会闹成更大的笑话了。

【附记】

这篇文章发表在 2002 年 7 月 31 日《中华读书报》上,同年 10 月 10 日《文汇报》发表倪墨炎《〈惜花四律〉的作者是谁》,也认为《鲁迅全集》不该删去《惜花四律》,但大概他写文章时还没有看到拙文,所以他仍然说周作人"首句原本,第二联原本"的批语是指第二首。他还说"第三首眉批只有'第三'二字","第四首的眉批是:'第四'",居然把"第一""第二""第三""第四"也称作"眉批",实在令人感到奇异。而更令人想不到的是,过了两年多,2004 年 10 月 27 日的同一《中华读书报》上,他又发表了与拙文题目只差一个字的《〈惜花四律〉不应从〈鲁迅全集〉中删去》。文中写道:"令人钦佩的是,2004 年 6 月 16 日,《人民日报》在发布新版《鲁迅全集》已定稿的报道时,果断地删去了关于《惜花四律》的一段话(陈按,即原先有报道说的《鲁迅全集》要删去《惜花四律》)。这引起了学术界和读者的广泛注意。为此,陈福康写了篇《不能否定鲁迅对〈惜花四律〉的著作权》,发表在 2004 年 8 月 26 日的《文学报》上。陈福康公然宣布:① 包括新华社电讯在内的全国各地报纸上刊载的新编《鲁迅全集》已定稿的报道中,提到《惜花四律》已被认定为周作人的作品而必须删去的一段话,是'出版社有关同志'出错造成的。他说:'各报估计都是根据出版社在新闻发布会上提供的材料写的。而出版社有关同志在准备这份材料时,利用了电脑储存的以前的工作报告,而没有改动这句话。'② 新版《鲁迅全集》不删除《惜花四律》。他说什么:'《惜花四律》是不应该从《鲁迅全集》中删去。(我相信新版全集也不会删去。)'令人惊讶的是……由陈福康以'参加全集修订工作的研究者'的身份出面来'说明有关情况',这合适吗?这像话吗?我在此吁请:'鲁编会'如果是一个严肃的组织,应以负责的态度在全国性的报纸上澄清事情真相。"

我想,一般读者是看不懂这段话的(连我当时看这段话就没看懂)。第一,在这个问题上,我与他的观点不是一致的吗?我在文中还赞美和推荐了他的书,可他为什么又说我"公然"什么什么,说我"令人惊讶",一连串地叱问我"合适吗""像话吗",火气那么大呢？第二,说我是在 2004 年 6 月 16 日《人民日报》"果断地删去了关于《惜花四律》的一段话"后,才"为此"而写了不能否定鲁迅对《惜花四律》著作权的文章;但事实上,我不是早在 2002 年 7 月在他之前就已经写文章了吗？这些问题我也是后来才慢慢搞清楚的。

我以前一直认倪某为鲁研界的前辈,关系本来不错。我第一次上北京开《鲁迅全集》修订编辑工作会议时,曾向一位负责人询问:"为什么没请倪先生来开会?"(倪某曾参加过 1981 年版全集的工作,而参加过该版编辑工作的人差不多都被请去开会。)不料那位平时和蔼可亲的老人突然沉下脸说:"我们怎么会请这样的人来呢!"我就不敢再问了。后来,我从其他老同志处打听,方知当年倪某的表现太差劲,所以人家才不要他。倪某因此而感到失落是可以同情的,但他应该反省自己的作为才是,不能怀恨在心,老是乘机攻击人家啊。当年很多报纸上刊载的新编《鲁迅全集》已删去《惜花四律》的那段话,确实是出版社有关同志的出错造成的。我不过介绍自己知道的情况,也不是受"鲁编会"委托,谈不上什么"公然宣布",什么"有什么责任,或有什么权力宣布"。而倪某以极为赞赏的口吻说"令人钦佩"《人民日报》的报道"果断地删去了"那段话,那是他不了解"内情"。因为那段话正是陈漱渝先生在我的提醒下"果断地删去"的。倪某因一点小故而与陈先生结下"深仇大恨",如果他知道原来是他"果断地删去",是绝对不会写出"令人钦佩"的话的(现在让他后悔吧)。

最后还要提到三件事。

(一)我原来以为指出《惜花四律》的四分之三为鲁迅所写的是倪某。倪某也一直这样自诩。但我后来翻到 1987 年天津人民出版社出版的《鲁迅研究资料》第十六辑上鲁歌写的《〈惜花四律〉中哪些文字是鲁迅写的?》,原来人家早已指出,并非他的发明。现在知道,在《惜花四律》的研究中,他并没有什么新的贡献(他自己已承认鲁迅、周作人"合作说"也不是他最早提出的)。

（二）我的一点小贡献，是指出历来的研究者对周作人眉批的理解均有误。倪某后来实际也已承认自己弄错了。但他在《真假鲁迅辨》（2010年版）的《关于〈惜花四律〉作者是谁的争议》的《很有必要的前言》中，这样引用自己的2002年版《鲁迅旧诗探解》的一段话："周作人日记抄录时作了眉批说明：第一首，第一句原本，第二联原本……第三首，首句原本，第二联原本；第二首第四首无眉批，即全部由鲁迅重写。"请读者对照拙文中所引，即可看到他已经把自己原先说的第二首换成第三首，又把第三首换成第二首，还在引文后大言不惭地说："我……的表述，总还算是清楚的吧。"

（三）我以前以为周作人在第一首诗的批语中说的"结句成语"，当是指金·元好问的"一窗风雨送秋声"；后来，我又找到了也许更好的前人成句。如宋·江白《等法院》诗中的"晚凉疏雨送秋声"；元·戴善夫《陶学士醉写风光好》杂剧中的"隔窗疏雨送秋声"；明·赵世显《闺思》诗中的"断无疏雨送秋声"。

如此拙劣的伪造(外一篇)

　　2008年6月20日上海《文汇读书周报》刊出《博古斋推出新文学专场精品荟萃》一文，其中有这样一段最引人注目的话："本专场最大的亮点是一批名家签名本，其中首推当属有鲁迅、刘半农题签的《梅兰芳歌曲集》。此书特为京剧大师梅兰芳赴南美演出而于民国18年印行出版，由著名音乐家刘天华亲自将京剧唱腔从中国传统字谱制成五线谱，是研究梅派唱腔的重要资料。当时由刘天华监制、以成化宣纸精印编号特装本50部，每部线装2巨册，本书为特装本第24部。刘半农题赠鲁迅后，鲁迅十分喜欢，复题署'天华、半农新作，迅自留'。本书成就多位文化名人结缘，价值不菲当可预期。"

　　在此之前，沪上别的报纸也刊出过这一消息。

　　我一看到此一消息，就觉得：这个所谓的"鲁迅题署"全然是拙劣的伪造！我连看看这一"鲁迅题署"的照片的兴趣都没有。但我还是在上海鲁迅纪念馆王锡荣先生处看到了这一照片，没想到同时居然还看到了沪上某著名学者认定它确是"鲁迅题署"的亲笔信(照片)。锡荣兄也认为这一"鲁迅题署"是假的。他指出，这几个字分开看，每个字都有点像鲁迅写的，但合在一起，就缺少了那股"精气神"。我觉得很有道理。但锡荣这话听起来比较"玄"，也许有人不信。其实我们一眼就可以看出破绽的，是这一题词根本就完全是文理不通的东西。

　　首先，什么叫"自留"？只有在自己写的或译的、编的书上，才可以写"自留"。在别人的书，或别人送的书上，是绝对不能写这个"自"字的。我想这是最简单的常识。就在我看到这期《文汇读书周报》的同时收到的 6 月 18 日北京《中华读书报》上，就有一篇文章《傅雷"自存"〈约翰·克利斯朵夫〉的流徙传奇》，傅雷所题"自存"的，就是他自己翻译的书。

所谓"刘半农题赠鲁迅"也并无其事。这段题字是"品论梨园艺事当作考订北平社会旧史不知君以为如何"，内容简直莫名其妙。到底是"要品论梨园艺事，应当考订北平社会旧史"的意思呢。还是"本书品论梨园艺事，可作考订北平社会旧史看"的意思呢？二者都扯不上啊！难道刘半农是教诲鲁迅，你要品论本书，应当先考订北平社会旧史？本书既然只是五线谱的梅兰芳京剧唱段，那么也就根本不是"品论梨园艺事"的书，也根本不能"作考订北平社会旧史"看。刘半农会写出这样不通甚至不敬的话来给鲁迅？而且，这所谓的"刘半农题赠鲁迅"，根本就提也没有提到鲁迅，有这样"题赠"的吗？

再说什么叫"新作"？只有新创作的（也许也可包括新翻译的）作品才可以叫"新作"。这也是一个简单的常识吧？刘天华只是标上五线谱的梅兰芳创作的歌曲集，是不是可以称作刘天华的"新作"？特别是，刘半农与这本书是什么关系呢？他仅仅题了这么奇怪的一段话，鲁迅就会称它是刘半农的"新作"？

锡荣还谈到鲁迅对梅兰芳的看法和态度，鲁迅与刘天华、刘半农的关系等，这也是很能说明问题的，但我认为这些都是已经不需多说的了。而且，鲁迅与刘半农熟，与刘天华还不知道认不认识呢，刘半农是兄，刘天华是弟。但"题词"竟写作"天华、半农"，也是不合情理的。因此，我认为这是文化程度很低的人的伪造。早就听"行内人士"说过，如今社会上为追求"价值不菲"而能假冒鲁迅手迹的"高手"有好几个呢。

至于前面提到的沪上某著名学者，我是尊敬他的，但在这个问题上他的看法我却绝对不敢苟同。我想，这应该是他"智者千虑或有一失"吧。如果他不同意我的看法，坚持认为那是真的鲁迅的题署的话，那么，只要他举出古往今来有哪一位学者文豪在别人送的书上写"自留"的，我马上就认错。

在这一期《文汇读书周报》的《读者短笺》中又看到一篇《吴祖光有那么"傻"么》,觉得很有趣,我也想问一句:鲁迅有那么"不通"么?

伪造鲁迅的题署,是不能允许的!如此拙劣的伪造,还得到名人学者的吹捧,还在报纸上大吹特吹,据说拍出了二十万元的高价,真是可惊,可悲!

假的就是假的

黄先生在 9 月 12 日《文汇读书周报》发表《鲁迅的题辞》一文,坚持认为所谓鲁迅为刘半农题赠《梅兰芳歌曲谱》一书的题辞是真的,并说自从他提出这样的看法后,"不想从 6 月下旬起,就读到两篇持否定意见的文章:一篇是 7 月 16 日《中华读书报》刊出的陈福康撰《如此拙劣的伪造》,一篇是 6 月 27 日发表于《文汇读书周报》的'读者短笺'栏中王锡荣撰《关于所谓鲁迅题签》。"

其实,怀疑所谓的"鲁迅题签"并第一个撰写文章的,并不是我和王锡荣,而是朱正先生,他在 6 月 1 日的《南方都市报·评论周刊》就发表了《这场拍卖与鲁迅有关吗?》一文。不过我们当时并不知道。

我最早一眼就看出这个所谓的鲁迅题签是假的的理由,与朱先生不谋而合,可谓所见略同。我至今仍认为这是判断此事造假的一个最明显的根据,那就是朱先生说的:"'迅自留'这三个字尤其显出了破绽。因为'自留''自存'这些字,只能是作者写在自己的著作上的……怎么会在别人的作品上写上'自留'这样极不得体的字句呢?如果是一位附庸风雅的暴发户,也可能如此不通,现在说的是对中国古文化有甚深修养的鲁迅呀。"在拙文和王锡荣文章中,也都指出了这一点。

然而,《鲁迅的题辞》一文避而不谈我们三人一致指出的这一明显的破绽,却抓住(大多是误解或歪曲)王、陈文中一些字句来做文章。例如,他说我俩都只见照片，未见原件，是"意图先行"，因此"结论已定，鉴定自属多余"。其实，王锡荣就亲睹过原件。而在拍卖前的拍卖公司宣传品上，印着黄老的一封亲笔信，白纸黑字，上写："承寄示《梅兰芳歌曲谱》照片数帧，此为重要发现。刘半农、鲁迅手迹，我看全为真迹。"可见，黄先生自己就正是在只见照片的情况下"结论已定"，并判断为"全为真迹"的。

他说："对《歌曲集》上刘半农的题辞，没有谁认为是伪作。"可是，拙文明明写到所谓刘半农题辞（按，内容为"品论梨园艺事当作考订北平社会旧史不知君以为如何"）"内容简直莫名其妙。到底是'要品论梨园艺事，应当考订北平社会旧史'的意思呢，还是'本书品论梨园艺事，可作考订北平社会旧史看'的意思呢？二者都扯不上啊！难道刘半农是教诲鲁迅，你要品论本书，应当先考订北平社会旧史？本书既然只是五线谱的梅兰芳京剧唱段，那么也就根本不是'品论梨园艺事'的书，也根本不能'作考订北平社会旧史'看。刘半农会写出这样不通甚至不敬的话来给鲁迅？而且，这所谓的'刘半农题赠鲁迅'，根本就提也没有提到鲁迅，有这样'题赠'的吗？"这还不能表明我是明确地断定它是伪作吗？（顺便提一下，我和几位友人还对照过刘半农的字迹，觉得也有问题。而且，"刘半农的题辞"的款式也非常可笑。这里不想多说了。）

如果他要驳斥我，就应该阐释所谓"刘半农的题辞"这段话是通的，或者，证明这本书正是"品论梨园艺事"之书。然而，他却说："其实其不合规格、吞吞吐吐，欲说还休，不敢写上受赠者的名字。这一切都是老大作伪的证据。而作伪嫌疑人一仍其旧，没有作任何补救的手脚，却反而证明原件不伪。"黄先生既承认"如此'不通'"，但又认为正因为如此不通，"反而证明原件不伪"。真弄不懂这算是什么逻辑？

他说，他的另一篇《鲁迅·刘半农·梅兰芳》被压了很久，一直到今年8月号的《读书》才得发表。迟是有点迟了，不过也有好处，得免于被骂为拍卖公司作广告。"其实，谁也没有骂过他，不过，要说什么"作广告"的话，倒是早就由拍卖商作过了！不仅见于拍卖前报纸上的宣传文章，而且在拍卖公司的宣传品上,就印着上述这位先生的那封亲笔信。他在文中承认他在"文稿发表前的流露曾有过负面效应"。所谓"流露",实际就已是"为拍卖公司作广告"。既然自己已经知道这种"流露"的"效应"是"负面"的,为什么还要这样坚持呢?

他说,《读书》将他的文章"压了很久""才得发表",好像有点怨该刊对他老人家不够尊重,发得那么迟。然而,我拜读了他在《读书》上的文章后,立即发去一篇商榷的文章,该刊却拒绝发表,我连在同一刊物上就同一议题发言的权利也没有呢。(好在那篇拙文后来有幸获得《鲁迅研究月刊》的通知,将发表。顺便在这里也做个广告。)

而且,我现在这篇与他商榷的文章,本来也是应该在他发表《鲁迅的题辞》一文的《读书周报》上发表的,因为此文指名道姓地批评我(我此前的文章没有写过他的名字),我应该有回应的权利;然而,该报却拒绝发表,我连在同一报纸上回答别人批评的权利也没有呢。

他还说:"看来两位'业内人士'的火气大半是冲着拍卖结果来的。"拙文从没有自称是什么"业内人士",而王在鲁迅纪念馆工作三十来年,征集和鉴定鲁迅文物正是他多年的本行,因此,他似乎就用不着一再用加上引号的这个"业内人士"来挖苦他。

至于我们的"火气",明摆着主要是冲着伪造者,不是拍卖公司,也不是拍卖结果。因为,我们认为伪造名人手迹是不被允许的,甚至是一种犯罪行为。然而,此文却说因为我们的文章,使得他"这种'业外人士'的微薄的希望,一扫而空了"。那我真应该诚惶诚恐地道一声"对不起"了。不过,我有点不明白您老人家的"微薄的希望"究竟是什么。您不是那么坚定地相信那个"鲁迅题辞"是真货吗?怎么又那么心虚地"微薄的希望"起来了呢?您真的那么"希望"这个所谓的"鲁迅题辞"是真的,那对您有什么好处吗?

但我想,假的毕竟是假的,任何人再"希望",也不可能变成真的;真的终究是真的,也不需要可怜兮兮的什么"微薄的希望"。众目睽睽之下的这部所谓"鲁迅题辞"的书，遭到那么多人的质疑，物主和有关人士却从来不敢正面回答人们的质疑，到现在连从哪里得来的都不敢吱一声，还能骗得了谁？这不禁使人想起了近时著名的"周老虎"事件。二者是有一点相似性的！

至于该文认为"《歌曲谱》是刘天华有新创意的著作"，指出"鲁迅对梅兰芳批评的重点何在"等等，我们都有不同意见，也就不写了吧。